디아스포라와 한국문학

비평숲길 1

# 디아스포라와 한국문학

세계한국어문학회 비평숲길
책임편집 서정자

역락

머리말

# 비평숲길에 첫 길을 내며 – 디아스포라와 한국문학

　'비평숲길'은 세계한국어문학회 현대문학 월례세미나의 간판 이름이다. 월례세미나를 할 때마다 우리는 이 간판을 펼침막으로 만들어서 세미나실에 걸어놓고 공부를 했다. 비평숲길 총서의 대문글로 써준 김응교 시인의 "비평숲길을 열며"에 언급된 것처럼 "비평은 문학의 숲에 길을 여는 일이다." 2008년 11월 세계한국어문학회가 출범한 이후 비평숲길은 2009년 8월부터 월례세미나를 시작해서 매월 쉼 없이 월례모임을 가져왔으며 어느덧 4년차를 맞았다.

　세계한국어문학회는 전 세계 곳곳에서 한국어문학 연구에 종사하는 학자들과 국내 학자들의 활발한 학문적 소통과 교류의 장이 되기를 기대하면서, 민족이나 국가의 경계선이 무너지고, 세계로의 이동과 이주가 일상화되어가는 21세기, 한국어문학연구는 새로운 패러다임으로 전환해야 할 시기를 맞았다고 보고 출범하였다. 이산(디아스포라), 다문화, 노마드, 이중 언어 등 탈근대와 세계화의 문화적 기호는 전지구화 시대에 한국어문학연구가 좀 더 확장되고 개방적인 시각으로 대응하기를 요청하고 있기 때문이다.

　비평숲길은 그동안 다문화주의와 디아스포라에 관련한 비평과 이론서 읽기를 주로 해온 셈인데 리처드 커니, 조르주 아감벤, 자끄 데리다, 알랭 바디우, 프란츠 파농, 가야트리 스피박, 에드워드 사이드, 서경식,

윤건차, 프리모레비, 미셸 푸코, 임마누엘 칸트, 가라타니 고진, 임마누엘 레비나스, 베네딕트 앤더슨, 프로이트, 질 들뢰즈 등을 읽어왔다. 비평숲길 일주년 기념으로 윤건차 선생을 초청해서 강의를 듣기도 했고 칸트 전공자를 초청해서 강의를 듣기도 했다. 세미나의 열기는 뜨거웠고 분위기는 내내 진지했다.

이러한 독회와 세미나가 문학의 숲에 길을 내는데, 그리고 눈부시게 변화하는 세계와 또 그렇게 속도감 있게 다가오는 미래에 대응하는데 도움이 되어주기를 바랐다. 이론가 한 사람 한 사람에 대해 이해한다는 일이 얼마나 어렵다는 것을 알게 된 기간이자 피상적으로 알았던 이론 속으로 겸손하게 들어가 21세기를 가늠하는 방향 감각을 키워보려고 시도했던 생애의 드문 시간이었다. 비평숲길 월례세미나는 세계한국어문학회 학술대회의 주제 선택에도 영향을 미쳐 다문화주의와 한국문학, 디아스포라와 한국문학 등을 주제로 연달아 세 차례 학술대회를 열었다. 비평숲길 시리즈의 첫 저서가 될 『디아스포라와 한국문학』은 학술대회에서 발표한 논문을 간추려 엮은 것이다. 오랜 세미나의 땀이 섞인 귀한 저서이자 학회의 보람의 하나도 되는 셈이다.

7월 11일에 정부는 최초로 '인구의 날' 기념식을 가졌다. 저출산 고령화에 따른 미래 인구부족의 사태에 대응하기 위해 출산을 장려하는 정책적 행보의 일환이다. 사실 다문화주의는 산업화시대의 부산물인 외국노동자의 유입과 농촌총각 장가보내기에서 시작되었으니 저출산 고령화는 다문화주의가 우리의 미래에 극복해야 할 중요한 이슈임을 다시 한 번 확인케 하는 지점이다. 일제강점기와 근대가 함께 가야 했던 우리의 역사적 상황은 배타적 민족주의를 배양하는 토양이었다. 우리나라는 역사적으로 타문화나 민족을 배타한 적이 없었다.(* 존 프랭클, 「한국

문학에 나타난 '외국'의 의미」, 소명출판, 2008.) 근대 이후 순혈주의는 강화되었고 다문화의 수용은 국가가 정책적으로 장려해야 할 사회적 과제로 떠올랐다. 다문화주의와 길항관계인 민족주의 문제는 세계의 지구촌화와는 반대로 민족은 더욱 세분화하는 현실에서 우리가 풀어야 할 만만치 않은 숙제의 하나다.

디아스포라와 한국문학 연구는 자이니치문학을 필두로 한 해외동포의 디아스포라 문학과 21세기 현대디아스포라 문학까지 광범위하게 그 관심이 확산되었다. 문학속의 타자 여성작가의 타자화로 디아스포라의 삶을 선택하지 않으면 안 되었던 젠더시각까지 아우른 이 편저는 디아스포라와 한국문학 연구에 작은 기여를 하게 될 것을 믿어 의심치 않는다. 책을 내는 일 역시 혼자의 힘으로는 되지 않는다는 것을 다시 절실히 느낀다. 서로 고이고 받쳐서 한국문학의 미래에 작은 보람이나마 이루기를 바라 마지않는다.

원고 게재를 허락해주신 임헌영, 김종회 선생님을 비롯해서 권성우, 김응교, 구명숙, 이덕화, 이미림, 황영미, 김윤정 여러 선생님께 마음깊이 감사를 드린다. 세계한국어문학회 운영에 수고를 다해주신 회원들과 임원 여러분께도 이 자리를 빌려 감사의 인사를 드린다. 두껍고 어려운 책을 읽어 발제를 하고 토론을 하며 참여한 비평숲길 여러 회원들께 특히 감사한다.

부실한 건강으로 뜻 아니게 책 출간을 지연시킨 점 도서출판 역락에 심심한 사과의 말씀을 전한다.

2012. 8. 18.

서정자

# 제2부 일본과 만주, 한민족 디아스포라

# 제3부 한민족 디아스포라와 현대성

# 제1부

# 한민족 디아스포라

# 한국문학과 다문화주의

임헌영 민족문제연구소장

## 1. 들어가는 말

'다문화주의(multiculturalism)' 현상이 거역할 수 없는 도도한 물결을 이루고 있다. 유럽과 미국에서는 실용주의 운동(pragmatism movement)의 방편으로 19세기 말엽부터 비롯됐다는 이 현상은 제국주의 국가들의 식민 지배를 위한 대응인 동시에 피식민 지역에서 유입된 대량 이주현상이 빚은 데서 그 시원을 찾을 수 있다. '다원적인 사회(plural society)'에서 '문화의 다원주의(cultural pluralism)'는 평등사상에 입각한 공동체 사회 형성의 기본권으로 제창되어 사회적인 결합(social cohesion), 통합(integration) 혹은 동화(assimilation)에 기여한다는 전제 아래 전개되어 왔으나 정작 그 실상은 지배문화의 공고화를 위한 들러리 세우기 문화의 차원에 머물러 있었다. 관용의 철학이 깔리긴 해도 넓게 보면 제국주의 팽창기의 침략국가의 전통 민속 문화예술에 대한 관용어린 향수적인 로맨티시즘 정도라고 혹평한대도 지나치지 않는 부정적인 요인이 없지 않았다.

그런 한편 다문화운동이 대대적인 옹호사격을 받으며 미국 등지에서 본궤도에 오른 것은 1960-1970년대 이후로 "미국 민권운동에 의해 촉발된 인디언, 흑인, 치카노, 아시아계 미국인 등 인종적 소수자들에 대한 '차별철폐조치'로, 또 다문화주의 교육정책 및 제도로 결실"을 보았다는 긍정적인 측면을 간과해서는 안 된다.[1]

이런 미국적인 다인종·다국적 문화현상의 두 가지 경향은 한국에서도 비슷하게 전개되고 있다. 그 첫째는 '다문화'의 보편성이 지닌 세계화와 신자유주의(즉 제국주의 이론의 현대적인 변형)에 의한 것으로 기업우선주의를 위한 자구책을 들 수 있다. 외국인 노동자의 유입과 국제결혼의 증가로 인한 사회적인 쟁점이 다양화되면서 불가피하게 대두한 다문화현상은 한국 거주 외국인들에게 자국의 문화는 일정한 한도 안에서 향유케 하되 인권과 정치활동은 엄격히 규제하는 기업우선주의와 가부장적인 한국사회의 가정의 틀 속에 외국 여인을 안착시키기 위한 위무(慰撫)행위로 전락할 여지가 없지 않다. 그래서 사회정책적인 입장에서는 많은 지원을 실시하여 널리 연구하고 있는데 특히 다문화 가정에 대한 정부나 지방자치단체의 관심은 당장의 현실적인 쟁점으로 부각되고 있는 실정이다.[2] 이런 일련의 연구는 엄격한 의미에서 '다문화주의'라기

---

1) 태혜숙, 『다인종 다문화 시대의 미국문화 읽기』, 이후, 2009, 11쪽. 미국의 다인종 문화를 저자는 "토착 미국(Native America, 인디언성, 홍색), 아프리카계 미국(African America, 아프리카성, 흑색), 치카노 미국(Chicano America, 치카노성, 갈색), 아시아계 미국(Asian America, 아시아성, 황색)의 네 가지 문화영역"으로 분류, "미국 문화의 본질로 규정된 와스프(White-Anglo-Saxon-Protestant, WASP) 영역과 접촉하는 가운데 미국 문화를 형성하여 왔다."고 보고 있다. 같은 책, 29쪽.
2) 많은 연구 업적 중 중요한 것만 열거하면 (1) 황정미·김이선·이명진·최현·이동주,

보다는 한국 사회와 문화에 길들이기라고 불러야 할 것이기에 다문화의 부정적인 측면이 강하다.

그런 부정적인 요인에도 불구하고 미국에서처럼 한국의 다문화 역시 민주화운동의 산물로 이주노동자의 권익 옹호와 문화의 다양성을 공유하려는 방향으로 추진되고 있는 것 또한 사실이다. 외국인 노동자 운동이 본격화될 수 있었던 계기 역시 상대적인 민주화를 이룩했던 시기부터 가능했던 점을 간과할 수 없다.

부정과 긍정의 두 가지 요인을 지닌 다문화주의의 야누스적 행태를 두루 다루게 될 이 글은 다문화를 야기 시킨 세계사적 및 사회적인 배경과 한국에서의 다문화 수용 및 변천 과정, 그리고 현대 한국문학에 나타난 다문화 현상을 간략하게 살피고자 한다.


## 2. 왜 다문화인가


19-20세기와는 달리 21세기적인 다문화는 전 지구적으로 전개되고 있는데 그 바탕에는 노마드(nomad)와 디아스포라(diaspora)의 일반화 현상이 깔려 있다. 인구의 10%가 매년 이동하는 사회를 선진국으로 보는 자크 아탈리의 주장처럼 21세기는 자유롭게 여행하는 '부유한 유목민'

---

『한국사회의 다민족·다문화 지향성에 대한 조사연구』, 한국여성정책연구원, 2007. (2) 오경석 외 지음, 『한국에서의 다문화주의 - 현실과 쟁점』, 한울, 2007. (3) 최종렬 외, 『다문화주의의 이론적 패러다임과 국가별 유형 비교』, 한국여성정책연구원. 한국사회학회, 2008. 그리고 번역서로는 월러스타인 지음 김시완 옮김, 『변화하는 세계체제 - 탈아메리카와 문화이동』, 백의, 1995. 등이 있다. 이들 연구는 저마다 다르지만 '문화의 길들이기'라고는 할 수는 없는 실증적이고 긍정적인 측면이 있기에 많은 참고가 되기도 한다.

과 어쩔 수 없이 떠돌아다니는 '가난한 유목민' 및 떠돌아다닐 여유조차 없어서 정착한 상태에서 떠나기를 꿈꾸는 '가상 유목민'(자신의 국토를 떠날 엄두를 못내는 하층민)으로 나누어진다. 여기서 아탈리는 "인구 5명 중 1명만이 인간다운 삶을 누릴 것이며 나머지 4명은 선후진국을 불문하고 곤궁과 고독, 폭력에 시달릴 것"이라고 예견한다.[3]

'부유한 유목민' 1명을 위하여 '가난한 유목민'과 '가상 유목민' 4명은 희생되어야 한다는 이 가설은 부익부빈익빈 현상의 가속화로 이어져 전 지구촌이 빈민화 할 것이라는 예견을 낳는다. 다수인 4명은 자신의 독자적인 문화적 주체성을 확보하지 못한 채 소수인 1명의 문화에 종속된다는 점에서 '다문화'의 절실성이 제기된다. 여기서 말하는 1명이란 인종이나 국적에 관계없이 지구촌 시대의 지배계급을 총칭하는 상징으로 르네상스 이래 '세계적인 보편문화'를 형성해온 흐름을 뜻한다. 보편성이란 다수의 토착 원주민 문화를 도외시한 '유럽 백인 기독교문화'를 지칭해온 것으로 여기에서 제외된 문화가 곧 유럽과 미국이 '다문화'로 구정하고 있다.

당연히 "미국문화는 지금 우리의 일상이 되고 있으며, 우리는 이미 미국 문화의 일부를 이루고 있다. 미국 문화에 구현된 주체의 원리인 개인주의나 자유민주주의라는 사회 구성의 원칙은 우리 안에 깊숙이 들어와 있다. 그래서 우리는 예컨대 이슬람 테러리즘을 야만이라고 비판하는 미국의 논조에 무의적으로 동조함으로써 부지불식간에 서구 문명의 폭력을 지지하고 있기까지 하다."[4]고 지적하는 태혜숙의 논리는

---

3) 자크 아탈리, 『21세기 사전』, 중앙 M&B, 1998. 앞의 인용은 이정우의 '추천의 글' 「미래 읽기의 의미와 즐거움」, 7쪽., 뒤의 것은 아탈리의 「서문」, 21쪽.
4) 각주 (1)과 같은 책, 20쪽.

보편적인 세계문화의 허위의식을 드러낸 것으로 최근 콜럼버스에 대한 평가를 연상케 한다. 그에게 아메리카 '신대륙 발견자'란 말을 쓰지 않으며 "왕실 빙자 및 절도 혐의로 피고로 세워 모의재판"을 열어 무기징역에 처해졌다는 기사5)는 보편성의 문화가 '다문화' 운동으로부터 강력한 도전을 받고 있음을 보여준다.

이런 노마드 이론에 입각한 다문화 현상의 유발은 디아스포라 이론에서 더 한층 가속화된다. 소포클레스, 헤로도투스, 투기디데스 등이 사용했던 그리스어 diasperio가 "현대의 신조어가 된 diaspora는 B.C 3세기 히브리 성서를 희랍어로 번역하던 알렉산드리아 학자들"에 의해 "바빌론으로 끌려간 유태인들의 역사적인 이산이 아니다. 대신 디아스포라는 항상 신의 의지에 복종하지 않을 때 직면하는 이산(dispersion)의 위협을 뜻했다. 다시 말해서 거의 배타적으로 신성한 행위로 인식한 것이다. 이 경우 하나님(God)은 죄인들을 흩어놓거나 미래에 한데 모을 수 있는 존재이다. 이리하여 디아스포라는 흩어진 백성과 이산의 장소를 의미하게 된다."6)

이런 역사적인 개념을 문학사에다 대입시켜 보노라면 "식민지배 등 외적이유에 의해 공동체로부터 이산을 강요당한 사람들 및 그들의 후손을 가리키는 말"로 "거주국의 주류 사회에서 소외되기 쉬운 타자이자 소수자"인 "국외로 추방된 소수 집단 공동체(Expatriate Minority Communities)"이다.7)

---

5) 조찬제 기자, 「콜럼버스, 더 이상 영웅이 아니야」, 『한겨레신문』, 2009.10.13. 9면. 기사는 미 연방 휴일인 콜럼버스 데이(10.12)를 맞아 일어나고 있는 여러 활동을 소개한다.
6) 구모룡, 「21세기에 다시 윤동주를 읽기 위하여」, 요산 김정한 국제문학 심포지움, 『윤동주와 디아스포라』, 76쪽. 이 논문은 디아스포라 개념에 대한 총체적인 접근을 시도하고 있다.
7) 이경, 「이주의 유령, 정주의 판타지」, 계간 『작가와 사회』, 2008. 여름, 19쪽. 이 술어

세계는 바야흐로 전 지구적 이동과 이주가 일상화되었고 국민국가는 더 이상 국경 안쪽의 경제적 문화적 교환을 규제할 수 없게 되었다. '세계화 시대의 디아스포라는 기존의 디아스포라와는 전혀 다른 '세계부족'으로서의 디아스포라 개념을 불러왔다. 지식이나 기술, 자본으로 무장한 코즈모폴리턴의 출현은 그동안 디아스포라와 결부되었던 강제이주, 난민, 추방, 이주국 문화와의 갈등이라는 전통적인 '희생자'의 의미를 약화시켰다.'[8]

근대적인 이민의 형태를 초월한 이런 지구촌 차원의 이주현상을 노마드와 디아스포라 이론의 합성으로 인식하는 데서 '다문화'는 그 설자리를 마련하는데, 그 궁극적인 이상은 다안성(多安性, Diverstability)이다. "다양성(diversity)과 안정성(stability)의 합성어"로 "어떤 계(system)가 다양성과 안정성을 동시에 갖춘 균형적 상태 또는 그러한 경향성"인 이 술어는 "한 시스템이 다양성을 확보했을 때 원래의 균형 혹은 새로운 균형을 찾아갈 수 있는 가능성이 높아지는데, 이를 '다안적 상태'라고 할 수 있다. 한 가지 확실한 것은 다양성을 상실한 시스템은 극도로 불안해지고, 비록 높은 생산성을 올리고 있더라도 변화에 취약해서 단 하나의 외부 조건의 변화만으로도 생태계가 붕괴하게 된다."는 데서 '다문화'는 절실할 수밖에 없다.[9] 여러 문화가 갈등을 야기하면서 제기될 사회

---

는 샤프란(W. Safran)의 정의이다.
　한편 퇴뢰리안(Tololian)은 "한때 유대인, 그리스인, 아르메니아인의 분산을 가리켰지만 이제는 이주민, 국외로 추방된 난민, 초빙 노동자, 공동체, 소수민족 공동체 같은 용어도 포함하는 보다 넓은 어원을 가진 의미"라고 해석했으며, 코너(Cornor)는 "본국 밖에 거주하는 일단의 사람들의 군(群)으로 디아스포라의 의미를 보다 넓게 정의했다. 이 두 정의는 황은덕, 「탈국가 탈민족 시대의 디아스포라」, 위와 같은 책 게재, 38쪽, 인용.
8) 황은덕, 「탈국가 탈민족 시대의 디아스포라」, 위와 같은 책 게재, 37쪽.
9) 우석훈·박권일, 『88만원 세대』, 레디앙, 2007, 254쪽. 이어 "안정성 역시 생태학의 기본 개념이다. 어떤 시스템에 외부 충격이 가해졌을 때, 일정하게 그리고 예측 가능한

적인 혼란이 상호 인정이란 절차를 거쳐 안정성을 갖춰야 하는 과정을 '다문화'로 부를 때 그 궁극적인 이상향은 세계시민일 것이다.

노마드와 디아스포라로 뒤엉킨 세계시민사회가 다안성을 확보할 수 있는 길은 "'어소시에이션(association)'으로 통칭되는 흐름"으로 이것은 "국가사회주의·사회민주주의·신자유주의와 모두 구별"되는 개념이라고 접근한 것은 가라타니 고진이다. 그는 『세계공화국으로』에서 국가와 자본에 대한 저항이자 통제가 이뤄져야만 세계공화국의 다안성이 확보된다고 주장한다. 국가와 자본은 밀접하게 연루되어 있기에 국가 없이 자본주의는 없으며, 자본주의(경제체제) 없이 국가도 없다. 따라서 이에 대항하는 것은 자본에 대한 대항이 동시에 국가와 네이션(공동체)에 대한 대항이어야 한다고 그는 주장한다. 국가와 자본을 통제하지 않으면 파국의 길을 걷고 말 것이기 때문에 이것들은 일국 단위로는 생각할 수 없는 문제이고, 그래서 글로벌한 비국가조직이나 네트워크가 많이 만들어지고 있다고 가라타니 고진은 주장한다.10)

이처럼 다문화주의는 인류사회의 이상을 실현하려는 긍정적인 의미와, 약소 이주민이나 소수 집단의 기본권을 위한 투쟁력을 약화시키거나 기존 지배사회 문화에 순응시키려는 부정적인 흐름이 혼류해서 이뤄지고 있다.

---

범위 내에서만 변화하는 특성을 말한다."(255쪽)고 지적하는데, 여기서 생태학을 다문화로 대입시켜도 좋을 듯하다.

10) 가라타니 고진, 조영일 옮김 『세계공화국으로』, 비, 2007, 225쪽 및 가라타니 고진, 송태욱 역, 『트랜스크리틱』, 한길사, 2005, 468쪽 참고.
　이 저서의 핵심을 이해하기 위해서는 권성우, 「이론의 매력과 비평의 전회」, 비평집 『낭만의 망명』, 소명출판 2008, 게재, 참고.

## 3. 지구문화와 다문화주의

　다문화가 국경을 초월한 지구문화 현상이란 점에서 세계화 정책과 밀접함은 주지하는 바와 같다. 구태여 세계화나 세계문화가 아닌 '지구문화'란 술어를 쓴 이유는 "과거 김영삼 정권 시절 세계화 전략을 추진하는 과정에서 세계화를 나타내는 Worldization이란 영어표현"이 없었다는 것 말고도, "국제화(internationalization)가 국민국가라는 세계질서의 기본 단위를 바탕으로 이루어지는 정치활동, 경제거래, 문화교류, 사회접촉을 뜻한다면, 지구화는 국경과 주권의 벽을 넘어 그러한 상호 행위가 보다 완전하게 기능적으로 통합되어가고 있는 현상을 지칭"하기 때문이다. 그러기에 "분명 지구화의 추세는 국민국가의 주권과 입지를 위협하는 경향이 있다. 이처럼 국제화에서 지구화로 옮아가고 있는 현실에서 우리는 예나 지금이나 아무런 여과 없이 사용하고 있는 세계화의 정체를 벗겨내야 할 것"이며, 이건 "자본축적의 탈국가화(de-nationalization)라는 어려움 속에서 지구시대를 살아가야 할 위험"이 높은데도 불구하고 감내해야 할 흐름이기도 하다. 따라서 "세계주의와 지역주의와 민족주의가 혼효되어 있는 전지구화의 와중에서 국민형성과 사회통합은 국가건설과 민족화합 못지않게 중요"하며 그 접합현상을 "지구문화론(global culture) 혹은 지구사회론(global society)"이라 부르며, "지구문화론은 지구화의 출발을 1960년대에 등장하기 시작한 새로운 패러다임으로서 바라본다."[11]

---

11) 임현진, 『21세기 한국사회의 안과 밖 - 세계체제에서 시민사회까지』, 서울대학교 출판부, 2001, 12, 24-25, 33쪽. 저자는 여기서 '세계화'를 추진하던 김영삼 정권이 영문으로 "total globalization policy라는 자가당착적인 말을 쓰려 하다가 saeguehwa라는 순 국산표기를 시도한 우스꽝스러운 일이 벌어진 적이 있다. 이는 우리 정부의 일부

바로 이 지구화 출발과 비슷한 시기에 '다문화' 이론도 활기를 띠어 왔기에 이 두 술어가 지닌 이론적인 공생은 밀접할 수밖에 없다. 말하자면 다문화란 지구문화의 별칭이라 해도 좋을 정도로 그 유사성을 지니고 있다. 이 이론의 축약적인 설명을 임현진은 이렇게 개진한다.

이러한 일련의 문화적 흐름은, 첫째로 문화적 동질성과 문화적 무질서를 동시에 불러일으키며, 둘째로 국민국가 단위를 넘어서는 '제3의 문화'로서 초국적 문화(Transnational culture)의 현상을 만들어 내었다.

이러한 현상을 가능하게 한 것은 앞서도 지적했듯이, 초국적 기업의 국경을 초월하는 활동, 비정부기구(NGO)들의 범국제적인 활동과 정부간 기구(Inter-Governmental organization)의 확장, 매스 미디어의 전 지구적 확장 등이라고 할 수 있다. 아파두라이(Appadurai)는 이러한 전 지구적 문화 현상의 요인으로서 다음의 다섯 가지를 들고 있다. 첫째 관광객, 이민, 피난민, 외국인 노동자에 의해 이루어지는 민속적인 양상(Ethnoscapes), 둘째 다국적기업, 직접투자, 기술의 흐름인 기술적 양상(Technoscapes), 셋째 통화시장과 주식거래에서 화폐가 급속하게 이동하는 금융의 양상(Financescapes), 넷째 신문, 잡지, 텔레비전, 영화에 의해 생산되고 분배되는 이미지와 정보의 매체양상(Mediascapes), 마지막으로 민주주의, 자유, 복지, 인권과 같은 서구 계몽주의 세계관의 요소로 이루어진 국가나 반국가운동 등 이데올로기의 흐름인 이데올로기적 양상(Ideoscapes) 등이 그것이다.

(중략)

그러기에 지구화의 다른 일면은 지구지방화(glocalization)인 것이다.[12]

---

관료나 학계의 식자층이 지닌 무지와 오만이 빚어 낸 에피소드임이 분명하다."는 점과, "영미권에서는 world가 지닌 다양한 종교적(현세와 내세), 문화적(통속적인 것과 신성한 것), 정치적(제1, 2, 3세계) 의미를 고려하여 세계가 하나가 된다는 의미를 담기에는 global이 적합하다고 판단하여 1980년대 초반부터 그것을 동사화시켜 사용하여 왔음에 유의할 필요가 있다."고 풀이한다.

12) 위와 같은 책, 33-34쪽.

이 개념 속에는 다문화가 정의하려는 상당부분과 일치하는데, 임현진은 지구문화를 바로 "서구화, 제국주의, 문명화라는 특수한 과정 혹은 그 요소"로 분석할 수 있다는 단서를 붙인다. 이 뜻은 곧 다문화가 지닌 부정적인 측면을 드러낸 평가로, 이런 견해는 많은 논자들에 의하여 거듭 제기되고 있다.

예를 들면 태혜숙은 "지구화라고 이름 붙여진 서구 자본주의의 발전은 비서구의 자연과 자원을 탈취하는 폭력적 행위로 점철된다. 그 암흑의 핵심에 특히 인종적으로 소수자인 여성들의 섹슈얼리티와 노동이 있다. 오늘날 화려한 자본주의 문화를 선도하는 서구 혹은 세계 시민사회는 바로 자연, 이민족, 여성의 식민화에 기반을 둔 '자본주의적 가부장체제'라고 규정할 수 있다."고 단정한다. 이런 논리의 연장선에는 "미국의 공식 담론이 된 다문화주의(multiculturalism)만 해도 문화를 정치 경제와 분리시키는 끈질긴 자유주의 논리인 문화주의를 소비문화, 상품문화 시대에 적절한 행태로 재생한 것에 지나지 않는다."는 것이다.

이런 현상은 한국에도 그대로 전이되어 "다문화 담론은 미등록 이주노동자와 다문화 가정 사이에서 '문화'를 부각하고 '노동'을 삭제하는 형태로 진전되어 이주자들에 대한 차별을 온존시키고 있는 실정"이라고 비판하게 된다. 여기서 긍정적인 다문화 이론으로 선회하고자 태혜숙은 "인종화된 젠더 차별, 젠더화된 인종차별을 명백한 자본주의 비판과 연결시키는 의제를 제기"하고자 제4세계란 술어를 쓰면서 그 풀이를 아래와 같이 해준다.

> 여기서 '제4세계'란 16세기 서구 자본주의가 주도한 세계적인 흐름과 동떨어진 채 자급자족하는 삶을 유지하며 서구 제국주의 문화와 접촉하

지 않았던 세계, 즉 산촌과 숲에 살았던 부족민들, 토착민들의 공동체를 가리킨다. 최근 다국적 제약회사들은 대대로 전해져 온 약초에 대한 이들의 민간 지식에 특허권을 설정하는 식으로 약탈을 일삼고 있다.[13)

제3세계의 민족해방과 문화운동은 이미 널리 알려진 사실이지만 지구화 시대를 맞아 제4세계까지 그 침탈의 대상이 되고 있는 상황에서 진정한 다문화운동이란 제4세계의 문화예술도 그 가치를 공유해야 하는 것으로 읽을 수 있는 대목으로 중요한 시사점을 준다. 이 말은 곧 위에서 임현진이 주장한 '지구지방화(glocalization)'와도 상통하는 것으로 지구 위의 모든 문화는 평등하다는 '다문화'의 자리매김이라 하겠는데, 구모룡은 이런 현상을 아래와 같이 정리해준다.

> 문화의 세계화가 중심과 주변의 이분법적 단순화로 이해되는 것은 아니다. 자본 영역과 정치 영역과 달리 문화의 세계화는 복잡한 양상을 지닌다. 세계화는 한편으로 중심부 문화의 주변부 유입으로 나타나기도 하지만 주변부 문화의 변용을 가져오기도 한다. 아울러 주변부 문화에 대한 중심부 차용이 가능할 뿐 아니라 둘이 섞여 혼종화되는 현상(hybridity)을 만들기도 한다. 이러한 점에서 지역문화의 세계화를 뜻하는 글로컬 문화(glocal culture)개념이 만들어지는 것이다.[14)

이 논리는 지구화 문화는 그 지역적 특성과 함께 범지구적인 쟁점(예를 들면 전쟁, 환경, 경제적인 격차 등)을 공유할 수밖에 없기에 근대 이전 시대처럼 단절된 지역문화란 불가능함을 전제로 한다.

---

13) 태혜숙, 각주 (1)과 같은 책, 19쪽. 이외의 인용도 같은 책 19, 26쪽.
14) 구모룡, 「지역과 지역의 네트워킹」, 평론집, 『감성과 윤리』, 산지니, 2009, 게재, 308쪽.

## 4. 민족문학, 탈식민론과 다문화주의

다문화론은 민족문학과 그 출구로 제기된 탈식민주의 이론과 미묘한 길항관계를 지닌다. 부정적인 다문화론의 입장에서 보면 민족문학이나 탈식민주의 이론을 침묵시키려는 최면제가 될 수 있지만 반대로 긍정적인 관점에서 보면 오히려 민족문학과 탈식민주의 의식을 고양시키는 기상나팔로 활용될 여지도 있다.

식민지 문화에 대하여 가장 깊이 고뇌했던 프란츠 파농은 아래와 같이 절규했다.

> 유럽의 지배층은 원주민 지배층을 마음대로 만들어내기 시작했다. 그들은 유망한 젊은이들을 발탁하여 붉게 달궈진 낙철로 그들의 이마에 서구 문화의 낙인을 찍고, 그들의 입에는 끈적끈적한 미사여구를 가득 채워 재갈을 물렸다. 그들은 모국에 잠시 체재하는 동안 하얗게 표백되어 자기 나라로 돌아갔다. 이 살아있는 거짓들은 자신들의 동포들에게 아무 말도 해주지 못하고 다만 남의 말을 되풀이할 따름이었다. 파리에서, 런던에서, 암스테르담에서 우리는 "파르테논! 형제애!"라고 외쳤다.[15]

유럽과 미국인에 의하여 "아시아를 그리스 문명권으로 만들고, 그리스-라틴 흑인이라는 새로운 종족"이 만들어지는 현상에 대하여 파농은 "세계인의 자격"을 부여한 것이라는 게 식민문화통치임을 적나라하게 밝힌다. 파농에게 이런 식민지 상태 아래서의 민족문화란 "민속연구도 아니고, 민중의 참된 본성을 발견할 수 있다고 믿는 추상적 인민주의도

---

15) 프란츠 파농, 남경태 옮김, 『대지의 저주받은 사람들』, 그린비, 2004, 23쪽, 「1961년 판 서문」.

아니다. 또한 그것은 무의미한 행동, 즉 민중의 항상적인 현실과 점점 유리되어가는 행동의 생기 없는 찌꺼기로 이루어지는 것도 아니다. 민족문화는 민중이 스스로를 창조하고 존속시키는 행동을 사유의 영역에서 묘사하고 정당화하고 찬양하기 위한 모든 노력의 총체다. 따라서 저개발국의 민족문화는 저개발국이 전개하는 자유를 위한 투쟁의 한 복판에 위치해야 한다.” 그러나 식민종주국은 이런 민족문화를 말살시키기 위하여 “한 번쯤 흑인에게 공쿠르 상을 주는 것도 나쁘지 않다고 생각”해서 “코앞에 당근”을 매달아 저항을 못하도록 유혹한다.

그런데도 민족문화는 “단지 민족을 다시 살려내고 미래의 민족문화에 대한 희망을 정당화하는 역할”만을 하는 게 아니라 “심리-정서적 안정”을 제공하면서 “민족의 총체와 연관된 세계적인 책무”까지를 감당해야 하는 것으로 풀이한다. 여기서 ‘세계적인 책무’란 단순한 자민족의 해방만이 아니라 인류의 이상으로서의 ‘다문화’를 수용하는 사해동포주의를 상징한다. 그런 열린 자세여야 “바로 그 순간부터 우리는 민족 문학을 말할 수 있다.”고 역설한 파농은 민족문화를 이렇게 요약한다.

이때부터는 문학 창작의 단계에서 민족적인 주제가 채택되고 취급된다. 전 민중에게 민족의 생존을 위해 싸우라고 호소한다는 점에서 그것을 전투적 문학이라고 불러도 좋겠다. 민족의식을 주조하고, 형체와 윤곽을 부여하고, 드넓은 새 지평을 연다는 의미에서도 그것은 전투적 문학이다. 또한 책임을 진다는 뜻에서, 시간과 공간으로 표현된 자유에의 의지라는 뜻에서도 그것은 전투적 문학이다.

또 다른 단계, 즉 구술 전통—전설, 서사시, 민요—에서도 예전에는 틀에 맞춰 정리하기만 했으나 이제는 달라지기 시작한다. 그렇고 그런 이야기만 늘어놓던 만담꾼들은 새로이 힘을 얻어 변형을 시도하며, 그것은 점차 근본적인 변화로 발전한다. 그에 따라 새로운 종류의 갈등이 생겨나

고, 이야기가 연상시키는 투쟁과 거기에 나오는 영웅들의 이름, 무기들
의 종류도 현대화된다. 은유법도 점점 널리 사용된다.[16]

이어 파농은 말한다 – "옛날에 이런 일이 있었다"는 상투적인 말이
"지금 우리가 하는 이야기는 다른 곳에서 일어난 일이지만, 오늘 여기
서도 일어날 수 있고 내일 일어날지도 모른다"는 말로 바뀐다고. 이처
럼 "민족은 문화가 결실을 맺고, 지속적으로 쇄신되고 심화되기 위한
조건일 뿐 아니라 반드시 필수적인 요소"로, "민족의 생존을 위한 투
쟁"이라고 본 파농의 논리를 연장시켜보면 그런 민족은 어느 지역에 가
든 '민족문화'를 창출할 수 있으나 그렇지 못한 경우에는 러시아의 고
려인처럼 모국어조차 사라져 버리는 운명임을 예시한다. 이럴 경우에는
'다문화'란 특효약도 별 효력을 발휘하지 못할 정도로 해당 지역 국가
의 지배계급 문화로 화학적인 용해작용을 일으키게 된다. 아예 '다문화
권'을 형성할 자격이나 가치도 없는 상태로 전락해버린 민족문화란 민
족도 문화도 아닐 것이다.

앤더슨의 고전적인 정의처럼 "민족은 가장 작은 민족의 성원들도 대
부분 자기 동료들을 알지 못하고 만나지 못하며, 심지어 그들에 관한
이야기를 듣지도 못하지만, 구성원 각자의 마음에 서로 친교(communion)
의 이미지가 살아있기 때문에 상상된 것이다."[17] '상상의 공동체' 이론
이 한국인에게 얼마나 적중하는가 하는 문제는 여기서 논의할 성질이
아니지만 7세기경부터 형성된 한국인의 민족 공동체 의식을 감안하면

---

16) 위와 같은 책, 271쪽. 이 위의 인용은 순서대로 264, 25, 239, 263쪽에서 인용. 아래
    인용은 275쪽.
17) 베네딕트 앤더슨 지음, 윤형숙 옮김, 『상상의 공동체 : 민족주의의 기원과 전파에 대
    한 성찰』, 나남출판, 2002, 26-27쪽.

민족 내부의 많은 갈등은 큰 문제가 아닐 수도 있다.

이렇게 주장할 수 있는 근거로는 "16세기 전후 프랑스 농촌의 경우 평범한 농민들은 평생 자신의 집에서 5마일 이상 떨어진 곳으로 여행해보지 못했고, 17세기 후반까지 잉글랜드의 주민 가운데 일생 중 한번이라도 런던에 가본 사람은 일곱 명 중 한 명에 불과"했다는 연구가 있는데, 이에 대하여 박호성은 이런 상황인데도 "과연 전 주민을 하나의 동질적인 민족이라 부를 수 있을까?"고 의문을 제기했는데, 그럼에도 불구하고 그들은 국민국가 의식으로 뭉쳐 제국주의를 형성했음을 부인할 수도 없다.[18]

민족문학론은 이런저런 과정을 거쳐 지금 시점에서는 크게 두 갈래 주장으로 극명하게 대조되는데 그 하나는 백낙청이고 다른 한쪽은 조정래의 입장이다.

백낙청은 "한 시절 우리 문단의 담론을 주도했고 한 때는 사회운동의 표어로 대중적 인지도"까지 지녔던 민족문학이 "거론이 된다면 오히려 그 무용론 또는 해소론이 잦은 편이고, 여전히 민족문학을 지지한다는 쪽에서도 소수의 완강한 논자를 빼면 이따금 입치레로 넘어가거나 아니면 만나고 싶지 않은 가난한 친척처럼 슬금슬금 피해 다니기 일쑤다."고 화두를 잡은 뒤 아래와 같이 진술한다.

무너진 동구권의 체제옹호적 '사회주의 리얼리즘' 문학도 아니요 그렇다고 선진자본주의사회의 체제순응적 '시장리얼리즘'도 아니라는 점만으

---

18) 박호성, 『공동체론 – 화해와 통합의 사회·정치적 기초』, 효형출판, 2009, 399쪽 각주 326번 재인용. 원래의 출전은 크리스 하먼, 「민족문제의 재등장」, 알렉스 캘리니코스·크리스 하먼·나이젤 해리스 지음, 배일룡 편역, 『현대자본주의와 민족문제』(갈무리 1994). 19쪽.

로도 그 최소한의 존재이유가 확보되리라고는 말할 수 있다. 그런데 여기서 진일보하여, 우리가 강조해온 민족현실에의 올바른 문학적 대응이 문학과 역사현실 사이의 잊어서는 안 될 관련을 상기시키고 한반도라는 국가적 현실을 전 지구적 관점으로 인식하는 하나의 모형을 제시하기조차 한다면, 이는 세계문학 이념의 수호와 새로운 세계문학운동의 출현을 위해 끽긴한 요소가 아닐 수 없다. 지금까지 우리는 민족문학이 민족의 현실에 충실함으로써 세계문학의 대열에 당당히 참여할 수 있음을 주로 강조해온 편이지만, 지구시대의 현 정세는 민족문학의 이바지가 특별히 필요한 만큼 '세계문학의 대열' 자체가 몹시도 헝클어진 형국인지도 모른다.[19]

이와 대조적으로 조정래는 "강대국의 학문적 영향 탓인지, 아니면 '반도 민족의 뿌리 깊은 사대주의' 때문인지, 유대인들이 학살당한 것에서는 인류적 공분을 느끼면서도, 정작 우리가 일본 지배 아래서 참살당한 사실에서는 민족의 문제만으로 국한시킬 뿐이지 인류적 공분을 불러일으킬 수 있는 인류 보편성을 발견하지 못하고 있는 것이다."고 민족적 야맹증을 비판하면서 아래와 같이 적시한다.

인류 보편성이라는 것도 모든 민족들의 존재가 공평해질 때 비로소 빛나는 보석으로 제 모습을 갖출 수 있다. 그런 의미에서 '가장 민족적인 것이 가장 세계적'이라는 명제는 여전히 유효하다. 4-5년 전부터 바람을 일으킨 세계화는 이제 비로소 미국 일국주의의 횡포라는 비판이 시작되었다. 세계화의 바람에 휩쓸려 민족주의를 더욱 매도하고 나섰던 이 땅의 지식인들은 지금 무슨 생각을 하고 있을까.[20]

---

19) 백낙청 평론집, 『통일시대 한국문학의 보람』, 창비, 2006, 13, 35쪽.
20) 조정래 대하소설, 『한강』 10권, 「20년 글감옥에서 출옥」, 해냄, 2003, 양장판 372-373쪽. 아래 인용도 같은 글, 371쪽.

조정래는 특히 "민족의 문제"에 "즉각적인 거부감을 드러내거나 시대착오적이라고 비판하는 지식인들이 뜻밖에도" 많은데, "특히 외국 유학을 다녀온 사람들이 그 정도가 심하다. 더구나 세계화라는 묘한 바람이 불면서 민족의 이야기는 마치 반인류적이고 비세계화인 것처럼 몰아버리는 경향이 더 커졌다."고 일갈하며 "민족 이야기의 인류 보편성"을 강조한다.

민족문학을 둘러싼 이 두 주장을 다문화론에 대입시켜 보면 어떤 결과가 도출될까. 백낙청이 세계적인 보편성에 역점을 둔다면 조정래는 민족적인 특수성에 방점을 찍을 수 있다. 이런 논리를 더 연장시켜 나가면 전자는 다문화에서 보편성을 강조할 수 있고, 후자는 다문화의 독자성을 중요시할 수 있을 것이다.

다문화주의를 민족문학론과 결부시킨 논자인 하정일의 논지에 따르면 "다문화주의란 범박하게 말해 각 민족 혹은 인종들의 고유한 문화가 서로 대등하게 공존하는 세계를 지향하는 이론적 기획"으로, "지구화의 흐름은 민족문화들 간의 투쟁과 교류와 상호침투를 활성화시켰고, 그리하여 세계는 이제 어느 한 문화의 독점적 지배가 불가능해진 시대가 되었다는 것이 다문화주의가 내세우는 현실적 근거이다."

그럼에도 불구하고 하정일은 다문화주의란 '만물의 상품화'라는 자본주의의 작동 원리를 경시한, 지나치게 낙관주의적인 구상이라고 비판하는 입장을 고수하면서 "다문화주의 자체가 또 다른 오리엔탈리즘"일 수 있다고 경고한다. "서구 중심적 감수성이 근본적으로 바뀌지 않는 한 비서구문화는 서구의 이국취향을 만족시켜 주는 대상에 불과할 뿐이다."는 그의 주장에는 민족문학이나 탈식민주의에 대한 신뢰성이 바탕하고 있다.

하정일이 본 탈식민적 구상이란 '다문화주의'와 '혼종(hybridity)의 이념'을 들 수 있는데, 전자는 앞서 밝힌 것처럼 또 하나의 오리엔탈리즘으로 환원될 여지 때문에 신뢰하기 어렵고, 사이드조차도 적극적으로 받아들여 다문화주의의 이론적 근거로 삼을 정도인 혼종조차도 "비서구문화와 서구문화를 '비슷하면서도 다르게' 만들어 주는 원동력이 혼종이라는 발상"으로 "제국주의 시대의 비서구문화는 이식된 서구문화로 말미암아 고유의 정체성을 잃어버리게 된다. 하지만 그렇다고 해서 이식된 서구문화가 원판과 똑 같은 것은 아니다."면서 비판의 대상이 된다.

그는 "혼종의 이념은 서구문화의 독점적 헤게모니 내부로부터 그것을 해체할 가능성을 찾고 있다는 점에서 다문화주의에 비해 좀 더 현실주의적 전략"으로 보며, "다문화주의의 상당수가 혼종을 중요한 이론적 근거로 삼고 있다는 점에서 양자가 서로 긴밀하게 연관되어있는 것은 사실이지만, 혼종의 이념은 다문화적 세계를 지향한다기보다는 동질성 내부의 이질성 혹은 통합 속의 균열을 주목한다는 점에서 특징적"이라고 보고 있다. 그러나 "다문화주의와 혼종의 이념은 양자 공히 문화에 국한된 '텍스트적 정치'"에 불과한 것으로 "자본주의 근대에 대한 인식이 부족한 다문화주의와 혼종의 이념이 탈식민의 실천적 대안이 되기 어려운 것"이라면서 아래와 같이 결론 내린다.

> …… 다문화주의나 혼종의 이념이 주로 서구에 이주한 비서구 지식인들의 삶의 조건을 반영한 담론이라는 점에 주목할 필요가 있다. 이들은 서구와 모국 어디에도 확실히 소속되지 않은, 애매모호한 정체성 속에서

부유하는 집단이다. 굳이 소속을 따진다면 이들은 오히려 서구 쪽에 가
깝다고 해도 과언이 아닐 것이다. 다시 말해 그들의 삶 자체가 다문화적
이고 혼종적이라는 것이다. 거대 도시의 자본주의적 삶이 내면화된 상태
에서 이들이 나아갈 수 있는 최대치는 어쩌면 자본주의 세계체제를 기정
사실로 인정하면서 그 속에서 틈을 발견하는 일일지도 모른다.[21]

김재용 역시 탈국민국가주의 담론의 입장에서 디아스포라문학을 관
찰하면서 "오로지 국민국가 극복론, 혼종성 혹은 다문화주의의 문제"로
만 접근하는 것에 비판적인 자세를 보여준다.[22]

결국 민족문화 의식이나 탈식민 의식이 탈색하면 어느 지역에 편입
된 소수민족이라도 '다문화'를 형성할 수 없다는 점은 부인하기 어렵다.


## 5. 한국에서 다문화 수용의 전통

이제 구체적으로 한국에서의 다문화를 논의할 계제가 되었다. 한국문
화는 자민족중심주의(Ethnocentrism)의식이 강한데, 그 사회경제사적인 원
인은 "자본주의 세계체제의 산물이라 볼 수 있다."면서 김동춘은 아래
와 같이 지적한다.

특히 배타적인 자민족 중심주의는 월러스틴(Wallerstein) 등이 강조하듯
이 자본주의의 불균등 발전의 피해를 입는 국가, 민족, 종족에서 나타나

---

21) 하정일, 『탈식민의 미학』, 소명출판, 2008, 98쪽. 이 항목 위에서 하정일의 인용은 다
　　같은 책 94-98쪽.
22) 김재용, 「세계문학으로서의 아시아문학과 한국의 역할」, 계간 『작가들』, 2008, 겨울,
　　24쪽.

는 경우가 많다. 외적으로는 그 피해가 상당한 민족적 종족적 자존심의 훼손과 열등감 형성을 수반하였으며, 내적으로 특정 정치세력이 그들이 공유하는 강한 종족적 동질성과 배타성 등의 사회심리적 자원들을 적절히 이용할 경우 정치적으로 자민족 중심주의가 발휘될 가능성이 있다. 특히 자본주의 세계체제에서 제국주의 침략이나 다른 국가의 억압을 받은 종족, 민족(ethnic, nation)이 하나의 국가(nation-state)로 성장하는 과정은 한 개인의 성장과 마찬가지로 욕구의 억압을 동반한다. 제국주의 침략을 받은 민족과 그 구성원은 심각한 좌절을 겪게 되고 이것을 해소하기 위해 만만한 표적을 찾는 경향이 있다.[23]

김동춘은 한국 사회의 폐쇄성에 대하여 "우리는 흔히 일본 정부의 재일동포 차별을 비판하지만, 이방인 차별에 관한 한 한국은 일본보다 훨씬 심하다. 한국 거주 외국인 지문 등록도 그러하지만 한국은 지난 백 년 동안 이 땅에서 동고동락하며 살아왔던 화교가 생존하지 못하고 떠나간 거의 유일한 나라다. 이들은 거주, 재산, 소유, 경제활동과 직업 선택에서 극심한 차별을 받고 있기 때문에 해방 전 최고 8만 명에 달하던 것이 현재 2만여 명 밖에 남지 않았다. 이것은 중국 만주 지방의 조선족이 중국 당국에 의해 하나의 소수민족으로서 나름대로 대접 받으면서 살아온 것과는 대조적이다."고 꼬집는다. 한국인의 텃새의식은 여기서 그치지 않는다. "같은 핏줄이지만 남한 사람보다 못사는 중국동포나 탈북자들을 무시하거나 심각하게 차별하고 있다."

그런 한편 "일부 재미 한국인들은 백인들에게 차별당하면서도 흑인에게는 우월의식을 갖는 이중성을 보이고 있다. 한인 자영업자들은 주로 히스패닉계(라틴계) 사람들을 고용하여 더러는 그들을 하인 취급하는

---

23) 김동춘, 『1997년 이후 한국사회의 성찰』, 길, 2006, 465쪽. 이하 인용도 같은 책, 순서대로 462, 468, 469, 471쪽.

경향이 있는데, 한인이 경영하는 업체에서 이들과 잦은 충돌과 노사분규가 발생하는 원인이 되고 있다.”

한국인의 이런 이중성에 대하여 김동춘은 “자‘민족’(ethnic group) 중심주의라기보다는 자‘국민’(nation) 중심주의”로 풀이했는데 그 원인은 “한국인들의 배타주의의 실제 내용은 단순한 이방인, 재외동포에 대한 차별로 현상화하는 것이 아니라 한국보다 경제적으로 열등한 국가의 ‘국민’에 대한 차별과 잘사는 나라 국민에 대한 선망과 존경, 즉 대한민국 국민이 아닌 자들에 대한 일반적인 의심, 사회 내에서 서로의 차이를 인정하지 않으려는 태도, 그리고 선진국이든 후진국이든 외국 및 세계 정세 일반에 대한 무지와 무관심이기 때문”이라고 해명하면서 그 근본 원인을 아래와 같이 든다.

> …… 이러한 한국식 자국민 중심주의는 첫째는 지난 시절 식민지와 반공주의 체제하에서 형성된 국가 지상주의의 연장선에 있으며 둘째는 성장주의·물질주의 가치관을 바탕으로 하고 있다. 한국인들이 부자 나라 국민과 가난한 나라 국민을 대하는 데 이중적인 태도를 보이는 것은 국가 간의 경제력의 위계를 나름대로 의식한 데서 출발 한 것이고, 단순히 민족적·인종적 편견에 기초해 있는 것이 아니라 한국사회 내에서 통용되는 자본주의 가치관, 물질주의 혹은 계급 차별주의를 다른 방식으로 표현한 것이라고 볼 수 있다.[24]

이런 주장에 대한 반론이 있을 법하다. 단일민족 설화에 기초한 유구한 역사를 거론하면서 유달리 민족적 배타성이 강한 전통성을 거론할 수도 있는데 이에 대한 반론은 의외에도 존 프랭클이 분명하게 해명해

---

24) 위와 같은 책, 472쪽.

준다.

프랭클에 따르면 "고대 한국에서는 인종이나 민족을 기준으로 한국인으로서의 자격을 판단하지 않았다. 즉, 한민족과 외국인을 구분하지 않았고, '황인종', '백인종', '흑인종'을 구분하지도 않았다는 말이다. 다만 '문명인'과 '야만족'을 유일하게 구분했을 뿐이다. 따라서 한국인, 그리고 '중국'으로 대변되는 문명 세계의 구성원을 구분하는 기준은 민족이나 피부색이 아니라 올바른 신념과 관습을 보유하고 있는가가 유일한 것이었다."고 한다.[25]

계속해서 프랭클은 아래와 같이 쓴다.

그 세계질서는 분명 배타적인 것이어서 그 범위 밖에 존재하는 자는 오랑캐로 간주하였다. 그러나 외국인을 혐오하지 않았으며 폐쇄적인 것도 아니었고, 기존체제의 우월성을 기꺼이 수용하는 '오랑캐'라면 동서양 출신을 막론하고 흡수할 수 있었으며 실제도 그리 하였다. 간단히 표현하여 문명인과 오랑캐의 경계선, 즉 한국인과 외국인의 경계선은 문화적인 것이었지 인종이나 민족에 기준한 것이 아니었다.[26]

선입관으로 박혀있는 한국인의 "맹목적 애국주의(chauvinism)나 외국인 혐오(xenophobia)란 것"은 고래부터 존재해서 근대 개화기에 발동된 것이 아니라 "오히려 사실은 그 반대"로 "미국인 선교사들과 이들의 한국인 문하생에 의해 도입되고 전파"된 오도된 개념임을 밝힌 이 저서는 획기적이다.

역사적으로 축적된 민족적 폐쇄성이 아닌 근대 유럽이나 미국과 일

---

25) 존 프랭클, 『한국문학에 나타난 외국의 의미』, 소명출판, 2008, 57쪽 각주 109번 인용.
26) 위와 같은 책, 133쪽. 아래 인용은 229쪽.

본의 침탈 과정에서 형성된 것이 한국적 배타성이란 프랭클의 주장은 앞에서 언급한 김동춘의 논리와도 상통한다.

프랭클은 천주교 전도 과정에서 빚어진 순교에 대해서 "유교적 세계관과 근본적으로 양립 불가능하다고 해서 한국의 지식층이 이를 단호히 거부한 것"이 아니라 "오히려, 이들은 천주교의 여러 가지 주장 및 논증을 낱낱이, 공들여 검토"했는데, 그 논리는 "성리학적 편견에서 비롯된 것이나 이들은 동시에 신중한 독자이자 비판적 사상가"로서 이들의 예리한 "질문과 반박 중 다수는 원문에 대한 신중하고 냉철한 논리적 분석에 근거한 것이었으며 오늘날까지도 그 타당성을 인정받는다."고 평가한다.[27]

일방적인 쇄국주의와 탄압의 논리로 순교자를 다루던 가치관에서 프랭클은 오히려 근대 이전까지 한국이 지녔던 개방정신을 발굴해 줌으로써 근대문학 이후 한국문학의 다문화적 요소를 수용하는데 튼튼한 근거를 제공해준다. 그에 의하면 오히려 한국의 기독교 선교의 성공 요인은 "선교 방식 덕분"이 아니라 "청일전쟁이 그 요인"으로 그 직후에 급증했는데 한국인은 그 과정에서 "종교 자체의 가치가 아닌 한국인의 방향성 상실과 패배주의가 한국인이 기독교를 받아들이게 된 주된 요인"이라는 주장에 동조한다. 비단 "전쟁뿐만 아니라 1876년에서 1894

---

27) 같은 책, 152쪽. 이어 저자는 안정복이 제기했던 "천주교 교리 중 더더욱 거슬리는 부분은 아담과 이브로부터 시작된 하나님의 징벌이 자손 대대로 물려진다는 것"을 거론하며 "그렇다면, 어찌하여 고대 중국의 현자들은 죄인의 형벌이 자손에게까지 미쳐서는 안 된다고 하였을까? 이는 천주교의 하나님이 중국의 현자들보다 복수심은 강한 반면 공평성은 부족하다는 뜻인가."라고 묻는다.
   이런 유학자들과 선교사들의 신학 논쟁은 박종혁 「海鶴 李沂의 천주교 비판―블란서 신부 로베르와의 논쟁을 중심으로」, 벽사 이우성 교수 정년퇴직 기념론집 『민족사의 전개와 그 문화』 하권, 창작과 비평사, 1990, 게재, 도 좋은 참고가 된다.

년까지 발생한 이 모든 격변적 사건"들이 작용했을 것이며, "궁극적으로는 문학 사업에 착수하라. 이것이야말로 가장 '원숙하고 진한'열매"라는 선교방식이 주효했다는 주장에는 일리가 있다.[28]

## 6. 현대문학에서의 다문화

거시적인 입장에서 한국 현대문학에서 다문화 수용문제를 논의하려면 대략 다음과 같은 몇 가지 쟁점을 제기할 수 있다.

(1) 현대문학은 외래문화를 어떻게 수용했는가. 여기에는 특히 기독교문화의 수용 양상과 회교 등 신앙은 물론이고 마르크스주의, 실존주의, 포스트모더니즘 등 외래문화 일체를 그 대상으로 상정할 수 있다.

(2) 현대문학은 외국문화를 어떻게 인식하고 있는가. 일본, 미국, 러시아, 중국 등 모든 외국인과 문화에 대한 문학적 대응 자세를 검토하는 방법. 특히 일본과 미국에 대한 인식의 변모 양상은 중요하다.

(3) 근대 유이민 이후 해외 한인동포들이 현지에서 '다문화'의 수용 객체로서 어떻게 형상화되고 있는가.

(4) 현대 문학 속에서 노마드와 디아스포라 의식이 어떻게 나타나고 있는가.

---

28) 같은 책, 191, 238쪽.

(5) 한국전쟁 전후의 혼혈아를 어떻게 다루고 있는가. 아울러 일본인
　　과 베트남인 혼혈문제도 포함시킬 것.

(6) 한국내의 외국인 이주민을 어떻게 그리고 있는가. 여기에는 중국
　　조선족을 비롯한 해외동포 노동자들도 포함시킨다.

(7) 탈북자들은 어떻게 수용되고 있는가.


　이상 7가지가 다 오늘의 다문화를 논의할 주제들인데, 이 중 좁은 의미에서의 다문화에 속하는 쟁점은 3, 4, 5, 6, 7번일 것이다. 엄격하게 말하면 다문화란 문화교류사이자 비교문학적 대상이기도 하기에 1, 2번은 통사적인 연구 과제로 현대적인 개념으로서의 '다문화'와는 거리가 있다. 한편 3은 한국 문학이 현지나 모국에서 다 다문화의 체험을 다루고 있기에 가장 면밀하게 추구되어야 할 연구 과제일 것이다. 그러나 여기서는 편의상 4, 5, 6번에 국한해서 다문화주의를 검토해 보고자 한다. 7번은 1번과 함께 다뤄야할 사항이기에 여기서는 할애한다.


　노마드와 디아스포라 의식을 그린 한국문학이란 해외동포는 아니면서 외국에서 생활하는 장기 체류자나 유학생 등을 그린 작품을 지칭한다. 이런 인간상은 1990년대 이후 기행문학이 성행하면서 이에 병행하여 한 흐름을 형성할 정도로 발전했다.

　디아스포라와 노마드의 혼합형 여인상으로는 권지예의 「뱀장어 스튜」가 제격일 것이다. 매끈한 외모와는 달리 "오른손목에 자벌레처럼 오톨도톨하게 남은(동맥 절단 자살 기도의 흔적인) 흉터"가 돋아있는 데다 "아랫배에 나있는 또 하나의 흉터", "오래 전 자궁에서 아이를 꺼내느라

생긴 흔적이 가시 돋친 철사줄"처럼 그어져 있는 상처투성이 여인은 "그 상처를 지닌 스무 살부터 많은 남자들을" 섭렵한다. "남자의 감옥이라면 갇히고 싶다는 생각"으로 "남자 몰래 죄를 잉태"했으나 "남자는 바람을 막을 집을 지어 줄 수 있는 사람"이 아니어서 "부모의 강권으로 하늘이 다른 어느 먼 나라로 입양 보내" 버렸던 과거가 있는 여인, 무명 화가 남편의 그림이 안 팔려 "파리의 한 면세점의 한국부 남성용 코너에서 일" 하면서 "남자들과의 섹스"도 "신속하고 명쾌"하게 판매했던 여인, 그게 바로 「뱀장어 스튜」의 여자다.

그녀는 "모독감을 느끼게 하지 않고도 그 상처들을 따뜻하게 핥아주는 남자", 곧 파리의 가난한 한국인 화가를 남편으로 선택했지만, 입양시킨 아이의 아버지인 한국에 살고 있는 화가, "오고 싶을 땐 언제든지 와. 난 항상 열려있으니까. 아니, 난 문이 없어"라는 남자도 못 잊어 15년 전에도, 10년, 8년, 5년, 최근엔 3년 전에도 찾아가곤 했는데, 그 남자를 만나러 귀국, 58일 만에 그녀는 남편이 기다리는 파리의 집으로 귀환한다. 돌아온 탕녀를 위하여 남편이 마련한 것은 삼계탕인데, 이건 바람둥이 화가 피카소의 마지막 여인 자클린이 만든 '뱀장어 스튜'에 맞먹는 역할을 해준다. 피카소는 여인과 요리에 두루 감동했던지 '뱀장어 스튜'란 그림 밑에다 요리법까지 자상하게 써 두었는데, 소설은 바로 이 대목을 인용하면서 화자인 '나'가 파리의 한 여인을 회상하는 형식으로 구성된다.

그러니까 피카소가 마지막 여인을 사랑했듯이 이 가난한 화가도 상처투성이 여인을 받아들여 그 성능이 엇비슷한 삼계탕을 끓이고자 스튜 냄비에다 1시간 타이머를 맞추곤 침대에서 뱀장어 스튜나 삼계탕을

익히듯이 섹스에 탐닉하는 것으로 그녀의 상처를 치유코자 재시도 하
는 것이다.

> 인생이란 화려하지도 않고, 더군다나 장엄하지도 않으며 다만 뱀장어
> 의 몸부림과 같은 격정을 조용히 끓여내는 것이 아닐까…… 스튜 냄비
> 의 밑바닥처럼 뜨거움을 견디고 살아 내는 것인지도 모른다는 생각이 조
> 용히 스며들기 때문이다. 신이 조절한 타이머에서 종소리가 날 때까지
> 말이다. 하긴 꼭 뱀장어 스튜가 아니면 어떤가. 삼계탕이나 곰탕, 뭐 이
> 런 것들도 조용히 끓고 있는 것이다.
>
> -「뱀장어 스튜」

‘나’는 상처투성이 탕녀가 귀가하여 남편과 섹스로 화해하는 과정을
마무리 하면서 “삼계탕이 끓고 있는 동안 그녀는 고즈넉한 평화로움에
젖는다. 살아서 펄떡이는 것들을 모두 스튜 냄비에 안치고 서서히 고아
내는 일, 살의나 열정보다는 평화로움에 길들여지는 일, 그건 바로 용
서하는 일인지 모른다.”는 정언판단을 내린다.

「뱀장어 스튜」는 우리시대의 황량한 윤리의식의 부표다. 탕녀와 정
절녀의 구분법이 효력 상실해버린 후기산업사회의 사랑법은 여기서 그
이정표가 다시 세워질 것이다. 주제에 걸맞게 형식도 잘 짜여진 정치한
액자소설이다.

「정육점 여자」에서는 더욱 치열하게 노마드와 디아스포라 의식이 반
복된다. 무정자증인 ‘나’는 첫 아내가 향수병으로 프랑스를 버리고 귀
국함으로써 이혼, 결국 자신도 귀국해 두 번째 아내를 가지나 연극배우
답게 불륜의 증거인 아이를 두 번이나 지우곤 태연하다. ‘나’의 뇌리를
지배하는 것은 파리에서 고생할 때 정육점 주인의 아내 라라(한국인 입양

녀)와의 잊을 수 없는 정사였는데, 그녀는 한국 사창가 출신으로 파리에서 한국 유학생들에게 섹스를 제공하는 등 이용만 당하다가 버림받은 경력의 소유자이며, 그녀의 남편은 월남인으로 한국군으로부터 가족이 피살당하자 조국을 떠나온 사나이다. 그러니까 이들의 결합은 피해의식과 가해의식의 엉성한 심리적인 보상인 셈인데, 여인은 영혼의 공허감을 한국인 애인을 찾는 데서 메우려 하고, 남자는 언제나 무감각한 비정의 삶에 침잠한다.

'나'가 신세 졌던 화가 김은 광주항쟁 때 군으로 투입되어 학살을 자행한 죄의식에서 진정한 예술이란 무엇인가를 고뇌하며 한동안은 개를 그리다가 한국문화원 주최 파리 전시회에서 브리지트 바르도의 발언 파문 직후라 퇴짜를 맞자 정육점의 거꾸로 매달린 소를 그리기 시작했다.

"왜 혐오와 분노는 예술이 될 수 없는지, 예술이 뭐가 대단한 건지, 인생이 뭐가 대단한 거냐고 술에 취해 고래고래 소리를 질러" 대는 김은 끝내 자신의 죄의식으로부터의 해방을 예술이라 믿고 창조작업을 계속한다.

"예술가는 말야. 악령에 쫓기는 불행한 인간이야. 내가 왜 이런 그림을 그리겠나. 난 살육을 했단 말야. 인간을 도륙을 했단 말야. 알겠니? 이 그림들은 내 죄의식의 그림자들이야."

바로 그 김으로부터 라라의 죽음 소식을 듣고 회상 형식으로 이뤄진 이 작품은 아마 권지예의 역사의식과 미학관을 이해하는 데 빼어놓을 수 없을 것이다. 라라는 예상대로 '나'의 귀국 후 다른 한국인과 냉동고에서 시신으로 발견되었다는 사족은 새삼 삶과 예술이 어찌 분리될 수 있겠는가를 반문토록 유도한다. 김의 예술이야말로, 전시회에서 추방당한 그의 그림을 이 상처투성이 창백한 여인들은 요구하지 않을까.

이밖에도 「투우」, 「사라진 마녀」 등 권지예의 소설은 이 분야에서 단연 돋보인다.

김윤영의 「루이뷔똥」도 이 계열에 속하는 수작이다. 2001년 뉴욕 세계무역센터 건물이 무너지던 그날 "지구 반대편에 있는 파리에서 세미"가 사기 당한 사건을 다룬 이 작품은 선반공 출신으로 프랑스 외인부대에 입대, 제대한 판수와 중국 조선족인 영변댁 세 인물이 저마다 노마드이자 디아스포라이다.

> "들었어? 뉴욕이 불바다가 됐대."
> 그 말은 자동차 클랙슨 소리에 묻혀 잘 들리지 않았고 세미는 어차피 큰 관심도 없었다. 식은 커피를 꿀꺽 삼키면서 문득 이런 생각을 하긴 했다. 뉴욕이라... 나도 4년 전에 거기 있었는데... 그러고 보니 그동안 참 많이도 돌아다녀봤구나, 그런 감회가 새삼 들었다. 뉴욕, 런던, 로마, 쮜리히, 프랑크푸르트, 뮌헨, 빠리, 그리고 서울. 그 대도시들의 인상은 거의 비슷했다. 차선이 바뀌고 택시 모양이 바뀌고 경찰 복장이 바뀌고 브렉퍼스트의 메뉴가 조금씩 바뀔 뿐, 구하고자하는 건 어디서든 다 구할 수 있었다. 돈만 있으면 말이다.
>
> — 김윤영, 「루이뷔똥」

세계무역센터 사고 소식을 듣고 세미가 느낀 건 자신이 많이도 돌아다녔으며 그걸로 알게 된 건 모든 도시는 비슷하다는 것으로 이건 '지구문화'의 이론과 너무나 일치한다.

토론토를 배경삼아 타락한 남편을 살해하는 아내를 그린 「그가 사랑한 나이아가라」, 캄보디아 관광안내원의 시선으로 본 타잔 같은 나무타기를 하는 관광객 마장동 김씨 일대기인 「타잔」, 태국에서 죽어간 여인

세라의 여권으로 변신하는 한 여인 이야기인 「세라」, 해외 입양된 김영옥의 좌절기인 「집 없는 고양이는 어디로 갔을까」 등등 김윤영은 이 분야에서 많은 작품을 남긴다.


## 7. 혼혈아와 해외 이주 노동자 문제

혼혈아는 다문화론에서 가장 중요한 핵을 이루면서도 가장 암담한 영역이기도 하다. 단일 혈통설이 통념화 되어 있기 때문에 혼혈아에 대한 편견은 완고하고도 혐오스럽게 그려진다.

이민족과 접촉하면서 생기는 혼혈인은 예전부터 있어왔다. 일제 강점기에도 일본인과 조선인 사이에 태어난 혼혈인은 존재했다. 하지만 피부색이나 생김새 등에서 큰 차이점이 없기에 큰 문제가 발생하지 않았다. 하지만 해방이후 미군이 진주하면서 태어난 혼혈인들의 문제는 크게 부각된다. 미군 등 외국인과의 성적 접촉을 통해 태어난 혼혈인은 외모적으로 대다수의 한민족과 쉽게 구별되었기 때문이다. 이러한 다름은 차별과 배제를 낳으며 혼혈인을 주변부로 내몰았다. 혼혈인은 순수 혈통인 단일민족의 신화를 허물어뜨리는 불결한 잡종으로 취급되었던 것이다.[29]

정호승은 시 「혼혈아에게」에서 "너의 고향은 아가야 / 아메리카가 아

---

29) 최강민, 「단일민족의 신화와 혼혈인」, 평론집 『탈식민과 디아스포라 문학』, 제이앤씨, 2009, 게재, 11쪽. 이 글은 혼혈아 문제 작품 전반을 개관해준다. 취급된 작품은 하근찬 「왕릉과 주둔군」, 오정희 「중국인 거리」, 유주현 「태양의 유산」, 전상국 「아베의 가족」, 주요섭 「열 줌의 흙」, 정한숙 「어느 동네에서 울린 총소리」, 조정래 「황토」와 「미운 오리새끼」, 박순녀 「엘리제초」 등이다.
오정희, 정한숙의 작품 인용은 편의상 최강민의 글에서 재인용한 것이다.

니다. / 네 아버지가 매섭게 총 겨누고 / 어머니를 쓰러뜨리던 질겁하던 수수밭이다. / 찢어진 옷고름만 홀로 남아 흐느끼던 논둑길이다. / 지뢰들이 숨죽이며 숨어있던 모래밭 / 탱크가 지나간 날의 흙구덩이 속이다.”고 노래한다.

이 시든 소설이든 모두가 버림받은 존재로서의 모멸의식에 차있음은 아래 구절로도 충분히 이해할 수 있다.

> 백인 혼혈아인 제니는 다섯 살이 되었어도 말을 못했다. 혼자 옷을 입는 것은 물론 숟갈질도 못해 밥을 떠 넣어주면 귀로 주르르 흘렸다. 검둥이가 있을 때면 제니는 늘 치옥이의 방에 있었다.
> 짐승의 새끼야.
> 할머니는 어쩌다 문 밖이나 베란다에 있는 제니를 보고 신기하드는 듯 혹은 할머니가 제일 싫어하는, 털 가진 짐승을 볼 때의 혐오의 눈으로 보며 말했다. 나는 제니를 보는 할머니의 눈초리가 무서웠다.
>
> – 오정희, 「중국인 거리」

혼혈아들은 스스로의 정체성에 대하여 이렇게 곤혹스러워한다.

> “어마요 우리나라는 아메리카제?”
> “어마요 우리나라는 코랴제?”
> 엄마는 두 남매의 물음에 꼭 같이 머리를 끄덕였다.
> “이것 봐 내가 맞았지!”
> “아니야 내가 맞았어!”
> 남매는 서로 자기 의견이 옳다고 우겼다.
> 오빠가 여섯 살 누이동생이 다섯 살인 연년생이다.
>
> – 정한숙, 「어느 동네에서 울린 총소리」

혼혈아문제가 지극히 부정적이듯이 외국인 이주 노동자들 역시 비극적으로 그려지고 있다. 다만 전자가 존재론적인 고뇌에 초점이 있다면 후자는 사회적인 문제로 시달린다는 차이가 있다.

손홍규는 「이무기 사냥군」에서 방글라데시 이주 노동자 알리를 중심으로 그와 비슷한 처지의 남녀군상을 부각시켜 그들이 얼마나 가혹하게 착취당하는가를 적나라하게 고발한다.

> 술에 취해 서로 주먹질하는 외국노동자들을 보며 그가 눈살을 찌푸리자 장이 정색하며 말했다. 용태 아우, 쟤들 너무 미워하지 말라우. 외국인이란 것만 빼면, 고향 떠나 밥 빌어먹고 사는 이주노동자인 건 아우나 나나 쟤들이나 한 가지 아니갔어. 그와 장은 얼큰하게 취해 고깃집을 나섰다. 그러던 장이 기숙사 앞에서 갑자기 배를 움켜쥐며 마른 짚단처럼 힘없이 쓰러졌다.
>
> — 손홍규, 「이무기 사냥꾼」

다음날 오전 장은 "싸늘한 시체가 되었다." 이 죽어간 장은 바로 중국 조선족인데, 다른 외국인 노동자와 조금도 특별한 처우를 받지 못한다. 오죽했으면 그는 "중국에서 뭘 했냐고 물었지? 이래봬도 인민해방군 장교이지 않았갔어!"라면서 이렇게 말한다.

> 북조선과 남조선이 전쟁을 하면 다시 인민군에 들어가서 북을 도와 남을 쓸어버리고 싶다고 말했다. 남조선은 사람이 사는 곳이 아니라고 했다. 짐승도 이보단 낫지 않갔어? 보라우, 우리는 배가 고파도 사람을 그렇게 짐승 취급은 안해.
>
> — 손홍규, 「이무기 사냥꾼」

가장 참담한 장면은 알리가 보여준다. 밴쿠버 보호실에서 죽은 척하다가 귀환조처를 받아 어찌어찌 한국으로 굴러들어온 그는 노임을 못 받자 한국인 용태와 짜고 사무실로 들이닥쳐 상대가 살짝 밀치기만 하면 고의로 죽은 척하고, 그 사이에 용태가 참견하여 시신을 처리해 준다는 명목으로 돈을 뜯어내는 수법을 썼다. 둘은 찰떡궁합으로 한동안 잘 나갔으나 끝내 진짜 사고를 당한다. 이 낌새에 용태는 그와 함께 지냈던 전세 값을 챙겨 도주하려다 실패하는 것으로 소설은 끝난다.

이주노동자들의 삶은 너무나 참담하여 한국에서는 도저히 다문화가 존립할 수 없음을 증명해주는 격이며 소설들은 이를 충실하게 묘사해 준다.30)

최근 들어 작가들이 관심을 깊게 가지기 시작한 이주노동자 문제를 다룬 소설로는 이명랑의 장편『나의 이복형제들』(실천문학, 2004), 박범신의 장편『나마스테』(한겨레신문, 2005), 천운영의 장편『잘 가라, 서커스』(문학동네, 2005)를 비롯하여 김소진의「달개비꽃」, 공선옥의「명랑한 밤길」과「가리봉 연가」, 강영숙의「갈색 눈물방울」, 김재영의「코끼리」와「아홉 개의 푸른 쏘냐」, 한수영의「그녀의 나무 핑궈리」와「번지점프대에 올라서다」, 김인숙의「바다와 나비」등이 있다.

이들 일련의 작품들은 이주 노동자들에 대하여 착취를 지극히 정당한 것으로 간주하는 한국사회는 이제 그들을 착취함으로써 우리 자신도 착취를 당할 수 있다는 반성을 촉구하는 형식을 취하고 있다. 그렇

---

30) 이주노동자를 다룬 소설에 관한 글로는 (1) 계간『작가』, 2006. 겨울, 특집「이주노동자와 한국문학」(양진오・김양선・최기숙・고인환・오창은의 논문 게재), (2) 서영인「이국인 노동자 ; 우리 안의 타자들, 타자 안의 우리들」,『문학들』, 2005, 겨울, 게재, (3) 고명철 평론집,『뼈꽃이 피다』, 케포이북스, 2009, 중「부정의 대상을 감싸 안으며 넘어서는 미적 분투 – 김재영의 소설 세계」과「좋은 소설과 대화를 나누는 비평의 행복 – 김재영의 소설에 관한 두 번째 비평」.

다고 이주노동자에게 막연한 동정이나 값싼 인도주의적 정신을 취입시키는 작품도 문학적인 본분을 망각하는 길일 것이다. 오창은은 이 문제를 아래와 같이 정리한다.

> '이주노동자다움'에 대한 상징적 조작이 '착한 이주노동자, 불쌍한 이주노동자'로 이어지는 것은 대단히 위험하다. 권력의 시선이 투영된 이주노동자에 대한 상징조작은 항상 경계해야 한다. 전통문화만 향유하는 존재, 한국인과는 다른 존재로 이주노동자를 재현하려는 시도는 자기중심적 시각의 변형일 뿐이다. 그래서 '단지 있는 그대로의 모습'으로 이주노동자를 재현하려는 태도는 중요하다. 그런 의미에서 김재영의 「코끼리」가 이미 한국 사회의 일원이 되어 있는 이주노동자의 생활을 '상징조작 없이 재현'하고 있다는 사실에 주목할 필요가 있다.[31]

## 8. 맺는 말

다문화주의로서의 한국문학을 보다 심도 깊게 다루려면 위에서 본 것처럼 1-7까지를 다 다뤄야 하지만 여기서는 편의상 검토 대상 범위를 좁혔다.

다문화주의가 지닌 긍정적인 요인과 부정적인 요인 중 한국문학은 여전히 부정적인 측면이 강하게 표출되어 있는데, 그것은 비평이론이나 작품에서 비슷하게 나타난다.

한국만큼 다문화가 정착하기 어려운 지역도 그리 흔하지 않을 것이다. 근대 이후 백인이나 일본과 같은 제국주의 문화에 대해서는 무비판

---

31) 오창은 「연민을 넘어선 윤리」, 각주 29번의 (1)번과 같은 책, 85쪽.

적으로 수용하면서 정작 제3세계 나라에 대한 편견과 이들에 대한 우월의식은 이데올로기 면에서도 시대착오적인 반공의식으로 나타나며, 이는 또한 종교적인 편 가르기 식으로 까지 번질 우려가 있다.

다문화란 그 비판적인 요인에도 불구하고 민주화와 평등의식이 정착된 사회에서라야 개화될 수 있는 사해동포주의의 꽃이다. 그런 뜻에서 언젠가는 우리 문학도 이 시련의 계절을 넘어 다문화를 긍정적으로 수용해야 될 것이다. 그 수용 대상은 제3세계만이 아니라 제4세계까지임은 말할 필요도 없다.

# 한민족 문화권의 디아스포라 문학

김종회 경희대학교 국어국문학과 교수

## 1. 한민족 문화권의 새로운 영역에 대한 이해

한글로 작품 활동이 이루어지는 해외 주요 지역의 문학에 '한민족 문화권의 문학'이란 명호가 부여되면서 본격적인 연구가 시작된 이래, 오늘에 이르기까지 국내외적 상황이나 학계의 연구동향이 많이 달라졌다. 처음 이 분야의 연구가 이루어질 무렵만 해도, 재외 한인문학에 대한 인식이나 연구가 그다지 활발하지 못했다. 그러나 이제는 이 분야가 한국문학의 외연을 확장하고 민족적 정체성을 포괄적으로 확립하는 데 중요한 역할 및 기능을 예고하고 있으며, 그것은 또한 동시대 문학 연구자들이 끌어안고 있는 책임의식과도 관련이 있다.

더욱이 국가 간 커뮤니케이션과 이동 수단의 눈부신 발달로 세계가 지구촌화 한 오늘날, 한민족 문화의 지역별 분포는 그 근본적 동질성에 비해 훨씬 부차적인 개념이 되었다. 지난 7년간 필자가 미국·캐나다 등 미주의 한인문학, 일본의 조선인문학, 중국의 조선족문학, 카자흐스탄·우즈베키스탄 등 중앙아시아의 고려인문학이 창작되고 있는 현지를 국제세미나 및 강연을 계기로 방문하는 동안, 그러한 변화를 실증적으로 체감할 수 있었다. 동시에 국내에서의 연구 인력 확장 등 연구 분위기도 많이 성숙되었으며, 국내 대학에서도 '국제한인문학연구센터' 등을 설립하여 향후의 연구를 본격화하기도 했다.

해외 주요 지역의 문학 중 재미 한인문학에 관해서는, 최근 들어 체계적으로 자료를 수집·정리하고 그 문학적 성과를 분석적으로 연구하고자 하는 시도들이 선보이고 있다. 필자가 편한 『한민족 문화권의 문학 2』에 수록된 「재미 한인문학 연구의 현단계」는, 이러한 재미 한인문학 연구 현황을 통시적으로 고찰하고 있다. 이와 더불어 현지 재미 한인의 관점에서 바라본 「이산적 정체성과 한국계 미국작가의 문화 읽기」는 향후 연구의 과제와 전망을 모색하고 있다.

개별 작가론과 작품론에 있어서, 소설에 비해 비교적 비평적 조명이 미진한 시와 동화 장르에도 주목이 확대되고 있는데, 이민자의 삶의 갈등과 내면의식을 핍진하게 형상화하고 있는 고원과 마종기의 시론 및 한국의 전통문화와 역사를 전 세계에 알린 동화작가 린다 수 박(Linda Sue Park)의 작품론 등이 이에 해당한다. 한편 탈식민주의와 다문화주의가 쟁점화 되고 있는 오늘날, 「종군 위안부 : 노라 옥자 켈러와 이창래의 고향의식」 같은 글은 이산적 정체성과 역사의식이라는 주요한 문제에 접근하고 있어 주목을 요한다.

같은 책에 수록된 재일 조선인문학 연구는, 그 역사적 특수성이 작용하는 가운데 일본어로 쓴 문학과 조선어, 곧 한글로 쓴 문학으로 나뉘어 연구가 이루어졌다. 김사량, 김달수, 김석범, 이회성, 이양지, 유미리 등 일본 문단 내에서 일정한 주목을 받아왔으며 한국에도 번역되어 소개된 일본어 문학이 한 축이라면, 재일본조선인총연합회(총련) 산하 재일본조선문학예술가동맹(문예동) 소속 작가들이 창작한 조선어 문학이 다른 한 축을 이룬다. 한글로 씌어진 문학작품을 중심으로 할 때, 북한문학과 밀접한 연관성을 지니며 한국에서는 그 연구가 아직 미미한 재일 조선어 문학에 대한 연구가 점진적으로 중점적 과제로 인식되고 있다.

'문예동' 소속 시인인 손지원의 글은 해방 이후 현재까지 조직적으로 이루어진 국문문학운동의 전개 과정 및 작가들의 창작 활동을 시기별로 나누어 문학사적으로 고찰하고 있으며, 문예동 소속 소설가 강태성의 글은 소설문학을 중심으로 재일 조선인 조선어 문학의 특징적 면모를 밝히고 있다. 이밖에도 재일 조선인 조선어 문학을 시와 소설로 나누어 주제별로 개관하거나 대표적 시인·작가들인 김학렬, 리은직, 량우직의 작품에 관심의 깊이를 강화하고 있다.

중국 조선족문학에 대한 연구에서는 그 전반적인 흐름을 짚어보고, 의미망을 제시하는 글 두 편을 중시하여 상기의 책 중국 부분 서두에 수록하였다. 여기에서는 중국 조선족문학의 이중적 성격이 역사적 흐름과 밀접한 상관성을 갖는 것임을 보여줌으로써 그것이 어느 범주에 귀속되는가의 문제에서 벗어나 근대 문학의 범주를 넓히고 현재적 의미를 재발견하는 데로 나가야 할 것임을 밝히고 있다. 중국 조선족문학과 한국문학의 교류가 활발해지고 그 양자 간의 상호관계를 통해 우리 문학 세계화의 한 방향성을 모색하려는 지금, 중국 조선족문학의 개혁 개방 시기에 대한 소설 연구는 그 문학적 향방을 비교적 소상히 전해주는 측면이 있다.

그동안 미처 손이 닿지 못했던 비평과 아동문학에 대한 연구도 이제는 주의 깊게 다룰 때가 되었다. 중국 조선족문학 비평에 관한 연구는 중화인민공화국 성립 이후 조선족문학의 당면 과제와 방향을 구체적으로 보여주며, 아동문학에 관한 미개척 분야의 연구 또한 한국에 좀처럼 알려지지 않았던 중국 조선족 아동문학의 실상을 파악하는 길잡이의 역할을 해 줄 수 있다.

중앙아시아 고려인문학의 연구는, 세계 문단의 주목을 받는 작가들의 등장에 힘입어 아나톨리 김과 미하일 박을 주축으로 한 연구가 상당한 수준으로 진행되어 온 것이 사실이다. 그런데 이들의 문학은 그 문학적 성과에도 불구하고 러시아어를 통한 창작과 모호한 민족적 정체성으로 인하여 '민족문학'의 범주 문제에 대한 부분적인 논란의 여지를 남겨두고 있다.

중앙아시아 고려인문학에 대한 전반적인 상황과 함께 그동안 중점적인 연구에 아쉬움이 있었던 라브렌띠 송·김준·김세일 등의 작품 세계에 대한 심도 있는 논의가 필요하다. 이는 작가와 작품의 중요성에도 불구하고 그동안 체계적으로 이루어지지 못한 연구의 보완을 말하고 있으며, 자료를 구하기 어려운 상황 속에서 현지와의 직접적인 교류를 통한 성과의 확보에 유의할 필요가 있다.

지금까지 언급한 재외 한인문학은 한국문학의 비주류적 그늘 아래 있었던 것임을 부인할 수 없다. 그럼에도 불구하고 이들의 문학은 한국문학의 주류에서 논의되어 온 민족문학, 근대문학이라는 거대담론의 틀을 재조명할 수 있는 타자의 자리를 제공한다. 우리는 안과 밖에 있는 문학적 주체의 시선이 교차하는 과정에서 그 새로운 시각이 배태되기를 바라 볼 수도 있다.


## 2. 태평양을 넘는 문화충격의 동질성과 이질성
### - 재미 한인문학

재미 한인의 세대적인 구분은, 한국에서 태어나 청·장년기에 미국으로 건너간 이민 1세대와 어린 시절 미국으로 건너간 1.5세대, 이민 1세대인 부모 아래 미국에서 태어나 줄곧 미국에서 성장한 2세대 이후 세대로 이루어진다. 국권 상실기에 이루어진 초기 유 이민이 비교적 타율적인 것이었다면, 해방 이후나 한국전쟁 이후에 이루어진 이민은 주로 경제적, 사회적 상승욕구에 의한 것으로 자율성을 특징으로 한다.

상당수의 이민 1세대가 이미 모국에서 학습한 한국어를 사용해 일반적인 의사소통 행위나 사고를 하는 것에 비해, 이민 1.5세대나 2세대는 한국어에 대한 체계적인 학습이 없을 뿐 아니라 한국 문화에 대한 경험도 적을 수밖에 없기 때문에 그들에게 현지어인 영어가 그들의 사고 체계 전반을 차지할 수밖에 없다. 이러한 세대적인 구분은 자연스럽게 문학 창작 활동을 하는 문인들의 세대적인 구분에까지 이른다. 곧 한국어로 문학 창작행위를 하는 이민 1세대와 영어로 문학 창작행위를 하는 이민 1.5세대 이후 세대로 나뉜다는 것이다.

해방 이전 재미 한인들의 시문학은 창가와 시조 등 모국의 전통 장르를 계승하는 동시에, 미국 현지에서 경험한 민요 등 여러 형태의 노래들을 수용하면서 일정한 변이 과정을 거친다. 모국의 시문학이 문학 내적인 동기에 의해 자유시의 형태로 전이되는 발전 과정을 거치는 것에 비해, 재미 한인들에 의해 창작된 시문학은 현지인들이 일상에 부르던 노래를 일정 부분 받아들이면서 자유시의 경험을 축적해간다. 곧 단순히 영어 가사를 한국어 가사로 바꾸어 부르는 것 뿐 아니라 자유로운 시 형식을 체험하면서 새로운 형태의 시가문학을 발전시켜 나간 것이다. 내용적인 측면에서는 주로 일제에 대한 저항 의식과 독립에의 염원, 식민지적 현실에 대한 반성과 비판, 그리고 이민 생활의 애환과 고국에 대한 그리움 등이 주제적 경향을 이루었다.

소설문학은 3·1운동 이전에는 낭만적 애국주의로 대표될 만한 주제의식을 표방하는 것에 그치고 말지만, 3·1운동 이후에는 모국의 식민지 현실을 좀 더 객관적이고 이성적으로 바라보고자 하는 의지가 소설 자체의 미학적 완성도를 향한 노력과 어울려 다양한 주제의식과 완성도 있는 작품들을 생산하기에 이른다. 애국애족과 현실비판, 선진문물과 정신에 대한 추구, 이민생활의 애환 등이 주제적 경향을 이루었다. 시문학에서 드러난 사회 현실에 대한 비판 의식이 미국이라는 공간적 특수성에서 일정 부분 힘입은 것과 마찬가지로, 소설문학 역시 자유연애 등 서구적 가치관에서 비롯된 새로운 세계관이 작용하면서 소설 미학적 완성도를 높이는 데에 상당한 기여를 하게 된다.

해방 이후, 이민 1세대 중심의 재미 한인들은 문학 단체들을 조직하여 한국어로 작품 활동을 하며 한국인으로서의 결속을 다지고 고향에 대한 그리움, 이민생활의 힘겨움 등을 작품으로 표현하면서 현실을 극복하고자 하였던 것으로 보인다. 또한 그러한 활동을 통해 한국인으로서의 자부심을 가지고 미국 사회에 한국인과 한국문학을 알리려는 시도를 한 것이다. 그러한 목적의 문학단체가 미주 지역 곳곳에 존재하며 활동의 성과물로서 여러 문예지를 발간하고 있다. 대표적인 문예지로는 미 서부의 『미주문학』과 미 동부의 『뉴욕문학』을 들 수 있다.

한편 1.5세대와 2세대, 3세대들은 특정 문학단체에 소속되어 활동하기보다는 개별적으로 작품을 생산해 내고 있다. 이들은 미국에서 교육받고 미국식 문화에 익숙해져 있으며, 그래서 영어로 작품을 쓰는 경우가 대부분이다. 그러므로 이들에 의해 쓰여진 한국에 관한 이야기나 재미 한국인에 관한 이야기는 전자의 한글 창작물에 비해 미국 사회에 훨씬 큰 파급효과를 줄 수 있다. 김용익, 김은국, 노라 옥자 켈러, 이창래, 수잔 최, 차학경, 캐시 송 등은 그들의 작품으로 미국 사회에서도 인정받고 있으며 그들로 인해 한국과 재미 한인, 나아가 미국 내 소수민족에 대한 관심이 고조되고 있는 것이 사실이다.


## 3. 비극적 역사체험을 넘어 민족적 정체성 추구
### - 재일 조선인문학

일제 강점기와 분단이라는 한국 민족의 특수한 사회·역사적 배경은, 근대 이후 자·타의에 의해서 일본에 거주하게 된 재일 조선인의 삶과 정체성을 결정짓는 중요한 환경 조건이 된다. 민족적 차별과 억압 속에서, 자신의 민족적 정체성을 부단히 탐구하는 가운데 형성되어온 재일 조선인문학에 대한 연구와 관심은 한국문단에 주어진 절실한 문학적 과제의 하나이다. 이는 재일 조선인문학이라는 또 하나의 문학적 자산이

한국문학의 외연을 확장시키며 그 내용을 풍부하고 다양하게 하는 데 일정한 기여와 견인차의 역할을 수행하리라는 인식에 기반하고 있다.

해방 이전의 경우에는 1930년대 이후 장혁주와 김사량의 문학활동을 본격적인 재일 조선인문학의 시작으로 보는 것이 타당할 것이다. 장혁주는 1932년『개조』현상 공모에서 단편「아귀도」가 2위로 입상하면서 창작 활동을 시작한다. 초기에 일제의 착취와 수탈에 저항하는 작품 경향을 보이다가 결국 식민지 정책에 부응하면서 친일 작가로 전락한 장혁주와는 대조적으로, 김사량의 경우는 상이한 측면에서 재일 작가의 면모를 보여준다. 김사량은「기자림」,「천마」,「풀은 깊다」등에서 조선 민족의 비참한 생활과 일제의 식민지 정책을 고발하고, 반민족적 행위를 하는 지식인들을 비판·풍자하는 등 식민지 지배에 저항하는 작가로서의 길을 걸었다.

1940년대가 되면서 재일 조선인 문학계 내에는 많은 신진들이 등장하게 되는데, 김달수, 이은직 등이 대표적인 작가이다. 이 중에서 해방 전과 해방 후 재일 1세대 작가의 맥을 잇는 작가로 김달수를 들 수 있다. 니혼대 재학 중「물결」이라는 단편으로 아쿠타가와상 후보에 오르면서 문학적 재능을 인정받았던 이은직 또한『탁류』등의 작품을 통해 해방 정국의 혼란한 시대적 상황을 치밀하게 그려낸다. 이들의 뒤를 잇는 재일 작가로서, 김달수와 더불어 대표적인 재일 1세대 작가로 꼽히는 김석범은 1925년 일본 오사카에서 태어났으나 부모의 고향인 제주도를 자신의 고향으로 삼고, 조국을 대변하는 상징적 존재로서 제주도 문제와 4·3사건에 끊임없이 천착한다.

이처럼 김달수, 김석범 등 재일 1세대의 문학은 무엇보다도 조국이

처한 시대적·정치적 상황을 작품의 배경이나 문학적 소재로 삼아 형상화하고 있는데, 이는 조국의 운명이나 해방에 무관할 수 없는 작가의 현실 인식과 조국 지향의 정서를 드러낸다. 이 외에도 시인인 허남기, 김시종, 그리고 김태생이 재일 1세대에 속하는 작가들이다.

시기적으로 일본 사회의 고도 경제 성장이 본격화된 1960년대 후반에 등장한 재일 2세대 문학에는, 조국 또는 민족과 재일이라는 자신의 위치 사이에서 갈등하고 고뇌하는 본격적 재일 세대의 모습이 그려진다. 이회성, 김학영 등으로 대표되는 2세대 작가들은 일본에서 출생, 성장한 탓에 모국어가 거의 불가능하거나 후천적으로 습득된 것이다. 이 외에도 재일 2세대 작가로 고사명, 양석일, 박중호, 김재남, 종추월 등을 들 수 있다.

1980년대에 접어들면서 이양지와 이기승 등 새로운 세대가 등장한다. 한국에서 태어나 일본으로 건너온 부모를 두었다는 점에서는 재일 2세대에 속하지만, 연령이나 문단 데뷔시기, 작품 경향 등이 2세대 작가와는 뚜렷이 구분되는 재일 3세대 작가의 선두주자인 이양지는 모국 유학을 통한 낯선 조국 체험으로 개인적 정체성을 모색하며, 이러한 실제적인 경험을 기반으로 「나비타령」, 「유희」 등의 작품을 발표한다. 이기승 또한 「제로한」, 「잃어버린 도시」 등의 작품에서 차별 받는 재일 조선인의 정신적 갈등과 불안의식을 다루면서 현시대에 이들이 당면한 존재적 문제의식을 전면화 시킨다.

이처럼 역사적 특수성보다는 문학적 보편성에 주력하고자 하는 노력은 유미리 등의 최근 작가들에게서도 찾아볼 수 있다. 『가족 시네마』, 『풀하우스』 등의 작품에서 유미리는 자신이 한국인도 일본인도 아니라는 실존의 기반을, 문학을 하는 데 매우 유효한 입장으로 무리 없이 수용하고 있다. 자신과 현실 간에 가로놓인 깊은 틈에 주목하여, 현대인이 처한 정신적 고독과 세계와의 이질감이라는 문제를 독특한 감수성으로 도출해 내는 데 유미리 문학의 특징이 있다. 이 외에도 오사카의 재일 조선인 거주지인 이카이노를 무대로 삼아 문학 활동을 하는 원수일을 비롯하여, 정윤희, 김중명, 그리고 2000년『그늘의 집』으로 아쿠타가와 상을 수상한 현월, 2001년『GO』로 나오키 상을 수상한 가네시로 가즈키 등이 재일 3세대 작가 군에 속한다.

이상에서 살펴본 바와 같이 지금까지 재일 조선인문학의 창작의식을 규정지었던 가장 커다란 범주는 일본이라는 과거 조선의 식민지 지배 국가에서 조선인으로서의 민족적 정체성을 어떻게 지켜나갈 것인가의 문제였다. 1990년대 이후 재일 조선인문학은 내면에 실재하는 욕망의 문제, 진솔한 삶의 문제에 접근함으로써, '재일'이라는 특수한 상황을 보편적인 인간의 정서와 대면하게 한다.

이제 재일 문학은 민족적 정체성과 실존적 자아 확립이라는 문제에서 벗어나 인간 내면의 심연을 통찰하고 현대 사회가 안고 있는 혼돈과 병리적 현상에도 주목하기 시작했다. 이처럼 개별적 민족의 문학을 넘어서 세계 보편의 가치를 향해 나아가고 있는 재일 조선인문학의 미래적 전망을 함께 일구어가야 하는 책임이 우리에게도 부여되어 있음을, 적극적이고 긍정적으로 인식해야 할 것이다.

## 4. 소수민족의 특수성과 민족문화 및 언어 유지
### - 재중국 조선족문학

중국으로 조선인들이 대거 이주하기 시작한 것은 19세기 후반부터이다. 그리고 1910년 한일합방 이후 일제의 수탈로 인해 만주 이주는 더욱 가속화되었다. 이주 초기에는 조선족의 대부분이 절대적 빈곤에 처한 농민들이었기 때문에 문학 활동이 일어날 만한 여건이 이루어지지 못했다. 이후 20세기에 들어와서야 비로소 <조선애국문화계몽운동>의 영향과 '문화교육사업' 등에 의해 문학 활동이 전개되기 시작하였다. 이 시기 문학은 제국주의와 봉건주의를 반대하고 민권옹호와 자유평등, 문명개화를 주장하는 내용이 주를 이루었다.

근대문학시기(이주 시작~1920년)에는 창가와 시문학이 융성하여 소설은 그리 주목받지 못했다. 이 시기에는 고대 소설에 비하여 새로운 시대적 성격을 가진 신소설이 창작되었는데, 이는 조선 신소설의 영향을 크게 받은 것이었다. 그러다가 1910년대 중기에 들어서면서 대중의 미학적 수요에 따라 현대 자유시들이 나타나기 시작하였다.

1920년대에 들어서면서 조선족은 10월 사회주의 혁명과 조선의 3·1운동, 중국의 5·4운동의 영향을 받아 마르크스주의를 전파하고 반일 단체를 조직하여 반제·반봉건 투쟁을 벌이기 시작했다. 무산계급 문학이 대두, 발전한 시기였던 만큼 문학 속에 계급간의 모순과 대립, 투쟁이 구체적으로 묘사되는 것을 중요시했으며, 특히 불합리한 사회현실에 맞서 싸우는 농민들의 계급의식과 저항의식을 두드러지게 표현하였다.

반제·반봉건과 민족 독립에 대한 주제 역시 여전히 중요하게 다루어졌다. 그리고 무산계급 문학을 제외한 기타 작품들은 배격하는 경향도 나타났다. 이 때 가장 왕성하게 창작된 것은 혁명가요를 위시한 시가 작품들이었다. 자유시와 한문시, 시조도 많이 창작되었으나, 대부분의 작품이 소실되었다. 현전하는 작품들을 살펴보면 일본의 강제 지배를 비판하고 민족의 독립을 갈망하는 내용이 주를 이루었다.

1931년 9·18사변으로 동북의 대부분 지구가 일본의 식민지가 되자 조선족은 중국 공산당과 함께 항일 무장 투쟁을 벌였다. 이 시기 조선족 문학은 선행 시기의 문학적 전통을 계승하는 것과 아울러 중국의 항일 문학, 소련의 혁명 문학, 특히 조선 문학의 성과를 섭렵하면서 발전해 나갔다. 1930년대 초기에 용정에서는 작가 이주복 등이 발기한 문학 동인 단체인 <북향회>가 발족되어 문학 창작을 발전시키고 후진 양성 사업을 활발히 진행하였다. 또한 모더니즘을 수용한 <시현실> 동인들이 활약하였다.

일제의 단속이 심해지자, 현실에 대한 고발보다는 생활 세태나 인륜, 애정 등으로 소재를 전환했으며, 몇몇 작가들은 일제의 정책을 수용해 나가는 모습을 보이기도 했다. 그러나 이렇게 어려운 상황에도 불구하고 이 시기에는 작가와 작품 수가 증가하고, 현실 생활을 폭넓고 깊이 있게 형상화 해냈으며, 예술 방법이 도입되는 등 문학이 일정 부분 발전한 모습을 보였다.

1945년 9월 3일 항일 전쟁이 승리하자 조선족문학은 일본의 식민 통치에서의 해방을 즉각 작품에 반영했다. 이 시기 문학의 내용은 해방의 기쁨과 감격, 토지개혁을 비롯한 민주개혁, 항일 투쟁을 형상화한 것들이 주를 이루었다. 그러다가 1949년 10월 1일 중화 인민 공화국이 들어서면서 조선족은 새로운 역사를 맞이하게 되었다. 길림성, 흑룡강성,

요령성의 조선족 집거구들에서 선후로 <민족자치구역>을 실시함에 따라 조선족은 정치, 경제, 문화 등의 제반 분야에서 자주적인 발전을 이룩해 나갈 수 있게 되었다.

1966년 5월부터 10년 동안 진행된 문화대혁명 시기는 조선족 당대 문학의 수난기였다. 많은 문인들이 박해를 받았으며, 훌륭한 작품들이 금서가 되었고, 민족문화·민족정신·민족감정에 대한 논의는 금지되었다. 하지만 1971년 이후 이러한 문화 정책에 대한 강한 반발이 일어나게 되자, 1974년에 이르러 『연변문예』가 복간될 수 있었다. 그러나 여전히 강압적 분위기는 지속되고 있어서 1971년 이후의 조선족문학 창작은 난항을 겪었다.

1980년대에 진입하면서 조선족 문단의 지역적 공간도 확대되었다. 그동안 연변을 제외한 기타 지역의 문학 발전은 거의 공백 상태였으나, 1980년대 이후에는 연변 외에 통화, 길림, 할빈, 심양, 목단강, 장춘 등 지구에서도 문학지와 문학 단체를 가지게 되었다. 1990년대에 들어선 중국은 개혁개방으로부터 시장경제의 도입을 거치면서 많은 사회적 변화를 경험했다. 이에 조선족문학은 다원적인 복합사회의 다양한 모순을 파헤치면서 적극적으로 새로운 현실을 탐구해나가려는 모습을 보여주었다.

이와 같이 중국 조선족문학은 역사적 시련 속에서도 그것을 문학적으로 형상화해 나가며 자리를 지켜왔다. 따라서 중국 조선족문학을 이해하기 위해서는 역사적 시각에서의 조명이 필요하며, 한민족이면서 동시에 중국인이라는 특수성을 고려해야 한다. 이국땅에서 소수민족으로 살아가며 민족어를 지킨다는 것은 자신의 정체성을 지키는 일이기도 하다. 재외 한인 중 중국 조선족만큼 조선어를 굳건히 지키며 살아가는 이들은 드물다.

그러한 역사적 난관 속에서 일제 강점기 안수길 시대의『북향』을 중심으로 한 문학 작품들, 그리고 김창걸, 리욱, 김학철 등의 시와 소설은 비록 한반도 강역 바깥에 있다 할지라도 한민족 문학의 소중한 산출이 아닐 수 없다. 이들 이후 지금까지 계속되고 있는 우리말 작품 창작은, 중국의 소수민족 정책에 따라 소수민족 자신들의 문화를 지키는 일이 법적으로 허용된 객관적 상황, 독립운동을 계기로 중국을 찾은 조선의 지식인들이 풍부한 인적 자원을 이루었다는 점 등이 큰 이점으로 작용한 측면이 있다. 동시에 조선족의 민족문화 보존에 대한 주체적 노력이 오늘날까지 한글 문학을 지켜올 수 있었던 원동력이라 하겠다.


## 5. 탈냉전 시대와 내용의 새로움, 보존의 시급성
### - 중앙아시아지역 고려인문학

한민족이 러시아 지역으로 이주해 간 것은 구한말인 1860년대를 시작으로 하여 140여 년에 이른다. 따라서 이주민과 그 후손들의 규모도 상당하여 외교통상부의 2001년 통계자료에 의하면 현재 52만 명을 넘어서고 있다. 이들은 소련의 정책에 적극적으로 따르면서도 우리 민족의 전통 또한 잊지 않는 이중적 특성을 견지하며 살고 있다. 러시아 민족과의 동화(同化)는 제정러시아와 소련, 그리고 독립국가연합이라는 그 지역 역사의 격변기를 거치면서 생존을 위한 어쩔 수 없는 선택이었을 텐데, 그럼에도 불구하고 아직까지도 한글 신문이 간행되고 있음은 우리 민족의 정체성을 잃지 않으려는 노력의 소산으로 볼 수 있다.

이 지역 한인들의 문학은, 한글신문『선봉』이 창간되어 '문예페이지'를 통해 작품이 발표되기 시작한 1923년 무렵으로부터 약 80년의 역사를 이어오고 있다. 그러나 한반도 내의 정치 격변과 이후의 냉전논리에 막혀 남한에는 작품 소개조차 어려웠으므로, 그에 대한 연구 성과는 매우 미미하다. 재외정치학자 김연수에 의해 시 작품이 한정적으로나마 남한에서 소개된 것이 1983년이니, 이 지역의 한인 문학이 남한에 소개된 지 이제 겨우 20년이 되었을 뿐이다. 더구나 소련의 해체 이후에 개방에 따른 본격적인 연구의 가능성이 생겼음을 염두에 둔다면 그 연구기간은 더욱 짧아진다. 짧은 시간일망정 충실한 소개와 연구가 진행되었다면 모르지만, 아직도 자료 수집·소개 자체가 절대적으로 부족한 상황이다.

또한 이 지역 한인 문학에 대한 관심과 연구가 미미하여 기왕에 소개된 작품조차 품절·출판사의 폐업 등으로 아예 자료가 남아있지 않거나 구입할 수 없는 경우도 많다. 작품 소개의 상황이 이러하다 보니 연구의 깊이도 부족해서 그동안은 개별 작가나 작품론을 다루기보다는 주로 전반적인 양상을 언급하는 것에 머물러 있었다. 최근에는 개인 작품집의 형태로 묶여져 나오고, 현지 동포에 의한 연구도 진행되면서, 본격적인 작가론이나 작품론, 문학사 등이 연구되기 시작하였다.

구소련지역 한인들의 문학 활동은 망명한 조명희를 주축으로 하여, <선봉>이라는 신문의 문예란을 바탕으로 시작되었다. 이후 신문의 제호는『레닌기치』,『고려일보』등으로 바뀌지만 여전히 이 신문들이 이 지역 문학창작의 산실 역할을 했다. 그런데 신문의 독자투고란을 이용한 문예 활동이라서 아무래도 아마추어적인 요소가 강할 수밖에 없었다.

이 지역 문학사는 이렇게 이주한 동포들에 의해 씨가 뿌려져 시작되었고, 이후에는 북한으로부터 지식인들이 유학이나 망명의 형태로 투입되면서 더욱 활발하게 진행되었다. 그러나 1937년 강제 이주와 같은 민족 억압정책과 소련의 붕괴라는 혼란 속에서 생존의 문제가 절박하게 되어 현재는 우리말과 글을 아는 사람이 아주 적다. 즉 민족문학사적 관점에서 본다면 이 지역 문학은 운명을 다 한 듯이 보이기도 한다. 그러나 1923년 『선봉』의 창간과 더불어 1990년대 초반까지 이루어낸 업적마저 무시될 수는 없다. 그리하여 현재 그 문학사를 정리해 보려는 시도들이 시작되었다.

구소련지역의 한인 문학은 그 양에 있어서나 내용의 새로움에 있어서나 우리 문학사에서 간과할 수 없는 중요한 한 축에 해당한다. 중앙아시아 카자흐스탄에서 우리말로, 우즈베키스탄에서 러시아어로 글을 쓰는 문인들, 그리고 러시아를 비롯한 곳곳에서 러시아어로 글을 쓰는 문인들이 있고 아나톨리 김을 비롯하여 세계적 명성을 얻은 문인들이 있다. 기실 여기에 우리말이냐 러시아어냐의 문제는 그다지 중요하지 않다. 그동안 지리적인 거리상의 문제뿐 아니라 냉전논리에 의해서도 이 지역의 문학을 접할 기회가 적었던 것도 사실이다.

소련의 붕괴와 국내의 해금조치로 인해 늦게나마 이제야 이 분야의 연구가 시작되고 있지만, 이 지역에서 한글 창작은 더 이상은 기대하기 어려울 뿐만 아니라 내용적 측면에서조차 정체성이 모호해지는 경우가 많기 때문에, 보편적인 문학의 범주에서 다룰 수 있을지는 몰라도 민족문학의 범위에서 다루기엔 여러 가지 난점이 있다. 즉, 민족문학의 확장이라는 측면에서 구소련지역 고려인들의 문학에 대한 연구가 이제 시작되었는데 연구 대상은 곧 사라져 버릴 수도 있는 급박한 상황인 것이다.

현재와 미래의 상황이 이렇게 위태로운데, 거기에 덧붙여 기존에 창작된 과거의 작품도 제대로 관리가 되지 못하고 있는 형편이다. 더구나 『레닌기치』 등에 발표하는 공개적인 작품과는 별도로 진솔한 감정을 다룬 작품들은 공개되지 않은 채 묻혀있을 수 있다는 가능성도 제기된다. 이렇게 숨어있는 작품의 존재 여부도 확인해야 하므로 자료수집 자체도 수월한 일은 아닐 것이다. 그러나 이것은 구소련 지역 고려인들의 작품을 민족문학사에 수렴하기 위해서 어렵더라도 반드시 수행해야 할 과제이다. 우리 문학의 변방에서 산출되는 이러한 작품 창작과 그에 대한 연구들이 체계적으로 수렴될 때, 한민족 문화권의 문학은 한반도의 협소함을 벗어나 더 크고 보편적인 범주를 지니게 될 것이다.*

---

* 이 글은 필자의 글 「한민족 문화권 문학의 확산 가능성과 의미」(『21세기문학』 2010년 봄호)를 일부 수정한 것임.

# 축출, 배제의 고리와 생존의 글쓰기

## – 디아스포라 관점에서 본 김명순의 문학

서정자 초당대학교 명예교수

## 1. 들어가면서 – 자이니치 김명순

본고는 한국근대 최초의 여성작가로 문단에 등단하여 시, 소설, 희곡 등 170여 편(개고본 포함)의 방대한 작품을 낳았으면서도 일본으로 가서 디아스포라의 삶을 택하지 않을 수 없었던 김명순(1896~195?)의 삶과 문학을 살펴봄으로써 지금까지 밝혀지지 않은 한국문학사의 어두운 일면을 부각해 보고자 쓰인다. 김명순문학연구는 우리문학 속 타자의 형성 과정을 살피는 일이기도 하다. 근대 국민, 국가, 민족이 형성되는 신문학 초기에 여성이, 여성작가가, 여성문학이 어떻게 타자화 되고 축출 배제되었는지 김명순의 문학세계는 뚜렷이 보여주고 있다. 김명순은 우리의 근대가 서구 중심의 근대를 모방하는 단계에서 철저한 동일자의 시선으로 축출되고 배제되었다. 특히 근대에 등장한 신문과 잡지 등 매체가 여성 작가와 문학을 등장시키는 한편 타자화 하고 축출하는 데 앞장 서는 등 양면성을 보이는 점은 실로 아이러니라 하겠다.

지금까지 김명순의 문학연구에서 김명순이 해방 후 귀국하지 않고 일본에 남았다는 사실의 의미를 주목해 본 경우는 없었다. 김명순은 소위 자이니치의 삶을 택해 일본에 남은 문인이다. 필자는 10년대 여성문인 김명순과 나혜석, 김일엽 세 사람이 각각 다른 신분과 환경에서 나고 자랐으면서도 똑같이 파멸의 길을 걸어간 이유를 여성해방사상의 수입 내지 영향에서 찾아 본 바 있다.[1] 이후 나혜석의 경우, 단편 「경희」와 「회생한 손녀에게」의 발굴을 시작으로[2] 시, 수필, 평론 등 많은 문제적 작품이 발굴되어 나혜석의 문학은 이제 페미니즘문학의 선구로서만이 아니라 「경희」 등의 문학적 성과로 1910년대 한국문학에서 뚜렷한 위치를 차지하게 되었다.[3] 반면 김명순의 문학에 대해서는 최근에 이르기까지 적지 않은 연구가 쌓이기는 했으나, 전기적 자료의 부족과 작품 수집의 미비 및 오류로 연구가 본궤도에 오르지 못한 아쉬움이 있다[4]. 이런 상황에서 최근 김명순 문학작품을 발굴하여 성실한 서지

---

1) 서정자・박영혜, 「근대여성의 문학활동」, 『한국근대여성연구』, 숙명여대 아세아여성문제연구소, 1987.

2) 서정자, 「나혜석연구」, 한국여성문학연구회 창립심포지엄 주제 발표, 1988.7.7. 『문학과 의식』 제2호, 1988. 서정자편, 『한국여성소설선 I 』, 나혜석의 단편 「경희」 발굴 후 최초 수록, 갑인출판사, 1991.

3) 『한국근대민족문학사』에 나혜석 문학이 언급되고 창비의 『한국현대대표소설선』1에 나혜석의 단편 「경희」가 실렸으며 『범우 비평판 한국문학전집』은 나혜석 편(36)을 출간하였다.

4) 지금까지의 「김명순 소설연구」 중 중요논문은 다음과 같다. 이태숙, 송명희의 글을 제외한 대부분의 논문이 훌륭한 방법적 접근에도 불구하고 잘못된 작가 작품연보를 바탕으로 한 한계를 안고 있다.
정영자, 「1920년대 여성문학 김명순편」, 『한국현대여성문학론』, 도서출판 지평, 1988.
______, 「김명순소설연구―최초의 창작집 발행과 여성해방」, 『한국여성소설연구』, 세종출판사, 2002.
김정자, 「김명순, 그 사랑과 어둠의 사변가」, 『월간문학』, 1991.1.

확인 작업을 거친 논문이 나와5) 이를 바탕으로 김명순문학의 성격을
디아스포라 관점으로 규명해보게 된 것은 무척 다행이라고 생각한다.

　김명순(1896~195?)은 평남 평양군 융덕면 1리 3
통 1호에서 김희경(金羲庚)6)의 장녀로 출생하여 평
양 남산현학교, 야소교학교를 거쳐 서울로 유학,
진명여학교 보통과를 졸업하고, 새 학제로 개설
된 중학과에 입학하였으나, 보통과나 대동소이한
학과공부에 실망, 중퇴하고 1913년 9월 일본으로
가 1년간 시부야 상반여학교에서 준비과정을 거
친 후, 도쿄 국정여학교 3학년에 편입한다. 1년
반 재학 후 특수한 사정에 의해 귀국한 김명순은
숙명여자고등보통학교 4학년 2학기에 편입, 한
학기 수학 후 1917년 3월에 졸업했다.7) 같은 해

김명순(1928년)

---

　김복순, 「지배와 해방의 문학」, 『페미니즘과 소설비평-근대편』, 한국여성소설연구회,
한길사, 1995.
　최혜실, 『신여성은 무엇을 꿈꾸었는가』, 생각의 나무, 2000.
　이태숙, 「고백체문학과 여성주체-김명순을 중심으로」, 『우리말글』, 우리말글학회,
2002.12.
　송명희, 「자유연애를 신봉한 용감한 신여성 '김명순'」, 『김명순작품집』 해설, 지만지
고전선집, 2008.
5) 남은혜, 『김명순 문학연구』, 서울대 석사논문, 2008.2.
　신혜수, 『김명순문학연구-작가의식의 변모양상을 중심으로』, 이화여대 석사논문, 2009.
　7.
6) 어머니의 이름 미상.
7) 이상 진명여학교 학적부 및 숙명여자고등보통학교 학적부 참고하여 작성. 숙명여자고
등보통학교 학적부에는 1916년 편입 시 보호자 아버지 김희경의 직업이 군참사라고
되어있고 주소는 '평양부 육로리 18번지'라고 원적의 주소와 달리 쓰여 있다. 본인의
가족 및 가정생활 정황 란에 부, 형1, 자1, 제5, 매2, 하녀2, 하남2, 여동생 일인은 평
양으로 시집갔다고 되어있으나 이때 부친이 생존해 있었다는 기록은 잘못된 것으로
보이며 형제자매가 십여 명에 이르고 있음은 이채이다. 진명여학교 보통과 입학 시
보증인에 구한국보병 참령이던 중부(仲父) 김희선(金羲善)의 이름이 있다. 일본 육사

9월에 『청춘』 현상문예작품모집에 응모하여 단편소설 「의심의 소녀」가 삼등에 당선하여 문단에 등단하였으며 1918년 김명순은 다시 일본유학 길에 올라 전문부에 적을 둔 것으로 보이나 아직 정확한 학교 명, 전공 등은 확인이 되지 않은 상태다. 1921년 8월 귀국하여 왕성한 작품 활동을 하였으며, 창작집 『생명의 과실』(1925), 『애인의 선물』(1930?)을 내고 1930년 초(추정)에 일본으로 건너가 그곳에서 고학으로 계속 수학을 하였고, 도중 잠시 귀국한 시기를 빼면 그는 1950년대 후반 타계하기까지 향년 60여 년의 후반생 30여 년을 일본에서 보냈다. 조국에서 축출, 배제되어 외국으로 나가 살지 않으면 안 되었던 그의 비극적 삶에 초점을 맞추어 그의 문학을 살펴보면 그가 생존을 위해 쓴 대항문학[8]의 진면목이 드러난다.

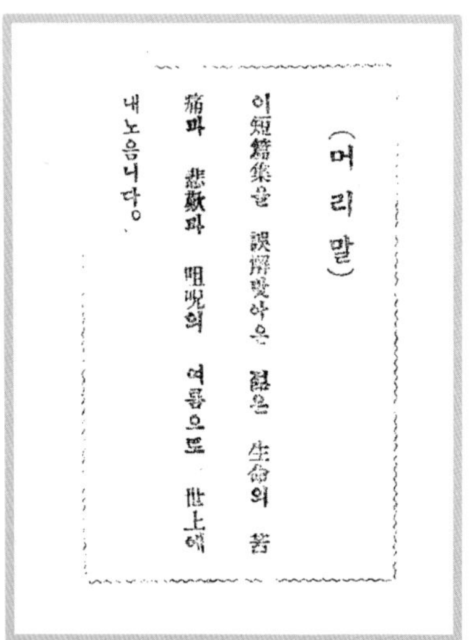

『생명의 과실』 머리말

포로, 고통, 언어, 극복 등으로 표상되는 용어 디아스포라는, 1990년대에 들어 이주노동자, 무국적자, 다문화가족, 언어의 혼종성 등 초국가적(transnational)인 문제들이 일반화되면서, 다른 민족의 국제이주, 망명, 난민, 이주노동자, 민족공동체, 문화적 차이, 정체성 등을 아우르는 포괄적인 개념으로 사용되고 있다.[9] 본고는 사프란의 디

___

출신의 군인인 숙부가 있다고 하였는데 그가 김희선인지는 확실치 않다. 그동안 김명순의 학적과 가족에 대한 오류가 많아 길게 인용한다.

8)  대항문학의 용어는 서경식의 저서에서 차용한 것이다. 서경식은 대항서사라는 용어를 사용하였는데 출전 저서는 정확히 기억하지 못하여 찾지 못했다.

9)  김응교, 「이방인, 자이니치, 디아스포라 문학」, 『한국근대문학21』, 한국근대문학회, 2010. 상반기.

아스포라 개념 정의와 특성을 바탕으로[10] 이산의 상태를 문제 삼기보다 지식인이 처한 상황을 다루는 레이 초우의 디아스포라 글쓰기 관점을 차용한다. 레이 초우는 최근 활발하게 이루어지는 디아스포라 문학에 대한 논의는 "역사적인 우연이라기보다는 지적인 현실, 즉 지식인이 처한 현실상황에 대한 것이라고 정의하고 있다.[11] 본고는 디아스포라를 낳은 과정, 즉 지식인이 처한 상황에 역점을 두고 김명순의 문학을 축출과 배제의 과정에서 살아남기 위해 하나의 대항문학, 생존을 위한 글쓰기를 이룩하였다고 보고 그의 문학을 디아스포라 관점으로 살펴본다.

김명순이 근대 최초의 현상문예 당선 작가라는 기념비적 존재이면서도 축출 배제되어 일본으로 가서 망명생활을 하게 된 데는 근대에 등장한 인쇄매체, 신문과 잡지가 결정적인 영향을 미쳤다. 베네딕트 앤더슨의 유명한 상상의 공동체 이론에 의하면 활자어의 변화, 거기에 인쇄술과 자본주의가 상상의 공동체인 근대민족과 국가를 창조하는데 기여했다고[12] 보는데 신문과 잡지 인쇄매체는 민족과 국가의 권력을 대신하여 김명순을 국외로 추방하였다. 존 프랭클은 국가와 민족주의가 신문

---

10) 디아스포라 문제를 학술화시킨 학자는 사프란(William Safran)이다. 사프란은 디아스포라를 "국외로 추방된 소수집단 공동체"라고 정의하면서 그 특성을 여섯 가지로 나누어 설명하고 있는데 ①특정한 기원지로부터 외국의 주변적인 장소로 이동한다. ②모국에 대한 "기억, 비전 혹은 신화"같은 집합적 기억을 보존한다. ③거주하는 나라에서 받아들여질 수 없다고 믿는다. ④때가 되면 "돌아갈 곳"으로 조상의 모국을 그린다. ⑤모국을 위해 정치적, 경제적으로 헌신한다. ⑥디아스포라 의식은 모국과의 관계에 의해 "중요하게 규정된다." 김응교, 「이방인, 자이니치, 디아스포라 문학」, 위의 발표 논문에서 재인용.

11) "diasporic consciousness"is perhaps not so much a historical accident as it is an intellectual reality-the reality of being intellectual :Rey Chow, *Writing Diaspora: Tactics of Intervention in Contemporary Cultural Studies*, Indiana University Press, 1993, p.15. 김응교, 위의 논문에서 재인용.

12) 베네딕트 앤더슨, 『상상의 공동체』, 나남출판, 2006년 5쇄, 제3장 '민족의식의 기원' 여기저기.

이라는 새로운 매체의 지면 위에서 동시에 창조 정의 되는 실례를 애국가문학을 통해 보여준 바 있다.13) 김명순의 작품 곳곳에 나타나는 비극적 인식이 소실의 태생이라는 출생에서 비롯한 것으로 보는 견해가 지배적이나 본고는 소실의 딸이라는 태생적 콤플렉스와 함께 그를 평생 동안 따라다닌 매체의 폭력이 여성작가 김명순을 우리 문학 속의 타자로 위치 지었고, 김명순의 대항문학을 낳게 하였고, 끝내는 국외로 추방하는 결과를 낳았다고 본다.

인쇄매체는 김명순의 인생 첫 출발에서부터 엄청난 상처와 부담을 안게 만들었다. 첫 일본유학기인 1915년 7월 30일부터 8월 13일 사이『매일신보』는 세 차례에 걸쳐 평안남도 평양 사는 김의형의 딸 기정(箕貞)의 실종사건을 보도한다. 이 사건으로 김명순은 단 한 마디 변명도 해보지 못한 채 순결, 정조, 결혼 이데올로기의 치명적 희생자로 인생을 출발하게 된다. 매체는 사실보다 강력한 힘을 가진다. 이 보도는 김명순의 삶에 끈질기게 영향을 미쳤다. 이와 함께 1923년에 일본에서 출간되어 선풍적 인기를 끈 나카니시 이노스케의 소설『여등의 배후에서』14)의 여주인공 권주영이 김명순을 모델로 한 것이라는 소문은 김명순을 다시 화제의 주인공이 되게 하고, 1924년 11월에 김기진이『신여성』지에 쓴「김명순씨에 대한 공개장」은 김명순에 대한 평판에 결정적으로 영향을 미쳐 작품 발표할 길을 막아버렸다.

오늘날에도 인터넷의 악플에 시달린 연예인들이 자살을 불사하듯이, 김명순도 매체로 인한 오해와 나쁜 평판에 시달리고 고통당한 나머지 두 차례나 자살을 시도한다. 이 모든 보도와 공개장이 실명을 썼기 때

---

13) 존 프랭클,『한국문학에 나타난 외국의 의미』, 소명출판, 2008, 208면부터.
14) 남은혜, 앞의 논문, 51면.

문에 김명순은 결혼이나 작가적 생명에 회복할 수 없는 치명적 피해를 입는다. 매체로 인한 피해는 이십여 년에 걸쳐 남성, 가부장제, 민족, 국가의 고리를 따라 파장이 증대되었다. 김명순은 지면을 얻지 못하는 대신 창작집을 내는 등 이에 대항하였으나 결국 더 이상 조선에 머물 수 없다고 절망, 일본으로 떠난다.

여성작가를 탄생하게 한 근대의 인쇄매체는 여성작가 김명순을 잔인하게 짓밟아 축출, 배제하였으며 문단과 조국에 발을 붙이지 못하도록 추방해버렸다. 김명순의 문학은 바로 이러한 저널리즘에 시달리면서 한 사코 글쓰기로 맞서 싸워 이룩한 것이다. 자신에 대한 오해에 저항하는 의식은 1925년 여성 최초 창작집 『생명의 과실』에서 유명한 단 한 줄의 머리말로 요약 되어있다. "이 단편집을 오해받아 온 젊은 생명의 고통과 비탄과 저주의 여름(果實·인용자 주)으로 세상에 내놓습니다."15)

문단 데뷔작 「의심의 소녀」는 이러한 매체의 폭력에 대항하고자 쓰인 '대항서사'일 수 있고, 이어 수필에서도 이에 대항하는 김명순의 내면표백을 읽을 수 있다. 본고는 이러한 매체의 폭력과 그에 대응하는 작가의 대항서사 내지 생존의 글쓰기를 소설을 중심으로 살펴보고, 일본으로 건너가 디아스포라의 삶을 사는 동안 쓴 작품들을 통해서 김명순의 디아스포라 의식을 살펴보도록 구성한다.

---

15) 김명순, 『생명의 과실』, 한성도서, 1925.4 이하 인용문 현대문으로 고쳐 씀.

## 2. 축출과 배제의 고리

### 1) 여성작가와 매체 ― 상처와 영광의 양면성

앞서 언급하였듯이 1915년 7월 30일자 『매일신보』에는 "동경에 유
학하는 여학생의 은적 어찌한 까닭인가"라는 제목 아래 한 여학생의 행
방불명 기사를 실었다.16) 부친의 이름과 보병소위 두 사람의 이름만 한
글자씩 바꾼 가명이고 김기정(진명여학교 학적부에 이름을 箕貞으로 고친 흔적
이 있다.)이라는 김명순의 이름은 실명 그대로 표기되어 나왔다. 유학중
인 여학생이 연애하는 남성과 행방불명이 되었다는 기사는 정조를 상
실하였다는 광고나 다름없고, 김명순의 출신지, 재학 중인 학교의 이름
과 위치까지 자세히 표기되어 김명순은 빠져나갈 여지가 없게 되었다.
8월5일자 신문에 이응준(李應俊)의 실명이 실리고 청혼하였으나 승낙을
하지 않아 저지른 일이라는 기사가 나간 후 8월13일자에는 "리쇼위는
별로 긔정을 사모ㅎ야 그 부친의게 결혼승낙을 청구ㅎ 일이 업다ㅎ더
라"17)고 쓰고 있어서 보도가 진행될수록 김명순은 이응준으로부터 공

<hr>

16) 이 기사는 동경에서 먼저 폭로되어 서울로 전해졌다. (「붉은 연애사로 동경을 울니든
여시인 김명순양」, ─백화난만의 기미여인군, 삼천리 1931.6 24면) 매일신보의 기사는
다음과 같다. "평안남도 평양(平南 平壤)사는 김의형(金義衡)의 딸 긔정(箕貞)(十七)은
목하 동경에서 미국인의 경영하는 사곡뎐마졍(四谷傳馬町)파푸데스트교회녀자학교에
긔슉중인바 지나간 이십사일 오참에 외출하듸로(원문대로) 행위불명이 되야 동학교
사감이 사곡경찰셔에 보호슈석을 쳥원하얏스나 아직 종적을 아지 못하얏더라. 그녀
자는 그전부터 국뎡오번뎡(鞠町五番町)근처 하숙에 있는 류학성으로 목하 마포연대부
보병소위 리모(麻浦聯隊附 步兵少尉 李用準)(二十三)이라는 한 청년과 셔로 연연불망
하는 사이라 한즉 리를 생각다 못하야 료사를 빠져나간 것이 안인가 하는 말이 잇
고, 또 그 여자의 동셩으로 부하대기(府下大畸)이백삼십구번디에 류슉중인 김긔동(金
箕東)(十六)은 누이의 일을 넘녀하야 각쳐로 차져단이는 모양도 가련하더라(동경뎐
보)." 심원섭의 『일본유학생문인들의 대정・소화체험』(소명출판, 2009) 33면을 참조
하면 당시의 동경은 도덕적 일탈을 참 자기를 찾는 수행의 과정으로 보기도 하였다
고 한다. 이는 김명순의 사건 내지 소문이 확대 재생산되는 배경이 되었을 수 있다.

개적으로 외면을 당한 불리한 입장이 되었다. 이때 김명순이 투신자살 소동을 벌였고 그로 인해서 김명순의 부친은 학비 지출을 중단했다는 설이 있으나 이때 부친은 사망한 뒤다.[18] 이로 하여 김명순은 강간을 당한 여자로 알려지게 된다. 앞서 숙명여자고등보통학교의 학적부 자료를 참고하여 김명순이 일본의 국정여학교를 4학년 2학기에 중퇴하고 서울 숙명자고등보통학교로 편입했다고 하였는데[19] 바로 이 대목이 당시의 김명순을 잘 보여주는 자료이다. 한 학기만 더 다니면 졸업을 할 4학년 학생이 그것도 2학기에 중퇴를 하고 귀국하였다는 것, 숙명여자고등보통학교에 편입하여 한 학기 만에 졸업을 하고 있는 것은 당시의 김명순의 처지를 한 눈에 알 수 있게 한다. 이때의 김명순을 한 학년 아래의 박화성은 이렇게 적었다.

> 가만히 보니까 상급생들은 김명순과 어울리지 않고 명순은 언제나 외톨이였다. (중략) 그는 자기가 지은 시를 신이 나서 억양을 붙여가며 읽었다. 그 읽는 모습이 주책없는 것 같으면서도 황홀경에 들어있는 것 같이 경건하게도 보여서 나는 가끔씩 조용히 그의 상대자가 되어 주었다.[20]

「의심의 소녀」는 이러한 상황에서 김명순이 쓴 작품이다. 『매일신보』의 보도로 말미암아 일본유학지에서 쫓기듯 돌아와야 했던 김명순, 동

---

17) 남은혜, 앞의 책, 22면.
18) 박노준, 임종국, 『흘러간 성좌』.
19) 숙명여학교 학적부에 김명순이 국정여학교 3학년에 편입학 하였다가 4학년2학기에 중퇴하였다고 기록되어 있는데 박화성은 숙명여학교가 3학년제로 김명순이 2학년에 편입한 것으로 적고 있다. 전문학교에 입학하기 위해서는 4년제를 마쳐야 하는데 일본에서 마치지 못한 것을 숙명여학교에서 졸업한 경우는 어떤 방식이었는지 알 수 없다. 「칠면조」의 주인공 순일은 TS학교에 입학할 때 도쿄에서 여학교를 마쳤다고 하고 있다. 김명순의 학력이 분명치 않아 적어 본 것이다.
20) 박화성, 『눈보라의 운하』, 서정자편, 『박화성문학전집』 14, 푸른사상사, 2004, 71면.

급생으로부터 소외를 당하는 김명순, 언제나 외톨이로 지내야 했던 김명순은 자기 동일성 회복을 위해 글쓰기를 선택하고 잡지 『청춘』의 현상소설 모집에 응모하기로 마음먹은 것이다. 급한 마음 때문이었을까. 이 소설은 후에 표절이라는 낙인이 찍힌다. 1942년 2월 『신시대』에 실린 「춘원·요한 교담록」에는 김명순의 당선작이 "창작이 아니라는 것이 드러났지만"이라는 춘원의 언급이 나온다. 어떤 작품을 어떻게 표절하여 창작이 아니라는 것인지 부연 설명이 없어 표절논란은 아직도 계속되고 있으나 춘원이 직접 말하고 있다는 점에서 믿지 않을 도리도 없다.

「의심의 소녀」는 김윤식교수의 평가처럼 노인과 범네가 빚는 신비적 분위기, 소녀 적인 꿈의 청신함, 동리와 단절된 상황에서 빚어지는 분위기와, 플롯의 특출함과 세련된 문체 등이 일본 명치기의 어떤 작품을 모방한 것이 아닐까 의심이 된다는 작품이다.[21] 필자 역시 표절이나 모방의 가능성이 있다고 보는 쪽이다. 그 이유는 첫째, 우리의 농촌 마을 구조나 가옥구조는 이년씩이나 이웃과 사귀지 않고 지낼 수 있게 되어 있지 않으며, 둘째, 백발옹이 범네와 이사 왔을 때와 이사 갈 때 이장을 찾는다는 근대적 방식은 구한말의 관습이 아직 그대로 남은 당시의 마을풍속에서 개연성이 없는 설정이다. 셋째, 평안도 사투리를 토지어라고 한다든가 이장, 국장, 별장, 담요 등과 함께 근대적이기는 하나 생소한 용어가 상당히 많다는 점 등이 그 이유이다. 디테일에서도 문제가 발견되는데 예컨대 싸리문을 반만 열고 서있는 범네의 모습을 묘사하는 대목을 보면

---

21) 김윤식, 「인형의식의 파멸」, 『한국문학사논고』, 법문사, 1973. 222~223면.

> 범네는 심심함을 못 이김이든지 싸리문 안에서 문을 방긋이 열고 내다
> 보고 섰다. 기시 동리 이장의 딸 특실이가 그 어머니를 찾아 방황하는
> 양을 보고 살며시 문밖으로 흰 얼굴만 나타내어 자기를 쳐다보는 특실이
> 를 향하여 미소하며 은근하게
> 「네가 특실이냐?」 특실이는 반갑게 그 토지어로
> 「응 너의 할아버지 어디 가셨니?」[22]

"살며시 문밖으로 흰 얼굴만 나타내"려면 나무로 만든 번듯한 대문
이든가, 일본집의 현관처럼 문 안쪽이 어두워야 '흰 얼굴만 나타낸'다
는 표현이 가능하다. 싸리 문 안에서 문을 열고 방긋이 열고 내다본다,
흰 얼굴만 나타낸다, 는 표현은 우리나라의 시골 싸리문 앞에서 연출되
기 어려운 장면이다. 싸리문은 높이가 낮고 넓은 마당과 이어져 햇볕에
안팎이 환히 노출되어있기 때문이다. 위에 든 생소한 용어와 함께 '신
사', '여중의 안녕을 축하였다', '조국장의 별장', '단도로써 자처하다',
등등 우리의 풍습이나 용어와 거리가 먼 것들은 일본소설에서 차용했
다는 의심을 일으킬 만하다.

> 평양 대동문 외에는 전등 빛이 반짝반짝 불야성이요, 강위에는 오늘이
> 좋은날이라고 선유하는 소선(小船)이 루비 홍옥 같은 등불을 밝히고 남
> 녀 성을 합하여 수심가를 부르며 오르락내리락 한다.[23]

주요한의 「불노리」보다 2년 앞선 이 작품에서, 대동 강변의 생동감
있는 묘사나, 범네의 옷차림 등, 색의 조화가 절묘한 것은 김명순의 글
쓰기 수준이 만만치 않음을 보여주는 것이다. 그렇다면 줄거리만 모방

---

22) 김명순, 「의심의 소녀」, 『청춘』 제11호, 1917.9, 64면.
23) 김명순, 위의 책, 65면.

하여 번안하는 수준이었을까.

어쨌든 김명순이 자신의 동일성 상실을 회복하기 위해 소설 쓰기를 택했을 때 이 「의심의 소녀」가 갖는 의미는 다음 두 가지로 요약할 수 있다. 첫째, 아름다운 여자아이라는 뜻의 가희라는 이름을 범네라고 바꾸고 있는 데서 작가의 저항의식을 볼 수 있는 점과[24] 둘째 전통적인 여자의 길인 칠거지악을 거부하고 죽음으로 항거한 가희모친의 도전이다. 매체로부터 받은 상처를 매체를 통해 치유코자 하였다는 점에서『청춘』지의 현상문예작품 모집에 응모, 3등으로 입상한 것은 소기의 목적을 달한 영광이자 그 의의가 없지 않다. 그러나 김명순은 서간체로 쓰인 수필에서 자신의 여전한 고통을 진솔하게 표출한다.

「××언늬에게」는 김명순의 수필 중 백미이다. 「의심의 소녀」를 쓴 다음에도 여전한 작가의 고통스런 심경이 나타나 있다.[25] 먼저 작가는 시골로 가서 수건을 쓰고 굵다란 목면 치마적삼을 입고 밤 줍기, 면화 고르기 등 노동에 몸을 맡기고 있다. 노동과는 상관없이 자란 김명순이 ○촌에 가서 노동과 자연 속에 파묻히려 한 계기가 무엇인지, '고통의 감회가 흉금을 무찔러들면' 사람들의 눈을 피해 산골짜기로 들어가 마음껏 느껴 운 이유가 무엇인지 궁금한 내용의 수필이다. 김명순은 자신의 고통과 정면으로 대결하여 번민하고 있다. 이것은 1915년 이소위로부터 받은 충격과 상처로 인한 고통이 아니라면 이해가 되지 않는 문장

---

24) 1924년에 쓴 『탄실이와 주영이』에서 탄실이를 이리새끼나 호랑이새끼에 비유한 대목이 있다. 김명순, 탄실이와 주영이, 『조선일보』 제5회, 1924.6.16. "그 애가 일본 건너갈 때를 생각하면 그건 양의 새끼 같은 착한 여자가 아니고 이리새끼나 호랑이 새끼 같았지."

25) 1918년 9월 『여자계』에 발표한 수필인데 수필에서 지난해 가을부터의 일을 추억하고 있으므로 그 지난해가 1917년이라고 추정하여 이 글이 「의심의 소녀」 당선 이후에 쓰인 것이라고 본 것이다.

이다. 김명순은 유시(幼時)에 보았던 "제일 곧고 그중 보기 좋게 가지 뻗었던 참나무" 가 "그 나무가 어찌하여 「벼락」이라는 심지 사나운 것의 침습을 피(被)(입었·인용자 주)하였사오리까."라고 자신이 이소위로 말미암아 입게 된 고통을 보기 좋은 참나무가 벼락을 맞은 것에 비유한다. 그 나무 불쌍한 생각은 김명순의 '마음에 깊이 인상지어져 떠나지 않으며' 그 인상은 '때로 말할 수 없는 공포를 주며' 거기에서 벗어날 수 없다고 하였다. 어떤 잘못이 있기에 그같이 좋던 나무를 '영구히 형벌하려고 뿌리까지 말려서 아주 소생할 희망마저 없게 하였'는지, 의문하는 대목은 김명순 자신이 입은 고통의 깊이를 느끼게 한다. 참으로 그 나무가 소생치 못할 것을 알고 '그 무성하였던 옛적을 회억(回憶)할 때는 소리쳐 느끼며, 일신을 전율하였다'고 한다. 이유를 알 수 없이 당한 이 수난, 곧 형벌은 자신을 영구히 뿌리까지 말려서 소생할 희망조차 없게 하려는 것일까 자문하는 처절한 김명순의 고뇌가 구구절절이 울려오는 수필이다.

이 수필에서 고뇌에 찬 김명순이 대자연과 노동에서 정신적 고통을 극복하려는 자세가 신선한데, 문장 역시 건실하여 「조로의 화몽」이나 「초몽」의 화려체와 크게 다르다. 10년대의 김명순은 「의심의 소녀」에서 보여준 계산된 짜임과 세련된 문장을 수필에서도 보여주고 있으며 김명순 자신을 돌아보는 성찰과 함께 밤 따기, 벌레 많은 면화 고르기, 조 이삭 자르기, 콩 따기와 바늘을 쥐고 바느질하기 등 농촌의 삶을 구체적으로 제시하는 글쓰기를 보여줌으로써 김명순이 지닌 문학적 자질을 웅변으로 증명하고 있다. 풍요한 자연의 묘사와, 자신의 내면을 대변할 적절한 객관적 상관물의 배치, 식물의 저장과 가옥의 수리 등 절기의 풍속을 짚어 현실감을 높이면서, 다듬이 소리, 조모님이 물레를 부 부 돌리는 소리의 청각적 이미지까지 동원하여 이 서간체의 짧은 수 필은 1910년대 우리문학이 이룩한 수필문학의 높은 경지를 보여주고 있다. 「의심의 소녀」의 표절 설에 실망한 독자라면 능히 그 기대를 만 회하고도 남을 글이다. 두 작품의 공통점은 감상성이 배제되어있다는 것인데 이를 김명순 초기문학의 한 특징으로 말해 볼 수 있겠다. 이소 위로부터 받은 충격과 매일신문 기사로 하여 받은 피해의식은 「의심의 소녀」보다 「××언늬에게」에 뚜렷이 반영되어있고 김명순은 글쓰기를 통해서 자신을 직시하며 생존의 길을 모색해 나갔다. 김명순은 이 글을 쓴 후 숙망의 제이차 일본 유학길에 오른다. 매체는 처녀 김명순에게 낙인을 찍었으나 작가로 등단할 꿈을 꾸게 하였다. 그러나 작가라는 영 예의 성취에도 여성 김명순에게 씌워진 굴레는 벗겨지지 않는다.

## 2) 축출과 배제의 고리 – 근대 민족, 국가, 그리고 여성

김명순의 제이차 유학에 관련한 전기적 자료는 거의 없다. 재학한 학 교명을 알지 못하기에 학적 확인도 불가능하다. 이 시기의 김명순의 학 적을 짐작해 볼 자료는 단편 「칠면조」와 『창조』 뿐이다.26) 또 「칠면조」 대로라면 제이차 유학초기에 이미 김명순은 고학을 하고 있었던 것으 로 보인다.27) 수필 「××언늬에게」를 쓴 이후 1918년 일본으로 건너가

---

26) 제2차 유학 시 재학한 학교는 교토 TS학교 가정과(「칠면조」), 도쿄음악학교 재학(『창 조』) 등 두 가지로 나온다. 교토 TS학교 가정과는 교토 도시샤 대학 전문부를 가리 키는 듯하나 확실치 않다.
27) 김명순, 「칠면조」 주인공은 입학면담 중 학비에 대해 묻는 질문에 "지금껏 고학한 사실을 말할 필요가 없다고 생각하면서"라고 속으로 생각하고 있다.

서 1921년 8월까지 약 2, 3년간 일본에 머물었다고 볼 수 있[28]는데 이 시기에 김명순이 『창조』의 동인이 되었다가 이유를 알 수 없이 축출된 사실이 『창조』의 '나믄 말'과 '창조 잡기'[29]에 쓰여 있다. 이때 김찬영이 새 회원으로 입회하고 있는 사실에서 김찬영과의 관계 때문에 배제되었을 가능성을 추정해 볼 수 있다.[30] 『창조』 동인이 되었다가 곧 배제된 사실은 김명순에겐 뼈아픈 일이었을 것이다. 김명순이 마주한 영광과 상처의 양면을 지닌 매체의 얼굴이다.

제이차 일본 유학 후 귀국하여 처음 발표한 단편 「칠면조」(1921)와 중편 「도라다 볼 때」(1924), 장편 「외로운 사람들」(1924)은 김명순 소설문학이 이룩한 주목할 만한 성과이다. 단편 「칠면조」는 김명순이 심기일전하여 숙망의 두 번째 유학길에 오른 때를 쓴 것인데 그러나 전문부에 입학하고자 유학길에 오른 그는 막상 현실과 부딪쳤을 때 인간관계에서 실수가 잦았고, 사람들과의 소통이 어려웠다고 쓰고 있다.

이 소설은 액자소설로서 니나 슐츠 선생에게 보내는 편지 형식인데 대인관계에 서투른 주인공의 '말'이나 '돌출행동'이 실수라기보다 내포작가가 신빙성이 가지 않는다고 느껴지게 하는 소설이다. 그러나 화자가 자신의 행동이 경솔했음을 액자부분에서 미리 고백하고 있다는 점에서 내포작가의 태도가 감상성을 배제하고 자신을 정시하려는 노력을 보였다고 보아도 좋을 듯하다. H선생에게 불손하게 대답하고 돌출행동을 한 것, Y청년의 가는 길을 막은 줄도 모르고 자꾸 말을 시킨 것, 주인공이 좋아하는 D씨가 찾아와서 일본여성에게 조선말을 가르칠 수 있

---

28) 1921년 8월에 발표한 시 「환상」에 "1921.8 동경서,"라는 부기가 있어 추정한 것이다.
29) 나믄말, 『창조』 제7호, 1920. 7. 70면, 창조 잡기, 『창조』 제8호, 115면.
30) 『전집』 작업 중 남은혜가 이 자료를 찾아냈다.

겠느냐고 물을 때(D씨는 주인공이 군색한 것을 알고 있는 듯하다) 단번에 거절한 것 등은 대인관계에 잘 적응하지 못하는 데서 온 부적응의 솔직한 고백이라 하겠고, 친구인 Y여사가 전보를 치면서 잔돈을 주인공에게 빌렸다가 과자점에 들어가 잔돈을 바꾸어서 즉시 돌려주므로, 주인공이 집에 가서 달라고 하자 '신경질적으로 퉁명스럽게' 어서 받아두라고 하며 돌려주는 장면의 기술은 '소외'나 '배제'의 기미를 느꼈던 체험의 묘사로 보인다.

출신지역 차이가 문화적인 차이로 드러났던 것인지, '돈이 없어' 친구 Y여사의 집에 숙식의 신세를 지는 탓으로 없인 여김을 받은 것인지 알 수 없으나 M여사와는 다정한 Y여사가 다음날 아침 분을 많이도 바른다고 핀잔을 주는 장면을 작가는 이어 그리고, 소설은 불쾌해하는 주인공의 감정만을 제시하고 해결을 보여주지 않는다. 여기에 작가가 보여주고자 한 말 못할 상처가 숨어있어 보인다. 친구 Y여사는 '칭찬인지 빈정거림인지' 박흥국씨에게 김명순이 '천재'라고 소개한다. 자전적 소설이니 짐작컨대 현상문예소설당선 사실을 두고 하는 말로 풀이된다. 그렇다면 친구는 이소위와의 신문보도사건도 알고 있을 것이다. 주인공이 불쾌하여하면서도 대꾸를 하지 못하는 대목, 여기에 친구들로부터 '소외' 내지 '배제'를 당하는 김명순의 '외로움'이 나타나있다.[31]

두 번째 유학을 마치고 1921년 후반에 귀국하여 창작과 번역시를 발표하면서 작품 활동을 하던 김명순은 나카니시 이노스케의 소설 『여등

---

31) 이 「칠면조」는 2회 연재 후 미완으로 중단되었다. 『개벽』, 1922년 2월호, '開闢社廣告部'에 "小說 「七面鳥」의續稿는作者의事故로因하야本號에揭載치못하엿나이다"라고 안내되어 있다(남은혜 논문). 소설에서 주인공은 여관에서 글을 쓴다고 되어있는데 김명순의 불안한 생활을 보이는 것도 같다. 연재를 중단한 이 사고가 무엇인지 알 수 없다.

의 배후에서』의 주인공 권주영이 김명순을 모델로 한 것이라는 소문으로 다시 사람들의 입에 오르내리게 된다. 이에 대항하여 「탄실이와 주영이」 연재를 시작하나 문제의 태영세와의 관계를 기술하는 대목에서 연재는 중단되고 있다. 이익상이 『여등의 배후에서』를 번역하여 『매일신문』에 연재하기 시작하는 1924년, 『조선일보』 문화면을 독차지하듯 이어지던 김명순의 왕성한 작품 활동은 그만 꺾이고 마는 것이다.

그런 위에 11월, 김기진의 공개장으로 김명순은 다시 치명상을 입게 된다. 김기진은 『신여성』 11월호에 「김명순씨에 대한 공개장」, 「김원주씨에 대한 공개장」을 나란히 게재하는데 두 여성을 비난하는 논조는 같지만 이 공개장은 거의 전혀 김명순을 표적하여 쓰인 것처럼 작가 김명순의 작가적 미숙성에 대한 공격, 불륜에 집중되어있다. 김명순은 이에 대한 반박문을 써서 『신여성』에 전달하였으나 게재거부를 당한다.

'신여성 인물평'이라는 기획의 일환으로 쓰인 「김명순씨에 대한 공개장」 1장에서 김기진은 읽지도 않은 작품을 평하면서 김명순의 인신공격을 하고 있으며, 2장에서는 어머니의 반(半)기생 핏줄을 폭로하여 김명순이 우울과 퇴폐의 히스테리를 지닌 무절조한 여자가 된 것은 태생적으로 '나쁜 피'의 소유자인 때문이다,라고 역시 인신공격에만 집중논의를 한다. 단지 희소성 때문에 조선에서 문인으로 행세해온 그는 이제 정열도 없고 뻗어 나아갈 힘도 없는 이미 과거의 여성이라고 매도했다. 이렇게 더할 수 없는 모멸의 언사로 '김명순 죽이기'에 나선 그가 진정으로 하고 싶은 말은 이것이었다. "그가 동경서 임노월군과 동서하고 있을 때에는…"으로, 김명순이 사귀던 남자를 김원주가 또 남편으로 삼았다는 사실의 폭로다. 바로 다음 페이지에 쓴 「김원주에게 보내는 공개장」에서 김원주가 재혼을 했으며 그 상대가 임노월이라는 사실부터 앞세운 것이 그 증거다. 김기진은 이런 부도덕한 일은 기생첩의 딸에게서나 볼 수 있는 일이라고 만천하에 공개하며 고발하였다.

김기진의 공개장에서 폭로한 임노월과 김명순, 김원주의 삼각관계는 김명순의 귀국으로 사실상 김원주의 승리가 된 그런 싸움이었던 것으로 보인다.[32] 한 번도 사랑을 해본 적이 없다는 고백처럼 사랑을 하지는 않았을지라도 이 사건은 김명순에게 무심할 수는 없었을 것이다. 이때 발표한 시 「유언」이나 「저주」는 김기진의 공개장이 아니더라도 김명순이 적지 않게 상처를 받았음을 나타낸다.[33] 그러나 놀라운 것은 이러한 상황에서 중편 「도라다 볼 때」(1924), 장편 「외로운 사람들」(1924)을 써서 발표하고 있다는 것이다. 만일 신진비평가로 이름을 날리며 문단에서 새 권력으로 등장한 김기진이 실명으로 잡지에 살인적 폭로 고발을 하지 않았다면 김명순의 문학은 좀 더 풍요롭고 볼만하게 전개되었을 것이다.

김명순이 겪은 매체의 폭력은 1927년에도 이어져 김명순을 '은파리'에 등장시켜 김기진과 같은 논리로 풍자를 해서 개벽사가 고소당하는 일이 있었다.[34] 이 가십을 쓴 필자나 잡지 편집자는 소위 엘리트지식인들이었다. 나라와 민족을 위해 일하는 그들은, 나라와 민족을 만들기 위해 애국을 부르짖으면서 여성을 위해서는 여권은커녕 새로 유입되는 여성해방론에 귀도 기울이지 않고, 조선조 가부장의식을 그대로 지닌

---

32) 별그림(김명순), 「렐없는 소식의 일절」, 『신여성』, 1924.9. 참조
33) 김명순, 유언 탄실이 세상이여 내가 당신을 떠날 때/ 개천가에 누웠거나 들에 누웠거나/죽은 시체에게게라도 더 학대하시오/그래도 부족하거든/이다음에 나 같은 사람이 있더라도/ 할 수만 있는 대로 또 학대하시오/그러면 나는 세상에 다신 안 오리다/그래서 우리는 아주 작별합시다(『조선일보』1924.5.29)
34) 남은혜, 앞의 논문 37~38면 참조.

채 여성을 단죄하고 축출하는데 앞장섰다.[35]

엘렌케이 사상이나 콜론타이의 신여성론 등에 대해 김명순이 직접 언급한 것은 없다. 여성해방에 대한 자기 생각을 표명한 것도 없다.[36] 그러나 김명순이 일본에 유학하고 있었을 때는 세이토의 등장이래로 입센의 노라와 엘렌케이 사상이 유학생들 사이에 널리 퍼져있을 때였다. 나혜석이나 김일엽, 김명순 이 세 사람이 도쿄에서 받은 문화 충격은 주로 성의식의 혁명적변화로 표면화 해 이것은 정조이데올로기에 사로잡혀있는 조선사회에 큰 파장을 일으켰고 그들을 스캔들의 주인공이 되게 하였다. 그 중에 김명순이 가장 큰 피해자가 된 것은 제도권 결혼을 하지 않은 때문이라고 본다.[37] 그의 독신주의를 '은파리'가 조롱하고 있듯이 결혼하지 않은 김명순은 매체의 폭력을 막아줄 안전판이 전무했다. 그는 '우리'에 포함되지 않은 존재였던 것이다.

중편 「도라다 볼 때」는 『조선일보』 발표본과 창작집 『생명의 과실』에 게재한 개고본의 내용이 다르다. 『조선일보』 발표본 약 160장의 길이를 120장 길이로 줄였다. 문제는 연재본이나 개고본 모두 기생전력을 가진 첩의 딸로 설정한 소련의 핏줄이다. 소련은 고모에게 맡겨져 성장하는데 고모는 소련의 핏줄을 부정하다고 염려하고 의심하여 결혼을 서두르며, 원본인 연재본에서는 작가가 이 저주의 피를 뽑아버린다는

---

35) 전미경, 앞의 책, 계몽 지식인들은 기회가 있을 때마다 '국가'를 강조하였고, 남녀동등론 역시 '국가의 범위 안에서 논의하였다.' 170면. (근대계몽기의) 남녀동등론의 한계는 무엇보다도 여성의 시선으로 본 '여성'을 발견할 수 없다는 것이다. 171면.
36) 새로 찾은 설문에 대한 응답은 김명순이 대단한 페미니스트였음을 보여준다. 「부친보다 모친을 존숭하고 여자에게 정치 사회문제를 맡기겠다」, 『동아일보』, 1922.1.7.
37) 최혜실, 『신여성은 무엇을 꿈꾸었는가』, 생각의 나무, 2000, 김명순은 처음부터 그 결혼제도로부터 추방당하였다. 결혼제도로부터 추방당하였기에 '우리'로 받아들여지지 못했다. 362~363면 참조. 송명희도 이점을 지적했다. 「자유연애를 신봉한 용감한 신여성 김명순」, 『김명순작품집』, 2008, 앞의 책, 16면.

뜻에서 주인공을 자살하게 만든다.

> 아 아 모든 것이 다 나를 저버린다. 그것은 고사하고 내 몸이 나를 저버렸다 나는 지금까지 내가 이같이 못난 것인 것을 몰랐던 천치다. 몸을 더럽히고 종 같이 자유도 잃어버리고 살면서 아직도 효순씨를 못 잊었다가 세상이 다 비웃는 이때까지도 옆 눈도 안 뜨고 공부할 그를 못 잊을 천치이다. 내 몸에 도는 모든 피가 나를 저버리고 만다. 온 여자를 다 더럽히고 싶던 아버지의 피가 몸을 더럽히면서도 사랑하는 사람을 못 잊어서 죽어 버렸다 하는 어머니의 피에 섞여서 나 같은 천치가 되었다.

여기서 주목되는 것은 김명순이 어머니의 핏줄만을 문제 삼는 것이 아니라 "온 여자를 다 더럽히고 싶던 아버지의 피"를 저주하고 있는 점이다. 김명순은 여러 곳에서 기생이나 첩을 들이는 남성들의 행태를 비판하고 있다. 1910년대 독일에서는 순수혈통이 아닌 백인여성이 다른 인종의 남자와 한 번만 성교를 해도 그 피가 오염된다는 학설이 발표되고 또 그 주장은 널리 받아들여졌는데 김명순도 당시 이런 일설을 들었는지 자신의 글에서 이 나쁜 피 이야기를 공공연히 거론한다.[38] 자신의 출신 성분으로 많은 억압을 받으면서도 자신의 불리한 점을 정면으로 거론하는 점은 김명순 문학에서 미덕이라고 보아야 할 것이다.

본고는 이 소설에서 주인공이 온정에 특히 민감한 반응을 보이는 것에 주목한다. 소련이 효순을 사랑하게 된 것은 따뜻한 배려가 계기가 되고 있다. 고모 류애덕(연재본에서는 엄애스트)은 너무나 쌀쌀했고 소련의

---

[38] 김억과 김기진 등이 참석한 「만혼타개 좌담회」에서도 김기진은 어느 생물학자의 말을 듣건대 일단 딴 남성을 접한 여자에게는 그 신체의 혈관의 어느 군데엔가 그 남성의 피가 섞여있지 않을 수 없대요 그러기에 혈통의 순수를 보존하자면 역시 초혼이 좋은 모양이라 하더군요라고 말하는 대목은 이미 많은 연구자들이 인용한 바다. 『삼천리』, 1930.6.

핏줄을 경계하여 "온정을못밧은 그는 반드시쾌활한인물이되지못하고, 그성격에 어두운그늘을만히백히우게되여서 공연한눈물까지흔하엿다. 그러한소련이가 인천서 송효순을 맛낫슬쌘무엇인지 왼몸이 녹을쑷한짜쑷함을아럿다"고 한다. 일본인 선생들과 학생들을 인솔하고 인천측후소에 갔을 때 만난 효순이 조선 사람인 것이 반가웠고, 기계실에서 설명할 땐 동경 어음이 분명하게 일본말을 쓰다가 소련에게만 귀밑말로 조용히(아마도 조선말로·인용자) 속삭이듯 말을 걸어준 것이 더없이 따뜻하게 느껴져 그때부터 소련은 효순을 사랑하게 된다.

그러나 효순에게는 아내가 있고 소련역시 고모의 서두름으로 최병서와 결혼을 하게 되어 두 사람은 맺어질 수 없다. 효순도 소련을 사랑하여 괴로워하나 하우프트만의 「외로운 사람들」과 달리 "우연치안한, 긔회로 영영잇처지지못하도록 맘이맛던, 한동무가, 어듸서 당신과쏙가티 고생하며 힘쓸것을 잇지안으시겟지요, (중략) 우리에게는 요한네쓰와 마알에게오는파멸은업슴니다"라고 연재본과 달리 개고본에서 두 사람의 사랑을 영적인 사랑과 이해 속에 긍정적으로 맺어준다. 자신을 이해해 줄 사람이 없어 자살을 하는 요한네스에 공감하는 김명순의 외로움을 우리는 여기서 만나게 되며, 영적 사랑을 강조하는 김명순의 이상주의 경향이 '외로움'을 극복하는 방식이었음도 보게 된다. 이 소설 역시 매체가 이소위와의 사건을 비롯하여 임노월과의 관계 등 자신을 방종한 여자로 보는 데 대한 발명 및 대항서사의 모티프가 담겨 있다. 신문연재본에서 신문의 왜곡보도가 엄애스트여사의 삶에 치명적 상처를 주는 것으로 쓴 것도 김명순의 서사가 매체의 폭력에 대한 대응이자 대항이라는 것을 반증한다.

「외로운 사람들」은 중편소설(2백자 원고지 4백장 분량)로 김명순의 회심작이다. '최씨가 사람들'이라고 명명할만하게 부모와 순희, 상철, 순철, 금희 네 남매 등 최씨가(崔氏家) 이대의 삶을 중심으로 식민지 조선청년들의 사랑과 이상을 다룬 문제작이다. 순희와 덩택, 덩택과 전영, 순철과 장씨, 순철과 청국 왕녀 순영, 등 순희와 순철의 사랑을 중심으로 이야기가 전개되면서 만주 여순공대로 유학간 순철의 유학기와 일기, 청국 왕녀가 등장한다. 만주 소재의 북방 문학적 성격을 내보이는 한편, 조선의 공업을 일으켜 식민지 조선에 기어코자 노력하는 순철과, 인도주의로 농촌에서 계몽운동을 하는 정택의 사상과 노력이 비록 연대하여 운동에까지 이르지는 못하나 김명순문학의 미래비전으로 등장하는 역작 중편이다.

이 작품에서 주목되는 것은 청국왕녀 순영의 존재다. 청국 왕의 일곱 번째 비의 딸 왕녀 순영은 외사촌 정대영의 소개로 왕궁에 와 조선어를 가르치는 순철과 가까워진다. ×군이 마적단을 이용하여 왕가의 일족을 몰살하고 불을 지르는 바람에 겨우 목숨을 건져 순철의 기숙사에 피신한 순영은 정대영에 의해 조선의 여학교에 보내진다. 순영은 자나 깨나 졸업하고 귀국할 순철을 기다린다. 그러나 조혼하여 아내가 있는 순철은 귀국한 후 순영에게 이런 사정을 말하지 못하는 중 순영은 외로움에 병들어 죽고 만다. 아내와 순영 사이에서 괴로워하면서 순영을 제이부인으로 할 수 없어 순영을 멀리하는데 근대 매체에서 형성된 가족론, 일부일처제가 힘을 얻으면서39) 사랑보다 제도가 우선되는 현실을 그린 점에서 주목되는 부분이며 망명한 왕녀의 디아스포라적 삶이 그려진

---

39) 전미경, 『근대계몽기 가족론과 국민생산프로젝트』, 소명출판, 2005, 98면부터 참조.

점도 매우 특이하다면 특이한 점이다.

이 소설에서 김명순이 자신의 변명을 위해 배치한 인물이 전영이다. 전영은 사랑을 감정의 장난처럼 여기는 무책임한 남성으로 하여 직장에서 축출되고, 병들어 농촌에 와서 봉사를 하며 지내는데 과거가 드러나 동네사람들의 지탄으로 다시 축출될 궁지에 몰린다. 무책임한 남성 인물은 김명순을 배신하고 김원주에게로 간 임노월을 떠올리게 하며 동네사람들의 지탄으로 궁지에 몰리는 전영은 김명순을 떠올리게 한다.[40] 전영은 덩택의 사랑과 보호로 재생의 길을 걷게 되는데 김명순은 전영 외에도 순희나 금희 등에 자신의 과거 내지 성격을 부여하는 등 자신을 억압하는 타자들에 소설적 대응을 보여주고 있다. 글쓰기를 통해 생존을 모색하는 작가의 모습은 여기에서도 확인된다.


## 3. 김명순의 문학과 디아스포라

### 1) 망명과 귀향 – 암암한 고아의식

수필 「네 자신의 우혜」는 김기진의 공개장 등으로 절망에 빠져 고통하는 김명순을 적나라하게 보여주는 글이다. 이 수필은 신문이나 잡지에 실리지 않고 『생명의 과실』에 초고로 발표되었다. 역시 초고를 올린 것으로 알려진 「대종없는 이야기」는 최근 남은혜가 출전을 찾았는데(『신여성』, 1924.11, 「렐없는 이야기」), 필명이 金—蓮으로 되어있다. 1924년 후

---

40) 임노월이 김명순을 떠나 김원주와 동거하게 된 것은 나혜석이 김우영과 최승구의 묘에 간 것, 최린과 있었던 스캔들만큼이나 세간의 주목을 끌었던 것 같다. 이 사건은 1922년에서 1923년 사이에 있었던 일로 보인다.

반에 김명순은 글을 발표할 지면을 얻지 못하고 있었다. 『생명의 과실』에 실린 「대종없는 이야기」가 김일련이라는 가명으로 「렐없는 이야기」로 실렸다는 사실 이도 그가 지면에 이름을 내놓을 수 없었던 사정을 반증하는 것이다.

김명순은 수필 「네 자신의 우혜」에서 28년의 삶 모두가 쓰라리고, 지루하고, 억울하였다고, 북망산 무덤 사이보다 무시무시하고 꺼린 고개를 눈물에 어린 채 더듬어 넘어왔다고 한다. "한사람의게밧은 한능욕과, 멸시로된—네모든수치의 저수지(貯水池)가, 어느날하로 잇칠날이잇섯스랴."해서 그 근본 원인은 이소위와의 사건에 있고 이후 어느 하루 그 저주에서 벗어난 적이 없으며 그로 인해서 그는 모든 세상에서 돌리어졌고-축출-외로운 절벽에 홀로 서게 되었다고 한다-배제-. "추방에서 방랑에서 유리에서, 엇은 것이 그 무엇인가"고 묻는 김명순은 이 나라를 떠나지 않을 수 없게 되었다고 한다.

김명순은 계속해서 이 도시에는 빵이 없고 집이 없고 동무가 없다고 절규한다. 집이 없는 것은 가정을 이루지 못한데 원인이 있을 것이고, 매체의 폭력으로 모두가 등을 돌리니 동무가 없고, 신문사와 잡지사가 김명순의 글 싣기를 거부하니 고료수입이 끊겨, 빵을 얻을 수 없었을 것이다. 김명순의 작품연보를 보면 1924년 6월부터 7월까지 자전 소설 『탄실이와 주영이』를 한 달간 연재 한 후 작품 발표가 뚝 끊긴다. 1925년 『생명의 과실』을 출간하고 나서 그 여력으로 『조선일보』, 『조선문단』, 『동아일보』 등에 몇 편의 시가 실리는 정도다.

1927년을 맞는 새해 첫날 자살을 기도했고[41], 같은 해 1월 『매일신

---

41) 김명순, 「잘가거라 1927년아」, 『동아일보』, 1927.12.31.

보』에 입사, 기자생활을 하고, 영화 출연을 결심하기도 하지만[42] 제2창
작집 『애인의 선물』을 낸 다음 1930년 경 그는 기어코 일본으로 망명
의 길을 떠나고 만다. 『애인의 선물』에는 그동안 발표한 시와 소설, 희
곡이 실려 있지만 「분수령」 같은 소설 역시 지면을 얻지 못해 초고를
싣고 있으며 최근 발굴하여 소개할 때까지 제2창작집 『애인의 선물』의
존재는 전혀 알려지지 않았다. 매체들도 이 책의 발간을 기사로 취급해
주지 않은 것이다.

『애인의 선물』 표지

이후 김명순의 작품은 1934년 일본에서 쓴 시 「석공의 노래」를 『동
아일보』에 발표하였을 뿐, 약 7년 간 공백기를 가지며[43] 1936년 귀향

---

42) 서정자·남은혜 공편저 『김명순문학전집』, 푸른사상사, 2010은 김명순의 동명이인의
　　작품들을 골라냈고, 영화 역시 동명이인의 출연으로 혼란된 출연작을 정리했다. 김
　　명순이 출연하기로 되었던 영화는 1927년 「광랑」한 편뿐이다.

하여 1939년까지 쓴 시, 수필, 소설 등이 그러니까 김명순의 마지막 작품이 된다. 김명순의 작품연보를 살펴보면 김기진의 공개장이 김명순의 작품 활동을 끝내게 하는데 결정적 역할을 했음을 알 수 있다. 문학을 시작하는데도 매체의 폭력이 계기가 되었고, 문학을 마감하는 데도 매체의 폭력이 결정적 역할을 하였음은 운명의 아이러니라고 해야 할는지 모른다.

8년 만에 귀국하여 발표한 수필 「귀향」에서 눈에 띠는 것은 가톨릭에의 귀의와 제일조선인에 대한 혐오를 내비친 일이다. 어린 시절 독실한 기독교인이었다가 믿음을 버렸던 김명순은 일본으로 건너가 가톨릭에 귀의하고 거기서 만난 P씨를 사랑하고 의지한다. 그러나 그는 모종의 사건에 휘말려 2년간 만나지 못하고 있는 상태다.

> (시 「부금조(浮金彫)」·인용자 주)이러한 글을 쓰던 나는 동경에서 병 치료에 골몰하고 아직도 돌아갈 길은 아득하였다. 매일 병원에 왕래하면서 의복으로나 행동으로나 저열하여지는 조선취미에 하폄을 하고 숙박소에서는 매운 것을 먹을 줄 모르면 조선 사람이 아니리라는 무지한 자랑에 구토하였다.

일본에 있으면서 목격한 조선인들의 행태를 비판하는 이 대목은 김명순이 조국에 갖는 서운함, 비정함에 대한 비판의 일면을 드러내고 있다. 매운 것을 먹을 줄 모르면 조선 사람이 아니라는 식으로 김명순을 몰아붙인 재일 조선인 동포의 모습이 보이는 듯하다. 김명순은 일본에서도 축출 배제에 민감한 반응을 보인다. 누군가의 도움을 받지 않고서

---

43) 『문예공론』, 1929.6. 「모르는 사람갓치」 이후부터 1936년 『매일신보』 「귀향」까지.

는 귀국할 방도가 없어 어렵사리 표를 구해 귀국하는 디아스포라 김명
순에게서 그러나 모국은 언제나 돌아가고 싶은 곳이었다.

소설 「해 저문 때」는 수필 같은 자전적소설이
다. K는 서울에서 페터를 추억하며 쓴 편지를 추
려본다. "모란봉일대의 마른나무가지들은 금향색
으로 불그레한 빛을 띠어가나이다. 부벽루 위에
서서 능라도 근처를 굽어보노라면 인공으로는 본
도 뜨지 못할 자연의 조화를 그 아름다운 그림
속에 찾았나이다. 맑고 깨끗이 흐르기로 유명한
강물 밑에 마름(藻草)들이야말로 말할 수 없이 아
름답더이다. 마치 유록색의 조화랄지요! 마탄의
물소리도 의구히 은은한듯합니다." 그러나 지금
의 평양은 인가가 너무 많이 들어서서 우아한 맛

『해 저문 때』(동아일보, 1938년)

을 잃어버렸다고 한다. 그리고 페터를 고향에 초청할 수 없는 형편을
슬퍼한다. K는 십년 만에 고향에 돌아와도 찾아 볼 친척도 친구도 없는
천애의 고아다.

K는 이어 매체의 폭력에 대해 직설적인 비난을 쏟아놓는다. 이번에
는 그들을 소학교 동창이라고 구체적으로 지칭하기까지 한다. '그들'은
(내가)조선에서 생활상 안정을 얻을까 하여 갖은 포학을 다하고 있다,
언론에 글을 써주고 유쾌한 때를 가져 본 적이 없다, '그들'은 조선을
떠나있던 재작년에도 저들의 경영지에 K의 악평을 써서 분한대로 동경
앵전 경시청(東京櫻田警視廳)에 고발한일까지 있었다. '일일이 저들의 악행
을 적는다 해도 황무지에 잡초 하나를 뽑는 것밖에 안 될 것'이고 "저

들은 전일에도 나의 젊음과 약함을 기회로 갖은 험구, 갖은 악설을 다 내 일신상에 모아 놓으려고 하던 것입니다" 그런 그들은 이제 페터와 K의 깨끗한 우정마저 빼앗아가려고 한다며 작가는 원망의 칼날을 매체와 언론인을 향해 정면으로 겨눈다. K는 이같이 인정에 주린 여자를 상상이나 하겠느냐고 하면서 어린아이 하나를 거두어준 이야기를 꺼낸다.

나는 이 며칠 전에 수은동(授恩洞) 뒷골목에서 어린아이를 하나 거두어 주었지요. 그 아이는 어딘가 나의 모습이 있다고 하더니 자세히 들여다보면 P씨의 모습도 완연합니다. 그 어린아이는 어떻게 나를 따르는지요. 잠시도 나를 떠나고 싶어 하지 않으므로 일리나 되는 길을 나를(따라) 타들타들 걸을 때가 많습니다. 나는 단지 그 어린아이와 P씨를 사모하는 마음만을 소유하고 있습니다. 전일의 생활을 전부 저들의 사기에 잃었으므로 나는 일상 외국에 살고 싶습니다.

이 「해 저문 때」에서 K가 거둔 아이는 잠시 함께 하다가 돌려 줄 생각이 아니고 앞으로 K와 함께 살아가려고 하고 있다. 안석영은 「조선문단 30년사」에서 "어느 때인가 오래지 않은 일이다. 어느 고아의 손목을 이끌고 다니든 탄실을 보았다. "그 애가 누구요" 하고 물은 즉 얻어다 기르는 아이인데 누구의 말을 듣거나 여러 가지로 추측해 보면 모여배우의 아이가 아닌가 한다고 - 물론 탄실씨 역시 그 아이의 정체를 모를 것이요, 그 아이 자신도 제가 누구인지 모를 것이다."라고 하였는데 소설의 내용과 일치하고 있다.44) 김명순의 아들의 정체는 지금까지 밝혀지지 않았다. 이 소설과 안석영의 글은 김명순의 아들이 낳은 아이가 아니라 수은동 뒷골목에서 거둔 아이라는 것을 밝혀준다. 김명순은

---

44) 안석영, 「조선문단30년사」, 『조광』, 1938.11. 313면.

일본으로 건너가면서 이 아이를 데리고 간 듯 전영택의 『김탄실과 그 아들』에 아들과 함께 살고 있다.

소설 「해 저문 때」는 마치 망명선언과도 같다. 전일의 생활을 전부 언론인들의 사기(詐欺)로 잃었으므로 외국에 살고 싶다는 것이다. K는 계속한다. "페―터씨 나와 내가 구하여준 시몬의 약하고 어린 두 몸이 인간생활 수평선에 가 닿으려면 이 험한 생활의 고해를 어찌하여야 하겠습니까? 때마다 앞이 암암할 뿐입니다." K는 다시 미개한 언론인들은 남의 험 잡기를 도마 위의 고깃점같이 생각한다며 언론에 대한 적의를 보이며 소설을 마치는데 이 소설은 1938년 1월에 발표된 것이다.

귀국해 있던 이때 김명순은 몇 편의 글을 더 발표한다. 단편 「라엘」과 「Favorite」 두 작품45)은 찾지 못했고, 특이하게 소년소설 몇 편과 시가 있다. 역시 1938년에 발표한 「시로 쓴 반생 기」에는 동경에서의 김명순이 그려져 있다. /아침 학교 저녁 학교/그다음에 과자장사/명태같이 마른 나는/외로운 인생이었다.…어렵게 고학하면서도 공부를 손에서 놓지 않는 김명순을 볼 수 있다.


## 2) 돌아오지 않은 길―한 줄기 온정을 찾아서

위의 글에서도 언급하였지만 김명순은 늘 외로웠다. 매체로부터 벼락을 맞듯 깊은 상처를 입은 김명순은 사람들로부터 소외를 당하여 늘 한 줄기 온정에 목이 말랐다. 1930년에 이미 일본에 살기를 결심하거나, 해방 후에도 돌아오지 않고 소위 자이니치의 삶을 선택한 데는 조국에

---

45) 신혜수의 앞의 논문 작품 목록에 처음 제시됨.

대한 원망과 이 외로움이 원인이었을 것이라고 본다. 김명순의 호가 '서양을 지향하는 풀'이라는 뜻의 망양초이듯이 니나 슐츠선생과 독일에서의 삶도 꿈꾸어 본 그이지만 일본으로 가서 삶을 붙인 것은 한 줄기 온정이 그를 일본에 남게 하였다고 본다. 그렇다면 그의 글에 나타난 일본은 김명순에게 어떤 곳이었을까?

김명순이 남긴 작품 중 망명지인 일본을 배경으로 쓴 소설이 있다. 「고아원」과 「고아원의 동무」, 「고아의 결심」이 그것이다. 이글에서 고아들이 간단한 해산물(海産物)이나 수세미, 소금 콩, 사탕 콩, 낙화생 따위의 봉지를 광주리에 가득 담아 집집마다 들어가서 시가 보다 이삼 전씩 비싼 것을 사달라고 간청한다고 쓰여 있는데 이는 김명순이 고학하는 방식과 같아서 김명순이 이 고아원과 어떤 관련이 있지 않았나 생각된다. 이 소설은 일본인을 등장시킨 소설이라는 점에서 희귀한 자료에 속한다. 물론 일본이나 일본인을 깊이 있게 다룬 내용은 아니다. 그러나 일본인을 호감을 가지고 쓰고 있는 점이 매우 특이하다. 이 소년소설과 단편 「칠면조」, 「탄실이와 주영이」 등에 나오는 일본인을 중심으로 김명순의 일본에 대한 의식을 엿보기로 한다.

고아원 시리즈의 세 소년소설은 연작으로 쓰인 것인데 당연히 고아원 이야기이다. 도쿄 시곡(市谷)고아원은 내선인(內鮮人 조·일) 공동경영의 체제여서 일본인 감독도 있고 주목사라는 조선인도 있다. 고아원의 아이들은 그 출신이 다양해 눈길을 끈다. 관동대진재에 미국인 양친을 잃은 시몬과 어머니가 틈만 있으면 이 고아원에 와서 고아의 뒤를 보아주다가 세상을 떠나 도리어 딸이 이 고아원으로 와서 신세를 지게 된 릴리가 있다. 일본아이 이시꼬, 고짱 외에 조선아이는 주목사의 딸 복심이가 거론되는데 조선인 주목사는 심사가 곱지 못한 사람으로 고아들에게 알려져 있다. 이 주목사와 대조되는 사람은 의학박사 산본씨의 부인이자 신전구 동경부협의원 케(K)부인과 여시인(女詩人) 뿌렌타노여사다. 김명순은 이 두 여성에 대하여 호감을 보이며 소개한다. 케부인은 조악(粗惡)한 물품이나마 고가로사주고 "애국부인회 회원으로 가장 아름다운 인간사(人間事)를 잘 처리하여 호화로운 상류 부인으로 못 먹고 헐벗은 사람들에게 음식 주기와 의복 주기를 재미로 아는 이"라고 쓰고 있고, 여시인 뿌렌타노여사도 고아들에게 따뜻이 대하는 사람이라고 했다. 이에 반해 주목사는 자기의 딸 복심이의 피부병 옴을 낫게 하려고 새로 들어 온 이시꼬를 한 방에 넣고 옴을 손으로 쓸고 만지게 하여 피부병을 옮긴 비인간적인 목사로 그렸다. 심지어 고아들이 맛있게 음식 먹는 모습조차 싫어한다.

일본인에 대해 케여사에 대해 호의를 보이는 정도로, 인물의 개성을 파고 든 묘사는 아니지만 악한 주목사와 대조적으로 그렸다는 점에서 김명순이 조선과 조선 남성에 대해 갖고 있는 혐오를 읽을 수 있고, 그에 반하여 일본인의 친절을 부각하고 있는 점을 놓칠 수 없다. 작가는 일찍이 「칠면조」에서도 일본인의 친절한 모습을 그렸다. 주인공이 K부로 가는 기차에서 만난 노인과 청년은 백정촌 S기숙사를 묻는 주인공에게 약도까지 그려가며 친절하게 길을 가르쳐준 것이다. 김명순은 누군가 따뜻하게 대해 준 사람은 반드시 쓴 듯하다. 조선인으로 따뜻하게 대해준 이는 「칠면조」의 박부인 한 사람이다.

다음, 소설에 그려진 일본에 대한 인상도 주목된다. 「탄실이와 주영이」에서 처음 일본에 갔을 때 일본인들의 친절에 감명 받는 대목이 나온다. 숙부가 진명여학교에 김명순이 기생의 딸인 것을 알리고 외출을 절대 금지시켰으므로 김명순은 감옥살이와도 같은 생활을 했다한다. 그러다가 도쿄에 와서 일인 선생과 동무들이 친절히 도와주고 어디든지 데리고 가서 구경시켜주는 등 진영여학교에서는 한 번도 경험해 보지 않은 따뜻한 인정을 보여주자 비로소 어머니에 대한 사랑이 아름다운 것이었음도 알게 되었다는 것이다. 또 친절한 일본인으로 「탄실이와 주영이」의 길참령 부인이 있다. 조선인과 결혼한 길참령부인은 독부 같은 일본미인이었다고 김명순은 쓰고 있다. 한마디도 실수하지 않는 날카롭고 민첩한 말솜씨에 나긋나긋 버들가지 같은 몸매를 지니고, 사람을 끄는 매력을 지닌 여자라고 했다. 사람들은 조선 사람과 사는 계집이라고 한층 내려다보다가 그를 만나보고는 그만 허리를 굽혔다는 것이고, 조선유학생들도 처음에 말만 듣고는 믿지 않다가 그를 만나고 가서는 일본여자에 비해 조선여자는 더럽고 뻣뻣하다고 스스로 부끄러워했다는 것이다. 길참령과 길참령부인은 탄실을 심히 사랑해서 그가 학비 곤란으로, 그 어머니의 돈 보내지 못할 터이니 속히 돌아오라는 편지를 받아들고 울 때 그 집에 와서 머물게 했다. 한 집에 있게 된 뒤, 길참령부인은 피아노를 치고 탄실이가 노래를 하게 했고, 어떤 때는 '시비공원과 아지부 ×연대' 근처를 으스름 저녁 때 함께 산보를 하기도 했다. 길참령부인은 탄실을 여러 사람에게 소개하기를 좋아했고 탄실도 그처럼 아름다운부인과 친척사이같이 다니는 것이 결코 싫지 않았다. 이것이 「탄실이와 주영이」 마지막 회에 처음 나온 길참령부인에 관한 정보이다. 미완의 소설이기는 하나 길참령부인이 전체 소설에서 차지하는 비중이 별로 없는 데도 비교적 길고 자세하게 썼는데 이는 길참령 부인에게 김명순이 보이는 도가 넘는 호의가 아닐 수 없다. 이 역시도 고아원의 산본박사 부인 케여사처럼 한 인물의 내면에까지 들어가도록 어떤 사건이나 의미 있는 계기가 있는 상태의 기술은 아니다. 그러나 김명순은 이런 정도의 것에도 인정에 목말라 타는 갈증을 채워야했던 것 같다. 그리고 그런 정도의, 표피적인 인정마저도 조선에서는 기대할 수가 없었던 것이라고 보지 않을 수 없다. 김명순을 일본으로 망명하게 하거나 해방 후에도 귀국하지 않고 일본에 남게 한 것은 이런 작은 인정이었다고 본다.[46]

일본에서 김명순이 쓴 글은 지금까지 발견된 것은 없다. 김명순 소설로 「人生行路難」이 오오무라 마스오(大村益夫) 호테이도시히로(布袋敏博) 공편 『근대조선문학일본어작품집(近代朝鮮文學日本語作品集)』(1901~1938) 창작편(創作篇) 5(녹음서방(綠蔭書房), 2004)에 실려 있으나(발표지 『조선급만주(朝鮮及滿州)』 358~359호(1937년 9~10월)) 상편의 필자는 김명순, 하편의 필자는 김명희로 되어있을 뿐 아니라 필자를 포함해 몇 사람의 독후 소감을 모아본 결과 이 소설은 김명순의 이름만 빌렸을 뿐 김명순의 소설이 아니[47] 라는 쪽으로 결론을 내렸다. 전영택은 「내가 아는 김명순」[48]에서 "명순은 일본말로 작품을 써가지고 일본 잡지사에 가서 팔아보려고도 하였"다고 쓰고 있다. 그러므로 앞으로 일본에서 쓴 김명순의 글이 발굴될 가능성은 있다.

김명순에 대한 인쇄매체의 폭력은 김명순이 일본으로 망명을 떠난

---

46) 『경성을 뒤흔든 11가지 연애사건』에서는 1939년 김동인의 『김연실전』 연재가 김명순으로 하여금 일본으로 떠나게 했다고 하고 있는데 이 충격과 좌절이 김명순으로 하여금 영구귀국을 하지 않게 한 결정적 요인이었을 것 같기도 하다.

47) 김명순 자료를 구해준 야마다요시코 교수에게 감사드린다.

48) 전영택, 「내가 아는 김명순」, 『현대문학』, 1963.2, 『늘봄 전영택전집』 제3권, 목원대 출판부, 676면.

뒤에도 이어졌다. 김동인의 『김연실전』(『문장』, 1939.3~1941.2)이 쓰이고, 이명온의 『흘러간 여인상』(1956), 임종국, 박노준의 『흘러간 성좌』(1966)가 잇따라 나와 더러 김명순의 입장을 변호하기도 했지만 김명순에 대한 오해는 돌이킬 수 없도록 고정되었다. 전영택의 단편 「김탄실과 그 아들」은 그 중 객관적으로 쓰인 글로 보인다. 그리고 해방 후 일본에서의 김명순을 알리는 유일한 자료이기에 기록적 가치가 큰 소설이다. 그러나 「김탄실과 그 아들」에 대해 임종국은 "비정한 방관의 이야기"라고 하였다. 그 이유로 소설 속의 아들이 두 차례나 자살을 기도한 것을 들었다. 당자로서 절박했을 자살에 Y라는 목사이자 소설가인 화자가 끝까지 방관하였다는 것이다.[49] 여기에 김명순이 그렇게도 갈망하였던 온정 대신 비정만이 드러난 소설 「김탄실과 그 아들」의 문제가 있다.

소설에서 어머니(김탄실)를 청산 도립뇌병원에 입원시킨 아들 정일은 C총무의 지갑이 든 손가방을 훔치고 자살 소동을 일으키는 등 문제를 일으키기 시작한다. 그러던 어느 날 이 기독교 회관 이사장대리인 Y의 방에 정일이 찾아와서 취직을 할 테니 신분증명을 해달라고 한다. 그도 Y가 어머니의 옛 지인이라는 것을 들어서 알고 있었던 것이다. 그러나 정작 하고 싶은 말은 다른데 있었다.

"선생님 저는 정말 믿을 데가 없어요. 저는 지금까지 사랑을 모르고 자라났어요. 어머니도 아마 저 같애서 그런 병이 생겨났나 봐요. 정말 어머니는 저렇구 저는 믿을 데가 없어요." 정일의 좌우 쪽 큰 눈에서 눈물이 뚝뚝 떨어진다.[50]

---

49) 임종국, 「김탄실과 그 아들―비정한 방관의 이야기」, 『한국문학의 민중사』, 실천문학사, 1986, 360면.
50) 전영택, 「김탄실과 그 아들」, 『현대문학』, 1955.4.

Y는 목사답게 원론적인 사랑과 믿음만을 전하고 훈계한다. 이때 정일은 아무 말도 아니하고 눈물만 흘리고 있다가 어머니이야기를 자랑인 듯 말했다고 되어있다. 그러나 이 순간 정일은 자신의 본마음을 내보인 것을 후회하고 재빨리 착한 아들의 얼굴, 가면으로 돌아갔다고 느낀 것은 필자의 오버센스인지 모르겠다. 그리고 다시 자살 소동이 났을 때 C총무는 모자와 손가방을 들고 (뒷수습 차)먼저 나가고 Y선생은 손님과 같이 택시를 타고 어디로인지 달려갔다고 되어있다. 정일의 자살에 아무런 조치를 하지 않고 끝까지 방관자의 자리를 지킨 것이다. 김명순과 그 아들에게 조국은 끝까지 비정했던 셈이다.

매체로부터 치명상을 입고 그 회복을 위해 문학에 매진했던 김명순은 한줄기 온정을 찾아 자기를 따르는 아이의 손목을 쥐고 일본으로 건너갔으나 그곳에서의 삶은 어떠했는지 차마 묻기도 조심스럽다. 그러나 분명한 것은 소설에 나오는 그 돼지우리도 같고 닭장과도 같은 움막을 뒤뜰에 짓고 살도록 허락한 기독교청년회관 사람들의 온정이다. 그들이라고 그 돼지우리 같은 집을 회관 뒤뜰에 두고 싶었겠는가. 더구나 정신이 온전치 않은 여자를. 그러나 그들로 하여금 그렇게라도 붙여 살게 한 것은 한줄기 온정이 아니었을까? 그 점을 조선과 일본 사회의 차이로 김명순은 느껴 알고 있지 않았을까? 그 온정을 한국에서 간 Y가 밀어 없앤 것은 아니기를 바라는 마음이다.

김명순의 사망 시기는 1950년대라고 일단 말할 수 있을 것 같다. 전영택이 1955년 이 소설을 발표한 후 세계작가대회 참석하느라 다시 도쿄로 갔더니 김명순은 이미 세상에 없었다고 했다.[51] 몇 회의 세계작가

---

51) 전영택, 「내가 아는 김명순」, 앞의 책, 679면.

대회였는지 알 길이 없으나 한국문인협회 초대이사장을 역임한 해가 1961년이니 아마 이 무렵 도쿄에 갔다고 보면 김명순의 사망 시기는 1953년 이후 1960년 이전이 될 것이다. 이 청산뇌병원은 지금도 있으나 국립정신병원이 되어 환자의 기록을 열람할 가능성은 없다고 한다. 만일 아들이 살아있다면 7, 80세가 되어있을 것이다.


## 4. 나오며─한국문학사의 그늘

지금까지 김명순의 문학연구에서 김명순이 해방 후 귀국하지 않고 일본에 남았다는 사실에 주목한 경우는 없었다. 김명순은 소위 자이니치의 삶을 택해 일본에 남은 문인이다. 한국근대 최초의 여성작가로 문단에 등단하여 시, 소설, 희곡 등 170여 편(개고본 포함)의 방대한 작품을 낳았으면서도 일본으로 가서 디아스포라의 삶을 택하지 않을 수 없었던 김명순(1897~195?)의 삶과 문학을 살피는 일은 한국문학사 속 타자의 형성과정을 부각하는 일이기도 하다. 본고는 김명순이 근대최초의 현상문예 당선 작가라는 기념비적 존재이면서도 축출 배제되어 일본으로 망명 디아스포라의 삶을 살기까지 인쇄매체, 신문과 잡지의 폭로성 기사가 결정적인 영향을 미쳤다고 보고 김명순의 문학은 바로 이러한 저널리즘에 시달리면서 한사코 글쓰기로 맞서 싸워 이룩한 생존의 글쓰기이자 대항문학이라고 보았다.

먼저 김명순을 피해자의 삶으로 출발하지 않을 수 없게 한 『매일신보』의 이소위와의 사건 보도를 위시하여, 『창조』 동인 가입 및 탈퇴 사건, 나카니시 이노스케의 『여등의 등뒤에서』 주인공의 모델 소문과, 김기진의 「김명순씨에 대한 공개장」 사건 등 김명순에게 치명적 피해를 안긴 매체의 폭력을 적시하고, 거기에 대항하여 쓴 글들을 통해 매체의 폭력이 김명순의 삶과 문학을 어떻게 파괴하고 짓밟았는지, 또 김명순 특유의 대항서사를 낳았는지 살펴보았다.

등단작 「의심의 소녀」는 짓밟힌 자기동일성의 회복을 위해 작가가 모색한 생존의 글쓰기였다. 표절설이 있으나 대항서사로서의 의미를 찾아 볼 수 있었으며 수필 「××언늬에게」는 벼락 맞은 나무에 자신의 처지를 빗대 고통을 호소하는 글쓰기를 통해 자신을 직시, 생존의 길을 모색하는 생존의 글쓰기를 보여주었다. 단편 「칠면조」는 새로운 숙망을 안고 제이의 유학의 길에 올라 부딪쳐야 했던 인간관계에서 부적응, 소외, 배제의 문제를 소설화 한 것으로 소외와 배제의 과정에서 작가의 말 못할 숨은 상처와 고뇌가 드러나는 작품이다.

동거하던 노월 임장화가 김원주와 결혼을 하자 김명순은 적지 않은 충격을 받으나 오히려 중편 「도라다 볼 때」(1924), 중편 「외로운 사람들」(1924), 「탄실이와 주영이」 등의 역작을 연달아 발표하는 의욕적인 활동을 보인다. 중편 「도라다 볼 때」는 신문연재본에서 자신과 같은 '나쁜 피'의 소유자를 주인공으로 내세워 자살을 감행하는 비극을 그리나 나쁜 피는 기생인 어머니의 핏줄만이 아니라 온 여자들을 울린 아버지 핏줄도 나쁜 피로 고발하고 있음이 주목되었다. 『생명의 과실』에 실은 개고본에서는 하우프트만의 「외로운 사람들」의 요한네스와 같이 자살하는 비극이 아니라 두 사람의 사랑이 영적인 사랑과 이해 속에 영속하리라는 희망을 주며 마무리 한다. 자신을 이해해 줄 사람이 없어 자살을 하는 요한네스에 공감하는 김명순의 외로움을 우리는 여기서 만나게 되며, 영적 사랑을 강조하는 김명순의 이상주의 경향이 '외로움'을 극복하는 방식이었음도 보게 된다. 이 소설 역시 이소위와의 사건을 비롯하여 임노월과의 관계 등 자신을 방종한 여자로 보는 데 대한 변명 및 대항서사의 의미가 담겨 있다.

중편 「외로운 사람들」은 '최씨가 사람들'이라고 명명할만하게 부모와 순희, 상철, 순철, 금희 네 남매 등 최씨가(崔氏家) 이대의 삶을 중심으로 식민지 조선청년들의 사랑과 이상을 다룬 문제작이다. 이 작품에서 주목되는 것은 청국왕녀 순영의 존재다. 청국 왕의 일곱 번째 비의 딸 왕녀 순영은 ×군이 마적단을 이용하여 왕가의 일족을 몰살하고 불을 지르는 바람에 겨우 목숨을 건지나 조선으로 와 순철의 사랑만을 갈구한다. 조혼하여 아내가 있는 순철은 일부일처제가 수립되어가는 중에 순영을 제이부인으로 할 수 없어 갈등하는데 순영은 외로움에 병들어 죽고 만다. 근대 매체에서 형성된 가족론, 일부일처제가 힘을 얻으면서 사랑보다 제도가 우선되는 현실을 그린 점에서 주목되며 망명한 왕녀라는 특이한 디아스포라의 삶이 그려진 점도 주목된다. 이 소설의 순희, 순영, 금희, 전영 등에 작가의 변명과 고뇌의 표백이 나타난다는 점에서 이 역시 대항서사, 생존의 글쓰기에 수렴된다.

실명으로 사생활을 폭로 고발한 김기진의 공개장은 국민 만들기에서 여성은 제외되었음을 보여주는 예이기도 하다. 조선조 가부장적 사고의 단죄로 김명순은 문학적 재능을 더 펴지 못하고 망명을 하게 된다. 창작집 『생명의 과실』은 또 다른 방식의 대항이었으며 이는 단 한 줄의 머리말에 나타나있다. "이 단편집을 오해 받아온 젊은 생명의 고통과 비탄과 저주의 여름(果實·인용자 주)으로 세상에 내놓습니다."

8년 만에 귀국하여 발표한 수필 「귀향」에는 가톨릭에의 귀의, 재일 조선인에 대한 혐오가 내비치며 소설 「해 저문 때」에서는 매체와 언론인들에 대해 직설적인 비난과 공격을 하고 있다. 그리고 아이를 하나 거두는 이야기는 의문에 싸였던 김탄실 아들의 정체를 밝히는 근거가 되었다.

본고는 김명순이 상상의 공동체 민족과 국가 만들기에 앞장 선 매체의, 사실을 압도하는 힘에 희생이 되어 끝내 망명을 하는 김명순의 삶과 문학을 추적하고, 망명지로 일본을 택하고 해방 후 귀국하지 않은 이유를 조국에 대한 뿌리 깊은 원망과 일본에서 만난 한줄기 온정에서 찾았다. 그의 글에서 발견되듯이 비록 표피적인 관심이나마 김명순을 따뜻하게 대하고 받아들여준 사람과 땅은 일본, 일본인이었음은 실로 아이러니다.

김명순의 마지막 목격담이 되는 전영택의 단편 「김탄실과 그 아들」에서 마지막까지 비정한 방관자의 시선이 있었음을 확인하였다. 우리 근대의 매체와 김기진, 김동인, 전영택의 태도에서 근대사의 비극을 낳은 동일자의 시선을 확인하는 일은 고통이다. 한국문학사의 그늘, 김명순에게 근대의 그늘은 참으로 차고 비정하였다. 김명순의 마지막 목격담이 되는 「김탄실과 그 아들」에서 작가 전영택이 마지막까지 비정한 방관자의 시선을 보인 것은 그래서 더욱 안타깝다. 김명순의 문학은 이미 10년대에 축출과 배제의 억압에 항거하는 대항서사를 이룩하였고, 이러한 대항문학을 평생에 걸쳐 이룩하고 있었다는 점을 놓쳐서는 안 될 것이다. 김명순의 문학적 성격은 이 대항문학에서 찾아야 하며 문학사적 의의 또한 그러하다. 본고는 23편(2편 미발굴)의 소설에 그 대상을 한정하였

으나 그 외 150여 편의 시와 수필, 희곡 기타의 글들도 대항문학으로서
다시 보고 김명순의 문학사적 위상을 재고해야 할 것이다.

# 한국 영화에 나타난 다문화 양상 연구*
## - 이방인 수용 양상을 중심으로 -

황영미 숙명여자대학교 교양교육원 교수

## 1. 머리말

국내 체류 외국인이 100만 명을 넘어섰고 빠르게 증가하는 추세에 있는 현실은 우리 사회가 다문화 사회로 진입하고 있다는 것을 말한다. 다문화 사회로의 변화는 이주 노동자들에 대한 차별, 다문화가정의 문제 등 법적, 제도적, 인식적 문제를 내포하고 있다. 이에 몇 년 전부터 다문화사회에 관한 논의들이 급증하고 있다. 다문화 현상에 어떻게 대응할 것인가에 대한 접근 방식은 인식론적 접근에서부터 갈등을 해결하는 방식과 목적에 따라 다양하게 쟁점화 되고 있다.

'다문화'에 대한 담론은 학계에도 상당히 진척이 되고 있다. 우한용은 "근래 다문화 논의의 핵심에 해당하는 것이 외국인 노동자의 인권과

* 이 논문은 숙명여자대학교 2010년 교내연구비를 지원받아 연구되었다.

삶의 문제, 결혼 이주 여성의 한국 문화 적응의 문제, 국제결혼 가정의 자녀들이 겪는 교육상의 문화적 갈등"[1] 등의 세 가지 국면으로 요약하고 있다. 하지만 이외에도 탈북자가 겪는 갈등을 포함해야 이주자들의 수용양상을 포괄하여 살펴보는 것이 될 것이다.[2] 이 글은 이 네 가지 국면을 그린 영화를 중심으로 '다문화' 논의에 접근하되, 국내 외국인 수용 양상을 중심으로 논의하고자 한다. "다문화담론이 급속히 확산되고 있음에도 불구하고, 차이들이 존중되고 포용되는 방식으로 우리 사회가 다원주의적으로 변화되어 가고 있다는 징후를 발견하기란 그리 쉽지 않다"[3]는 분석은 현실에서는 분명 타당한 면이 있다. 그러나 현실이 반영된 것이지만 예술장르인 영화에서는 현실과는 다른 양상을 추적가능하다고 본다.

한국 영화로 최초로 외국인 노동자 문제를 전면적으로 다룬 영화로 윤인호 감독의 <바리케이드>(1997)가 있다. <바리케이드> 이후 2000년 초기까지 상영된 한국영화에서는 '다문화'에 대한 인식의 방향제시보다는 소수자 인권의 측면에서 접근되어, 주로 결혼이든 일자리든 동남아에서 온 사람들에 대한 억압이나 폄하에 대한 고발과 비판이 대부분의 주제였던 것으로 보인다. 그러나 '다문화' 담론이 TV[4]를 비롯한

---

1) 우한용, 「21세기 한국사회의 다양성과 소설적 전망」, 『현대소설연구』40호, 한국현대소설학회, 2009, 14면.
2) 필자는 이에 대하여 평론으로는 분석한 바가 있다. 이 논문은 이 평론을 기반으로 하여 보강된 것이다.(황영미, 「한국 속 이방인 순례기-영화 <파이란>, <여섯 개의 시선> 중 <믿거나 말거나, 찬드라의 경우>, <처음 만난 사람들>」, 『너머』, 해와 달, 2007, 30~41면.)
3) 오경석 외, 『한국에서의 다문화주의 :현실과 쟁점』, 한올, 2007, 5면.
4) "아시아, 아시아"나 "미녀들의 수다" 같은 프로그램이 시청자의 관심을 끌었다.
　또한 다문화에 대한 TV 드라마도 상당수 방송되었고, 필자는 이에 대해 논문을 쓴 바가 있다.(「한국 다문화가족 TV드라마의 특성 연구」, 『한국문예비평연구』31집, 2010. 4, 295~318면.

다양한 매체에서 대중적 관심을 유발했을 뿐만 아니라, 학계에서도 '다문화'가 본격적으로 연구되기 시작하는 등의 사회적 관심의 변화와 맞물려 영화 속에서도 많은 변화가 나타나고 있는 것으로 보인다.

점점 늘고 있는 국내 외국인이 과연 어떠한 삶을 살아가고 있는지에 대해 한국 영화는 어떻게 그리고 있는가. 이 글에서 문제 삼고자 하는 것은 전술했듯이 취업을 위해 한국에 온 외국인 노동자와 한국으로 결혼해 온 여성결혼이주자, 또는 이들이 이루는 다문화가정, 새터민을 주제로 한 영화들이다. 이들을 다룬 영화들은 영화적 완성도도 높을 뿐만 아니라 같은 한국 땅에서 살고 있음에도 이들에게 한국 사람들이 얼마나 가혹하며, 그들이 얼마나 혹독한 삶의 조건에서 살아가고 있는가에 무관심한 우리의 모습을 되돌아보게 만들고 있다. 1997년 이후 현재까지 인권위원회 제작 영화나 독립영화뿐 아니라 상업영화에서도 외국인 이주자를 그린 영화도 많아졌다. 이 글은 한국영화에서 나타나는 외국인 이주자에 관한 수용 양상을 살펴보고자 한다. 이 글은 이주민 급증 초기였던 1997년 개봉작인 <바리케이드>에서부터 2010년 개봉작인 <방가?방가!>까지를 대상으로 10여 년 동안 한국 영화에서 나타난 외국인 이주자들에 대한 수용 양상을 텍스트 분석을 통해 추적하고자 한다.

이 논문은 다문화의 인식론적 토대가 되는 몇 가지 핵심 개념을 적용함으로써 접근하고자 한다. 탈식민주의의 여러 이론 중 한국영화에서 그리고 있는 유형들과 가장 적절하게 적용할 수 있는 개념들로 접근하고자 한다. 첫 번째로는 외국인 노동자를 그린 영화에서 두드러지게 나타나는 양상인 자신의 정체성을 말할 수 없는 존재인 억압받는 자로서의 모습이다. 이글은 이에 대하여 스피박의 '하위주체는 말할 수 있는

가'5)에 나타난 관점으로 접근할 것이다.

대상 영화는 상업영화에서부터, 인권위원회가 제작한 영화, 애니메이션, 단편영화 등을 망라하여 <바리케이드>(1997), <파이란>(2001), 인권위원회에서 제작한 <여섯 개의 시선> 중 박찬욱 감독의 <믿거나 말거나 찬드라의 경우>, <별별이야기> 중 <자전거 여행>(2005), <처음 만난 사람들>(2007)을 대상으로 말할 수 없는 하위주체로서의 외국인 노동자의 양상을 살피고자 한다. 두 번째로는 데리다가 말하는 '환대'6)이다. 데리다는 '이방인'이 존재규정이 아니라, 위치에 따라 상대적으로 주어지는 호칭임을 주장한다. <별별이야기2> 중 <샤방샤방 샤랄라>(2007)와 서울국제여성영화제 상영 단편영화 <문디>(2008)를 통해 다문화 가정에서의 자녀교육 문제와 결혼이주자가 어떻게 이방인으로서의 권리를 찾아가는지를 살피고자 한다. 세 번째로는 들뢰즈/가타리가 말한 '-되기'7)라는 개념을 통해서 살피고자 한다. <로니를 찾아서>(2009), <반두비>(2009), <방가?방가!>(2010) 같은 최근 영화에서 나타나는 현상들을 '이방인 되기'로 접근하고자 한다.

영화에서 나타나는 외국인에 대한 관점은 현실과는 다르게, 현실의 모순을 증거하며 현실을 개선하고자 하는 방향성이 제시되고 있다. 이 논문은 이러한 방향성에 대해 중심 벗어나기, 탈영토화를 통한 재영토화의 가능성으로 접근하고자 한다. 또한 영화는 "시점 조작의 가능성을 서사물에 부여"8)하기 때문에 카메라의 시점으로 주제화가 가능하다.

---

5) 스피박, 태혜숙 역, 「하위주체가 말할 수 있는가? 다원화주의의 문제들」, 『세계사상』4호, 1998, 79~135면.
6) 데리다, 남수인 역, 『환대에 대하여』, 동문선, 2004.
7) 질 들뢰즈·펠릭스 가타리, 김재인 역, 『천 개의 고원』, 새물결, 2001.
8) 시모어 채트먼, 김경수 역, 『영화와 소설의 서사구조』, 민음사, 1990, 192면.

영화 안에서 인물들은 시선의 상호관계에 의해 규정되며, 소유와 소유할 수 없음(이미지의 소유)의 대립 속에서 혼란에 빠지고 공포를 느낀다. 그 혼란 속에서 인물들은(혹은 우리들은) 무기로서의 시선9)에 의해 중재된다. 따라서 카메라의 시점분석을 통해 영화 속에 감춰진 시선이나 관점을 드러내고자 한다.

이러한 분석을 통해 국내 외국인 이주자에 대한 수용 양상의 변화가 추적가능하리라고 본다. 이 글은 전술한 영화들을 통해 다문화 양상의 문제점을 환기시켜 한국 사회가 나아갈 방향을 모색하는 데 기여하고자 한다. 이 연구는 다문화사회의 지향점을 영화가 제시하고 있다는 것을 말하는 증거가 될 것이다.


## 2. 한국 영화에 나타난 다문화 양상 변화

한국문화에 나타난 다문화 현상에 대하여 탈식민주의적 입장에서 접근하는 논의도 있고, 내부 오리엔탈리즘의 입장에서 접근하는 논의도 있다. 어떻게 접근하든 한국 사회가 그들의 문제에 대해 겉으로는 보호한다는 차원에서 진행하고 있지만, 실제로는 차별을 가중하고 있는 이중적인 시선을 지니고 있는 것에 대해서는 동일한 입장을 지니고 있는

---

9) 시선은 권력의 무기로 사용될 수 있다. 카메라의 역사 역시 전쟁의 역사와 더불어 설명해야 하는데, 무기로서의 카메라는 일종의 <관찰기계>이다. 시선의 영화적 형식은 미스터리, 공포, 의혹은 전면에 내세우면서 테러, 죽음, 파괴는 뒷면에 자리잡도록 하는 조정의 형식이다. 따라서 존 오르는 시민 사회의 질서화된 세계, 그럼에도 특권적인 부르주아에게는 감시가 여전히 운명인 세계에서 우리가 갖게 되는 것은 무기-시선의 부분적인 중재라고 설명한다.(존 오르, 김경욱 역, 『영화와 모더니티』, 민음사, 1999, 132-136면 참고)

것으로 보인다. 또한 대부분의 사람들이 이주외국인들을 보는 시각에서 편견을 지니고 있는 것으로 보인다. 단일민족 국가였던 한국사회는 순혈주의를 기반으로 서구열방이 오리엔탈리즘으로 동양 사람들을 보아왔던 시각으로 재한 외국인 노동자나 결혼이민자를 보고 있는 것은 아닌가에 대한 지적은 많이 논의[10]되어 왔던 바이다. 그러나 점차 한국영화에서 소수자 입장을 대변하고, 그들의 입장을 이해하고자 하는 시각들이 나타나고 있기에, 이 글은 한국영화에 나타난 이방인 수용 양상을 통해 한국 사회가 국내 체류 외국인들을 보는 시각의 변화에 대해 분석을 하고자 한다.

### (1) 말할 수 없는 이방인

에드워드 사이드는 그의 역작 『오리엔탈리즘』[11]의 첫 장에서 "그들은 스스로 자신을 대변할 수 없고, 다른 누군가에 의해 대변되어야 한다."고 언급한 칼 마르크스를 비판하면서 마르크스의 동양관이 당대의 오리엔탈리즘에 근거하고 있다고 언급했다. 동양인에 대한 이와 같은 인식은 서양에 의해 만들어진 서양/동양의 이분법적 사고에 기인한 편견이라고 본 것이다. 이와 관련하여 스피박은 "사고나 사유하는 주체를 투명하게 혹은 보이지 않게 만드는 것은 타자를 동화시킴으로써 무자비하게 인정하는 태도를 은폐하는 것처럼 보인다. 데리다가 '타자(들)로 하여금 스스로 말하도록 하기'보다 (자기를 공고하게 만들어 주는 타자

---

10) 한건수, 「비판적 다문화주의 : 한국적 다문화주의의 모색을 위한 인류학적 성찰」, 『다문화 사회의 이해』, 동녘, 2008.
　　문소영, 「한국영화에 나타난 오리엔탈리즘 연구」, 부산대 석사논문, 2007.
11) 에드워드 사이드, 박홍규 역, 『오리엔탈리즘』, 교보문고, 1991, 10면.

와 다르고), 우리 안에 존재하는 타자의 목소리라는 저 내면의 목소리를 환각으로 만드는 '진정한 타자'(quite other)에 '호소'하고 그것을 '요청'하는 것도 타자를 동화시킴으로써 인정하는 태도를 경계하려는 뜻에서이다."12)라는 데리다의 주장을 언급하면서 이러한 데리다의 타자 형성의 작업을 유용하다고 본다.13) 그리하여 스피박은 "하위주체가 말할 수 있는가?"14)라는 언급을 하면서 말할 수 없는 하위주체의 구축을 경계하기 위해 인종주의보다는 '여성'문제에 안착한다.15) 그러나 이 논문에서는 하위주체의 구축에 대해 여전히 인종주의적 관점에서도 바라볼 필요가 있다고 보고, 이를 우리나라의 다문화 문제에 적용하고자 한다. 즉 동남아 이주민을 우리 사회가 지속적으로 하위주체로 구축하고 있음으로 인해, 동남아 이주민들이 여전히 '말할 수 없는 하위주체'가 되고 있는 양상에 포착하고자 한다.

한국 문화예술계에서 다문화적 하위주체에 대해 본격적으로 쟁점화하기 시작한 기점은 20세기가 끝나는 시점으로 볼 수 있다. 다문화적 하위주체의 문제를 다룬 한국 영화를 찾아보자면 우선 윤인호 감독의 <바리케이드>(1997)를 꼽을 수 있다. 외국인 이주노동자의 문제를 본격적으로 다룬 영화가 없었기에 이 영화는 더욱 의미가 있다고 할 수 있다. 이 영화의 포스터에는 '내가 그들과 다를까'라는 문장이 태그라인으로 씌어있음으로써, 영화 속 핍박

---

12) 스피박, 태혜숙 역, 앞의 책, 113면.
13) 위의 글, 위의 면.
14) 위의 글, 114면.
15) 위의 글, 위의 면.

받는 외국인 이주노동자들과 한국인 노동자가 다르지 않다는 것을 메시지로 전달하고 있다.

고등학교를 졸업하고 세탁용역 공장에 다니는 <바리케이드>의 주인공 한식(김의성)은 미국 이민 생활을 실패하고 돌아온 불만투성이인 아버지와 몇 년 만에 나타난 아버지를 마다않는 어머니와 함께 살아간다. 한식의 아버지는 여전히 미국 사대주의에 빠져 양담배만 피우려 한다. 한식은 이러한 아버지에 대해 불만과 분노를 품고 있다. 한식의 공장에는 방글라데시, 필리핀 등지에서 이주해 온 동남아 불법 취업자인 칸과 자키, 부토 등이 힘겹게 일하고 있다. 그들은 일만 힘겨운 것이 아니다. 사장은 이들 이주노동자에게 욕설과 폭력을 일삼고, 함께 일하는 동료인 용승(김정균)마저 외국인 이주노동자들을 무시하며 폭력을 행사한다. 이에 대해 한식은 용승과 대립한다.

이주노동자들의 생활태도도 구분된다. 학력이 낮은 자키는 한국의 문화에 적응하려고 노력하지만, 대학을 나온 칸은 문화적·종교적으로 한국 사회에 적응하기 어려워한다. 돼지고기를 먹지 않는 칸은 회식 자리에서도 다른 사람들에게 놀림감이 되곤 한다. 또한 필리핀에서 온 부토와 방글라데시에서 온 칸은 서로 사랑을 하지만, 부토가 강간을 당하는 등 여러 가지 어려운 상황이 생기게 된다. 결혼하기를 원하는 이들은 함께 한국을 떠나 고국으로 돌아가고자 여권을 찾게 된다. 그러나 사장이 압수한 여권을 찾을 길이 없다. 절망한 그들은 공항이 보이는 아파트 옥상에서 자살을 하게 된다. 이들이 할 수 있는 것은 말없이 죽음을 선택하는 길 뿐이다. 이 영화에서는 한국인과 외국인의 대립이 분명하게 나타나며 이를 대립항으로 정리하면 다음과 같다.

| 한국인 | 외국인 |
|---|---|
| 이주노동자에게 폭력을 행사하는 사장과 용승 | 일방적으로 당하기만 하는 자키, 칸, 부토 |

이주노동자들 편에 선 한식의 시선이 바로 감독의 시선이다. 이 영화의 후반부에서는 칸과 부토가 없어지자 일손이 부족해 사장까지 함께 직접 빨래를 하며 야근을 하게 된다. 이를 계기로 사장이 3D 업종의 육체적 힘듦을 직접 체험하고, 직원들과 화해의 방향으로 나아가게 된다. 또한 미국에서 이주노동자의 삶을 살다 상처를 입고 돌아온 아버지와 자신과 함께 일하는 이주노동자의 삶이 다를 바 없다는 것을 깨달은 한식이 아버지가 좋아하는 양담배를 사가는 것으로 엔딩이 마무리됨으로써 이들의 갈등은 잠정적으로 화해가 되는 것처럼 보인다. 그러나 이 영화에서 남은 문제는 공장 사람들이 칸과 부토가 죽은 줄도 모르고 있다는 것이다. 이로써 말할 수 없는 하위주체로서 이주노동자의 입장이 부각된다.

그 다음으로는 송해성 감독의 <파이란>(2001)에 대해 언급할 필요가 있다. 이 영화는 여주인공인 '파이란'(장백지)이 고아가 된 채 마지막 혈육인 이모를 찾아 한국으로 들어와 취업을 위해 위장결혼을 하는 데서 시작된다. 직업소개소 브로커인 경식(공형진)은 삼류 건달이던 이강재(최민식)와 파이란을 서류상으로 결혼시킨다.

또한 경식은 파이란을 술집에 팔아넘기고자 한다. 그러나 파이란이 술집 사장을 만나는 자리에서 심한 기침을 하고 각혈을 해 취업이 되지 않는다. 김윤아는 이 장면에서 "<파이란>에서는 극단적 하이 앵글의 부감 쇼트로 운명에 갇히고 세상과 단절된 파이란을 보여주었다.(술집으로 팔려갈 듯한 상황에서 화장실에서 고민하다 혀를 깨물어 위기를 모면하는 장면에서 화장실에 앉아 망연자실하고 있는 파이란을 버즈 아이 뷰(bird's eye view)로 보여주면서 꽉 막힌 그녀의 처지와 상황을 한순간에 깨닫게 해준다. 비슷한 방식으로 각혈을 하고난 날 밤, 잠 못 이루고 뒤척이는 그녀를 역시 풀 쇼트의 하이앵글로 보여주면서 답답하고 어찌할 바 모르는 그녀의 심리를 한 쇼트로 표현한다).”16)고 분석한

바 있다. 이처럼 위급한 상황에서 불법체류 노동자인 파이란이 할 수 있는 것이라고는 혀를 깨물어 입에 피를 흘린 것밖에 없다.

카메라는 계속해서 가난하고 불쌍하게 살아가는 파이란을 동정적인 모습으로 그리고 있다. 강원도 거진이라는 조그만 시골 마을의 초라한 세탁소에 취직하게 된 파이란이 자신이 기거하게 될 짐을 쌓아두었던 초라한 방에 실망하는 표정을 카메라는 놓치지 않는다.

문소영은 <파이란>에서 강재와 파이란이라는 인물이 텍스트에서 지니고 있는 속성을 한국인 /외국인, 도시/시골, 문명/자연 등의 이항대립항으로 분석하면서 “주체와 타자사이의 관계에서 남성과 여성, 한국인과 외국인이라는 요소들과 관련되어 복합적으로 나타난다.”17)라고 분석한 바 있다. 그러나 이 글에서는 남성과 여성의 대립이나, 도시와 시골의 대립보다는 한국인과 외국인이라는 대립에 주목하여 텍스트 내에 숨어 있는 외국인 노동자에 대한 텍스트성을 읽어낼 수 있는 대립항

---

16) 김윤아, 「소설과 영화 사이 :영화 <파이란>과 <우리들의 행복한 시간>을 중심으로」, 『현대비평과 이론』제13권 제2호 통권26호, 2006. 가을·겨울, 95~109면.
17) 문소영, 앞의 논문, 274~275면.

을 찾아내어 이주노동자에 대한 시선을 읽어내고자 한다.

| 한국인 강재 | 외국인 파이란 |
| --- | --- |
| 강재의 빨간 머플러(오염이나 타락) | 파이란이 빤 흰 빨래(순수) |
| 게으르고 한심한 강재의 모습 | 열심히 일하는 인간 세탁기 파이란 |
| 위장결혼사례비만 챙기고 파이란을 잊은 강재 | 칫솔을 두 개 사는 파이란 |
|  | 강재의 사진을 보며 강재에게 편지 쓰는 파이란 |

게으르고 한심한 강재와는 달리 파이란은 할머니 혼자서 경영하던 세탁소의 유리창을 반짝거리게 닦는 등 혼신을 다해서 일한다. 추운 바깥에서 이불을 발로 밟으며, 빨래를 하는 파이란의 모습과 새하얀 빨래가 널린 풍경은 파이란의 순진무구함을 나타낸다. 파이란을 잊은 강재와는 달리 파이란을 위장결혼 서류에 있는 강재의 증명사진을 책상 앞에 놓고 남편으로 생각하며 지내는 모습에서 한국 사회에 편입되려는 자들과 그들에게 관심 없는 한국사회를 대립적으로 보여준다.

이 영화는 강재와 파이란을 한 번도 직접 대면하여 대화를 하지 못하게 설정해 두고 있다. 그러므로 파이란은 강재에게 한 번도 직접 '말할 수 없었다'. 남편이 되어 준 강재에게 파이란이 쓴 감사의 편지는 파이란이 병들어 사망한 다음에 읽혀지게 된다. 또한 파이란의 모습은 경식이 재미삼아 찍어 둔 비디오 테이프로만 볼 수 있다. 파이란은 엄연히 한국 사회에서 법적으로 강재의 아내로 존재했지만, 강재에게는 말할 수도 없었고 볼 수도 없는 지워진 존재임을 영화는 강조하고 있다. 이는 파이란의 삶이 직접 목소리를 낼 수 없었던 하위주체로서의 삶을 상징하고 있다는 것을 보여준다.

또 다른 영화로는 국가인권위원회가 제작한 <여섯 개의 시선>(2003) 중 박찬욱 감독의 <믿거나 말거나 찬드라의 경우>를 살펴볼 필요가 있다. 이 영화에서 주인공 네팔 노동자 찬드라 구마리 구룽은 공장 근처를 배회하다 지갑을 떨어뜨린 줄 모른 채 라면을 먹고는 돈을 내지 못하게 되고, 주인과 의사소통이 되지 않자 결국 경찰에게 인수된다. 경찰은 아무런 신분증이 없는 찬드라의 이름을 물었지만, '몰라'로 일관하고 대화가 되지 않는 찬드라를 정신이 이상한 사람으로 오해하여 정신병원에 넘긴다. 의사들 역시 그녀가 외국인이라는 생각을 전혀 하지 못한 채 상담진료를 한다.

길을 잃은 네팔 노동자가 한국 사람처럼 생겼다는 이유로 행려병자 취급을 받고 정신병원에 6년 4개월 동안 방치된 실제 사건을 다룬 이 영화는 러닝타임 20분의 짧은 단편영화지만 대부분이 찬드라의 시점쇼트로 진행되고 있어, 카메라가 찬드라가 보고 겪는 사실들을 따라가면서 그대로 보여준다.[18] 찬드라는 말을 하지만 네팔의 말은 소통되지 못하고 찬드라의 시선만으로 전달된다.

　찬드라는 병원 생활을 하면서 자신의 이름마저 잃게 된다. 한 정신병자가 자신의 딸로 오인하여 찬드라를 '선미야'라고 부르는 데서 찬드라의 이름은 '선미야'가 되어 버린 것이다. 아무리 자신이 '찬드라'임을 강조해도 그녀의 이름은 '선미야'로 소통될 뿐이다. 이를 대립항으로 정리하면 다음과 같다.

| 한국인 | 외국인 찬드라 |
| --- | --- |
| 찬드라를 정신병자 한국인으로 오인한 경찰 | '몰라'밖에 말할 수 없는 찬드라 |
| 대화 시 눈을 맞추느냐로 정상인을 판단하는 정신과 의사 | 말하기와 눈맞추기를 싫어하는 찬드라 |
| 찬드라를 '선미야'로 부르는 사람들 | 자신이 '찬드라'임을 말하는 찬드라 |
| | 강재의 사진을 보며 강재에게 편지 쓰는 파이란 |

　위의 대립에서 밝혀지듯 한국어를 잘 못한다는 이유 하나로 외국인 노동자 찬드라의 말은 허공에 흩어질 뿐 전달되지 않았다. 정상인이지만 6년 4개월 동한 타국의 정신병원 생활을 했던 찬드라의 경우는 '말

---

18) 황영미, 「한국 속 이방인 순례기-영화 <파이란>, <여섯 개의 시선> 중 <믿거나 말거나, 찬드라의 경우>, <처음 만난 사람들>」, 앞의 책, 36면 참조

할 수 없는 하위주체'로서의 억울한 삶을 대변한다.

또한 국가인권위원회가 제작한 단편 애니메이션 모음 <별별이야기 1>(2005) 중 이성강 감독의 단편 <자전거 여행>에 주목할 수 있다. 이 작품은 외국인 노동자의 시선으로 한국사회의 행정편의주의를 비판한다. 이 애니메이션은 경찰의 불법체류자 단속을 급하게 피하려다 달려오는 트럭에 치어 사망한 외국인노동자 메하르의 삶을 그의 사후에 되짚어 본다. 메하르가 죽기 전 타고 있던 자전거의 시점쇼트로 진행되는 이 작품은 희생자의 입장에서 생각해 보라는 문제제기인 것이다. 여기서도 하위주체는 죽었기에 '말할 수 없다'. 뿐만 아니라 장면은 대부분 메하르의 육체조차 배제된 채 자전거가 진행한다.

이 작품은 장송곡을 연상시키는 처연하고 음산한 음악을 배경으로 비오는 들판에 처박힌 빈 자전거를 비추면서 시작된다. 빈 자전거는 점차 몸체를 바로 세우고 천천히 달리기 시작한다. 달리는 자전거는 들길을 지나 공장 앞에 선다. 마치 자전거 위에 사람이 있는 듯 자전거는 서서 핸들을 움직이며 안을 들여다본다. 임금은 밀렸지만 그동안 몸담았던 공장, 이기적인 공장주에게 폭언과 발길질을 당하는 자신의 모습, 사랑했던 연인을 만나는 장면이 회상 형식으로 구성되어 있어 희생자의 넋을 기리고 있다. 죽은 주인공의 빈자리를 팔로 그러안고 자전거 여행을 떠나는 메하르의 연인이 '네팔의 하늘을 보여주고 싶어'라고 속삭이는 엔딩 장면은 이제는 더 이상 세상에 없는 그에게 하는 말이라는 점에서 희생자의 입장을 분명히 한다. 이를 대립항으로 정리하면 다음과 같다.

| 한국인 | 외국인 |
| --- | --- |
| 메하르에게 폭력을 가하는 악덕 사주 | 말없이 폭력을 당하는 메하르 |
| 불법체류자 단속하는 경찰 | 단속을 피해 도망치는 메하르 |
|  | 메하르의 넋을 기리는 빈 자전거 |
|  | 메하르의 빈자리를 안고 자전거를 타는 연인 |

위의 대립에서 밝혀지듯, 한국인은 폭력을 가하거나 단속을 하는 입장이며 외국인 노동자 메하르는 말할 수 없는 하위주체임이 드러난다.

이외에 새터민의 삶과 이주노동자의 만남을 소재로 한 김동현 감독의 <처음 만난 사람들>(2007)이라는 영화에 주목할 수 있다. 한국에는 다양한 유형의 이방인들이 살고 있다. 북한을 탈출하여 남한에 살게 된 새터민이라 불리는 탈북자들 역시 한국 사회에 적응하기 어렵기로는

외국인 이주자와 별반 다를 바 없다. <처음 만난 사람들>의 새터민 진욱은 온통 외국어 투성이인 간판, 서구화된 한국문화에 적응하기 어려워한다. 또 다른 인물은 베트남 출신 외국인 노동자 팅윤이다. 팅윤과 고속버스에서 우연히 만나게 된 진욱은 팅윤이 여러 친구를 만나러 가는 길에 동행하게 된다. 어렵사리 찾아갔지만 한국의 농촌 총각과 결혼한 팅윤의 여자친구는 이미 임신한 상태이고, 갑작스러운 팅윤의 등장에 그녀의 남편과 시집 식구들은 팅윤을 마구 때린다. "때리지 마세요, 나도 사람입니다."라고 한국말로 외치는 팅윤의 목소리는 보는 관객에게 많은 것을 느끼게 한다.

이 영화의 하이라이트는 밤이 늦어져 차도 끊기자, 팅윤과 진욱이 함께 모텔로 가게 되면서부터이다. 둘은 서로 말은 통하지 않지만 소주잔을 기울이면서 서로의 설움에 부둥켜안고 운다. 진욱과 팅윤은 서로 각기 다른 나라 언어로 각자의 설움을 울분으로 토로한다. 19)이들은 각자 말을 하고는 있지만, 진정한 의미에서 서로의 언어를 알아들을 수 없으므로 말할 수 없는(언어주체로서 소통할 수 없는) 하위주체의 처지라는 것을 보여준다.

이와 같이 2000년대 중후반까지는 대체로 한국인/외국인의 대립이 뚜렷하고 억압을 받는 하위주체의 입장에 대해 동정적 시선이 주된 경

---

19) 황영미, 「한국 속 이방인 순례기-영화 <파이란>, <여섯 개의 시선> 중 <믿거나 말거나, 찬드라의 경우>, <처음 만난 사람들>」, 앞의 책, 40면 참조.

향으로 나타나고 있다.


## (2) 이방인의 환대의 권리

데리다는 그의 저서 『환대에 대하여』에서 기존의 질서 체계에서 이방인의 개념이나 이방인의 상황에 대해 의문을 제기한다. 데리다는 소포클레스의 <콜로노스의 오이디푸스> 중 이제 막 콜로노스 숲에 도착한 오이디푸스가 다가오는 콜로노스인을 "이방인이여!"라고 불러 세우는 장면에서 '이방인'이 존재규정이 아니라, 위치에 따라 상대적으로 주어지는 호칭임을 보여준다.[20] 현지에 살고 있는 콜로노스인에게는 오이디푸스가 당연히 이방이겠지만, 처음 도착한 오이디푸스입장으로 보면 그가 이방인이 되는 것이다. 또한 데리다는 소크라테스가 법정에서 자신을 변호하면서 당시 아테네에서는 이방인을 환대했다고 하면서 자신이 이방인보다 못한 취급을 받고 있다는 것을 강조한다. 즉 이방인에게는 환대의 권리가 있다는 것이다. 사실 당연히 주장해야 될 권리면서도 이방인이 환대를 주장하기는 쉽지 않다. 그런데 의외로 이방인이 당당히 환대를 주장하는 영화가 있음에 주목하자. 국가인권위원회가 제작한 여섯 편의 단편애니메이션을 모은 <별별이야기2: 여섯 빛깔 무지개>(2007년 제작, 2008년 개봉)는 다섯 번째 인권영화 프로젝트다. 이 옴니버스 애니메이션 중 권미정 감독의 애니메이션 <샤방샤방 샤랄라>는 필리핀에서 온 여성결혼이주자의 딸인 은진이를 중심으로 다문화가정 자녀의 교육문제를 다룬 영화이다. 똑똑하고 친구들에게 인기도 많은

---

20) 데리다, 남수인 역, 앞의 책, 78면.

은진이가 언제나 쫑쫑 땋은 머리를 하는 것은 은진의 머리카락이 곱슬곱슬하기 때문이고, 그것은 필리핀에서 온 엄마를 닮았기 때문이다. 친구들에게 놀림을 받기도 하지만 당당하게 살아가는 은진이는 사랑하는 엄마지만 친구들에게는 엄마가 결혼이주자라는 것을 들키고 싶지 않다. 학부모회의 날이 다가오면서 은진은 점점 더 스트레스에 시달리게 되어, 어느 날 곱슬머리가 샤방샤방 샤랄라한 긴 생머리로 변해 기뻐하지만, 엄마를 잃어버리는 악몽을 꾸기도 한다.

    <샤방샤방 샤랄라>는 편견이 많은 현실이지만, 그래도 희망의 출구가 보인다는 것을 그리고 있다. 이 단편영화는 다문화가정이 급속도로 늘어나는 현실을 실감나게 재구성한 애니메이션이다. "돈 벌려고 시집왔다"는 핀잔과 동정 앞에서도 언제나 묵묵부답이던 엄마가 딸 은진을 위해, 은진이와 싸움을 한 아이의 학부모와 당당하게 맞서 자신의 주장을 하는 장면은 이 애니메이션에서 주목할 점이다. 은진이도 당당히 맞서는 엄마의 모습을 보고 쫑쫑 땋아서 감추려고 했던 자신의 머리를 푼다. <샤방샤방 샤랄라>는 다문화가정의 한국 내 정체성이 확립되어 가야 함을 당당한 결혼이주자를 통해 보여주고 있다. 그러므로 이 애니

메이션에서 한국인과 외국인의 대립소를 찾는 것은 큰 의미가 없다. 다른 사람들에게 한국인으로만 보이고 싶은 은진이 다문화 가정 자녀라는 것을 당당하게 생각하는 것으로 변모하기 때문이다.

또한 2008년에 제작되고 2009년 서울국제여성영화제 상영되어 아시아단편경선에서 관객상을 수상한 정해심 감독의 단편 <문디>(2008)는 결혼이주 며느리와 시어머니 사이의 갈등을 드러낸다. 이 영화는 15분짜리 단편영화로 시골 마을의 한옥 부엌에서 시어머니와 며느리가 음식을 장만하는 장면으로부터 시작한다. 사망한 아들의 제사 준비를 하는 시어머니는 일이 서툴기만 한 베트남 출신 며느리가 못마땅해 연신 '문디(문둥이)'라 부르며 타박을 한다. 그러나 며느리는 별반 반성하는 기미는 보이지 않고, 담벼락에 사망한 남편이 그려놓은 그림만 바라보며 남편을 그리워한다. 한편 시어머니로서는 아들이 이미 세상을 등진 마당에 시집살이를 하는 며느리가 가엽기도 하다. 그들은 고부간에 한 밥상머리에 앉아 식사를 하지만 며느리는 베트남 음식을 해서 먹고, 시어머니는 한식을 차려 놓고 먹는다. 그러다 시어머니는 눈앞에 놓여 있는 베트남식 국수를 먹어 본다. 물론 시어머니는 베트남식 국수를 계속해서 먹지는 못하고 다시 한식을 먹지만, 이 장면은 그들이 연대하기 시작함을 상징한다. 클라이맥스는 체한 듯 속이 답답해 바늘로 손가락 끝을 따려는 시어머니에게 결혼이주자인 며느리가 바늘을 뺏고 약상자를 앞에 놓은 장면이다. 바늘을 뺏겨도 다시 다른 바늘을 꺼내 손가락 끝을 따려고 애쓰는 시어머니를 위해 도와주는 며느리의 모습은 시어머니의 마음을 편안하게 만든다. 시어머니는 아들도 없으니 너는 이제 멀리 떠나도 될 것이라며 회한 섞인 말을 내뱉지만 그들 고부간은 아들/남편의 부재를 넘어 새로운 연대를 가지게 되는 것을 의미한다.

<문디> 역시 한국인/외국인의 대립을 허물고 이방인인 며느리가 서슬이 퍼런 시어머니에게 기죽지 않고 환대의 권리를 당당하게 주장하는 양상과 서로 연대하게 되는 과정을 그리고 있다. 위의 두 영화에서 볼 때, 한국영화에서 점차 동정적 시선으로 그려지던 이방인에 대한 시선이 변화되고 있음을 알 수 있다.


## (3) 이방인 되기

들뢰즈/가타리는 『천개의 고원』에서 "서구의 이분법적 사고의 틀(남성/여성, 어른/아이, 백인/흑인, 이성적/동물적)에서 '견고한 분할선'을 뚫고 벗어나는 것으로 '되기' 혹은 '생성'이란 개념을 소개하고 있다. 그들에게 '되기'는 고정된 자아의 정체성을 거절하고 차이, 다른 것, 다양체를 인정하는 것을 뜻한다. 그들은 남성, 규범, 다수성을 주체 개념으로 보는 경직된 사고를 거부하며, 이런 규범의 틀에서 탈주하는 과정으로 '-되기', '여성-되기'를 주장하고 있다."[21] 들뢰즈/가타리가 주장한 이러한 개념은 "생성은 소수적이며, 모든 생성은 소수자-되기이기 때문이다. 우리가 이해하기에 다수성은 상대적으로 더 큰 양이 아니라 어떤 상태나 표준, 즉 그와 관련해서 더 작은 양뿐만 아니라 더 큰 양도 소수라고 말할 수 있는 상태나 표준의 규정, 가령 남성-어른-백인-인간 등을 위미한다. 다수성이 지배 상태를 전제하는 것이지, 그 역은 아니다."22) 에 준한다. 이에 따라 한국의 다문화 영화의 양상에 주목할 수 있다. 이러한 양상은 2009년 이후 개봉작인 <반두비>(2009), <로니를 찾아서>(2009), <방가?방가!>(2010) 등에서 그 이전과는 사뭇 다르게 나타난다. 또 이 영화들에서 나타나는 '이방인 되기'는 각기 다른 과정을 통해 진행된다.

### ① 우정어린 애정을 기반으로 하는 '이방인 되기'

신동일 감독의 <반두비>는 우연히 알게 된 불량 여고생 민서(백진희)와 이주 노동자 카림(마붑 알엄)이 서로에 대해 이해하고 우정어린 연애 관계를 가지는 과정을 그린 영화다. 이 불량 여고생 민서는 원어민 강사가 있는 영어학원에 등록하기 위해 불법 안마시술소에서 아르바이트를 하고 있다. 이 영화가 여고생이 주인공이지만 18세 관람가 등급을 받은 것은 정치에 관한 언급 등의 여러 가지 이유가 있겠지만, 여고생의 불법 안마시술소 아르바이트라는 점이 가장 크게 작용할 것이다. 불량 여고생인 민서는 버스에 두고 내린 카림의 지갑을 슬쩍 가방에 넣기도 한다. 지갑을 찾는 카림과의 만남도 이 사건으로 인한 것이다. 카림

---

21) 질 들뢰즈 · 펠릭스 가타리, 앞의 책.
　　김진옥, 「울프의 올란도 : 들뢰즈/가타리의 "여성-되기"」, 『제임스 조이스 저널』제9권 2호, 2003.2, 328면.
22) 질 들뢰즈 · 펠릭스 가타리, 위의 책, 550면.

이 민서에게 임금체불이 된 사장집을 함께 찾아가 밀린 임금을 받아달라고 함으로써 지갑 사건이 무마된다. 이후 카림과 민서는 짝패가 되어 서로 가까워진다. <반두비>에 대한 비평에서 김소영은 '우정과 관용 그리고 환대의 문제'를 언급한다.[23] "영화 제목 반두비가 방글라어로 우정을 뜻하니 우정의 문제는 자명하게 드러나는 편이고, 관용(불관용), 환대의 문제는 논의를 필요로 한다."[24]고 언급한다. 김소영은 「이방인의 환대와 윤리」라는 김애령의 논문[25]을 인용하면서 "이방인에 대한 근대적 관용이 이방인은 '우리의 규칙, 삶에 대한 우리의 규범, 우리 언어, 우리 문화, 우리 정치 체계

등등을 준수한다'라는 조건을 제시한다고 분석한다. 그래서 관용은 권력의 불평등에 기초하는 가부장적 덕목에 기초한다고 비판하면서 저자는 절대적 환대라는 데리다의 환대의 윤리를, 그리고 레비나스의 친밀한 타인으로서의 여성이란 존재를 비판적으로 소개한다."를 언급하고 있다. 또한 김소영은 김애령의 논문에서 언급되어 있는 데리다의 '절대적 환대의 윤리'를 소개하고 환대의 성정치적 관점으로 <반두비>를 분석하고 있다.

그러나 필자는 <반두비>의 경우 김소영이 분석한 방법론인 데리다의 '환대'보다는 들뢰즈/가타리의 '-되기'로 분석하는 것이 더욱 적절한

---

23) 김소영, 「그렇게 그녀는 이방인을 '체화'했다-인종과 성, 젠더의 충돌을 통해 <반두비>가 보여주는 것」, 『씨네21』, 2009.07.31.
(http://www.cine21.com/Article/article_view.php?mm=005004004&article_id=57252)
24) 위의 글.
25) 김애령, 「이방인의 환대의 윤리」, 『철학과 현상학 연구』제39집, 한국현상학회, 2008. 11, 175~205면.

방법론이라고 생각한다. 왜냐하면 영화에서 엔딩은 영화 전체를 상징하는 중요한 부분인데, 엔딩에서의 민서의 행동은 '이방인 되기'[26]이기 때문이다. 엔딩은 그 이전의 에피소드가 복선이 되고 있다. 카림이 민서가 아플 때 민서의 집에서 방글라데시 음식을 요리해 주었고, 민서는 카림과 함께 방글라데시 음식을 먹었던 적이 있다. 그때 민서는 카림이 손가락으로 음식을 먹는 것을 눈여겨보게 된다. 그러나 민서와 카림이 가까워지는 것을 우려한 민서의 엄마가 불법체류자로 카림을 고발하면서 카림은 추방당한다.

엔딩에서는 카림을 그리워하던 민서가 안산의 방글라데시 음식점에 가서 함께 먹었던 음식을 앞에 놓고 카림이 했던 것처럼 손가락으로 음식을 먹는다. 이는 한국인 민서가 방글라데시인이 되는 것을 상징한다. 그야말로 '이방인 되기'를 실행하고 있는 것이다. 이 영화에서 '이방인 되기'는 우정어린 애정 관계를 바탕으로 이루어진다.

### ② 원수가 친구로 변한 '이방인 되기'

이방인 되기와 관련하여 심상국 감독의 <로니를 찾아서>(2009)에 주

---

26) 김소영은 위의 글에서 엔딩의 이 장면을 '이방인의 체화'라고 언급했다.

목할 수 있다. 이 영화는 '안산 국경없는 마을' 근처 원곡동에서 태권도 장을 운영하는 인호(유준상)가 늘어가는 이주 노동자들 때문에 불안해하 던 동네 사람들이 조직한 자율방범대원을 하다가 방글라데시 출신 이 주노동자인 로니(마붑 알엄)가 벌려놓은 좌판을 뒤엎어버린 데서 발단이 된다. 태권도장을 되살리고자 시범대회를 야심차게 준비했지만, 그에게 앙심을 품었던 로니가 나타나 방문객들 앞에서 인호를 한 방에 넉다운 시키게 된다. 이후 태권도장에 아이들이 모이지 않아 도장도 넘기고 졸 지에 실업자가 된 인호는 자신을 이렇게 만든 로니를 찾아 나선다. 이 때 로니를 찾게 해 주겠다며 인호 앞에 나타난 외국인 노동자 뚜힌은 믿음직스럽지 않았지만 오직 로니를 찾아 복수하겠다는 맹목적인 열정 에 사로잡힌 인호는 그와 기이한 동행을 시작한다. 그러나 뚜힌과 함께 하는 시간 속에서 우여곡절을 겪으며 인호는 외국인 노동자들에 대한 자신의 편견을 깨닫고 그들을 친구로 받아들인다.

<로니를 찾아서>에서 엔딩 장면 역시 '이방인되기'의 전형을 보여준다. 로니를 찾아 헤매던 인호는 로니가 방글라데시에 갔다는 것을 알게 되고 그를 만나기 위해 방글라데시를 방문한다. 기차의 천장까지 빼곡하게 올라탄 방글라데시 사람들 속에서 인호는 이방인에 불과했다. 그리고 인호는 어떤 집을 찾아가 문을 두드린다. 문이 열리자 환하게 웃는 인호의 얼굴이 클로즈업 되는 것이 엔딩이다. 이 엔딩에 대해 '열린 결말이다, 인호가 찾아간 집은 로니의 집이 아니라 뚜힌의 집이다. 그렇지 않고서는 인호가 그렇게 환하고 반갑게 웃을 리가 없다' 등 여러 분석이 난무하다. 그러나 필자는 인호가 찾아간 집은 로니의 집이며, 인호가 로니를 만나 반갑게 웃는 모습이라고 분석한다. 그래서 이 장면은 바로 '이방인 되기'를 보여준다고 분석될 수 있다. 즉 타자의 고통에 무관심하던 주체였던 인호가 이방인과 친구가 되어, 스스로 방글라데시에 가서 '이방인 되기'를 실행한 것이다. <로니를 찾아서>의 이방인되기는 <반두비>의 우정 어린 애정을 바탕으로 자연스럽게 진행된 것과는 달리 원수 사이가 친구로 변화되는 과정을 통해 진행되었다는 점에서 더욱 특별해진다.

## ③ 경제적 문제해결을 위한 '이방인 되기'

취업을 위해 한국인임을 포기하고 자진해서 이방인이 된 케이스가 있다. 바로 육상효 감독의 <방가?방가!>(2010)라는 영화다. 주인공 방태식(김인권)은 공장, 막노동 등 안 해본 것 없이 살아왔던 백수이다. 방태식은 친구 용철(김정태)의 조언에 따라 평소 동남아라는 별명으로 불릴 만큼 이국적인 자신의 외모를 바탕으로 중앙아시아 부탄 출신 노동자 '방가'로 가장한 뒤 의자 생산 공장에 취직한다. 태식은 공장에서 알

반장(칸), 찰리(피터 홀밴), 마이클(팔비스), 라자(나자루딘) 등의 외국인 노동자들을 만나고, 베트남 출신의 애 딸린 미녀 장미(신현빈)에게도 연정을 느끼게 된다. 어떻게든 잘 살아보겠다며 국적을 속이고 일하는 태식은 얼떨결에 이주노동자들의 인권을 찾는 일에 앞장서게 된다. 이주노동자들을 단속하는 경찰에 붙잡혀 가기도 하고, 이주노동자들의 파티에서 부탄 대사를 만나 도망가기 바쁜 태식은 이방인이 되어서 직업도 얻고 연인도 생기게 되어 좋기만 하다. <방가?방가!>는 한국인이 역으로 이방인의 행세를 하면서 '이방인 되기'를 실행한 코미디지만, 이주 노동자들의 문제를 대중영화에서 다룬 의미 있는 영화가 되었다. 진지하게 이주 노동자들의 인권을 다루지는 않았다고 하더라도 100만이 넘은 관객이 관람했고, '제 2회 다문화영화제' 개막작으로 상영되고, 김인권이 '다문화 영화제' 홍보대사로 임명되는 등 사회적 환기성은 꽤 있었다고 볼 수 있다. 이 영화에서의 '이방인 되기'는 취업이라는 경제적 문제가 깔려 있다.

<반두비>, <로니를 찾아서>, <방가?방가!> 등에서 보여주는 '이 방인 되기'는 과정은 조금씩 다르지만 중심 벗어나기, 탈영토화를 통한 재영토화의 가능성을 엿볼 수 있다. 이는 물론 완전한 재영토화가 된 것이라고 보기는 어렵지만, 이방인과의 문제를 어떻게 해결해야 하는지 의 방향을 제시해준다고 볼 수 있다.


## 3. 맺음말

다문화담론은 급증하고 있지만, 한국 사회는 여전히 다문화에 대해 이중적 시선을 지니고 있고, 이에 대한 사회적 관심이나 학계의 연구는 여전히 부족하다고 볼 수 있다. 이 글은 한국영화에서 나타난 외국인 노동자와 여성결혼이민자의 인권과 다문화가정자녀 교육문제 등에 관 해 살펴보았다.

이 글은 이주민 급증 초기였던 1997년 상영된 <바리케이드>로부터 2010년 개봉작인 <방가?방가!>까지를 대상으로 10년 동안 한국영화에 서 나타난 다문화에 대한 인식 양상을 텍스트 분석을 통해 추적하였다.

이 논문은 다문화의 인식론적 토대가 되는 여러 개념을 적용함으로 써 접근했다. 첫 번째로는 스피박의 '하위주체는 말할 수 있는가'라는 개념이다. 외국인 노동자를 그린 영화에서 두드러지게 나타나는 양상은 자신의 정체성을 말할 수 없는 존재인 억압받는 자로서의 모습이다. <바리케이드>(1997), <파이란>(2001), 인권위원회에서 제작한 <여섯 개의 시선> 중 박찬욱 감독의 <믿거나 말거나 찬드라의 경우>, <별 별이야기> 중 <자전거 여행>(2005), <처음 만난 사람들>(2007)에서 그러한 양상이 나타난다. 이들 영화에서는 착취하는 자로서의 한국 사회의 무관심과 냉정함이 착취당하는 자로서의 그들과 분명하게 대립을 이룬다. 두 번째로는 데리다가 말하는 '환대'이다. 데리다는 '이방인'이 존재규정이 아니라, 위치에 따라 상대적으로 주어지는 호칭임을 주장한다. <별별이야기2> 중 <샤방샤방 샤랄라>(2007), 정해심 감독의 <문디>(2008)는 이방인이 기죽지 않고 당당한 자기 권리를 주장하는 양상을 보여준다. 그러므로 이들 영화에서는 분명한 대립보다는 이방인과의 연대가 강조된다. 세 번째로는 들뢰즈/가타리가 말한 '-되기'이다. <로니를 찾아서>(2009), <반두비>(2009), <방가?방가!>(2010) 같은 최근 영화에서는 한국인의 '이방인 되기'의 양상이 나타난다.

정리하면 한국 다문화 영화의 변화 추이는 '말할 수 없는 하위주체'로 동정적 시선으로 표현되었던 이방인이 점차 환대의 권리를 당당하게 주장하는 양상이 나타나고 주체도 점차 '이방인 되기'의 양상도 표현되는 것으로 변화하고 있다는 것이다.

영화에서 나타나는 외국인에 대한 관점은 현실과는 다르게, 현실의 모순을 증거하며 현실을 개선하고자 하는 방향성이 제시되고 있다. 2000년 중반기를 넘어가면서 점차 한국인/이방인이라는 대립구도 보다는 다수자의 소수자되기의 방향이 나타난다는 것이다. 이 방향성은 중심 벗어나기, 탈영토화를 통한 재영토화의 가능성까지 엿볼 수 있다. 이 연구는 다문화사회의 지향점을 영화가 제시하고 있다는 것을 말하는 증거가 될 것이다.

이 연구는 한국 영화에 나타난 다문화 양상을 살피는 데 있어, 텍스트 분석 위주로 전개된 탓으로 변화의 원인에 대한 사회문화적 환경 변화를 함께 짚어내지는 못하는 한계를 보일 수밖에 없다. 영화와 현실은 직간접적으로 영향 관계는 있지만, 직결시키기에는 또 다른 논증이 필요한 까닭이다. 다문화 영화와 사회문화적 환경 변화의 관련성에 대해서는 다음 연구로 미룬다.*

출전 : 「한국 영화에 나타난 다문화 양상 연구」, 『영화연구』 47호, 2011.3, 239-262면.

* 이 글에 사용된 영화 포스터와 스틸컷은 NAVER 영화 정보(http://movie.naver.com/)를 참조하였음을 밝힌다.

제 2 부

일본과 만주, 한민족 디아스포라

# 재일 디아스포라 여성문학에 나타난 탈민족주의와 트라우마

― 유미리의 에세이를 중심으로

권성우 숙명여자대학교 한국어문학부 교수

## 1. 문제제기: 재일 디아스포라 문학 연구의 새로운 지평: 민족주의적 편향의 탈피를 위하여

일본의 세계적인 사상가 가라타니 고진은 『세계공화국으로』라는 저서에서 기존 근대민족국가를 뛰어넘는 새로운 어소시에이션(association) 개념을 적극적으로 검토하고 있다. 그에 의하면 근대 민족국가의 핵심 구조인 자본=네이션=국가라는 보로메오의 매듭을 넘어서는 길, 즉 칸트가 한때 구상했던 세계공화국에 이르는 과정이 새로운 시대의 가능성이자 책무라고 한다.1) 최근에 국가에 대한 지양(止揚)이 어떻게 가능한가에 대하여 사유하면서 국제연방을 구상한 철학자 칸트의 사유, 즉

---

1) 가라타니 고진, 조영일 역, 『세계공화국으로』, 도서출판b, 2008.

칸트의 세계공화국이라는 '규제적 이념'에 대한 관심이 증가한 사실도 이러한 맥락 하에 있을 것이다.[2]

이와 같은 근대 민족국가에 대한 비판적 문제의식에서 볼 때, 이 시대의 문학에서 민족이나 국가에 대한 감각이나 색채가 옅어지는 것은 조금도 이상한 일이 아니다. 이 점과 연관하여, 2007년 당시 대표적인 진보적 문인단체였던 '민족문학작가회의'가 회원들의 투표를 통해 단체 명칭을 '한국작가회의'로 변경한 사건은 민족주의가 점차 퇴색되어가는 한국문화계의 현실을 극명하게 보여주는 일대사건이었다. 물론 민족주의 문제가 결코 단순한 것은 아니다. 현실적인 맥락에서는 여전히 근대 국민국가나 민족주의의 힘이 여전히 작동하고 있다. 일례로 재일 디아스포라 논객 서경식은 『고통과 기억의 연대는 가능한가?』(2009)라는 저작에서 이렇게 말한 바 있다.

> 90년대 초에 베네딕트 앤더슨의 『상상의 공동체』라는 책이 번역되면서 "선생님 아십니까? 국가라는 것은 상상의 산물이에요. 선생님도 이제 국민국가 시대가 끝나니까, 더 이상 조선 사람, 조선 이렇게 고집하지 말고 벗어나셔야지요."하는 얘기를 했습니다. (청중 웃음) 양심적인 동료들이 호의로 그런 얘기를 많이 했어요. 그 후 15년 이상 지나서 일본 사회가 어떻게 되었는지 아세요? 일본이라는 나라가 국가주의를 벗어났는가 하면 절대 그렇지 않습니다. 정반대 방향으로 왔습니다. 그리고 양심적인 동료나 일본의 지식인들은 이런 흐름에 제대로 저항조차 못했습니다.[3]

---

2) 가라타니 고진, 조영일 역, 『정치를 말하다』, 도서출판b, 2010, 145쪽.
3) 서경식, 『고통과 기억의 연대는 가능한가?』, 철수와영희, 2009, 57쪽. 서경식은 또한 <한국작가회의>가 주관한 2010년 11월 5일 <제 17회 세계 작가와의 대화>에서 발제문 「'한국문학'과 '세계문학'을 둘러싼 단상」(『내가 읽은 세계문학, 내가 읽은 한국문학』)을 발표하면서 "<한국작가회의>는 대한민국이라는 특정한 국가에 포섭된 좁

서경식의 이러한 언급은 의심할 바 없이, 대단히 의미심장한 진실을 담보하고 있다. 서경식의 발언에 대한 성찰과 대화 속에서 민족주의와 탈민족주의에 대한 균형 잡힌 논리가 비로소 가능할 것이다. 그의 지적에서도 구체적으로 확인할 수 있듯이, 무분별한 탈민족주의나 민족주의 및 국가주의에 대한 손쉬운 유행적 비판에 대한 문제제기도 분명히 존재했다. 그러나 이와 별도로 지식사회나 문화계의 주류가 고식적인 민족주의 비판과 세계화로 요약할 수 있는 어떤 흐름 속에 있었다는 사실을 부정하기는 힘들 것이다.

정치적으로 민족국가의 첨예한 이해관계가 여전히 작동하고 있지만, 문학을 비롯한 문화계 전반에는 민족주의와 국가주의의 폐해를 넘어서려는 다양한 현상과 시도들이 광범위하게 나타나고 있다. 이런 맥락에서 볼 때 디아스포라 문학에 대한 최근의 학문적 열기는 묘한 이중적 맥락을 지니고 있다. 디아스포라 문학에 대한 관심 자체는 특정한 국가주의에 획일적으로 포섭된 편협한 민족문학이나 국민문학을 넘어서려는 시도이다. 그러나 동시에 일본, 미국, 중국, 러시아, 카자흐스탄, 우즈베키스탄 등 세계 각국에 흩어진 '한민족 디아스포라'라는 용어에서 인식할 수 있듯이, 디아스포라라는 개념도 특정 민족이나 국가에 소환되거나 복무하는 경우가 흔하다.

특히 지금까지 이루어진 한민족 디아스포라 문학에 대한 연구는 대체로 민족주의적 코드에 의해 소환되거나 해석되는 경우가 많았다. 가령 그들의 문학에서 지금 이 시대 한국문학에서 쉽사리 발견할 수 없는

___

은 범주의 개념인데 반해 <민족문학작가회의>는 해외의 다양한 한민족문학을 포괄한 열린 개념이다. 그러므로 명칭변경에는 일면 반동적인 측면도 있다. 이런 면을 고민해야한다."고 언급한 바 있다.

민족애를 발견한다든지, 투철한 민족적 역사의식을 호출하는 경우가 이에 해당된다. 그러나 디아스포라 문학을 지나치게 '민족'이나 '조국'이라는 개념을 중심으로 해석하는 것은 디아스포라 문학의 다면성을 훼손하는 안이한 독법일 수 있다. 여기서 디아스포라의 정체성과 연관하여 "근대 국민국가의 틀로부터 내던져진 디아스포라야말로 '근대 이후'를 살아갈 인간의 존재 형식이 앞서 구현되고 있는 것이라 생각한다."[4]는 입장을 주목할 필요가 있다. 말하자면 근대 국민국가(nation state)의 자장에서 탈피한 새로운 정체성을 지닌 존재가 바로 '디아스포라'라는 것이다.

이와 같은 맥락에서 특히 재일 디아스포라 문학에 대한 연구는 좀 더 복합적인 문맥에서 전개될 필요가 있다. 왜냐하면 재일 디아스포라 한인문학은 문인들의 실존적 감각이나 세대차, 역사의식, 민족의식의 차이에 따라 대단히 미묘한 낙차와 복잡한 지형을 보여주고 있기 때문이다.[5] 이 점은 일본이 세계 2위의 경제대국이자 고도자본주의사회라는 사실과 더불어 일본 국적이 아닌 사람들에 대한 차별이 한층 교묘하게 이루어지고 있다는 사실과 연관된다. 경작지 부족과 경제적 문제로 인해 식민지시대에 일본으로 건너간 수많은 조선인들[6]이 남한이나 북한으로 귀향하지 못하고 일본에 머물 수밖에 없었던 사실은 이러한 일본사회의 특수성과도 연관된다.

---

4) 서경식, 김혜신 역, 『디아스포라 기행』, 돌베개, 2006, 6쪽.
5) 가령 이한창의 「80년대 이후 다양해진 재일 동포문학의 세계」(『일본어문학』 44집, 2010)는 80년대 이후에 전개된 재일 디아스포라 문학의 다양한 변모를 반영하고 있어 주목된다.
6) 도노무라 마사루(外村大), 신유원·김인덕 역, 『재일조선인 사회의 역사학적 연구』, 논형, 2010, 34쪽, '역사교과서 재일 코리언의 역사' 작성위원회, 신준수·이봉숙 역, 『재일 한국인의 역사』, 역사넷, 2007, 제1장 「재일 조선인은 어떻게 형성되었는가?」 참조.

지금까지 서술한 문제의식을 고려할 때, 이 논의의 중심으로 자연스럽게 떠오르는 재일 디아스포라 한인 작가는 유미리(柳美里: 1968~  )이다. 그녀의 문학은 김석범, 이회성 등의 재일 디아스포라 1세대 소설가와 비교하면 물론이거니와 바로 윗세대인 소설가 고(故) 이양지(李良枝, 1955~1992)와 비교하더라도 사뭇 다른 정서와 세계관을 지니고 있다. 예컨대 유미리는 1997년『문학계』에 수록된 대담에서 다음과 같은 주목할 만한 언급을 하고 있다.

> 단지 재일이라는 사실을 전면에 내세운 소설은 쓰고 싶지 않습니다. 흔히 '재일을 써야 한다'는 말을 하는데 그것을 씀으로써 '재일'이라는 일반론으로 회수되어 가는 것이 싫습니다. 아무래도 개별적인 문제로서 읽힐 수 없게 되지요. 그래서 저는 거듭 '한국인도 아니고 일본인도 아닌 입장에서 쓰고 싶다'고 말한 것입니다.
>
> (『문학계』 1997.3)[7]

위의 유미리의 주장은 이 글의 논점과 연관하여 중요한 시사를 던지고 있다. 말하자면 한국 국적을 지닌 재일 디아스포라 작가 유미리의 글쓰기는 민족주의나 '조국'이라는 코드에 의해 회수되지 않는 일종의 '문학적 보편성' 및 현대성을 지향하고 있는 것이다. 이 점은 재일 디아스포라 작가의 세대의식 및 문학세계의 변모와 연관하여 대단히 흥미롭고 의미심장한 대목이다. 유미리의 문학세계와 연관하여 시인이자 근대문학 연구자인 김응교는 "마이너리티의 문제를 외면하고 내면적인 인간의 욕망에 주목"하고 있다고 평가하면서 아래와 같이 지적한 바 있다.[8]

---

7) 이한창, 앞의 논문, 256쪽에서 재인용.

이들은 차별에 대한 저항과 민족적 각성을 주제로 했던 이전의 자이니치 디아스포라 문학을 넘어, 다양한 개성을 표출하고 영화산업과 끊임없이 교류하여 성공하고 있다. 타자에 대해 경계인의 입장에서 독특하게 접근하는 이들의 활동은 일본문학계에서도 주목받고 있다.

이 글의 기본적인 문제의식은 바로 이와 같은 사실에 착안하고 있다. 즉, 유미리라는 한 문제적인 디아스포라 작가에 의해 기존의 재일 디아스포라문학이 지녔던 민족주의적 감성과 코드가 작가의 탈민족주의적인 글쓰기와 길항하는 풍경을 탐구하는데 이 논문의 기본적인 의도가 존재한다. 즉, 민족주의나 역사의식이라는 문제의식으로는 충분히 해명되지 않는 유미리의 독특한 문학세계는 재일 디아스포라 문학의 다양한 풍경을 보여주고 있다는 점을 주목할 필요가 있다.

아울러 이 글은 다음과 같은 몇 가지 의문을 구체적으로 해명하기 위한 시도이기도 하다. 왜 대표적인 재일 한국인 작가인 유미리와 이양지는 가출, 퇴학, 자살 시도, 선연한 자의식, 우울증과 정신질환 등의 선연한 트라우마(trauma)를 지니고 있는 것일까? 그들의 이러한 이력과 트라우마는 그들이 재일 디아스포라라는 사실과 어떠한 연관성을 지니고 있는 것인가? 그들의 에세이와 소설에 이러한 역사적 체험과 상처는 어떻게 작용하고 있는가? 그 과정에서 유미리와 이양지의 문학적 감성과 문학관은 어떠한 차이를 표출하고 있는가? 한 마디로 말해 그들에게 민족이나 조국의 존재는 과연 무엇인가?

이러한 일련의 물음에 답하는 것은 넓게는 재일 조선인(한국인)의 역사로부터 시작해, 재일 디아스포라 문학, 민족주의와 보편성, 여성문학,

---

8) 김응교, 「이방인, 자이니치, 디아스포라문학」, 『한국근대문학연구』 21집, 2010, 135쪽.

우울증과 정신질환 등의 수많은 문학적 논점과 씨름하는 과정에 다름 아닐 것이다. 일례로 유미리 자신의 죽음 충동과 자살 시도, 그리고 유미리의 작품에 나타나 있는 죽음의 문제는 정교한 정신분석학적 해석과 더불어, 통시적인 역사적 해석이 동시에 요구된다. 유미리의 자살 시도의 집요한 욕망과 트라우마는 이양지의 그것과 겹쳐지면서도 분리된다. 또한 유미리의 상처(트라우마)는 재일 조선인(한국인)이 겪어온 역사적 굴곡 및 민족차별과 전혀 관련성이 없다고 할 수 없겠지만, 동시에 그 트라우마는 단지 역사적, 민족주의적 지평에서만 해석될 수 있는 것은 결코 아니다. 요컨대 유미리의 에세이나 소설에 대한 정확한 독법은 기존의 민족주의적 서사에 기반한 디아스포라문학에 대한 독법이나 통념에서 탈피하여, 그 작품의 내적 문법을 자연스럽게 독해하는 과정에 있다고 하겠다.

지금까지 서술한 논리에 따라 이 글은 주로 유미리의 에세이에 나타난 문학관과 세계관을 검토하면서 동시에 유미리의 글쓰기에 자주 등장하는 자살충동이나 트라우마가 지닌 맥락에 대해 탐구하기 위한 의도로 씌어진다. 유미리의 에세이에는 그의 문학관과 세계관, 감성, 언어적 자의식 등이 소설보다도 한층 명료하게 서술되어 있다.

이 글은 유미리의 에세이를 탐구하는 과정에서 이양지의 관점과 비교 검토하게 될 것이다. 왜냐하면 유미리와 이양지는 이 글의 맥락에 연관하여 대단히 중요한 공통점과 차이점을 지니고 있기 때문이다. 예를 들어 둘 다 일본문단의 화려한 등용문인 아쿠타가와상을 받은 유명한 재일 한인 2세 디아스포라 작가라는 점,9) 수없이 자살을 시도하고

---

9) 일본 문단에서 신인에게 주어지는 가장 권위 있는 상인 아쿠다카와상을 수상한 재일 한인(조선인) 디아스포라 소설가는이회성(1972년) 이양지(1989년) 유미리(1997년) 현월

정신질환을 앓았다는 점, 어떤 작가보다도 자유로우면서도 예민한 예술가의식을 지니고 있었다는 점 등에서 유미리와 이양지는 '영혼의 쌍둥이'라고 할 수 있을 만큼 닮은꼴 소설가이다.[10] 하지만 민족의식이나 역사관, 한국을 바라보는 관점 등에는 적지 않은 차이점이 존재한다. 동시에 둘은 13년이라는 나이차 이상으로 대중문화 및 현대성에 대한 감각에도 미묘한 차이를 지니고 있다.

그러므로 유미리와 이양지의 문학적 차이와 세계관의 낙차에 대해 탐구하는 과정은 재일 한인 디아스포라 문학이 보여주고 있는 문학적 세대차와 감각 지형의 변모를 구체적으로 확인해볼 수 있는 중요한 열쇠가 될 것으로 생각된다.

## 2. 민족의식의 낙차: 유미리의 삶과 세계관

1968년 일본 가나가와(神奈川) 현(縣)에서 재일 한국인 2세로 태어난 유미리는 일본 문단에서 성공적인 문학활동을 영위한 대표적인 재일 디아스포라 2세 한인 작가라고 볼 수 있다. 유미리는 유년기인 초등학교 5학년 때 이미 셰익스피어의 「겨울이야기」를 희곡으로 각색하는 등 천재적인 글쟁이의 모습을 보여주었다. 열여섯 살 때는 '도쿄 키드 브라더스' 극단의 연수생으로 입단하면서 극작가 및 연출가로 먼저 활동하게 되며, '청춘오월당'이라는 극단을 스스로 결성하여 극작가와 연출

___

(2000년) 등 네 명이다.

10) 이양지의 소설에 나타난 민족의식과 우울증, 자살충동에 대해서는 권성우의 「재일 디아스포라 여성소설에 나타난 우울증의 양상-고(故) 이양지의 작품을 중심으로」(『한민족문화연구』 30호, 2009)를 참조할 것.

가로 주목받기 시작했다. 그 후 1993년 희곡 「물고기의 제사」로 기시다 구니오 상을 수상한 유미리는 1996년에는 소설 「풀하우스」로 노마 문예시인상과 이즈미 쿄카 문학상을 수상했으며 이듬해에는 소설 「가족 시네마」로 아쿠타가와상을 수상하면서 일본 문단에 우뚝 선다.

유미리의 가족사와 연관하여 흥미로운 사실은 그녀의 외할아버지가 1936년 베를린 올림픽 마라톤 금메달리스트인 손기정 선수의 라이벌이었다는 사실이다. 다음의 예문을 보자.

> 외할아버지는 1936년 베를린 올림픽 마라톤 대회에서 일장기를 가슴에 달고 출전하여 금메달을 딴 손기정 씨와 5천, 1만 미터를 앞서거니 뒤서거니 하는 육상 선수였다. 1940년에 도쿄에서 개최될 예정이었던 도쿄 올림픽에서 마라톤 주자로 출전하려 했는데, 전쟁이 격렬해져 올림픽이 무산되는 바람에 외할아버지의 인생은 크게 뒤틀리고 말았다.[11]

이런 사실이 유미리에게 특별한 민족의식이나 '조국'에 대한 감정에 결정적인 영향을 미친 것으로 보이지 않는다. 유미리는 나중에 외할아버지의 인생을 소재로 삼아, 「8월의 저편」을 간행한다. 이 작품은 외조부인 양임득을 주인공으로 식민지시대와 해방공간을 배경으로 한 역사소설이다. 외할아버지의 이민사를 추적하면서 작가 자신의 뿌리 찾기를 시도하는 이 작품은 사실 유미리 소설에서 예외적인 존재에 가깝다. 유미리의 다른 작품에서 조상이나 민족, 조국, 뿌리 찾기 등이 본격적으로 다루어지는 경우는 거의 없다.

유미리는 한 에세이(「증오를 넘어선 언어」)에서 재일 한국인을 다음과

---

11) 유미리, 김난주 역, 『물고기가 꾼 꿈』, 열림원, 2001, 73쪽.

같이 세 가지 유형으로 분류하고 있다.

> 이미 아시는 분도 많겠지만, 재일 한국인에는 세 가지 유형이 있다. 첫 번째 유형은 부모의 교육 방침에 따라 엄격하게 한국인으로 성장한 사람들이다. 그들은 민족학교에 다니면서 한국어를 구사할 줄 알고 이름도 물론 한국 이름을 사용한다. 두 번째 유형은 국적이 일본이든 한국이든 관계없이 일본 이름을 사용하면서, 자기가 재일 한국인이라는 사실을 열심히 감추려 하는 사람들이다. 그리고 세 번째 유형이 일본 국적을 취득하지 않고 외국인 등록증을 소지하고 있으며, 한국 이름으로 생활하고는 있으나 한국말은 한 마디도 못하는 사람들이다. 나는 세 번째 유형에 속한다.12)

이러한 유미리의 고백을 통해, 우리는 재일 한국인(조선인) 사회에서 유미리가 놓인 위치를 확인할 수 있다. 현재 일본사회는 첫 번째 유형이 감소하고 있으며, 두 번째 유형이 증가하고 있다. 이러한 변화는 재일 디아스포라 한인 문학에도 많은 영향을 미칠 터인데, 유미리의 성장 과정은 세 번째 유형에 속하는 전형적인 재일 한국인에 가깝다. 이에 비해 이양지는 애초에 세 번째 유형이었다가 현저하게 첫 번째 유형으로 스스로를 자발적으로 이동해간 존재에 해당한다.

유미리는 아쿠다카와상을 받은 대표작 「가족시네마」나 또 다른 대표작 「풀하우스」를 비롯한 대부분의 작품에서 자신이 한국인이라는 문제의식이나 민족적 문제의식을 전혀 드러내지 않고 있다. 그녀에게는 단지 가족의 붕괴를 소설화하고자 하는 본원적인 의도를 지니고 있는 것이다. 유미리의 소설에서 민족문제나 재일 디아스포라 한인, 역사적 소

---

12) 유미리, 김난주 역, 「'증오'를 넘어선 언어」, 『물고기가 꾼 꿈』, 열림원, 2001, 240쪽.

재보다는 사랑, 섹스, 현대적 일탈, 연애풍속, 붕괴된 가족 등의 소재가 자주 등장하는 것도 유미리가 마주한 이러한 정황과 연관된다.

유미리의 세계관 및 민족에 대한 입장과 연관하여 1997년 서울의 한 대형서점 강연회장에서 있었던 다음과 같은 에피소드는 각별하게 주목할 필요가 있다.

> 질문 시간에 그 중 한분이 일어나, 한국인이 훌륭한 상을 받아 기쁘며 민족의 긍지를 가지고 어린 시절에 겪었던 차별을 작품에 그려달라고 열심히 말씀하셨습니다. 유미리 씨는 그럴 생각이 없음을 분명히 전했고요. 뜻밖의(?) 대답에 놀란 사람들도 많았지만, 그곳에 유미리 씨 작품을 읽지 않은 분들이 많다는 사실에 저는 놀랐습니다. 유미리 씨도 마찬가지가 아니었을까 싶어요.[13]

유미리의 답변은 그녀의 입장 내부로 들어가서 바라보면 결코 뜻밖의 대답이라고 볼 수 없다. 그녀는 어떤 경우에도 민족주의적 감성에 편승하지 않았다. 현대적 실존의 보편성을 소재로 언어미학의 가능성을 실험하는 소설가 유미리의 입장에서는 '민족의 긍지'라는 식의 표현이나 한국인이 상을 받았다는 식의 담론에 공감을 느끼지 못했을 것이다. 바로 이러한 유미리의 태도와 세계관이야말로 역설적인 맥락에서 그녀를 다른 재일 디아스포라 작가와의 차별성을 확보케 한 독특한 문학적 입지라고 할 수도 있다.

---

13) 김훈아, 「역자 후기」, 『비와 꿈 뒤에』, 소담, 2007, 285~286쪽.

## 3. 한국어, 언어, 일본어: 유미리의 언어적 자의식

유미리의 아버지는 일본어를 쓰지도 읽지도 못했다고 한다. 그러나 유미리는 "솔직하게 말해서, 재일 한국인이면서 일본어를 일본 사람 이상으로 구사할 수 있기 때문에 희곡 작가가 될 수 있었던 것이다. 이 점만은 의심의 여지가 없다."14)에서 확인할 수 있다시피, 오히려 뛰어난 일본어 구사력으로 인해 작가가 될 수 있었던 것이다. 여기서 지적해야할 사실은 유미리가 일본어를 그토록 능숙하게 구사했음에도 불구하고, 일본어에 대해 편안함만을 느끼지는 않았다는 점이다. 역설적인 맥락에서 유미리에게 일본어 역시 한국어만큼 위화감을 가져다주었다.

법률적으로는 한국인이지만 한국어를 거의 구사하지 못하면서 일본어를 능숙하게 구사하는 유미리의 분열된 초상은 "나는 일본어에도 한국어에도 항상 위화감을 느껴왔다. 그러나 나는 이 위화감이야말로 소설을 쓰는 무기가 되었다고 생각한다."는 유미리의 진술에 잘 드러난다. 이러한 언어를 둘러싼 유미리의 분열된 정체성은 디아스포라 비평가 에드워드 사이드(Edward Said)가 말했던바 "내 인생의 기본적인 분열은 바로 언어의 분열이었다."15)는 언급을 상기시킨다. 유미리는 팔레스타인에서도 그리고 미국에서도 위화감을 느끼는 디아스포라 비평가 에드워드 사이드의 초상을 빼닮았다.

이러한 언어적 경계인의 체험은 유미리에게 언어 자체에 대한 근원적인 관심을 유도한 것으로 보인다. 유미리의 에세이를 일별해보면 그

---

14) 유미리, 김난주 역, 『물고기가 꾼 꿈』, 열림원, 2001, 242쪽.
15) 에드워드 사이드, 김석희 역, 『에드워드 사이드 자서전 Out of Place』, 살림, 2001, 10쪽.

녀가 언어에 대한 치밀한 자의식을 지니고 있다는 사실을 거듭 인식할 수 있다. 가령 다음의 예문들을 보자.

> 만약 내가 쓰기 위한 언어를 상실한다면 나의 존재 가치 역시 상실되고 만다. 세계와 마주할 수 없어진다. 이렇게 말하면 온 생명을 언어에 걸고 있는 듯하여 낯이 간지럽지만 그렇지 않다. 나는 언어에 매달려 간신히 내 존재를 확인하고 있는 것에 불과하다.[16]

> 소설에서 모든 것을 털어내면 '언어'가 남는다. 나로서는 소설은 언어가 창출하는 소우주란 말밖에 할 수 없다.[17]

위의 대목들에서 볼 수 있듯이, 유미리에게 중요한 것은 일본어나 한국어 같은 특정 국민국가의 언어나 민족의 언어가 아니라 보편적이며 추상적인 차원의 언어이다. 모든 생명을 '언어'에 걸고, 언어를 통해 존재를 확인하고자 하는 입장에서 보면 그 언어가 한국어이냐 일본어이냐는 중요하지 않을 것이다. 이 투철한 언어적 자의식을 추구하는 유미리에게는 민족과 역사 역시 부차적인 의미를 지니고 있을 따름이다. 여기서 우리는 유미리가 왜 한국어를 배우지 않겠다고 했는지, 더 나아가 민족주의적 감성에 거리를 둘 수밖에 없는지를 이해하는 열쇠를 발견할 수 있다. 요컨대 유미리는 구체적인 차원의 역사나 민족의식보다는 추상적인 차원의 언어에 대한 예민한 자의식을 선택했던 것이다. 좀 더 구체적인 설명을 위해 1995년 가을 일본 시마네현에서 열린 <한일문학심포지움>의 한 장면을 참조하지 않을 수 없다.

---

16) 유미리, 김난주 역, 『물고기가 꾼 꿈』, 열림원, 2001, 249쪽.
17) 위의 책, 261쪽.

작가인 복거일 씨로부터 "왜 한국어를 배우지 않습니까?" 하는 질문을 받았을 때 나의 긴장은 극에 이르렀다. 나는 언젠가 배우려고 생각하지 않았던 것은 아니지만 이 나이가 되어 유아 입장에서 말을 배우는 것에 굴욕을 느낀다. 이런 옹고집인 성격이어서 한국어로 소설을 쓸 마음은 생기지 않으며, 일본어조차 자유자재로 쓸 줄 몰라 쓰면서 배우고 있는 형편이다, 하고 이유를 들었다.

그러나 그것은 말의 핑계에 지나지 않고 사실을 말하자면, 어린시절 나의 양친은 일상생활에서는 일본어를 사용하고 싸움을 할 때면 한국어를 써서, 의미는 모른다 해도 문자 그대로 귀를 막고 싶을 만큼 싫은 느낌이었다. 오늘 하루 부디 한국말을 듣지 않고 지내도록 해주세요, 하고 기도하면서 생활했던 경험에서 한국어를 배우는데 거부감이 있다고 복 씨에게 설명하였다.[18]

이러한 유미리의 언급은 그녀의 문학관과 세계관을 이해하는데 있어서 대단히 중요한 시사를 던지고 있다. 우선 한국어를 배우지 않겠다는 유미리의 단호한 발언은 그녀가 통상적인 민족주의나 '조국' 운운하는 국가주의의 자장에서 멀찍이 떨어진 일종의 탈민족주의에 가까운 정서를 지니고 있음을 잘 보여주고 있다. 이 점은 한국어와 한국무용을 배우기 위해 실제로 한국유학까지 왔던 이양지의 태도와 현격히 대비된다. 이양지의 경우 삶 속에서나 작품 속에서나 자신이 재일 한국인이라는 사실과 그 맥락을 명료하게 자각하고 있었다.[19] 이에 비해 유미리의 경우 소설 작품 속에 민족의식이나 재일 한국인이라는 자각이 표출되는 경우는 거의 없다. 그러므로 유미리 문학의 출발점은 민족이나 조국이라기보다는 불행했던 가족사나 인간의 원초적 실존, 언어 자체에 대

---

18) 유미리, 권남희 역, 「한국어와 일본어」, 『창이 있는 서점에서』, 1997, 23쪽.
19) 이에 대해서는 권성우의 「재일 디아스포라 여성소설에 나타난 '우울증'의 양상」(『한민족문화연구』 30집, 2009)을 참조할 것.

한 자의식이라고 할 수 있다.[20]

이렇게 본다면 유미리가 한국어를 배우지 않겠다는 것은 충분히 자연스러운 귀결일 터이다. 여기서 흥미로운 사실은 그녀가 한국어에 대한 거부감을 느끼는 이유이다. 부모님의 부부싸움에 등장하는 말이 한국어였기에 한국어에 대해 거부감을 느꼈다는 진술은 다시 말해 유미리의 한국어에 대한 애증이 어떤 논리적인 차원에 놓여있기 보다는 일상적이며 실존적 감각의 차원에서 발생한 감정이라는 사실을 웅변한다. 이를테면 "먼 어제, 속치마 차림의 엄마가 격렬한 선율을 연상케 하는 한국말로 아버지에게 욕설을 퍼부으며 물건을 던지던 모습을 떠올린다."[21]는 구절은 바로 유미리가 한국어를 접하던 원초적 감각을 인상적으로 드러내고 있다.

유미리가 한국어를 배우지 않겠다는 의사를 토로하자, 애초에 질문자인 소설가 복거일은 "한국 이외의 나라에서 태어나고 자란 한국인은 그 나라의 말로 써야한다고 생각합니다. 유미리 씨가 한국어를 배울 필요는 없겠지요."라고 언급했다. 영어공용화론을 일찍이 주창하면서 언어민족주의보다는 언어의 국제성과 보편성을 강조해왔던 복거일이었기에 가능한 답변이라고 할 수 있다.

물론 지금까지 살펴온 유미리의 민족관이나 작가적 태도, 언어의식에 대한 문제제기와 비판은 당연히 가능하고 또 필요하기도 할 것이다. 우리는 유미리와 상반되는 입장에서 소중한 많은 것을 박탈당하면서도 모국어(한국어)를 배우기 위해 모든 열정과 시간을 바쳤던 존재, 조국을

---

20) 이한창, 「80년대 이후 다양해진 재일 동포문학의 세계」, 『일본어문학』 44집, 2010, 274쪽.
21) 유미리, 김난주 역, 『물고기가 꾼 꿈』, 열림원, 2001, 19쪽.

진정으로 그리워했기에 십수 년에 이르는 오랜 세월 동안 감옥에 갇힐 수밖에 없었던 재일 디아스포라들을 알고 있다. 가령 앞에서도 언급했던 재일 디아스포라 서경식과 서준식이 바로 그러한 존재들이다. 아래 예문들을 보자.

(가) 나는 어느새 일본보다 각박하고 더럽고 야비했던 나의 조국을 미치게 사랑하기 시작하고 있었고, 일본인 친구들처럼 '착하고 성실하고 소박하고' 한마디로 선량하지 못했던, 아픔과 슬픔과 괴로움 범벅이 되어 살아가는 동포들에게 내가 뜨거운 애정을 느끼고 있음을 깨닫고 있었다.[22]

(나) 여기서 중요한 것은 '좋으니까 사랑한다는 것이 아니다. 혐오감이 있으면서도 그것을 사랑해야만 하고, 사랑해야지 일본이라는 틀 바깥으로 해방될 수 있다. 그렇지 않으면 자신은 항상 평생 식민지 지배를 내면적으로 받아야만 한다.'는 겁니다. 재일 조선인에게 식민지 지배로부터 독립된다는 것은 그냥 국가가 선다는 것뿐만 아니라 자기 자신에게 내면화되어 있는 일본으로부터 어떻게 자기 자신을 해방시키느냐 하는 문제예요. 어려운 문제지요. 그런데 서준식이라는 사람은 아주 지독하게 노력했습니다. 저는 아직도 이렇게 말이 서투른데, 형은 십 몇 년 감옥 생활을 하면서 의도적으로 일본 책을 안 보려고 했어요. 얼마나 책이 보고 싶었겠어요? 그래도 일본 책 안 보고 우리말로 된 소설책을 많이 보고, 이런 어휘들을 많이 배웠습니다.[23]

예문 (가)는 일본이라는 상대적으로 세련된 문화적 척도로 조국을 불편하게 생각했던 서경식이 일본 중심의 서브-오리엔탈리즘을 서서히 극

---

22) 서경식, 『고통과 기억의 연대는 가능한가?』, 철수와영희, 2009, 122쪽.
23) 위의 책, 123쪽.

복하면서 조국과 동포의 슬픔과 아픔, 서러움과 상처를 이해하게 되는 과정을 인상적으로 보여주고 있다. 예문 (나)에서 서경식은 한국어를 제대로 배우기 위해서 감옥에서 그토록 익숙한 일본어 책을 의도적으로 멀리했던 친형 서준식의 불굴의 의지와 마음의 결기에 대해서 얘기하고 있다.

이런 입장을 기준으로 본다면 유미리의 태도는 민족이나 한국어, 조국에는 하등 관심도 없는 방관자적 디아스포라 문인으로 간주되기 쉽다. 예를 들어 유미리가 한국을 방문하면서 보여주는 아래와 같은 태도와 성찰을 보자.

> 시간 약속이나 일을 진행하는 게 분명하지 않고 약속을 지키지 않고도 사과하지 않으며 깊이 생각하지 않고 우선 행동부터 하고 보는 그들에게 나는 일본이라는 나라에서 살면서 몸에 밴 법칙과 습관으로 반응하고 있었던 것이다. 나는 한국을 방문할 때마다 기분이 나빠지고 화가 났는데 이번에 처음으로, 내 안에 있는 일본이라는 나라의 시스템으로 그들을 비판하고 있었다는 것을 알게 되었다.[24]

한국(조국)의 습속과 풍속에서 위화감을 느끼는 유미리의 태도는 그 위화감을 조국의 민중들에 대한 공감과 관심으로 극적으로 전화시킨 서경식의 태도와는 사뭇 다르다. 또한 그 위화감의 실체에 대해 끊임없이 성찰하면서 한국유학생활을 장기간 진행했으며 역설적으로 그 위화감을 한국어와 한국문화에 대한 도저한 탐구욕으로 승화시킨 이양지의 태도와도 현격하게 구별된다.

물론 유미리는 자신의 그러한 태도가 일본의 시스템으로 한국의 습

---

24) 유미리, 한성례 역, 『세상의 균열과 혼의 공백』, 문학동네, 2002, 59쪽.

속을 바라본 것임을 분명하게 자각하고 있다. 그러나 유미리는 그 지점에서 더 나아가지 않는다. 한국사회를 바라보는 자신의 관점에 대한 성찰이 그 대상에 대한 애정과 관심으로 나아가기보다는 스스로에 대한 자각에 냉철하게 머무르는 단계, 바로 그것이 재일 디아스포라 문인 유미리가 지닌 고유한 포지션이라고 할 수 있다. 그것은 작가 유미리의 기질이자 성격이며, 또한 한계라고 볼 수도 있다. 어떻게 보면 유미리가 확보한 이 드라이한 시선이 서경식이나 이양지의 그것보다 한층 경계인의 초상에 부합되는 태도일지도 모른다.

당연히 재일 디아스포라 모두가 서준식, 서경식, 이양지가 될 수는 없을 것이며, 그렇게 되는 것이 가능하지도 않을 것이다. 당연하게도 유미리는 유미리의 입장에서 글을 쓸 수밖에 없는 것이다. 유미리의 세대와 서경식, 이양지 세대는 십 년 이상의 시간적 거리를 지니고 있다. 그 사이에 재일 디아스포라를 둘러싼 환경은 급속하게 변화했다.

민족주의적 코드나 국가주의의 자장에서 보면 한국인 유미리의 선택에 대해서 일말의 아쉬움을 지닐 수 있을 것이다. 그러나 그 냉철한 방관자적 시선으로 대변되는 유미리의 독특한 입장, 즉 조국에 대한 민족주의 정서나 한국어, 한국문화를 배우겠다는 열망과는 분명한 거리를 둔 보편적 단독자로서의 실존이 이전의 재일 디아스포라 문학이 보여주지 못했던 문학적 정서를 펼쳐 보이는 것을 가능하게 했다고 볼 수 있다.

## 4. 트라우마의 비정치적 기원

유미리의 에세이들을 읽다보면 수시로 유미리의 트라우마와 자살 충동, 우울증, 정신적 상처와 조우하게 된다. 예를 들어 다음 구절들을 보자.

나는 초등학교에 다닐 때부터 죽는 생각만 했다. 죽음을 절망적으로 파악한 것이 아니라, 앞을 향하여 한 발 내미는 것이라고 생각했다. (중략) 나는 열네 살 때 내 인생에 자살 프로그램을 입력했다. 그리고 지금도 시계 바늘처럼 자살 주위를 재깍재깍 맴돌고 있다. 자살하기에 가장 적합한 시간과 장소를 생각하면, 섹스를 하면서 좋아하는 남자의 은밀한 신음소리를 들었을 때처럼 몸이 떨리면서 그 잔물결같이 보이지 않는 떨림이 온몸으로 차오르는 것을 느낀다.[25]

거울에 비친 내 몸이 소름끼치도록 추해 열 두 살 되던 봄, 나는 처음으로 자살을 생각했다. 그 후로 내 머릿속에는 죽음밖에 없었다. 면도칼로 손목을 긋기도 하고, 위스키 한 병을 다 비우고 바다에 뛰어들기도 하고, 수면제를 먹기도 했지만, 어째서인가 죽지 않았다. 열다섯 살 되던 봄에 학교에서 쫓겨났다. 가출, 자살 미수를 거듭할 때마다 정학 처분을 받았다. 그러다 고등학교 1학년 때, 다른 학생들에게 나쁜 영향을 끼친다는 이유로 나는 퇴학 처분을 받았다.[26]

나와 다자이 오사무는 딱 한 가지 자살이란 말로 연결돼 있다. 내가 자살을 거듭 시도했을 당시, 연극이라는 가냘픈 실오라기에 매달려 있었다.[27]

---

25) 유미리, 김난주 역, 『물고기가 꾼 꿈』, 열림원, 2001, 253쪽.
26) 위의 책, 219쪽.
27) 위의 책, 232쪽.

> 열 살 때부터 스물세 살 때까지, 나는 해질녘이면 세상의 모든 것들이
> 죽어버렸으면 좋겠다고 생각했다. 그 말을 여동생에게 했더니, "언니가
> 죽으면 되잖아, 간단해"라고 하길래, "하긴 그렇다"라고 대답은 했지만
> 자기를 죽이기는 어려웠다.[28]

위의 예들에서 확인할 수 있듯이, 유미리는 실제 수차례나 자살 시도를 했으며, 오랜 세월을 '죽음'에 대한 생각과 더불어 지냈다. 그러다 보니 "내 작품은 모두 죽음을 테마로 하고 있다. 그것도 주인공이 자살로 생을 마감하는 스토리가 많다."[29]는 유미리의 진술에서도 확인할 수 있듯이 유미리의 많은 작품에는 우울증과 자살 시도가 등장한다. 가령 『돌에서 헤엄치는 물고기』의 주인공인 극작가 히라카는 유미리의 분신이라고 할 수 있는데, 그녀는 두 차례의 자살미수 체험이 있으며 작품의 중반부에서 자살을 시도한다. 유미리의 대표작 상당수는 자전적 체험의 반영이기에, 이 작품에서 히라카를 유미리의 초상으로 해석하는 것은 자연스러운 독해이다. 유미리의 내면을 배회한 자살 충동, 죽음의 그림자, 우울증은 이양지의 소설에도 유사하게 드러난다.

이 글에서 주목하고자 하는 것은 유미리의 자살 충동이나 우울증 그 자체가 아니라, 그러한 트라우마를 형성한 원인과 기원이다. 유미리의 에세이와 소설을 면밀하게 검토해보면 그녀의 트라우마에 어떤 역사적 원인이나 민족적 차별이 개입한 흔적은 발견되지 않는다. 차라리 유미리의 우울증이나 자살충동은 생래적인 기질에 가까운 것으로 해석된다. 가령 유미리는 "나는 초등학교 시절부터 중학교, 고등학교 시절 내내 친구들을 사귀지 못했다. 타인과 말 한 마디 제대로 나누지 못하고 삐

---

28) 위의 책, 33쪽.
29) 위의 책, 252쪽.

걱거리기만 하는 나를, 관 속의 주검을 꽃으로 메우듯이 언어로 메워나갔다. 책을 읽는 것만이 나의 유일한 구원이었다."[30]고 고백한 적이 있는데, 인간관계에 커다란 어려움을 느끼는 유미리의 기질과 성격은 이미 유년기 때부터 존재해왔다.

역사나 민족, 세계에 대해 알아가기 이전인 초등학교 때부터 그녀가 이미 줄곧 죽음을 생각했다는 사실, 그리고 중학교 때 선생님에 의해 정신과에 다녔다는 이력, "나는 극단적인 낯가림으로 사람들 앞에서 이야기하는 것이 서툴기 때문에 참가하는 작가분들과 어떤 식으로 대하면 좋을까 생각하는 것만으로 몸이 움츠러들었다."[31]는 자기고백에서도 인식할 수 있듯이 유명작가가 된 후에도 인간관계에 커다란 어려움을 토로하는 그녀의 우울증과 트라우마는 아주 어린 시절부터 생래적인 기질 비슷하게 유미리의 내면에 굳건하게 자리 잡고 있었던 것이다. 이에 비해 이양지의 우울증과 자살 충동은 상당 부분 역사적 기원을 지니고 있다. 이양지의 트라우마는 자신이 일본사회에서 차별받는 재일 한국인이라는 사실 자체에서 기원한다. 또한 이양지가 일본사회에서 재일 디아스포라 한인으로 살아가면서 느끼는 우울증과 불안, 공포감은 「해녀」에서 인상적으로 드러나듯이 '관동대지진'으로 상징되는 역사적 상처에 그 근원을 두고 있는 것이다.[32]

유미리는 "자기 마음속의 어둠을 들여다보는 것은 끔찍한 일이다."라고 말하면서도 "그러고 보니 나는 잠들기 전에 생각 같은 것은 한 번도 해본 적이 없고 언제나 불길하고 어두운 과거와 미래를 느끼기만 할 뿐

---

30) 유미리, 김난주 역, 『물고기가 꾼 꿈』, 열림원, 2001, 239쪽.
31) 유미리, 권남희 역, 『창이 있는 서점에서』, 무당미디어, 1997, 21쪽.
32) 권성우, 「재일 디아스포라 여성소설에 나타난 우울증의 양상 – 고(故) 이양지의 작품을 중심으로」, 『한민족문화연구』 30호, 2009, 108~115쪽.

이었던 것 같다."고 고백한다. 그녀는 마음속의 어둠, 즉 한편으로는 우울증을 본능적으로 두려워하면서도 또 다른 한편으로는 마치 가까운 친구와 같이 그런 우울증과 함께 하는 일상을 영위한다. "나를 에워싼 현실에 동화할 수 없었으니, 나의 언어로 차별화하는 수밖에 없었다. 그 결과 희곡과 소설을 쓰게 된 것이다."33)라는 진술에서 엿볼 수 있듯이, 차라리 유미리는 현실과의 불화나 우울증을 연료로 하여 열정적인 글쓰기에 매달렸던 것이다.

이런 의미에서 "우울한 사람은 자기 의지가 약하다고 확신하고 의지를 발달시키기 위해 과도한 노력을 한다."34)는 주장에 부합되는 작가 중의 한 명이 유미리라고 할 수 있다. 수잔 손택이 벤야민에게서 '우울함'을 발견했듯이 우리는 유미리의 삶과 문학에서 "고독해야 할 필요"를 발견할 수 있으리라.

> 고독해야 할 필요는, 자신의 고독에 대한 쓸쓸함과 함께 우울한 사람의 특징이다. 일을 하기 위해서는 고독해야 한다. 아니면 적어도 영원히 지속되는 관계에 구속되지 않아야 한다. 결혼에 대한 벤야민의 부정적 생각은 괴테의 『선택적 친화성』에 대한 글에 뚜렷이 나타난다. 벤야민의 영웅, 키에르케고르, 보들레르, 프루스트, 카프카, 크라우스는 결혼하지 않았다.35)

물론 유미리도 결혼하지 않았다.

---

33) 유미리, 김난주 역, 『물고기가 꾼 꿈』, 열림원, 2001, 72쪽.
34) 수잔 손택, 홍한별 역, 「토성의 영향 아래」, 『우울한 열정』, 시울, 2006, 84쪽.
35) 위의 글, 86쪽.

## 5. 맺는 말

유미리는 식민지시대의 대표적인 마라톤선수였던 베를린올림픽 금메달리스트 손기정의 라이벌이었던 외할아버지 양임득의 인생여정을 추적한 장편소설 『8월의 저편』을 2004년 일본과 한국에서 동시에 발간하는데, 이 작품은 기존의 유미리 문학이 보여주던 정서와는 사뭇 다르다. 한마디로 말해 유미리는 이 작품을 통해 자신의 뿌리와 디아스포라의 역사적 기원을 탐문하고 있는 것이다.

「8월의 저편」은 한 일본문학 연구자에 의해 "4대에 걸친 애증의 가족사를 격동의 현대사와 교직해서 이야기함으로써 일제강점기, 해방, 분단과 전쟁 등, 역사의 소용돌이에 휘말려 한을 품고 죽은 외할아버지 형제를 통해 '나'의 가족의 이산이 현실적으로는 한국과 일본의 관계에서 비롯되었음을 형상화하였다."[36]고 평가되고 있다. 이 점은 문학적 보편성을 보여주며 언어미학의 극한을 형상화하는 유미리도 민족적 가치에서 결코 자유롭지 않다는 사실을 여실히 보여준다고 하겠다. 더군다나 유미리는 한국 이름을 사용하며 여전히 한국 국적을 유지하고 있는 작가이기도 하다.

유미리의 근작이 자신의 가족사의 기원을 응시하고 있다는 것은 유미리 문학이 중요한 변화의 전기를 맞이하고 있다는 신호로 해석될 수도 있다. 그러나 이러한 점을 그녀의 문학이 지금까지 고수해왔던 어떤 집단이나 민족, 이데올로기로부터도 거리를 둔 냉철한 자유인의 태도와 투철한 언어적 자의식이 퇴색하는 것이라고는 해석할 수 없을 것이다.

---

36) 변화영, 「경험과 치유의 기록」, 『재일 동포 문학과 디아스포라』, 제이앤씨, 2008, 273쪽.

오히려 유미리가 민족주의나 국민국가의 이데올로기로 환원되지 않았기에, 즉 한 번도 온전한 국민이 되어본 경험이 없었던 재일 디아스포라 한국인(조선인)이기에 앞으로도 개성적인 문학세계를 일굴 가능성이 큰 작가로 평가받는 것일 터이다.

유미리가 앞으로 진정한 의미의 문학적 혁신을 이루기 위해서는 다음과 같은 디아스포라의 정체성에 대한 고민과 모색을 꾸준하게 수행해야 할 것이다.

> 향후의 일을 생각하면, 지구상의 모든 인간이 어떤 국가의 국민으로 질서 정연하게 정돈되는 일은 가능하지도, 바람직하지도 않을 것입니다. 오히려 난민의 시대를 거쳐서 모든 사람들이 국가에 속하지 않고, 즉 국민이 되지 않고도 기본적 인권을 보장받고 인간적 생활을 향수할 시대가 도래해야 할 것입니다.[37]

이를 위해서는 유미리가 저 민족주의의 울창한 숲과 국민국가의 폐쇄적인 회랑을 정면으로 돌파해야하는 것이 아닐까. 그러기 위해서는 무엇보다 자신의 가족사에 드리워진 이주와 식민, 차별, 분단의 역사를 정면으로 응시할 필요가 있다. 그렇다면 우리는 민족문제에 대한 밀도 깊은 고민을 하면서도 민족주의에 포섭되지 않는 작가적 지성, 국민 국가의 현황에 대해 면밀하게 인식하면서도 국민 국가 이데올로기에 함몰되지 않는 냉철한 비판정신, 자본의 마력에 끝끝내 투항하지 않으면서 언어의 자의식을 치밀하게 보여주는 예술가 정신을 지닌 전범의 대열에 유미리를 기꺼이 포함시킬 수 있을 것이다. 그녀는 그런 재능이 있는 작가이다.

------

37) 서경식, 임성모 · 이규수 역, 『난민과 국민 사이』, 돌베개, 2006, 233쪽.

# 자이니치 디아스포라 시인 계보,
# 1945~1979*
## - 허남기, 강순, 김시종 시인 -

김응교 숙명여자대학교 교양교육원 교수

## 1. 통합의 문학사

식민지 시대 때 조국을 떠나 일본에서 살아온 '자이니치 디아스포라 시인'1)들은 유랑인의 삶을 시에 담아 왔다. 사실 해방 후 자이니치 디

---

* 이 글은 2008년 10월 25일 부산작가회의 주최 '재일 디아스포라 심포지엄'에서 발표할 발제문을 수정 보완한 글이다. 이 날 의미 깊은 지적을 해주신 하상일 교수님(동의대)께 감사드린다.

1) 한반도에서 일본으로 가서 살고 있는 사람의 소속은 조선과 한국 두 가지로 나눌 수 있다. 사실 조선인이란 국적은 무국적자이지만, 두 항목을 하나로 하여 '재일조선・한국인 문학'이란 용어를 쓰곤 한다. 이 표현에는 '조선'을 '한국'의 앞에 두는 우열의 문제가 생긴다. 그래서 편의상 이 글에서는 이 단어를 '재일 (코리언) 디아스포라'에서 코리언을 뺀 '자이니치 디아스포라 문학'이라고 표기하려 한다. 이 용어는 김환기 편저 『재일 디아스포라 문학』(새미, 2006)에서도 쓰고 있다. 재일조선인, 재일한국인, 재일조선한국인, 재일코리언 모두를 표기할 때는 '재일 디아스포라'라고 표기하는 것에 대해 필자는 반대하지 않는다. 다만 이보다 '자이니치 디아스포라'라는 말이 그 '경계인적 성격'을 보다 극명하고 섬세하게 드러낸다고 생각하여, 필자는 '자이니치 디아스포라 문학' 혹은 줄여서 '자이니치 문학'으로 표기하려 한다. 이에 관해서는 김응교, 「이

아스포라 시문학은 분열되어 진행되어 왔다. 조국이 남과 북으로 갈라진 때문이다. 그러나 최근 자이니치 디아스포라 문학은 한국문학이 다루어야 할 중요한 항목으로 대두되고 있다.

2004년 12월 11일에 와세다대학에서 열린 학술대회 「재일조선인 조선어문학의 현황과 과제」, 2006년에 역시 와세다대학에서 열린 한국·재일조선인·일본인 시인 공동시낭송회 「2006년 도쿄평화문학축전」 그리고 숭실대와 서울대에서 열린 「재일조선인 문학 학술대회」 등[2]이 연이어 열렸다. 1990년대 말부터 있어 왔던 한국문인 혹은 학자와 재일조선인 문예동과의 개인적 교류는 문예동의 김학렬 시인[3]을 통해 이루어져 왔다. 그는 문예동의 중심에 있으면서도 늘 외부와의 교류를 시도해왔다.

다양한 학회와 이에 따른 연구성과가 축적되어 이제 자이니치 조선한국인 시 문학은 한국문학이 연구해야 할 한 대상으로 자리 잡고 있다. 필자는 이제 개별적인 연구 성과의 토대 위에 1945년 이후 1980년대 이전까지의 재일조선인 시문학사를 서술해 보려 한다.

그러나 연구에 들어가기 전에 두 가지 문제에 봉착한다. 첫째, 작품을 일본어로 쓰여진 시는 한국문학에서 다룰 수 없는가 하는 문제다. 둘째, 재일조선인 시 문학사를 서술할 때 어떻게 시기를 구분하는가 하

방인, 자이니치 디아스포라 문학」(한국근대문학회, 『한국근대문학연구』, 제21집, 2010. 4)에 비교적 자세히 논한 바 있다. '재일조선인총연합회'(약칭 조총련) 산하 문예동의 공식용어인 '재일조선인'이나 이미 굳어져 쓰이고 있는 '재일한국인'의 경우는 그대로 쓰겠으나, 함께 칭할 때는 '자이니치'라는 용어를 쓰려 한다.

2) 이 모임들에 관해 김응교 「재일조선인 조선어 시전문지 ≪종소리≫ 연구」 (『현대문학의 연구』34, 한국문학연구학회, 2008.2.29)를 참조 바란다.

3) 일본 조선대학교 교수였던 김학렬 시인(1935~2012)은 평생 모든 도서를 2008년 9월 서울대학교에 기증하기도 했다. 서울대학교는 그의 이름을 따서 '학렬문고'라는 서가를 서울대 도서관에 만들었다.

는 시기 구분의 문제다.


## 1) 언어의 문제

필자는 앞서 재일조선인 조선어 문학4)에 대해 언급하면서, 재일 디아스포라 시인들을 세 가지로 나눈 바 있다. 첫째는 일본어로 시를 쓰는 재일조선인 '일본어' 시인이다. 둘째는 '조선어'로만 쓰는 조총련(재일본조선인총연합회) 산하 문예동(재일본조선문학예술가동맹) 소속의 시인들이다. 셋째는 국적을 한국으로 갖고 있는 재일한국인 한국어 시인들이다.

> ① 재일조선인 일본어 시문학 : (허남기-초기), 김시종, 종추월, 최화국, 박경미 등.
> ② 재일조선인 조선어 시문학 : (허남기-후기), 강순, 김학렬, 문예동 시인들.
> ③ 재일한국인 한국어 시문학 : 김윤, 최화국, 김리박, 이승순 등.

그런데 세 가지의 흐름을 하나로 정리한 글을 필자는 보지 못했다. ①과 ②는 서로 끊임없이 갈등이 있어 왔다. 가령 재일조선인 문예동 소속의 연구자들(②)은 일본어로 시를 쓰는 재일조선인 일어시(①)를 언급하지 않는다. '재일조선인 조선어 문학'의 특징에 대해 김학렬은 첫째 자기회복 문학, 둘째 자기표현의 문학, 셋째 통일지향의 문학이라고 정의5)한다. 첫째, 일제 식민지시기 빼앗긴 '민족어'를 다시 찾아 민족어에 담긴 민족정신을 살려내는 '자기회복'의 문학이라고 한다. 둘째,

---

4) 김응교, 윗글.
5) 김학렬, 「우리문학의 과제」, 『문학예술』98호, 1990. 겨울. p.6.

식민지 노예의 과거를 청산할 뿐 아니라 일본의 군국화, 귀화, 동화정책에 반대하여 민족성과 민족적 긍지를 지켜나가는 재일동포상을 표현하는 '자기표현'의 문학이라고 한다. 셋째, 통일민족의 내일을 준비하는 '통일지향'의 문학이기에, "조국통일에 이바지 하는가, 방해하는가"를 중요한 내적 근거로 내세운다. 여기서 첫째 항목에서 다루고 있는 '민족어'인 조선어로 써야 한다는 대의는 문예동의 이데올로기를 말한다. 언어를 선택한다는 것은 단순히 말을 선택하는 것이 아니라, 그 언어를 쓰는 지역의 이데올로기를 선택하는 것이다. 따라서 문예동은 일본어로 쓴 재일조선인의 작품을 언급하지 않는다.

사실 문예동의 민족어 우선주의는 충분히 공감할 만하다. 식민지 말기 파시즘 시대에 한글로 시를 썼던 윤동주 시인은 문예동의 표상이다. 그러나 한글과 민족정신을 거부했고, 일본인보다 더 일본인이 되고자 했던 소설가 다치하라 세이슈(立原正秋. 1926~1980)[6]는 세 가지 모두 맞지 않아 비판의 대상이 될 수밖에 없다.

그러나 일본어로 작품을 쓰는 재일조선인 작가를 모두 비난할 수만은 없다. 문예동 작가들만치 조국을 사랑하면서 일본어로 글을 발표하는 작가는 적지 않다. 그리고 한글보다 일본어가 태생적으로 쉬운 제3세대가 수준 높은 작품을 한글로 쓰기는 거의 불가능하다고 해도 과언

---

6) 경북 안동군에 있는 봉정사(鳳停寺)에서 태어난 다치하라 세이슈(立原正秋, 1926~1980)의 본명은 김윤규(金胤奎)다. 이름을 여섯 번이나 바꾸었는데, 필명은 다치하라 마사아키(立原正秋)였고, 죽기 전에 다치하라 세이슈로 고쳤다. 1937년 재혼한 어머니를 따라 요코하마에 가서 1943년 요코하마 시립상업학교를 졸업한다. 1944년 일시 귀국하여 경성제국대학 예과에 입학했으나 곧 돌아가, 1946년 와세다대학 문학부 청강생일 때 소설 「맥추(麥秋)」가 당선, 문단에 등단한다. 탐미의 비애를 표징한 「다키기노(薪能)」(1964)와 한일혼혈아의 고뇌를 그린 「쓰루기가사키(劍ヶ崎)」(1965)가 연이어 아쿠타가와상 후보에 올랐으며, 1966년 「하얀 앵속(白罌粟)」으로 나오키상을 수상했다.

이 아니다.

또한 1980년대 재일한국인 시인으로 한국어와 일본어로 시를 발표해 온 최화국(崔華國, 1915~1996) 시인을 어떻게 평가하는가 하는 문제는 또 다른 영역에 있다. 1915년 경상북도에서 태어난 그는 기자생활을 하고, 1978년 우리말 시집 『윤회의 강(輪廻의 江)』을 서울에서 출판하고, 1980년 첫 번째 일본어 시집 『당나귀의 콧노래(驢馬の鼻唄)』를 냈다. 두번째 일본어 시집 『고양이 이야기(猫談 義)』(1984년)으로, 그는 1985년 외국인으로 처음 일본 시단의 권위 있는 신인상인 H씨상(氏賞) 대상을 수상한다. 한국에서 태어나, 일본에서 살았고, 미국에서 작고한 한 디아스포라 유랑인의 곡절한 마음 앞에, 한국 문단은 1997년 제7회 편운문학상의 특별상 대상을 올려 경의를 표했다. 최화국 시인에 대해서 문예동 시인들이 내놓은 평가는 없다.

한국문학 연구자와는 달리, 일본문학 전공자들은 재일조선인 문학 연구라 하면 아예 일본어로 쓰여진 시만을 연구하는 경향이 있다. 대체로 이들은 두 가지 이유로 재일조선인 '조선어 문학'을 거부한다. 첫째는 문예동 동인이 갖고 있는 정치 이데올로기를 반대한다. 둘째로 문예동 시인들의 시는 작품 수준이 낮다고 외면한다. 가령, 제30회 지구상(地球賞)을 받은 시선집 『재일코리안 시선집[在日コリアン詩選集]』(土曜美術出版販賣, 2005)을 펴낸 사가와 아키[佐川亞紀][7] 시인은 이 시선집에서 허남기와 강순 등 몇 명의 일본어 시를 제외하고 재일조선인 조선어 시를 한편도 소개하지 않았다. 그녀는 핵문제나 이라크 전쟁을 반대하는 적극적인

---

7) 사가와 아키[佐川亞紀, 1954~ ] 시인은 월간 『시와 사상』의 편집위원이다. 필자와 고은 시선집 『いま君に詩が來たのか：高銀詩選集』(藤原書店, 2007)을 공역하기도 했던 한국문학과 재일조선인 문학 연구자다.

진보적인 시인이지만, 문예동의 조선어 시를 다루지 않는다. 또한 이한창은 재일조선인 문학을 "조선인이 일본어로 조선적인 것이나 조선인의 생활을 그린 것에 한한다"[8]고 제한하기도 하여, 조선어로 쓰여진 문학은 아예 배제하고 있다. 재일한국인 54명의 작가, 600여 편의 작품을 18권에 수록한 『재일문학전집』(勉誠出版, 2006)에서도 조선어 시를 단 한 편도 소개하지 않고 있다.

그런데 여기에 외국어로 발표된 글을 한국문학 연구의 대상으로 삼을 수 있는가 하는 문제가 생긴다. 한국문학의 연구대상은 기본적으로 한글이어야 한다는 속문주의(屬文主義)가 강하다. 그러나 재일소설가 양석일은 경우는 이런 속문주의를 아예 거부한다. "한국문학이든 일본문학이든 구획을 정하는 것은 문학을 모르는 이들이 하는 일이지, 문학은 문학일 뿐이다"[9]라고 말한다.

사실 외국어로 쓰여졌다 하더라도, 디아스포라로서 모국을 그리워하는 동포들의 시는 우리 문화에 뿌리 두고 있기에, 엄연히 우리 문화의 자산으로 삼아야 할 것이다. 물론 우리말로 시를 써오며 우리말의 아름다움을 지켜온 문예동 시인들의 노력은 실로 값지다. 동시에 일본어로 작품 발표를 해온 조선인 혹은 한국인 작가의 노력은 "조선 민족의 문학이면서 동시에 일본 문학"(朝鮮民族の文學であると同時にまた日本文學)이라는 점에서 우리문학의 영역을 넓혔으며, 우리의 아이덴티티를 갖고 있기에 부정적으로만 볼 필요는 전혀 없다. 일본에서 발표되는 조선어 시나 일본어 시는 모두 문학의 외연(外延)을 확장시키고, 문학연구의 대상

---

8) 이한창, 「민족문학으로서의 재일동포문학연구」, 『일본어문학』, 한국일본어문학회, 1997. p.244.

9) 2008년 12월 9일, 미나미아사가야(南阿佐谷)에 있는 양석일 선생 집에서 양 선생이 필자에게 했던 말이다.

을 확장시키는 것이다. 따라서 필자는, 정신적이며 혈연적인 아이덴티티를 공유하고 있는 자이니치 디아스포라 시인 계보를 조선어든 한국어든 일본어든 언어 문제를 따지지 않고, 서술해 보려 한다.

## 2) 시기 구분의 문제

문학사를 서술할 때, 시기를 구별하는 문제는 간단하지 않다. 한국문학사, 북한문학사, 일본문학사를 살펴 볼 때, 그 시기를 구분하는 기준은 각기 다르다.

한국현대문학사는 한국전쟁 후 10년 주기의 큰 사건이 있어서, 그 사건에 따라, 한국전쟁 이후, 1970년대 전태일 사건 이후, 1980년대 광주민주화항쟁 이후, 1990년대 사회주의 붕괴 이후 등으로 나누어 설명해 왔다.

북한문학사의 경우는 철저히 혁명적 시기에 따르고 있다. 그 중심에는 수령 중심, 주체 중심의 역사관이 놓여 있다. 그래서 프롤레타리아 문학도, 모더니즘 작품도 수령 중심의 서사로 '흡수'(吸收)시켜야 했다. 이 혁명적 시기에 따라 문학사를 나누고 작품을 개작하기까지 한다. 과거의 작품을 개작하기까지 하는 이유는, 민족해방의 역사, 영웅수령 중심의 역사에 모든 것이 '흡수'[10]되어야 했기 때문이다.

일본문학사는 메이지[明治] 문학사. 다이쇼[大正] 문학사, 쇼와[昭和] 문학사 등으로 천황의 연호 구분을 따르고 있다. 물론 그 안에서 가령 1923년 관동대진재 이전과 이후의 문학적 특징을 나눈다든지 하는 구분은

---

10) 김응교, 『이찬과 한국근대문학』, 소명출판, 2007. pp223-233.

있으나, 이러한 구분 역시 천황력(天皇歷)의 구분에 포함되어 있다.

자이니치 디아스포라 문학사는 이와 좀 다르다. 일본에 머물면서 작품을 발표한 동포들은 해방전 식민지 시대부터 있었다. 식민지 시기에 일본으로 건너온 제1세대 작가는 식민지체험을 벗어나지 못한 투철한 민족의식을 보인다. 김사량, 김석범, 허남기, 강순, 김시종, 이회성 등이 이러한 특성을 보인다. 평생 자신의 고향 제주도 이야기를 썼던 김석범과 그의 작품『화산도』는 제1세대 작가들의 특징을 가장 극명하게 보이는 예라 하겠다.

제2세대 작가는 민족성의 확립에 따른 갈등과 일본 사회에 대한 치열한 비판을 갖고 있다. 양석일의 장편소설『피와 뼈』(1998)는 제1세대인 아버지 김진평의 폭력을 논하면서, 제2세대의 태생적 환경을 재현하고 있다. 한국어를 모르는 양석일의 작품은 일본에서 태어났으면서도 민족의식에서 벗어날 수 없는 제2세대의 어정쩡한 삶을 보여주고 있다. 윤건차 교수가 언급했듯이, "재일(在日)이란, 일본/조선/동아시아의 '원죄'(原罪)를 계속 내리쬐며, 민족·국가에 관계하면서도 그것과 거리를 두는 존재이면서 동시에, 스스로 '살아가는 방법'에 의해서만이 그 존재 가치를 보일 수 있는"11) 경계인(境界人)의 특성을 제2세대는 잘 보여주고 있다. 양석일, 김학영, 이양지는 경계인으로서 정체성의 문제를 중요시 한다.

제3세대 작가들은 일본사회에의 동화하면서 새로운 시도를 보이고 있다. 민족문제에서 벗어난 제3세대 작가들은 다양한 모습을 보이고 있다. 장편소설『GO』(2000)로 나오키 상을 수상한 카네시로 가즈키[金城一

---

11) 尹健次,『思想体驗の交錯』, 東京 : 岩波書店, 2008, p.469.

紀는 자기 자신을 '한국계 일본인'(コリアン・ジャパニーズ)이라며, 한국과 일본 어느 곳에도 속하지 않은 자유를 요구했다. 어둡고 칙칙했던 분위기로 표상되었던 이전의 재일조선인 문학과 달리 가네시로의 소설은 문제를 통쾌하게 부닥쳐 나간다.12) 제3세대에게 더 이상 정체성의 문제는 그리 중요하지 않다. 이들은 마이노리티 문제를 외면하고 내면적인 인간의 욕망에 주목(유미리)하거나, 통쾌하게 전복(가네시로 가즈키)시킨다.

이렇게 재일조선인 혹은 한국인의 문학관은 이민시기와 태생시기에 따라 현격한 특징을 보이고 있다. 따라서 자이니치 디아스포라 시문학을 논할 때는, 이민시기와 태생시기에 따라 분류하는 것은 아직도 유효하다. 이러한 시각에서 볼 때, 재일조선인 '조선어 시문학'을 시기 구분한 김학렬의 논의13)는 종요로운 연구 성과이다. 그러나 단순히 이민시기에 따라 한 작가의 문학적 특성을 논할 수는 없다. 시인의 시는 외부세계와 길항(拮抗)하는 시인의 지극히 개인적이고 내면적인 결정체이기 때문이다. 따라서 필자는 식민지 시기에 일본으로 건너온 1세대, 그리고 그 이후의 2세대와 3세대를 나누면서도, 그 안에서 특징적인 경우를 분석하며 서술하고자 한다.

재일조선인 시인 중에는 주목할만한 시인들이 너무 많다. 시인 한 사람 한 사람의 작품을 세세하게 분석 소개하고 싶지만, 이 지면에서는 불가능하다. 다만 그 시대에 가장 문제적이며 수준 높은 대표시를 소개

---

12) 김응교, 「가네시로 가즈키의 성장소설 『GO』 읽기」, 계간 『청소년문학』, 나라말, 2007년 겨울호.

13) 좌담회 「문예동 결성 40주년을 즈음하여」(『문학예술』제109호, 1999년 6월 29일)에 실린 김학렬의 발언, 손지원 「재일조선시문학연구」(1~3)(『겨레문학』 2000년 여름~가을호), 김학렬, 「시지 『종소리』가 나오기까지-재일조선시문학이 지향하는 것」(김응교 편집 『치마저고리』 화남, 2008)을 참조 바란다.

하려 한다. 해방전에 일본에 온 시인을 연구대상 으로 한다면, 허남기, 강순, 김시종 시인을 주목하지 않을 수 없다. 그래서 이 글은 시기를 구분하면서, 세 시인이 가장 큰 활약을 했던 시기에 이 시인들의 시를 소개하는 방식을 택하려 한다.

결국, 이 글은 재일 디아스포라 시인이 조선어나 일본어로 쓴 시 모두를 한국 문학의 자장에서, 주변(周邊)이 아닌 '또 다른 중심'으로 연구해 보려는 시도가 될 것이다. 이제 우리 문학사는 변두리로 치부했던 문학을 그 자체로 하나의 흐름으로 받아들이고 있다. 다양한 꽃들이 꽃밭을 이룰 때 하나의 문학사를 만들어 낸다. 그리고 그 꽃들은 하나하나가 모두 나름의 중심이다. 이러한 시각에서 필자는 이제부터 자이니치 디아스포라 시를 언어나 정치사상에 따른 분열이 아닌 다양함에 주목하여 '통합의 문학사'로 서술해 보려 한다.


## 2. 자이니치 디아스포라 시 문학사

### 1) 식민지 말기, 일본어 '국민시'의 탄생과 소멸

1883년 조선이 보낸 사절단원 이수정이 4년간 일본에서 성서를 한국어로 번역 출판했다. 1905년 전후에서 1930년에는 유학생들이 거주하면서 한국어로 문학활동을 많이 했다. 『학지광』(1914~1930), 『학우』, 『학조』, 『무산자』 등에 유학생들은 소설, 시, 수필 등을 발표했다. 여기에 1916년 『문예잡지』(일본문예가협회)에 발표된 주요한의 일어시 「5월 비의 아침[五月雨の朝]」이 최초의 재일조선인의 일어시[14]로 알려져 있다.

1920년대에 일본에 프롤레타리아 문학 활동이 활발하게 일어나면서 일본의 프롤레라티아 문학잡지에 시인 김용제, 백철, 강문연 등이 시를 발표하기 시작한다. 프롤레타리아 운동이 해체하기 시작했을 무렵에 장혁주(張赫宙)는 「아귀도」(1932년)로 일본 문단에 등장할 무렵, 1930년대에 주영섭은 『시정신』에 「검은 강」을 비롯한 여러 편의 일어시를 발표한다. 1930년대 말의 시인 박승걸, 제주출신의 김이옥, 조향 등이 일본에서 일어시15)를 발표한다.

1940년대에 들어 자이니치 디아스포라 문학은 당시 국어(日本語)로 창작을 강요받는다. 가장 비극적인 상황은 식민지 말기 조선인의 일본어 시가 철저하게 내선일체를 위한 이른바 '국민시(國民詩)'가 되었다. 조선반도에 있던 시인들이나 재일조선인 시인들은 전쟁의 전개 과정에 따라 적극적인 전쟁시를 발표한다.16)


## 2) 1950년대 혼돈기, 허남기 시인

1945년 10월 15일 일본에서 재일조선인 전국 대표 약 5천명이 모여 '재일본조선인 연맹'을 결성한다. 이때는 이데올로기적 색채를 띠지 않은 범동포적 사회단체였다. 그러나 곧 1948년 8월 15일 대한민국 정부가 수립되고, 곧이어 9월 9일 조선인민민주주의 공화국이 수립되면서, 재일동포 사회는 급격하게 양분된다.

---

14) 任展慧, 『日本における朝鮮人の文學と歷史』(法政大學出版部, 1994).

15) 박경수, 「일제말기 재일한국인의 일어시와 친일문제」, 경상대학교 배달말학회, 『배달말』32호. 2003.

16) 1940년대 『국민문학』에 조선인이 발표한 일본어 시 연구는 김응교 「The Rise and Fall of "National Poetry" in Late Colonial Korea」(토론토 요크대학 국제학술대회 'Behind the Lines: Culture in Late Colonial Korea' 2008. 9.25)를 참조.

1955년 5월 24일 '재일조선인총연합회'(약칭 조총련)이 결성된 후, 조총련에 소속된 작가들은 조선어로 창작하기로 한다. 당시 일본어로 작품을 발표하던 김달수(金達壽, 1919~1997), 김석범(金石範, 1925~ ), 허남기, 김시종, 강순, 남시우처럼 한글로 작품을 쓰던 재일조선인 대부분이 문예동에 결집했다. 그 시기 민단계에는 김파우, 김희명, 김경식, 김윤, 황명동 등에 불과했다.[17] 이렇게 재일조선인 대부분이 문예동에 가입했던 까닭은, 민족적 내용을 자유롭게 발표할 매체[18]가 있었기 때문이기도 하지만, "미국의 괴뢰정부인 제국주의와 요시다[吉田]내각에 반대하고, 조선의 진정한 독립을 위해서"[19]는 문예동을 택했던 것이다. 당시 일본 문단에서 주목받던 시인 허남기(1918.6~1988.11)는 문예동 초대위원장이 되면서 일본말 창작에서 조선어 창작으로 전환한다.

그런데 1957년 조직 내의 갈등으로 문제가 일어난다. 1956년 재일조선중앙예술단과 조선대학이 창립되고, 1959년 북송사업이 시작되면서, 재일조선인 작가들은 조선어로 써야 한다는 지시와 함께 김일성 수령 형상문학이 일반화되기 시작했다. 잡지 『진달래』에 일본어로 시를 발표했던 양석일은 한글 교육을 받은 적이 없기에, 조선어로 쓰라는 지시는 시를 쓰지 말라는 명령과 다름없었다. 게다가 김시종, 양석일 등은 북쪽 수령을 향해 충성을 맹세할 수 없었다. 그래서 1957년 김시종은 『진달래』에 조총련을 비판하는 해학적인 시 「오사카총련」을 발표한다.

---

17) 김윤, 「민족분단과 이념의 갈등: 재일본 동포문단」, 『한국문학』204호, 1991년 7월호. pp.114~115.
18) 布袋敏博, 「해방 후 재일한국인 문학의 형성과 전개: 1945~60년대 초를 중심으로」, 『인문논총』제47집, 2002년 8월.
19) 梁石日, 「在日朝鮮人文學の現狀」, 『アジア的身體』, 靑峰社, 1990. p.22.

급한 일이 있으면
뛰어가 주십시오
소련에는
전화가 없습니다.


바쁘시다면
소리쳐 주십시오.
소련에는
접수가 없습니다.


싸고 싶으시다면
다른 곳에 가주십시오
소련에는
변소가 없습니다.


소련은
여러분의 단체입니다.
거신 전화료가
정지될 정도로 쌓였습니다.

– 김시종, 「오사카 총련」[20]에서


소련의 국제주의와 김일성의 교조주의를 해학적으로 풍자하는 강력
한 비판시를 발표하고 김시종은 당시 시를 쓰던 양석일[21]과 문예동을
탈퇴[22]한다. 그러나 재일조선인 작가들은 대부분 신일본문학회 등에서

---

20) 「急用があったら／駆け付けてください。／ソーレンには／電話がありません。／／お急ぎでした
ら／どなって下さい。　／・ソーレンには／受付がありません。／／ご用をもよおしたら／他所へ
行って下さい。／ソーレンには／便所がありません。／／　ソーレンは皆さんの団体です。／御
愛用して下さった電話料が／止まってしまうほど溜りました。」『チンダレ』18호, 1957)

21) 소설가 양석일의 문장은 농밀하고 응축되어 있다. 이러한 문장은, 그가 장편소설 작
가이기 이전에 본래 시인이었다는 사실과 무관하지 않다.

벗어나 1959년 문예동에 모인다.[23] 소설가 김달수(1919~1997.5)를  문예동 초대부위원장으로 하려고 그를 설득하는데 총련결성 후 4년간이나 걸렸다고 한다.[24] 소설가 김석범도 조선신보사에 있다가 문예동의 기관지『문학예술』편집장이 된다.

김학렬은 이 시기를 "시인 허남기, 남시우, 강순이 문단을 이끌어 온 '3인시대'"라고 했다. 특히 총련  결성을 기념하여 낸 3인 시인시집『조국에 드리는 노래』(1957)가 주목된다. 이 시집은 평양에서 출판된 것으로 허남기, 남시우, 강순이 재일조선인 시문학에서 어느 정도 위상이었는지 직감케 한다.

이 시기에 재일조선인 시단을 빛낸 시인은 허남기(許南麒, 1918 ~1988) 시인이다. 1918년 경상남도에서 태어난 그는 1939년 도일하여, 조선초급학교 교장, 재일 조선문학예술가동맹 위원장 등 역임했고, 전후 일본의 중요한 잡지『열도』창간호 편집위원이었다. 1950년대에 재일조선인들에게 일본에서 가장 큰 사건은 민족학교를 건립하는 문제였다. 특히 1948년에 있었던 민족학교 건립 방해 사건은 재일동포 사회에 사건이었다.

"애들아 / 이것이 우리들의 학교다 // 교사는 비록 초라하지만 / 교실은 하나밖에 없지만 / 책상은 / 너희들이 몸을 기대면 / 삐꺽- 기분 나쁜 소리를 내며 / 당장 무너질것 같고 / 창이란 창에는 / 유리 한 장 제대로 넣을 수 없어 / 긴 겨울에는 / 살을 여미는 북풍에 / 너희들의 앵

---

22) 梁石日, 「言葉のある場所」, 『金時鐘の詩, もう一つの日本語』, 大阪 : もず工房, 2000. pp. 17~20.
23) 김윤호 「<문학회>로부터 <문예동>에로 넘어갈 무렵을 더듬으며」, 『문학예술』, 제 109호, 1999. 6.29.
24) 김학렬, 「시지 『종소리』가 나오기까지」, 김응교 편집, 앞의 책.

두같은 얼굴을 / 멍들게 하고"(1연)로 시작되는 「이것이 우리들의 학교다」는 당시는 물론 지금도 노래로 불러지고 있다. 이 시는 당시 민족교육을 행하려 했던 동포들의 곡진한 마음이 잘 담겨 있다. "1948년 4월, 도쿄도 쿄우바시 공회당에서 열린 조선인 교육 불범탄압을 반대하는 학부형대회에 낭독된 시"라는 부제가 달려 있는 이 시에는 압제에 대항하는 인간의 처절한 희망이 담겨 있다. 그에게 시인은 '닭'과 같은 존재였다.

> 종일 바람이 불고 있다,
> 풍향계 망루 꼭대기에서
> 닭이 쫓기지 않으려고 매달려서
> 슬픈 시간을 알리고 있다,
>
> 닭은
> 울지 않으면 안되는 것,
> 닭은
> 바람을 향해 눈물을 말리우고 있다.
>
> — 허남기, 「닭(にわとり)」(1947)[25] 전문

그의 삶에 서시에 해당할만한 이 시는, 시인의 삶이란 닭과 같은 존재임을 명시하고 있다. 2행의 '풍향계, 망루, 꼭대기'라는 단어 하나 하나가 절박한 상황에 서 있는 시인의 존재를 표시한다. 바로 그 자리에서 시인은 닭처럼 울지 않으면 안 되는 존재다. 그래서 허남기 시인은

---

25) 「ひねもす風が吹いている, /風見やぐらの頂辺で/にわとりがふりおとされまいとしがみついて/ 悲し時刻をつげている, //とりは/なかずにやいられないものだ, /とりは/風にむかって涙をかわ かしている。」(「にわとり」 1947)

한국전쟁과 광주민주화항쟁에 이르기까지 슬픔의 역사를 평생 닭처럼 '슬픈 시간'으로 알려야 했다. 따라서 그의 시는 "상처 투성이의 나의 詩들, / 야위고 쇠약해진 두 날개와 / 장난끼로 두리번거리는 / 두 촉각을 가진 / 붕대 투성이의 나의 詩들, / 주둥이에는 / 異國製의 단단한 재갈이 물려지고 / 손발 하나하나에는 / 족쇄, 수쇄, / 절컥절컥 / 쇠사슬 소리를 무섭게 울리는 나의 詩들"(「상처 투성이의 詩에 드리는 노래」에서)이었다. 그리고 그는 "이제야 노래할 때"라며 역사 속의 수많은 상처를 노래했다. 그의 시 「소」는 한민족의 우직함을 알레고리로 그려낸 명편이다.

소는 송곳이가 없다
소는 예리한 발톱을 가지고 있지 않다
소는 다만 묵묵히 잡초를 먹고
아주 온순하며 부리기가 쉽다
어떤 무리한 짓도 받아준다
눌리우면 울리운 채로
천대를 당하면 천대를 당한 채로 있는 동물이다
그러나 그렇다고 해서
소를 다루기가 쉽다고 생각해서는 안 된다
소에게도 뿔이 남아 있다
소에게도 인내의 한도가 있다
소가 한번 일어섰을 때
소에는 네 개의 튼튼한 다리가 있고
거대한 몸체가 있고
그리고 지면이 있다
넓게 이어진 지면이 있다

— 「소」(1949) 전문[26]

우직한 '소'의 모습은 한민족의 전형적인 이미지라고 할 수 있겠다. 여기서 시인은 소의 수동적인 모습만 그리지 않고, 뿔이 있고, 네 개의 튼튼한 다리가 있고, 무엇보다도 "넓게 이어진 지면"(ひろく つらなる地面)이라는 표현으로 강력한 연대성을 표출한다. 이처럼 그의 시는 수동성에서 그치지 않고 때로는 풍자적이고 때로는 공격적이다.

물론 그 역시 고향을 회상할 때는 "저 노랫소리는 / 그것은 / 토카이도선과 산요오선으로 큐슈 하카타까지 가고, / 거기서 다시 3만 엔의 밀항선으로 현해탄을 넘어 / 머나먼 저쪽 나라에서 들려오는 것이 틀림없다, / 하기에 그것은 / 고추 냄새가 난다, / 하기에 그것은 / 내 몸을 떨리게 한다"(「한밤중의 노랫소리」)며 절절한 감상성을 드러내기도 한다.

감상성과 풍자성 그리고 공격적 투쟁의 정서가 아우러진 허남기의 시는 재일조선인들에게 하나의 큰 위로였다. 특히 대표작인 장편 서사시 『화승총의 노래』는 일본의 근대시에서는 거의 볼 수 없는 전혀 이질적인 민족적 서사시였고, 해방후 한국전쟁으로 황폐화 된 남과 북에서도 볼 수 없는 장대한 서사시였다. 이 서사시 하나로 그는 한반도 문학사의 공백을 메꾸고 있다. 주요시집으로 『일본시사시집』, 『조선 겨울 이야기』, 『화승총(火繩銃)의 노래』, 『거제도』, 『조선해협』 등이 있다. 번역시집은 『조기천 장편서사시집 백두산』, 『싸우는 조선』 등이 있고, 1988년에 사망했다.

---

26) 「牛は 牙がない,、/牛は 鋭利な爪を持っていない、/牛は ただ 默默と雜草を食べ/いたって從順で 使いやすい、/どんな無理もきく、/抑えられたら 抑えられたままでい/いやしめられたら いやしめられたままでいる動物である、/しかし だからといって/牛を 御しやすいと思っていけない、/牛にも　角が殘されている、/牛にも 忍耐の限度がある、/牛がひとたび　立ち上がったとき/牛には 四本の頑丈な脚があり、/巨大な胴があり、/そして 地面がある、/ひろく つらなる地面がある」(「牛」『朝鮮冬物語』 1949)

### 3) 1960년대 형성기, 강순 시인

1960년대. 일본에서는 도쿄 올림픽과 고도의 경제 성장이 이루어지고, 한국에선 4·19 혁명을 기점으로 반독재 민주화 투쟁이 한창이었다. 이 시기에 문예동의 미학은 북한 문예관과 거의 동일한 모양새를 갖게 된다. 문예동의 첫 작품집으로 1962년에『찬사』가 나왔는데, 이 시집은 1957년에 나온『조국에 드리는 노래』와 비교해서 생각해야 한다. 1957년에는 3인 시집이었는데 비해, 1962년 문예동 시선집에는 그 진영이 대폭 확대되어 있다. 시인 정화수, 오상홍, 김태경(이후 귀국), 정백운(귀국), 안우식(탈퇴), 김학렬 등의 시와 소설가 김석범(탈퇴), 김달수(탈퇴), 리은직, 박원준, 림경상, 조남두, 김병두의 글, 그리고 박원준의 희곡이 실려 있다.

1960년대에 문단에 등장한 시인 정화흠, 김두권, 홍윤표, 오상홍, 오홍심, 김윤호, 김학렬, 정화수는 재일조선인 조선어 시문학의 기본을 형성하고, 2000년 1월에 시동인지『종소리』를 창간한다. 재일조선인 시문학사에서는 '1세대 시인들'이라고 부른다. 1세대라고 붙이는 이유는 이들이 제주도에서 태어나 일본으로 이주해온 1세대이기도 하기 때문이다.

이들에게 영향을 끼쳤던 강순(姜舜, 1918~1986)은 1964년『姜舜詩集』을 내고 시적 영향력을 끼치기 시작한다. 이 시집은 시기별로, 초기시(1947~1948), '조선 부락 시초'(1949~1954), 해방후(1955~ 1964)으로 나눠져 있다. 그의 첫 시집은 재일동포 문단에 큰 영향을 끼쳤다. 이 시집은 재일동포의 삶, 2년간의 교원생활, 향수, 가족사, 북한 찬양 등을 다양하게 노래하고 있다.

진눈까비가 쏟아지는 날이였다. 한쪽은 벗은 채 있어야 하고 꿰매여지기를 기다리는 발가락 째진 오까다비.
얼음 든 열 발가락이 온통 구공탄 우에서 가렵고 또 한 구멍이 엄마의 바늘로 미여지는 동안 아버지는 엄마더러 엄마는 아버지더러 할 말이 없었다

날마다 날이 궂이여 날일도 못 얻어 하는 화로 곁의 아버지가 무서운 범이였다. 누구 주머니에서도 나올 돈은 한 잎도 없었고 또 하나 피난 갈 방이 내게는 없었다.
푸대 안의 송곳이 된 내니만큼 빨아 볼 궁금 사탕도 재미나 죽을 그림책도 없어 하루 해가 천 년만 같았다.

– 강순, 「진눈까비」 전문

재일조선인 가족의 어려운 삶을 그대로 드러내는 작품이다. '발까락 째진 오까다비', '얼음 든 열가락'이라는 표현으로 독자는 충분히 궁핍한 신체(身體)를 연상할 수 있다. 오까다비는 엄지와 검지 발가락 사이가 분리된 일본의 실내버선인데, 그것이 째져서 어머니는 꿰메고, 기다리는 동안 얼어 버린 발가락을 연탄(구공탄) 위에 녹일 때, "가렵고"라는 표현은 생생하게 전달된다. '피난 갈 방이 내게는 없었다'는 표현은 단칸방 살이를 해야 했던 재일동포의 단면을 잘 드러내고 있다. 무겁고 어두운 분위기지만, "빨아 볼 궁금 사탕도 재미나 죽을 그림책도 없어 하루 해가 천 년만 같았다"는 구절은 천진난만한 낙천성을 느끼게 한다. 백석이 후기시에서 노래했던 것과 비슷한 궁핍함을 산문시로 표현하고 있다. 이처럼 강순의 시는 서정시에 서사지향성이 강하게 담겨 있다.

이 시집을 내놓고 강순은 당시 총련 내부에서 벌어지기 시작한 좌경적인 비판사업에 반발하여 4년간 일했던 조선신보사를 1967년에 퇴직

한다. 1967년에서 1972년 사이에 총련 조직 안에서 좌경 바람이 불어 조국에 대한 충성을 다한다는 미명 아래 지나친 비판사업이 진행되었던 것이다. 이에 "운동이란 난데없는 구속이냐!"(「강바람」)며 야인의 길을 택했던 그는 이후 일어시집 『날나리(なるなり)』(1964), 이후 그는 1965년부터 1980년까지의 시를 모아 시집 『강바람』(梨花書房, 1984)을 출판하고, 이어 일어 시집 『斷章』(1986)을 냈다. 그의 삶에 대한 김학렬의 평가는 인상 깊다.

> 강순 시인은 공화국에 대해서 총련에 대해서 비판했지만 반공화국, 반총련의 어떤 행동에도 가담하지 않았으며, 그리도 가고픈 고향에도 끝끝내 가지를 않고 그대로 투사답게 살려 했던 면에서 그 시인으로서의 진면목과 시의 진가에 대해서 깊이 재인식해야 한다고 생각한다. 확실히 그 민족 사랑과 통일 심원의 격정으로, 그 구수한 시어, 진실하고 정서에 넘치는 극적인 생활 표상과 생활철학으로 강순 시문학은 재일민족문학사에 찬연한 빛을 뿌리는 귀중한 보배라 할 수 있다.[27]

조직을 떠난 선배이지만 존경하는 선생이기도 한 강순 시인에게 후배 시인이 드리는 최대의 찬사가 아닐 수 없다. 강순 시인은 말기에 한국의 민주화 운동을 지지하며 김지하, 신동엽[28], 신경림, 조태일 등의 시집을 번역해 냈다.

---

27) 김학렬, 『재일민족시인 강순』, 미발표출판물, 2007. p.174.
28) 강순 시인의 신동엽 시 번역에 대한 논의는 김응교, 「「鍾路五街」「脱け殻は立ち去れ」の予言者, 申東曄」, 『韓國現代詩の魅惑』(東京: 新幹社, 2008)를 참고 바란다.

## 3) 1970년대 전개기, 김시종 시인

1970년 7·4공동성명이 나오고 통일운동이 급격히 발전된다. 1974년에는 재일조선예술단(후에 금강산가극단)이 처음 평양을 방문하고 재일작가들도 본토의 문예계와 직접 접촉한다. 이 시기 조선고급학교, 조선대학교 졸업생들을 중심으로 김정수(2007년 현재 문예동 위원장), 손지원(현재 조선대학교 교수), 허옥녀, 홍순련, 강명숙, 오향숙, 오홍심, 정호수, 한룡무, 김광숙 등이 등장한다. 문예동에서는 이들을 제3세대 시인이라한다. 이들은 시사(詩史)에서도 3세대이지만, 대부분 일본에서 태어난 재일동포 2세대이기도 하다.

특히 1970년대 말부터 개인시집 출판이 활성화되기 시작하였다. 이시기의 시집으로는, 김두권 『아침노을 타오른다』(1977), 최영진 동시집 『종이배』(1978), 허남기 『락동강』(1978), 김학렬 『삼지연』(1979), 허남기 『조국의 하늘 우러러』(1980), 정화수 『영원한 사랑 조국의 품이여』(1980), 정화흠 『감격의 이날』(1980)이 있다.

한편 조총련으로부터 맹비판을 받았던 재일조선인 일본어 작가들은 1975년부터 1988년까지 『삼천리(三千里)』를 내고, 1987년에는 계간 『민도(民濤)』를 냈다. 이 두 잡지는 한국민주화를 지지하면서 '제3의 길'을 모색했던 잡지였다. 조총련의 허무주의 비판에 대하여 김석범은 '수단으로서의 언어'[29]를 말하면서 조선을 일본인에게 알리기 위해 일본어로 글을 쓴다는 자세를 견지했다.

『삼천리』를 통해 가장 큰 활약을 했던 1980년대 시인은 김시종(金時鐘)[30]이다. 1929년에 원산에서 태어나 제주도에서 성장한 그는 1949년

---

29) 金石範, 「民族虛無主義の所産について」, 『三千里』20号, 1979. pp.78~89.

일본에 건너갔다. 1953년 시 동인지 『진달래(チンダレ)』를 창간했으며, 일본어로 시 창작 및 비평, 강연 활동을 꾸준히 해 왔다.

> 아버지는 손에 이끌려 건넜다
> 여덟 살 때.
> 나무 향 풋풋한 다리
> 강물 위에는 무수한 별이 떨어져 있었다.
> 전등불 환히 눈부신 끝자락 일본이었다.
>
> 스물둘에 징용당한
> 아버지는 이카이노 다리를 지나 끌려갔다.
> 나는 갓 태어난 젖먹이로
> 밤낮을 뒤바꾸어 셋방살이 엄마를 골탕 먹였다.
> 소개(疏開) 난리도 오사카 변두리 이곳까진 오지 않고
> 저 멀리 도시는 하늘을 태우며 불타올랐다.
>
> 나는 지금 손자의 손을 잡고 이 다리를 건넌다.
> 이카이노 다리에서 늙어 대를 이어도
> 아직도 이 개골창 그 흐름을 알 수 없다.
> 어디 오수가 이곳에 썩어
> 어느 출구에서 거품 물고 있는지
> 가 닿는 바다를 알지 못한다.
>
> 오직 이카이노를 빠져나가는 것이 꿈이었던
> 두 딸도 이젠 엄마다.
> 나도 바로 예서 마중 나올 배를 기다려 늙었다.
> 그래도 머잖아 운하를 거슬러 하얀 배는 다가오리.

---

30) 김시종에 대한 내용은 필자가 앞서 발표했던 「고통을 넘어선 구도자의 노래, 김시종」
(계간 『시평』, 2008년 가을호)를 수정 보완했다.

> 사랑해 오사카
> 모두가 사랑하는 오사카, 변두리의 끝 이카이노
>
> – 김시종, 「이카이노 다리」 전문31)

　시 「이카이노 다리」에는 두 가지 큰 배경이 있다. 첫째는 공간적인 배경이고, 둘째는 시간적인 흐름이다. 첫째 공간적인 배경을 이루는 것은 제주도와 이카이노라는 장소다.

　첫째, ‘이카이노’(猪飼野)라는 단어가 주는 힘은 너무 크다. 오사카의 ‘이카이노’라는 지명에는 재일조선인의 서사적 상처가 새겨져 있다. 이카이노는 1920년대 무렵부터 일본에 온 조선인 노동자들이 살던 지역이었다. 이곳에 온 조선인들은 관서사회의 빈민층을 형성했다. 10대 후반까지 제주도에서 살다가 이카이노에 왔던 김시종은 가난과 폭력과 고함이 떠나지 않던 이 지역을 "나무향 풋풋한 다리"라며 신선하게 환기시킨다. 이 시에 제주도라는 단어는 나오지 않는다. 다만 "소개(疏開) 난리도 오사카 변두리 이곳까진 오지 않고"라는 표현만 나온다. 1929년에 원산에서 태어나 철저한 ‘황국 소년’으로 자란 그는 제주도에서 성장한 후 제주 4.3사건으로 상징되는 짐승스런 시간을 피해 1949년에 일본으로 왔다. 자기동일성(自己同一性)을 속성으로 하는 시 장르이기에

31) 「父は手を引かれて渡った/八つのときに。/木の香り新しい橋で/川面にはこぼれた星までおち ていた。/まぶしいばかりのたまとの電灯の日本だった。//二十二のとき徴用にあい/父は猪飼 野橋をあとにひかれたいった。/私は生まれたばかりの乳呑み兒で/晝と夜をとり違えて間借り の母を困らせた。/疎開騷ぎも大阪のはずれのここまではこず/遠くで街なかが空を焦がして燃 えていた。//私はいまは孫の手を引いてこの橋を渡る。猪飼野橋で老いて代を継ないでも/今 もってのとぶ川のその先を知らない。/どこの汚水がここで澱んで/どこの出口であぶいている のか/行き着く先の海を知らない。//猪飼野をただ抜け出ることが夢だった/娘二人も今では母 だ。/私とてこのここで迎えの船を持って老いたのだ。/それでも今に運河を逆さに白い船は やってくる。/好きやねん大阪/皆して好きな大阪のはずれの果ての猪飼野だ。」「猪飼野橋」『化 石の夏』1998) 김시종 시선집, 『경계의 시』(유숙지 옮김, 소화, 2007) pp.168-169.

그의 개인사적 고백은 울림을 준다.

5행에서 "전등불 환히 눈부신 끝자락 일본"이라는 표현을 보면, 이카이노가 환한 것인지, 일본이 환한 것인지 분명치 않지만, 이카이노에 사람들이 활기 있게 살아가는 모습을 떠올리게 된다. 김시종 시집 『이카이노 시집』(1978)도 그리 어둡지만은 않다.

일본어로 시를 쓰는 김시종 시인은 시 낭송회를 각지에서 열면서, 일본 문단에서도 존경받고 있다.

없어도 있는 동네
그대로 고스란히
사라져 버린 동네
전차 종소리 멀리서 달리고
화장터만 바로 옆에
눌러앉은 동네
누구나 다 알지만
지도엔 없고
지도에 없으니까
사라져도 상관없고
아무래도 좋으니
제멋대로라네

− 김시종, 「보이지 않는 동네」[32]에서(번역은 인용자)

이카이노구는 1973년 2월에 행정구역이 바뀌면서 이쿠노구[生野區]가 되었고, 지금도 조선인 시장으로 유명한 쯔르하시[鶴橋]가 이쿠노구 안에 있다. 이렇게 빈곤이 범벅된 지역 이카이노에 제주도의 비극이 겹쳐져

---

32) 「なくても ある町／そのままのままで／なくなっている町。／電車はなるたけ　遠くを走り／火葬場だけは　すぐそばに／しつらえてある町。／みんなが知っていて／地圖になく／地図にないから／日本でなく／日本でないから／消えてもよく／どうでもいいから／氣ままなものよ」, 金時鐘詩全集, 『境界の詩』, 藤原書店, 2005. pp.11-12.

있고, 그것이 이 시의 공간을 이룬다.

이카이노는 자전적 소설 『피와 뼈』를 냈던 양석일(梁石日, 1936~ ), 첫 창작집 『이카이노 이야기』를 냈던 원수일(元秀一, 1950~ ), 고서점을 경영하는 소설가 김창생(金蒼生, 1951~ ), 2000년 상반기에는 이카이노 출신인 현월(玄月, 1959~ )이 아쿠다가와 문학상을 받았고, 종추월(宗秋月, 1949년~ )의 이카이노(猪飼野)를 중심으로 한 시는 특출한 재일여성작가의 탄생을 보여주었다.

평론가 카와무라 미나토[川村湊]은 제주도방언과 오사카방언이 섞인 '이카이노어'를 플로리다 반도나 서인도 제도 등지에서 볼 수 있는 불어와 현지어가 섞여 만들어진 혼합언어 '크레올(creole)어'의 예를 들어 설명하는데33), 종추월은 오사카 사투리에 조선말투를 섞어 쓰는 이른바 '이카이노어'를 자유롭게 쓰고 있다. 이렇게 이카이노의 이름은 하나의 문학적 성지(聖地)로 격상되었다.

둘째는 시간적인 흐름으로 이 시에는 가족 4대의 풍경이 그려져 있다. 2연에서 시는 과거로 돌아간다. 이 과거는 현재를 피하고자 추억을 택한 도피가 아니다. 현재와 미래를 명확히 인식하기 위해, 화해하기 위해 또렷히 기억하는 과거다. 그는 섣불리 현실을 말하지 않는다. 현실은 아직 "오수가 썩"어 그는 "가 닿는 바다를 알지 못한다". 가족 4대의 이야기, 시인의 아버지, 시인, 시인의 딸, 그리고 딸의 자손에 이르기까지. 그런데 이카이노 다리로 상징되는 역사는 이제 더 이상 이들에게 비극이 아니라, 삶의 뿌리를 일구었던 배경이었음을 시인은 고백해낸다. 그래서 시인은 "나도 바로 예서 마중 나올 배를 기다려 늙었

---

33) 川村湊, 『生まれたそこがふるさと―在日朝鮮人文學論』, 平凡社, 1999. p.224.

다”고 한다. 그러면서도 “머잖아 운하를 거슬러 하얀배는 다가오리”라
는 희망을 노래한다.

셋째, 이 시 전체를 꿰고 있는 상징물은 ‘다리’다. 1연에서 다리는 어
린 시절 이국의 땅이 신나기만 했기에 “나무 향 풋풋”하게 느껴졌던 다
리다. 그런데 2연의 다리는 비극의 다리다. 아버지는 이 다리를 통해
끌려갔다. 그런 다리가 이제는 미래로 열려져 있다. 시인이 손자의 손
을 잡고 건너는 다리도 이카이노 다리다. 그리고 이 다리는 미래로 열
려 있으며 화해하기 위한 다리다.

일본어로 시를 발표해온 그는 그 이름은 일본현대문학사 한 모퉁이
에 남길 것이다. 그의 일본어는 서툰 것이 아니라 창조적이다. 흔히들
1940년에 『국민문학』에 일본어 소설이나 시를 발표했던 염상섭, 이태
준, 이광수 등의 일본어는 어색하다고 한다. 그나마 일본어 표현이 능
숙했던 김사량의 소설도 한국어 구조를 갖고 있다. 이렇게 이중언어를
쓴다하여 잘못하며 어쩌면 두 가지 언어사용을 모두 망치는 결과를 빚
게도 된다. 여간 힘든 일이 아니다.

그러나 김시종의 시언어는 일본어 리듬과 조어와 문법을 파괴하지만,
그 결과 신선한 마술적 흡인력을 발휘한다. 이것은 일본말에 가끔 한국
적 표현을 섞어 낯설게 하는 시인 종추월(宗秋月)의 시도와는 또 다르다.
김시종이 파괴한 새로운 일본어 표현구조는 구태의연한 상투성에 대한
전복(顚覆)이며 생산적 노력이다. 그것은 다만 언어의 전복에만 그치지
않는다. 그것은 일본의 국어(國語)라는 국가주의 산물의 언어구조에 대
한 반항이며, 동시에 비국민(非國民)으로서의 창조적 생산이다. 그래서
평론가 다카노 도시미[高野斗志美透]는 “일본어의 폐쇄적인 체계의 주박에

서 풀려나는 기회를" 김시종의 언어가 주었다고 상찬했다.

"오직 빠져나가는 것이 꿈이었던" 장소를 오히려 "모두가 사랑하는 변두리의 끝 이카이노"라고 마무리 하는 인식론적 전회(轉回)는 잔잔한 감동을 준다.

1986년 수필집 『「재일」의 틈새에서(「在日」のはぎまで)』로 '마이니치(每日) 출판문화상'을 수상한 김시종은 시집 『지평선』, 『일본 풍토기』, 『니가타』, 『이카이노 시집』, 『광주시편』, 『화석의 여름』 등을 냈다. 1991년 집성시집 『원야의 시』로 '오구마 히데오(小熊秀雄) 상 특별상'을 수상했다. 일역으로 윤동주 시집 『하늘과 바람과 별과 시』, 『재역(再譯) 조선시집』이 있다. 그는 백석, 정지용, 윤동주 등의 시선집 『재역(再譯) 조선시집』(岩波書店, 2007)을 번역해내 김소운이 지나치게 의역하여 번역했던 조선시의 알짬을 다시 살려냈다. 무엇보다도 일본의 문화예술인이 시낭송회 「시인 김시종을 모시고, 음악과 시와 춤」(2008년 7월 25일~26일)을 준비한 것도 눈에 띈다.


## 3. 창조적 망명과 한국문학의 확장 : 결론


최근 자이니치 디아스포라 문학 연구로 다양한 연구자들에 의해 실증적이고 깊이 있게 진행되고 있다. 이로 인해 한국문학의 지평은 그만치 넓어졌다. 또한 자이니치 디아스포라 문학은 이미 주변부 문학이 아니라, 또 다른 중심 문학으로 자리잡아가고 있다. 그런데 그것만으로 의미를 다하는 것일까? 자이니치 디아스포라라는 삶 자체가 이미 글 쓰기 좋은 소재라고 하는 것은 자칫 소재주의(素材主義)에 빠져버릴 위험성

을 내포하고 있다. 이에 대해 양석일은 그 소재가 어떤 방향으로 가야
할지 이렇게 제시한다.

> 재일문학은 국제적인 시야에 서서 표현할 수 있는 일본어 문학으로 손
> 꼽을 가능성을 품고 있다고 생각한다. 왜냐하면, 재일이란 일본·조선·
> 아시아 및 제3세계에로 넓혀지는 역사적인 배경을 갖고 있고, 재일이 품
> 고 있는 문제의식은 뛰어난 오늘의 과제인 난민, 경제마찰, 차별, 민족문
> 제 등 절실함을 신체화(身體化)하고 있기 때문이다. 일본문학이 관심을
> 기울이지 않고 있는 일상의 저변과 감추어진 진실을 살고 있기 때문이
> 다. 역사의 깊은 어둠을 방황하고 있는 재일문학은, 일본문학이 잘라 버
> 린 욱신거리는 감성을 일본어로 표현하는―극히 역설적인 원동력으로
> 밀어붙여 움직이는―문학이기도 하다.34)

재일조선인문학은 조선어로 혹은 일본어로, 역사, 차별, 재일이라는
거대 담론을 담고 인간의 해방을 바라며 고투해왔다. 이들이 쓴 조선어
는 민족정신을 지키는 민족어 운동이었고, 또 이들이 쓰는 일본어 문체
는 일본의 제국주의적 국어정책에 반성 없이 따라가는 것이 아니라 '국
가주의 일본어'에 '저항하는 일본어'였다.

우리는 1945년부터 1979년까지 재일조선인 시문학사를 살펴보면서
허남기, 강순, 김시종 시인이 어떻게 조선어와 일본어로 저항해 왔는지
를 살펴보았다. 자이니치 디아스포라 시인들의 언어는 제국언어에 순종
하지 않고, 세계의 보편으로 향하고 있다. 어쩔 수 없는 삶을 살아가는
이들에게 망명(亡命)은 이로울 뿐만 아니라, 자이니치 디아스포라 시인
들의 상상력의 원천이 되었다. "창조의 길은 고독을 두려워할 필요는

---

34) 梁石日,「在日文學の可能性」,『闇の想像力』, 大阪 : 解放出版社, 1995. p.84.

없다"[35)]는 임화의 말처럼, 재일 디아스포라의 고독은 창조의 원천이기도 하다. 주변인, 마이노리티의 운명은 역설적으로 시쓰기의 동력으로 작용하고 있다.

한국문단은 자이니치 디아스포라 문학에 더욱 관심을 기울여야 할 것이다. 한국문학이라는 구획된 울타리를 뛰어 넘어 있는 이들의 코스모폴리턴적인 상상력, 그리고 그 밀도와 문학적 품격에 상응하는 평가를 해야 할 것이다. 이들 망명가들의 상상력은 인류에게 문제가 되고 있는 차별, 인권, 역사적 문제에 대한 가장 선연(鮮然)한 증표가 될 것이다. 이로 인해 한국문학은 세계문학에 공헌할 수 있을 것이다.

---

35) 임화, 「창조적 비평」, 『인문평론』, 1940. 35쪽.

# 이양지의 새로운 디아스포라 의식,
# '있는 그대로 보기'

이덕화 평택대학교 국어국문학과 교수

## 1. 시작하는 말

이양지의 대부분의 작품들은 주인공들을 포함해 모든 등장인물들이 이양지의 생애와 성격, 가족 이력들과 일치하는 경우가 대부분이다. 이것으로 보아 이양지의 작품 활동을 통해서 자신의 삶의 문제를 본격적이고도 적극적인 태도를 가지고 다루려는 의도를 가지고 있었다고 할 수 있다. 일본에서의 생활뿐만 아니라, 한국에서의 생활 전반, 또 언어와 관련된 의식 흐름 전반을 다룸으로써 자신의 글쓰기를 통해 자신의 삶을 성찰하고자하는 의도를 가지고 있었다고 생각된다.

여성 작가의 글쓰기의 특징은 자기의 삶을 텍스트로 한다. 이양지 역시 작품에서 자기 삶을 텍스트로 하되 이양지는 태어나면서 어머니로부터 배우기 시작한 모어(母語)와 자신의 모국어(母國語) 사이에서 끊임없이 분열하는 모습을 통해서 재일 조선인이기 때문에 겪을 수밖에 없는 디아스포라 의식을 보여준다. 이양지는 재일 조선인이기 때문에 겪을 수밖에 없는 정체성의 혼란과 가부장적 억압이라는 이중적 타자의 체험을 언어를 통해서 드러낸다. 여성은 이중적 타자, '타자의 타자'이다.[1]

이양지는 재일 조선인이라는 특수한 상황 속에서 살아갈 수밖에 없는 전형적인 문제, 자신이 속해있는 법적인 국가와 실제 조국(대한민국) 사이에 느끼는 정치적이고 역사적인 갈등, 개인과 사회 사이에서 야기하는 민족과 개인의 문제, 언어와 언어가 부딪치고 분열하는 모습을 정치하게 그려내고 있다.

소설가 이양지

---

1) 권성우, 『재일 디아스포라 여성 소설에 나타난 우울증의 양상』, 한민족문화연구 제30집, 100쪽.

이양지의 모든 작품에 등장하는 인물들은 제국주의적 억압과 가부장적 억압으로 인한 이중적 타자로 정신적으로 분열하는 주체들이다. 주변인 디아스포라라는 정체성에서 연유하는 다양한 형태의 정신 질환과 우울증, 스스로가 일체화를 이루어 내고자 동경했던 조국과 조국 사회에서 실망하는 분열하는 주체, 자신 안의 또 다른 타자를 통해 실망하고 분열하는 서브 오리엔탈리즘의 시선을 보여준다.[2]

이양지의 1982년 첫 번째 작품인『나비타령』에서 유고작 1992년『돌의 소리』까지 서사의 과정을 훑어보면, 제국주의적 전쟁이 끝났음에도 일본 내의 조선인들에 대한 억압은 조선인들의 공포와 불안을 야기한다. 그 공포와 불안은 결국 조국으로 향하게 하지만 조국내에서의 재일조선인에 대한 또 다른 시선과 자기 속에 또 다른 타자로 인해 조국과 일체화하지 못하고 또 다시 분열을 경험하게 된다. 끊임없는 분열의 경험을 통해 이양지는 민족의 이름으로 관념화 집단화를 거부하고『돌의 소리』에서 '사물을 있는 대로 보기'라는 자신의 나름대로의 또 새로운 디아스포라 의식을 보여준다. 이양지는 현실을 사회경제적인 관점에서 간단하게 정의 내리고 이를 현실의 전부로 대체하는 언어 사용 방식에 대해『돌의 소리』에서 논리적으로 반박한다.

> 민족이라는 말이나 민족을 둘러싼 여러 말들도 이미 주어진 의미나 가치로부터 언어 스스로를 해방시켜주지 않으면 안 될 것 같은 생각이 든다. 그렇지 않으면 우리들은 만들어진 하나의 기치로서의 인간, 그 스스로 만들어진 가치나 의미의 주술과 속박의 흐름에서 빠져 나올 수 없다.

---

2) 권성우, 위의 글, 102쪽. 권성우는 에드워드 사이드의 말을 인용해 일본 사람들이 한국이나 대만, 오키나와에 대하면서 느끼는 편견과 우월감을 서브 오리엔탈리즘으로 명명하고 있다.

'재일한국인'이므로 더욱 그렇게 생각한다.[3]

모국어와 모어와의 갈등, 일본과 한국, 두 나라 사이에 있어서의 갈등 등 결국 모두가 궁극적으로 현실을 있는 그대로의 모습으로 받아들이고 허용하는 용기와 힘과 같은 인간 존재에 있어서의 근본문제와 연결되는 것이었음이 틀림없습니다.[4]

이양지는 자신의 모든 작품에서 자신의 전 삶을 텍스트로 하여 이상과 현실 속에 끝없이 분열하는 주체를 그리고 있다. 그로 인해 새로운 성찰, 현실을 있는 그대로 받아들이기, 사물을 있는 그대로 보기라는 민족적 이념, 관념화를 초월한 새로운 자기 성찰을 획득한 것이다. 민족과 지역을 초월한 새로운 디아스포라, 순간 순간을 의식하며 살기라는 새로운 대안을 제시한다.

## 2. '재일 조선인'으로 살아간다는 것

김윤식이 최인훈과의 대담을 회상하며 다음과 같은 말을 했었다.

언젠가 『화두』의 작가가 사석에서 이런 말을 주고 받은 생각이 납니다. 우는 아이를 달래기 위해 노래 불러야 될 자리에서 저도 모르게 일본 국가가 튀어나왔다는 것, 자장가 대신 일본 군가부터 익혀버린 형국 아닙니까.[5]

---

3) 이양지 『돌의 소리』, 삼신각, 1992. 74쪽.
4) 이양지, 「나에게 있어서의 母國과 日本」, 『돌의 소리』, 삼신각, 1992. 250쪽.
5) 김윤식, 「최인훈─유죄 판결과 결백 증명의 내력」, 『작가와의 대화』 문학동네, 1996, 13쪽.

일본 제국주의 하에 살았던 최인훈의 사회적 초자아가 최인훈의 의식을 억압하고 있는 좋은 예라고 생각된다. 마찬가지로 이양지가 아무리 이성적으로 민족의 피를 따라 '우리나라'라고 하는 한국을 찾아왔지만, 자신을 짓누르고 있는 초자아는 끊임없이 이양지의 의식을 충동질 '우리나라'의 모든 것을 받아들이는 것을 거부한다고 할 수 있다. 이양지는 운명적으로 맺어져 있는 '우리나라'와 자신의 삶의 기반인 일본이라는 나라 사이에서 균열하는 자신을 바라 볼 수밖에 없다.

서경식은 재일 조선인은 디아스포라 유목민 삶의 실천자가 아니다. 오히려 여러 경계선에 포위되고, 고립되어 정신분열적 삶을 강제 당하고 있는 존재이다. 즉 정체를 알 수 없는 자, 이름 붙이려고 해도 붙일 수 없는 자, 그렇기는 하지만 어쨌든 일본에 거주하면서 '분수도 모르고 특권을 요구하고 있는' 성가신 자들, 그들이 '자이니치'(在日)이다 라고 했다.6) 서경식이 말한 것처럼, 재일 조선인7)은 경계선에 있는 정신분열증 공포증 환자이다. 정신 이상의 가장 자리에 있지만 미친 것은 아니다. 정신 분열증 증후로 자신을 끊임없이 확인하지만 다시 불안하고 수시로 공포에 휩싸인다. 그로 인해 관념이나 민족, 어떤 것에도 타협하지 않는다. 한 곳에 머무르면 바로 곧 불안해진다. 서경식은 이런 삶을 사는 재일 조선인을 유목민의 실천자 바로 디아스포라의 삶의 실천자가 아니라고 했지만 바로 이것이 디아스포라의 삶이다.

---

6) 서경식, 「재일 조선인이 여기 있다」, 한겨레. 2010.6.26.

7) '재일 조선인'에 관한 용어는 서경식에 따르면 남북한으로 분단되기 이전의 상태인 조선인이라는 용어가 가장 바람직하기 때문에 '재일 조선인'이라는 용어를 사용한다고 했다. 그러나 이양지는 '재일 조선인'이라는 용어 대신에 '재일 조선인'이라는 용어를 사용한다. 이 용어는 북한을 인정하지 않겠다는 의도가 내재되어 있다. 여기서는 '재일 조선인'이라는 용어를 사용하겠다. 서경식, 『고통과 기억의 연대는 가능한가』, 철수와 영희, 2009.

이양지의 문학을 통해서 보여주는 것은 바로 이런 디아스포라의 삶이다. 이양지의 대부분의 작품은 대체로 이양지의 다른 타자를 등장시켜 인간의 분열증적 증상을 객관적으로 바라보려는 인간에 대한 실험적인 소설들이다. 「유희」의 유희와 화자 '나' 숙모는 모두 이양지의 타자들이다. 「해녀」의 언니와 '나' 역시 이양지의 타자들이다. 「푸른 바람」의 다카꼬와 도루 역시 서로 다른 타자들이다. 「돌의 소리」의 주일, 가나, 에이코 역시 각자의 타자들이면서 또한 이양지의 타자들이다. 이것은 이양지 스스로가 그대로 밝히고 있다.

> 「유희」 속에 나오는 언니도, 아주머니도, 그리고 유희도 모두가 저 자신의 분신입니다. 저는 이제야 본국인의 마음이나 입장을 조금이라도 이해할 수 있게 되었으며, 또한 이해해 나가는 길이야말로 재일동포인 저 자신의 모습을 객관화하며 부각시킬 수 있는 길임을 깨닫게 된 것입니다.[8]

위의 인용문에서 보는 것처럼 이양지의 작품 속의 인물들은 모두 이양지의 또 다른 타자들이다. 곧 이양지의 작품을 분석한다는 것은 바로 인간 이양지를 분석하는 것이다. 이양지는 작품 활동을 통하여, 재일 조선인이기 때문에 부딪칠 수밖에 없는 현실문제와 그로 인한 고통과 고뇌를 통한 내면적 성찰을 보여주려고 했다.

이양지가 재일 조선인으로 공포와 불안을 보여주는 분열적인 삶을 보여주는 작품들은 「해녀」, 「Y의 초상」, 「그림자 저쪽」, 「푸른 바람」, 「해녀」, 「각」, 그런 불안과 공포를 초극하려는 의지의 작품들은 「나비 타령」,

---

8) 이양지, 「나에게 있어서의 母國과 日本」, 삼신각, 1992. 211쪽.

「유희」, 「돌의 소리」 등으로 구분할 수 있다.

첫 데뷔작인 「나비타령」에서 재일 조선인으로서 공포와 불안은 조국을 향하게 하는 주요 동인이다. 그러나 막상 조국의 현실과 부딪치자 자신 속의 또 다른 타자, 일본 선진국의 일원이라는 우월감 속에서 조국을 바라보는 우월한 자의 시선을 발견하고 당황한다. 「나비타령」에서는 재일 조선인으로 살아간다는 것의 고통을 가족서사를 통하여 보여 준다.

재일 조선인은 일본의 식민지 지배로 '일본 국민'이라는 테두리 안으로 끌어 들여졌다. 그러나 또 다시 전후 일본 정부의 의도에 따라 '국민'의 테두리 밖으로 쫓겨나 사실상 난민이 되었다. 일본 정부는 재일 조선인을 무권리 상태로 몰아넣고서 일본 국적을 취득해 일본 사람처럼 살거나, 아니면 국외로 나가라며 계속 압력을 넣어왔다. 식민지 지배에 대한 도덕적, 정치적 책임을 부정하려고 하는 일본 지배층에게 존재 그 자체가 식민지 지배의 산증인이라 할 수 있는 '재일 조선인'은 눈엣가시였다.9) 일본에 살면서도 일본인과 다른 이질적인 존재로 차별과 억압 속에서 살면서 분노와 비애를 키워 온 재일 조선인 1세의 불우의식과 달리 재일 조선인 2, 3세는 그 불우의식을 내면화, 열등감과 죄악감으로 자신을 억압하며 현실을 도피하려 했다.

일본에서 만났더라면 이토록 뼈저리게 느끼지 못했을지도 모른다. 나도 그렇지만 모국이라는 장소에 와서 모르는 사이에 한 꺼풀씩 외피가 벗겨지는 것 같은 체험을 감각하고 있었으리라고 생각한다. 일본에서는 표면에 나타나는 일이 없었던 부분이, 어떤 경향을 읽을 수 있을 정도로

---

9) 서경식, 『고통과 기억의 연대는 가능한가?』, 철수와 영희, 2009. 276쪽.

드러나게 된 것이다.

재일 한국인 증후군의 요체가 되는 공통사항은 집이었다. 그것도 불안 정하며, 불행하며, 복잡한 사정이 둘러붙은 집이었다. 왜 모두 집이라는 것으로부터 떠나서는 살 수 없는 것일까. 만나 본 어떤 재일 한국인이든 이야기를 시작하는 순간 가족 구성의 복잡함, 세대의 불화, 가족 내부에 서의 모국관의 차이와 왜곡… 물론 내용은 다양하지만 거의 모두가 공통 된 고민을 짊어지고 있다고 해도 좋을 정도였다.[10]

위의 인용문처럼 재일 조선인의 열등감과 죄악감은 집을 통해서 더 욱 강화된다. 이것은 『나비타령』에서 가족의 분열을 통하여 핍진하게 보여주고 있다. 재일 조선인의 경우는 조국이 해방되었음에도 지금까지 식민지의 억압이 계속되고 있는 것이다. 이런 일본의 억압은 취업이나 사업의 제한 등으로 인한 경제적 빈곤으로 이어지고, 또 다시 경제적 빈곤은 가족의 불화를 가중시키고 이는 가족의 해체로 이어진다. 또 일본에 거주하면서 일본의 국민으로 인정받지 못하는 일본 사회의 억 압적인 상황은 자기 정체성의 약화로 이어져, 이는 공포, 불안을 불러 오고 그것은 그들의 가족 불화, 해체로 이어진다. 부모들의 처절한 싸 움은 끊이지 않았으며, 가족 간의 증오와 대립은 존재에 대한 위협으로 이어진다.

『나비타령』의 '나'는 어머니 아버지의 불화가 계속되자 동경에 있는 집을 가출한다. 가출해 취직한 곳은 조선인이 많이 사는 오사카의 어느 여관이다. 여관에서의 생활은 자신의 재일 조선인으로서의 자기 정체성 을 분명히 깨닫는 계기가 된다. 일본 사회에서 재일 조선인이라는 것은 여관에서 세탁을 전문으로 하는 오지카와 같은 가장 저급하고 더럽고

---

10) 이양지, 『돌의 소리』, 심신각, 1992. 196-197쪽.

형편없는 인간으로 동일시되는 것이다. '나'는 오지카를 연민과 동정으로 바라보며 자신과 동일시한다.

> 나는 다른 종업원들과 마찬가지로 아무 데도 갈 곳이 없는 흘러 온 사람들 중에 하나에 지나지 않는다. 나는 때때로 조센징에 지나지 않았던 것이다.[11]

이런 자신의 주변인으로서의 정체성은 더욱 더 공포와 불안을 가져다준다. 더럽고 형편없는 조선인이라는 자기 정체성은 어디를 가도 따라 다닐 것 같아 시시때때로 불안과 공포에 휩싸인다.

> ① 니혼징에게 피살당한다. 그런 환각이 시작된 것은 그날부터였다.
> ② 여기서 피살되어 나는 피투성이가 된 채 객사하는 것이다.
> ③ 나는 니혼징들에게 깔려 질식당한다. 어두운 영화관도 공포였다. 좌석에서 불쑥 나온 후두부가 날붙이에 찔려 머리가 잘린다고 느껴져 제대로 영화도 보지 못한 채 밖으로 뛰어나온다.
> ④ 피살된다는 공포와 그 반대로 죽인다는 살의(殺意)가 내 마음 속에 꿈틀거리고 있었다.[12]

『나비타령』에서 '나'를 주변인으로 몰아가는 것은 또 가족적 상황이다. 어머니와 아버지의 불화는 몇 년 째 별거, 위자료, 재산분배, 친권자 그런 문제로 재판을 계속하고 있다. 그 재판 와중에 '나'의 둘째 오빠인 자폐증 환자, 가즈오 오빠는 원인모르는 병으로 식물인간이 되어 병원에 있다. 큰 오빠 뎃짱은 성인병으로 몸무게가 100킬로그램이 넘는

---

11) 이양지, 「나비타령」, 삼신각, 1898, 301쪽.
12) 인용문은 「나비타령」(삼신각, 1989)의 본문에서 인용 ①②③은 312쪽 ④는 313쪽.

다. 결국 그는 31살의 나이로 지주막하출혈로 죽는다. 엄마는 안면신경통을 앓는다. '나'는 오사카로 가출해 다시 돌아온 이후 유부남인 일본인 마스모또와 불륜관계를 가진다.

『나비타령』의 이 절망적인 가족 상황은 바로 재일 조선인의 현주소를 적나라하게 보여주고 있다. 이 작품 서사를 통해 드러나 있듯이, 재일 조선인의 끊임없이 분열하는 정신적 분열과 비정상적 삶은 결국 위의 인용문 같이 일본인이 조선인을 바라보는 부정적 시선에 의한 것이다. 일본에서 조선인으로 산다는 것에 대한 불안과 공포, 가족의 해체 등은 주체의 정체성을 주변인으로 자리 잡게 한다.

## 3. 작품 속의 인물들, 균열하는 주체

이양지의 대부분의 작품에서는 죽음의 그림자가 어른거린다. 대부분의 작품에서 인물들은 죽음의 강박에 시달리거나 실제 죽는다. 『나비타령』에서 두 오빠의 죽음, 『오빠』에서 오빠의 죽음을 목격하고, 죽음의 주술에서 풀려나기 위해 주인공은 외출할 때마다 빨래를 베란다에 널기도 한다. 『해녀』에서 언니의 심장마비 등, 『푸른 바람』에서 입버릇처럼 '우울하군'을 뱉어내는 어린 아이 '도루', 언제나 죽음을 생각하는 '다카꼬', 이들은 하나 같이 재일 조선인으로서의 공포와 정신분열증을 가지고 있다. 『나비타령』의 아이꼬의 공포나 불안으로 드러나는 우울증이나 『해녀』에서의 언니의 원인 모르는 비만증, 폭식 등은 아버지로 대표되는 가부장제적 폭력과 관련이 있다. 또 정착하려고 해도 정착할 수 없는 조선인으로서의 민족적 소외 체험까지 더불어 분열된 디아스포라의 이중 여성 소외를 보여준다. 『나비타령』의 둘째 오빠의 자폐증 증세, 큰 오빠 뎃짱의 100킬로그램 이상 몸무게의 성인병, 아이꼬의 유부남과의 연애, 장기간의 부모님들의 불화와 이혼 소송 등은 일본에서의 재일 조선인의 현 주소를 상징적으로 보여주는 것이다. 큰 오빠인 뎃장은 자신은 남에게 명령하는 것이 싫다며 타인과 스스로로부터 소외, 살만 찌우는 요령부득의 인간이며 가족에게조차 존재 가치도 없는 둘째 가즈오 오빠, 언제나 마음의 위안을 얻기 위해 유부남 마쓰모또를 찾는 아이코, 이 모든 인물들은 자신의 삶의 혼란 속에서 자기 소외를 거쳐 자기 자신을 타자화한다.

큰 오빠 뎃장은 『오빠』라는 작품에서 허무적인 경향과 모든 데 무관심으로 일관하는 히데오 오빠로 다시 등장한다. 아이코 역시 이 작품에서 언니로 등장한다. 민족의식이니 주체성이니 라는 말을 수시로 뱉어내는 언니는 제멋대로의 삶으로 오빠와 동생 '나'를 당황하게 하는 인물이다. 일정한 직업 없이 아르바이트로 연명하며 유부남과 동거하는 인물이다. 이 언니는 죽음을 피하기 위해라는 주술을 믿으며 언제나 외출할 때 빨래를 해서 베란다에 널고 가는 버릇을 가지고 있다.

이양지의 작품 속의 인물들은 언제나 죽음을 안고 사는 인물들이다. 그러기 때문에 그들은 『나비타령』의 아이꼬나 『유희』의 유희처럼 현실이 싫거나 못마땅하면 현실을 도피한다. 이들은 정신적 환자 중에 공포증 환자에 속한다. 공포증 환자는 자신과 큰 타자를 혼돈하여 큰 타자 안에서 자신의 '자아'를 지탱시켜나간다.[13] 『나비타령』의 아이꼬가 대타자인 조국의 품에 안기기 위해 한국으로 왔고 『유희』의 유희 역시 심

---

13) 올리버 켈리, 『크리스테바 읽기』, 박재열 옮김, 시와 반시사, 1997, 96쪽.

리적 편안함을 주는 일본으로 돌아간다. 이양지의 대부분의 작품 속에는 초점 인물의 성적(性的) 파트너는 주체의 위안과 마음의 안식을 주는 대타자들이다. 그들은 작품 속의 인물들을 있는 그대로 받아들이는 일본을 상징하는 인물들이다. 이들이 초점 인물들을 도피시키는 대타자들이다.

이양지의 작품 속의 인물들은 순간순간 자신들을 죽음의 막다른 골목까지 몰고 간다. 죽음은 자기를 부정하는 것이다. '죽음'이라는 한계까지 가는 것, 최종적인 결과에까지 감으로써 다시 삶을 긍정하게 되는 것이다. 『각』에서 초점 화자 순이의 말처럼, '지금 막 태어나서 지금 막 죽음'을 맞이하는 순간순간을 최고의 가치로 누리며 살아가는 것이다. 그러기 위해서는 매 순간 분열하는 자신을 날카롭게 바라보고, 자신을 응시해야 하는 것이다.

> 사람을 대하고 있을 때의 나, 나를 그 지경으로 만들고 있는 나, 그런 나를 보고 있는 나, 나, 나, 나, 나,… 머릿속이 아찔하고 현기증이 인다.14)

결국 정신적인 분열 상황 속에서 죽음이라는 극한 상황까지 자신을 몰고 가 삶의 본질적인 물음을 제기하는 것이다. 『나비타령』에서 아이꼬는 아침부터 위스키를 마시기 시작, 인사불성으로 어머니의 목을 죄어 죽이려고까지 하고 자살까지 시도한다. 죽음에의 의지는 무(無)에의 의지를 내포한다.15) 무에의 의지는 반동적 힘을 생성한다. 결국 '아무

---

14) 이양지, 『각』, 『나비타령』 중, 삼신각, 1989, 308쪽.
15) 들뢰즈, 『니체, 철학의 주사위』, 인간사랑, 1994, 123쪽.

래도 자식은 그만 둘 수 없었고, 자신의 일을 계속 하지 않으면 안 된다'는 결론을 내린다. 그리고 '가야금 교습을 받고, 내 등만 한 악기 속에 우리나라가 깃들어 있는 것이 내게는 자랑스럽게 느껴졌다'며 가야금 선생의 집에서 편안함을 느끼고 연애하는 유부남 마스모또의 가슴 속에서 따뜻함을 느낀다.

『유희』에서의 '나'는 소심하고 자폐 증상을 가지고 있는 유희의 또 다른 타자이다. 이 작품에서는 유희와 '나'의 관계를 통해서 집단성, '우리나라'라고 하는 추상성을 배제하고 개인이라는 구체성의 언어만을 택하고 싶다는 서사 과정을 보여주고 있다. 즉 재일 조선인인 유희는 고국어, 한국어라는 이름으로 집단적으로 행해지는 언어행위를 받아들이기 거부한다. '우리나라'라고 하는 집단성 속에는 민족성이 가지고 있는 비열함과 저급함 등 천박함까지 포함되어 있다. 유희는 이런 민족성의 요소를 일본 태생이라는 재일교포의 눈으로 받아들이기 힘들어한다. 유희 스스로가 비판하고 있지만, 그것은 자신 속의 또 다른 타자, 우월한 일본인의 눈으로 한국을 바라보기 때문이다. 즉 서브 오리엔탈리즘의 시선이다. 그러나 이양지의 작품에서 주인공들이 한국 문화를 체험하면서 느낀 재일 조선인으로서 우월감은 자신 역시 일본인과 다를 것이 없다는 포용적인 시선을 제공하는 계기가 된다.[16)]

집단성은 개인 간의 차이를 부정한다. 차이를 부정하려는 시도는 삶을 부정하고 실존을 평가 절하하며, 그것에 우주가 어떠한 차이도 없이 가라앉아버리게 하는 바로 죽음을 기약하는 것이다.[17)] 이 작품에서 유희는 끊임없이 분열하는 주체이다. '나'는 유희로부터 같은 민족에서의

---

16) 심원섭, 「이양지의 '나' 찾기 작업」, 『현대문학연구』15집, 2000, 30쪽.
17) 들뢰즈, 위의 책, 88쪽.

자기의 위치를 찾으려는 의지를 절실하게 느낀다. 그러나 '나'는 수업 시간 외에는 한국어를 사용하지 않고 일본책만 읽는 유희를 보며 답답함을 느낀다. 유희는 한국 생활 중 부딪치는 일상적인 것 속에서 혼란을 느끼며 자신의 자아 속에 갇혀버리는 자폐 현상까지 보인다. 유희는 스스로를 위선자라고 비판하지만 일본과 문화적 차이에서 오는 이질감으로 한국 생활에 견디기 힘들다. 그로 인해 한국어를 비롯한 모든 '우리나라'로 칭해지는 것이 싫어진다. 한국 문화에 대한 이질감으로 한국 자체를 거부하고 부정하는 유희는 결국 한국 생활을 견디지 못하고 일본으로 돌아간다.

한국 자체, 민족에 대한 부정으로 일본에 돌아간다는 것은 의지의 상실, 무의 의지를 드러낸다. 자신을 한국과의 분리로 인해 다시 자신으로 돌아감으로서 자신의 힘을 새롭게 할 수 있는 긍정의 힘을 생성하는 계기로 작용한다. 이런 것이 가능한 것은 유희가 국민, 민족이라는 공동체로부터 자신을 분리, 들뢰즈의 용어로 '작은 자아'에 의해서 자기 응시가 가능했기 때문이다.

그것은 『돌의 소리』라는 작품을 통해 보여준다.


## 4. 새로운 디아스포라 의식, '있는 그대로 보기'

디아스포라는 그리스어에서 유래한 것으로, 이산(離散)을 뜻한다. 역사적으로는 전 세계에 흩어져 살아온 유대인의 삶의 경험을 지칭하는 것으로, 최근 세계화가 가속화되고 전 지구적 차원에서 민족, 국가, 인종이라는 확고한 경계가 약화되면서 새삼 문제시되고 있는 삶의 형태라고 할 수 있다. 서경식은 '근대의 노예무역, 식민지 지배, 지역분쟁, 세계전쟁, 시장경제 글로벌리즘 등 외적인 이유에 의해, 대부분 폭력적으로 자기가 속해 있던 공동체로부터 이산을 강요당한 사람들 및 그들의 후손을 가리키는 용어'18)로 사용된다고 정의했다. 재일 동포의 형성이 강제적인 유민 생활에서 출발한다는 점과 그로 인한 가족의 해체와 현실적인 고통, 조국과 일본 사이의 정체성의 문제로 갈등하는 재일 문학의 특성이 이런 디아스포라의 특징들을 잘 보여주고 있다는 점에서 서경식의 관점은 더욱 설득력을 가진다.

장혁주, 김사량, 김달수, 정승박, 김석범 등으로 대표되는 재일 1세대 문학이 조국과 민족으로부터 자유롭지 못했다면, 재일 중간 세대의 문학은 '타자 의식'을 상대적으로 확장하고 심화시키면서 자기 정체성의 문제를 제기하고 있다. 강한 민족적 글쓰기를 보여준 1세대 문학과, 일본 사회에 적응한 현실감을 토대로 '자아' 중심의 실존적 글쓰기를 보여주는 신세대 문학, 이양지, 김학영, 이회성, 양석일 등 중간 세대의 내면 중심의 자아 반성적 글쓰기는 재일 문학의 방향을 분명히 보여주고 있다.

최근 지구촌 시대가 되면서 '지역'은 국가의 경계뿐만 아니라 거의 모든 고정된 구분들을 획일화하는 초국적 자본의 힘에 저항하는 새로운 거점으로 인식되고 있다. 따라서 인간의 근본적 지향점, 인간의 기원으로 설정된 '고향', '조국', '민족' 등을 지난 시대의 이데올로기적 잔여물로 보고 그것을 해체하는 가운데 새로운 방식의 '고향' 만들기를 요청한다.19) 디아스포라는 흩어진 유태인의 경험대로 새로운 유토피아

---

18) 서경식, 『디아스포라의 기행』, 김혜신 번역, 돌베개, 2006, 114쪽.
19) 태혜숙, 「아시아계 디아스포라 여성의 위치에서 '몸으로 글쓰기'」, 『영미문학 페미니

를 목적으로 고정된 구분화를 거부하고 새로운 '고향' 만들기를 기획한다.

> 이양지는 '이렇게 살고 있는 나', 또한 '저렇게 되어야 하는 나' 이러
> 한 실체와 희망의 사이에서 정신적 아이텐티티의 중심선이 언제나 동요
> 하는 가운데, 저희 모국과의 만남에 있어서의 하나의 단계적 마무리로서,
> 또한 새로운 중심선의 설정을 원하고 그것을 추구하기 위해『유희』가 쓰
> 여진 것입니다.[20]

위의 인용문대로 '새로운 중심선의 설정을 원하고 그것을 추구하기 위해'『유희』의 집필 의도가 전 세대의 민족적 아이덴티티를 지향했던 작가들과 다른 어떤 것을 추구하고 싶다는 것이다. 이것이 바로 이양지 문학의 실체가 되는 것이다. 자신이 태어나서 자란 일본과 조국인 한국과의 이분법적 대립이 아니라 조화로서의 새로운 모색의 길을 찾겠다는 것이다. 그러나 위의 장에서 논한 대로 정작『유희』에서는 그러한 자기 정체성의 실체를 찾기 전까지의 심리적 갈등을 그리고 있다. 이런 심리적 갈등은『각』,『그림자 저쪽』,『돌의 소리』에서 순차적 의식의 변화를 통해 드러난다.

『각』에서 초점 화자는 한국으로 유학 온 재일 조선인이다. 그녀는 일각일각 부딪치는 한국의 문화적 충돌 속에서, 자기 회의와 자기 연민, 자기혐오 등 파열하는 자신으로 인해 당황한다. 또 자기 자신을 포함한 모든 기존의 가치와 개념들, 실존 그 자체에 회의를 가지는 인물이다. 그녀는 한국어의 어미 <다>에 넌덜머리가 나고, 표음 문자를 듣는 것만으로도 목이 깔깔해진다. 한국 사람의 자기 긍정의 소박함에 속이 꽉

---

즘』제11권 1호(2003), 236쪽.
20) 이양지, 「나에게 있어서의 母國과 日本」, 삼신각, 1992, 247-8쪽.

막히고, 한국 사람의 반일사상에도 의심스러워하는 인물이다. 한국 사람이 배려라는 차원에서 베풀어 주는 조그마한 관심에도 죽을 기분을 느끼고, 한국 사람들의 저질스러움에 괴로워하지만 같은 동족의 일원이라는 것으로 어쩔 수 없는 감정이입을 가진다. 한편 한국에서 느끼는 그런 당황스러움은 재일 조선인으로서의 우월감에서 오는 것으로 인식하면서 또 자기 자신의 혐오에 빠진다. 그것은 바로 재일 조선인에 대해 항상 가해자의 입장에 있었던 일본의 입장을 자신이 그대로 재현한다는 인식에 빠지면서 혼란스러워한다. 또 재일 조선인을 타자화시켜 물건 취급하는 일본을 자신이 그리워한다는 사실에 당혹스러워 한다. 그것은 자신의 전존재를 받아 주리라 생각했던 조국이 낯선 타자로서 인식되면서 또 다른 타자이지만 익숙한 일본이 그리워지는 것이다. 애인 후지다처럼 그녀를 있는 그대로 받아들이는 일본 그 자체가 그리움의 대상이 된다. 결국 자신이 살아야 할 곳은 일본이고 그러기 위해서는 낯선 타자보다 익숙한 타자 일본을 선택할 수밖에 없음을 인식하는 인물이다.

『그림자 저쪽』에서의 쇼오꼬와 징옥이도 이양지의 서로 다른 타자들이다. 둘 다 한국에 나와 있는 재일 조선인이지만 한 사람은 쏘오꼬라는 일본 이름으로 한 사람은 징옥이로 한국 이름을 사용한 것도 작가 이양지의 소설적 장치이다. 일본 이름을 사용하면서도 한국적 사고방식을 보여주는 쏘오꼬와 징옥이라는 한국 이름을 사용하면서도 일본식의 사고방식을 가지고 있는 두 사람을 통해서 작가는 재일 한국인의 정체성의 혼란을 보여주려고 의도한 것 같다. 징옥은 '조선반도를 단순한 향수에서 모국이라고 생각하는 세대는 이제 끝났다구. 재일 조선인은 일본 안에서 어떻게 살아갈 것인가를 우선 생각해야 해'하며 재일 조선인의 거취 문제를 현실적으로 제안하고 있다. 반면 쇼오꼬는 원죄 사건에 휘말린 재일 조선인 노인을 돌보았던 기억을 더듬으면 '더불어 산다는 것'의 진정한 의미를 통해서 자신을 성찰하려는 인물이다.

이양지의 의식에 대한 총괄적인 의미를 지니는 것이 『돌의 소리』라는 작품이다. 그동안 재일 조선인으로서의 정체성의 혼란은 이 작품에 와서 정리가 된다. 즉 재일 조선인이 겪는 고통이 재일 조선인만이 겪는 특수한 문제로 보기보다는 인간이면 누구나 겪을 수 있는 인간의 보편적인 문제, 자신의 내면 속의 모순에 의해서 야기된 문제로 봐야 된다는 것이다.

이 작품에서 시를 쓰는 주일과 살풀이춤을 추는 가나 역시 이양지의 타자들이다. 주일의 애인인 에이코는 주일의 정체성을 깨닫게 해주는 주일의 또 다른 타자이다. 에이코는 주근깨투성이에 말을 더듬고 얼굴이 둥근 못생긴 여자의 전형이다. 그러나 주일에게 에이코는 사람을 원망하지도 않고 체념하지도 않으며 왜곡되지 않고 자신의 있는 그대로 살아가는 모습에 신성(神聖)까지 느끼게 하는 존재다. 에이코는 일본인의 싱징이면서 주일의 대타자이다. 주일은 제국주의적 유산인 재일 조선인이라는 열등감과 남자라는 가부장적 의식을 함께 가진 자신 내부의 모순을 폭력으로 발산하는 재일 조선인을 상징하는 인물이다.

주일은 한국으로 유학 와 경영학과에 다니고 있지만 시를 쓰고 있다. 아침에 일어난 시각부터 매 순간을 의식화하며 산다는 결의 하에 자신의 의식을 훑어나가며 자신에 관해 성찰한다. 그동안 개인적인 고뇌를 '재일한국인'이라는 문제로 모두 떠 넘겨버리는 안이한 삶의 태도를 반성하고 관념에 휘둘려서 구체적 삶을 음미하지 못한 자신의 과오를 반복하지 않으려 한다. 무엇보다도 있는 그대로 보기를 혐오하고 그 자체로 파악하려고 하지 않는 자신을 새롭게 다지기 위하여 매 순간의 의식을 각인시키려하고 있다. 그러나 매 순간의 자신조차도 불확실한데 의식을 어떻게 각인하고 의미하는가를 다시 회의한다. 재일 조선인이 제국주의적 억압에서 오는 가족 간의 불화, 민족, 국가 등의 집단화된 문제를 집단이나 이념적 왜곡과 편견으로 바라 볼 것이 아니라, 개인의 내적 모순을 극복하고 대상을 있는 그대로 바라 볼 것을 제의한다. 이것으로 '올바름'을 위하여 다시 태어난다는 것이다.

> 모국어와 모어와의 갈등, 일본과 한국, 두 나라 사이에 있어서의 갈등 등 결국 모두가 궁극적으로는 현실을 있는 그대로의 모습으로 받아들이고 허용하는 용기와 힘과 같은 인간 존재에 있어서의 근본 문제와 연결되는 것이었음이 틀림없습니다.[21]

위의 인용문에서나 『돌의 소리』를 통하여 드러나듯이 과거 억압과 모순의 역사로 인한 왜곡된 관점에서 사물을 바라보지 말자는 것이다. 주일의 어머니가 아버지와의 불행한 결혼 생활로 모든 것을 왜곡된 관점에서 받아들여 스스로를 더 타자화 시키듯. 그러면 불행의 고리는 끊을 수 없다는 것이다. 그래서 사물을 사심 없이 있는 그대로 보자는 것이다. 불교에서 이야기하는 분별심을 가지지 말자는 것이다. 분별심으로 어지럽혀진 마음은 매사를 왜곡하여 바라보게 된다. 그러면 일상생활 속에서 시비나 갈등이 늘 그림자처럼 따라다닌다.[22] 이것은 이양지

---

21) 이양지, 「나에 있어서의 母國과 日本」, 위의 책, 250쪽.
22) 법륜, 「일상무상불」, 『금강경이야기』, 정토출판, 2008, 255쪽.

가 「나에게 있어서의 母國과 日本」에서의 글처럼 富士山을 민족에 대해 생각하기 시작한 후의 모습은 끔찍한 제국주의의 조국을 침략한 군국주의의 상징으로 나타나 거부해야만 하는 대상이었지만, 한국 유학을 마치고 17년 만에 만나게 된 富士山은 이제 아무 동요도 없고, 아무런 감정의 기복도 없이 차분한 마음으로 富士山과 대치할 수 있게 된 자신에 대해 안도감을 느낀 것과 같다.

『돌의 소리』에서 주일이 같이 하숙하는 인길이라는 학생이 학교 수업 시간에 가족의 족보를 알아오라는 말에 충격을 먹고 자폐 증상을 보이자, 주일은 재일 조선인이라는 특수한 입장이 가족의 불행으로 집약되어 나타나는 현상을 떠올리고, 집에 대해 집중 탐구, 결국 집은 고리타분한 것으로 결론을 내린다.

> 재일 한국인에게 있어 집은 모국인 한국에도, 그리고 일본에도 없다. 나는 무엇인가를 끊임없이 묻고, 설사 해답을 얻을 것 같다 해도 실체로서, 생활로서, 확고한 근거를 발견할 수 없다고 한다면 그런 사람들이 만들어 내는 집이라고 한 것은 또 비슷한 동요와 진폭이 많은 것이 될 수밖에 없다.[23]

주일은 참으로 개인적으로 살 수밖에 없음을 천명한다. 여기서 참으로 개인적이라는 말은 바로 사회적 집단적 관념에 의해서 대상을 편견과 왜곡된 시선으로 바라보지 말고 대상을 있는 그대로 보기이다.[24]

---

23) 이양지, 『돌의 소리』, 위의 책, 127쪽.
24) '있는 그대로 보기'에 대해 심원섭은 불교적 인식론과 관련시켜 설명하고 있다. 불교적 인식론에 의하면 인간은 대상을 있는 그대로 볼 수가 없다고 한다. 우리는 대상이, 인간과 별도로 외부세계에 객관적으로 존재한다고 생각하기 쉽지만, 실제로 인간은 인간 특유의 왜곡된 인식 구조 속을 통과해 들어 온 주관화된 대상 밖에는 인식할 수 없기 때문이라는 것이다. 따라서 인간이 대상을 완전하게 바라보기 위해서

이양지는 『나비타령』에서 『유희』까지 재일 조선인으로 한국과 일본을 오가며 느끼는 정체성의 혼란을 가정의 불행, 가족의 해체, 모국어와 모어와의 충돌 등으로 균열하는 주체로 형상화했다. 그러나 『돌의 소리』에 와서는 '대상을 있는 그대로 바라보기'라는 새로운 디아스포라 의식을 제시하고 있다.

과거의 정치적, 경제적 종교적 억압에 의해서 강제로 국가를 떠났던 이주민들과 달리, 신자유주의 무한경쟁의 치열함에서 벗어나기 위해 여행, 이주, 노동 등 각가지의 목적으로 국경을 넘거나 문명의 영향권 밖으로 탈주하는 사람들이 늘어난다. 이들은 자신의 조국을 떠나 다른 나라 혹은 다른 사회에서 소수자로 생존한다는 의미에서 마이너리티이자 타자이다. 시대와 불화하거나 시대 이념에 대한 정합성을 갖지 못해 늘 불안한 상태로 잃어버린 것을 찾아나서는 떠돌이이자 아웃사이더[25]이다. 그들에게 국가나 민족이라는 관념은 거추장스러우나 버리지도 못하는 바위에 지나지 않는다. 시시각각 분열하는 불안한 주체가 신봉한 조국, 민족으로 인해 생성되는 관념 자체는 믿을 것이 못된다. 그것을 발화한 순간 새로운 의미가 생성되고 불안한 주체 역시 믿을 것이 못된다. 자신의 실존적 불안을 해소하기 위해서는 집으로 집약되는 조국의 존재를 자신 속에서 지워버리는 것이다. 모순되고 왜곡된 인간들이 만들어 내는 이념 또한 지워버리는 것이다. 타국에서의 소수자로서 실존

---

는, 먼저 인식 주체가 갖고 있는 왜곡된 인식 구조를 완벽하게 파악해 가는 수행, 궁극적으로 인간의 모든 감관작용을 포함한 인식구조가 갖고 있는 '공(空)'성을 인식해 내는 수행과정이 필요하다고 한다. 이 수행이 완벽에 이른 뒤에 대상을 바라 볼 때, 비로소 대상을 있는 그대로 바라보는 일이 가능해진다는 것이다. 심원섭은 이양지의 '있는 그대로 보기'의 내용이 불교의 인식론과 유사한데가 있다고 했다. 심원섭, 「『유희』 이후의 이양지」, 『일본학』 2000, 19집. 277쪽.

25) 이미림, 『우리 시대의 여행소설』, 예림기획, 2006, 35쪽.

적 불안을 해소하기 위해서 대상을 있는 그대로 본다는 것은 아웃사이더로서 최고의 미덕이다. 위의 인용문에서처럼 이양지가 '재일 한국인에게 있어 집은 모국인 한국에도, 그리고 일본에도 없다.'라고 한 것은 한 개인의 방패막, 혹은 울타리가 되지 못하는 집이나 조국은 아무런 의미가 없다는 것이다. 그것은 가족의 이름으로 민족의 이름으로가 아닌 오직 개인으로만 생존할 수밖에 없음을 고백하는 것이나 마찬가지다. 개인으로만 생존하기 위해서 '대상을 있는 그대로 보기'라는 철저한 디아스포라 의식이 필요한 것이다.

그것이 바로 이양지가 「돌의 소리」에서 서사화한 매 순간 의식화하면서 대상을 있는 그대로 바라보기이다. 아무런 편견과 왜곡없이 '사물을 있는 그대로 바라보기'라는 새로운 대안은 재일 조선인이 과거의 역사로 인한 고통 속에서 불행한 삶을 반복하지 말고, 자신의 모순을 극복하고 대상을 있는 그대로 바라보자는 것이다. 문제는 대상을 있는 그대로 바라봄으로써 타자들과의 소통이 필요하다. 그럼으로 그들이 충일한 삶을 누릴 수 있을 것이다. 『돌의 소리』의 주일처럼 또 재일 조선인이라는 피해 의식과 고통으로 인해 다른 타자, 에이코에게 폭력을 행세한 것 같이 다른 타자들에게까지 고통을 주는 것이 반복되어서는 안 된다는 것이다.

## 5. 다시 균열하는 주체

이양지는 자신의 정체성의 혼란을 극복하기 위해 한국이라는 '우리나라'를 찾았고 그 시점에서 『나비타령』을 썼고 첫 작품으로 아쿠다가와상 후보에까지 올랐다. 또 한국에서의 긴 유학을 마치고 귀향하는 시점에 『유희』를 발표해 아쿠다가와상을 받았다. 『나비타령』에서는 재일 조선인인 아이코가 일본 사회에서 받는 억압감을 작품에서 서사화했다. 『유희』는 유희가 모어인 일본어와 모국어 사이의 충돌, 어떻게 해도 적응할 수 없는 한국 문화의 저질성을 견디지 못하고 일본으로 돌아가는 서사다. 이 과정을 개략적으로 훑어보면 이양지는 결국 일본에 적응하면서 살아갈 수밖에 없다는 것이다. 그러기 위해서는 자신의 생존 논리가 필요하다. 그것이 바로 '대상을 있는 그대로 바라보기'이다.

일본에서 소수자의 아웃사이더로서 살아가기 위해서 나름대로의 필요한 논리가 '대상을 있는 그대로 보기'이다. 그러기 위해서 재일 조선인들이 가장 많이 겪는 전형적인 문제, 가족의 불행과 그로 인한 가족의 해체를 재일 조선인의 특수한 문제로 인식하기보다는 인간의 보편적인 문제로 만들어 버린다. 그 예로 『돌의 소리』의 에이코 가족 이야기를 든다. 에이코 아버지는 첫 번째 부인이 아이를 못 낳는다고 해서 다시 둘째 부인과 결혼해 낳은 아이가 에이코와 언니라는 것, 그래서 에이코는 한 집에서 두 분 어머니를 모시고 살아왔다는 것이다. 그럼에도 두 분은 다정하게 잘 살아가고 있다는 것, 또 그런 가족 속에서 자란 에이코 역시 열등감이나 편견 없이 사람을 있는 그대로 받아들인다는 논리다. 그러니까 이양지는 일본에 살면서 조국에 대한 향수나 집착으로 실존적 불안을 느낀다든가, 일본 제국주의 논리나 모순에 흔들려 열등감이나 편견 속에 살아갈 것이 아니라 에이코와 같은 자기의 분수에 맞게 살아가는 일본인의 논리에 순응할 수밖에 없다는 논리를 「돌의 소리」에서 그대로 형상화했다.

‘대상을 있는 그대로 보기’는 순간순간을 의식하며 살되, 대상을 왜곡과 편견 없이 바라보자는 것이다. 이것이 바로 진정한 디아스포라 의식인지도 모른다. 정처 없이 떠돌아다니는 디아스포라의 경우, 순간순간을 의식한다는 것, 또 대상을 그 자체로 바라본다는 것처럼 중요한 것은 없다. 이양지가 『돌의 소리』나 「나에게 있어서의 모국과 일본」에서 거듭 강조하고 있는 것이 이 논리이다.

이양지가 정체성의 혼란을 통하여 일본에 살아남기 위해서 선택할 수 있는 길은 오직 ‘순간순간을 의식하며 살아가되, 대상을 있는 그대로 본다’는 것이다. 『돌의 소리』의 주일처럼 아침 깨어난 시각부터 순간순간을 기억하며 의식을 체크해나가는 것이다. ‘우리나라’라고 하는 ‘한국’으로 와서 주일이 재일한국인으로서 한국인들과의 상호소통을 통해서 한국을 이해하려는 시도보다 고립된 ‘개인’의 존재를 선택함으로써 현실적인 대안을 제시하고 있다. 그러나 그런 고립된 개인은 아직도 일본 사회에 남아 있는 일본제국주의자의 시선이나 억압, 개선되기 힘든 현실에 부딪칠 때마다 주체는 다시 분열할 수밖에 없다. 아무리 자신의 논리로 무장하더라도 디아스포라의 분열하는 주체를 가지고 있는 이양지로서 다시 분열을 계속 할 수밖에 없을 것이다. 그래서 이양지의 죽음은 상징적인 사건이다.

# 신경(新京)에서,
# 백석 「흰 바람벽이 있어」*

김응교 숙명여자대학교 교양교육원 교수

## 1. 1941년 '신경'의 디아스포라

디아스포라(diaspora, διασπορά, 離散)는 "씨 뿌리다"(Σπορά)라는 그리스
어 'dia sperien'(a scattering of seeds)에서 유래되었다. 그리스인들에게 본래
긍정적인 의미였던 이 단어가 언제부터 유대인들에게 고통의 언어가
되었는지는 유대인 역사책에도 확실히 기록되어 있지 않다. 다만 유대
인이 앗시리아에 포로가 되던 BC722년과 바벨로니아에 포로가 되던
BC586년, 두 가지 주요 사건으로 이 용어는 포로와 고통의 상징어가
되어 버렸다.

AD70년경 예루살렘이 두 번째로 붕괴되자 유대인들은 뿔뿔히 흩어

* 이 글은 2010년 8월 10일~11일에 있었던 제5회 중국조선민족문학 국제학술회의에서
발표되었다. 이때 중요한 질의를 해주신 김호웅 교수(중국 연변대학교)께 감사드린다.

졌고, 이 단어는 팔레스틴을 떠나 알렉산드리아 등지에 살게 된 유대인 공동체, 곧 조국에서 살지 못하고 '타국에 흩어져 사는 유대인'이란 뜻이 되었다. 끔찍한 포로기 때부터 쓰여지기 시작한 디아스포라라는 용어는 고통의 상징어로 쓰여졌다. 2차 대전 때 유대인들은 "네 시체가 공중의 모든 새와 땅의 짐승들의 밥이 될 것"이라는 구절처럼 '벌거벗은 생명 호모 사케르(Homo Sacer)'[1]가 되는 홀로코스트(Holocaust)를 겪기도 했다. 유대인들은 공동체 생활, 회당 건립, 언어와 혈통, 현지 지도자 양성, 고국과의 밀접한 관계 유지를 통해 디아스포라 상황을 극복하려 했다.

포로, 고통, 언어, 극복 등으로 표상되는 이 용어는, 1990년대에 들어 이주노동자, 무국적자, 다문화가족, 언어의 혼종성 등 초국가적(trans-national)인 문제들이 일반화되면서, 다른 민족의 국제이주, 망명, 난민, 이주노동자, 민족공동체, 문화적 차이, 정체성 등을 아우르는 포괄적인 개념으로 사용[2]되고 있다. 이 글은 1930~40년대 디아스포라들의 공간이었던 만주와 백석의 관계를 살펴보는 글이다.

29살의 백석(白石, 1912~1996)은 1940년 1월 혹은 2월초에 만주로 향한다.

나서 자란 평북 정주를 떠나, 일본 유학(1930~1934)[3]을 다녀왔다가 『조

---


1) Giorgio Agamben, 박진우 역, 『호모 사케르』, 새물결, 2008년, 49면.

2) 필자는 디아스포라를 "국외로 추방된 소수 집단 공동체(that segment of people living outside the home land)"라고 정의한 사프란(William Safran)의 여섯 가지 특징을 정리하면서, 필자는 디아스프라와 자이니치[在日, 재일 조선한국인] 문학에 대한 개념을 논했다. : 김응교, 「이방인, 자이니치 디아스포라 문학」, 한국근대문학회, 『한국근대문학연구』, 제21집, 2010.4.

3) 백석의 일본 유학에 대해서는, 김응교, 「백석・일본・아일랜드 – 백석 연구(3)」, 민족문

선일보』 잡지부 기자가 된 백석은 시집 『사슴』(1936)을 발간하고 함흥의 영생고보 교사(1936.4~1938.12)로 재직해 있다가, 다시 『조선일보』 출판부 기자(1939.1~10)로 있다가, 그 후 두 달간 평안도 지역을 여행하고, 다시 서울로, 그리고는 1940년 1월경에 중국 신경으로 떠나면서 20대의 젊은 나이를 완전히 떠돌이로 지냈다. 백석이 만주 신경으로 언제 떠났는가에 대해서는 논의가 많다. 개인적인 증언이기에 확인이 필요하지만, 일단 백석의 연인이었던 자야 여사는 가장 확실한 시기를 남겨 놓았다.

> 이 어이없는 독화살을 나의 가슴에 꽂아놓고, 당신은 그만 혼자서 쓸쓸히 <u>만주의 신경으로 아주 떠나버렸다.</u> 그때 보았던 당신의 초췌한 뒷모습이 내가 보았던 당신의 마지막 모습이자 우리 둘 사이의 <u>영원한 이별</u>이었다. (…중략…) 당신이 떠나시고 난 후 나는 갑자기 처참한 이별을 해버린 그 집에서 한시도 머무르고 싶은 생각이 없었다. 당장 종로 쪽으로 나와서 새로운 집을 구하러 다녔다. 그때가 마침 <u>섣달 그믐날</u>, 마침 <u>관수동에 마땅한 집이 하나 있다길래</u> 급한 마음에 이것저것 확인하지 않고, 되는대로 짐부터 옮기고 말았다.4)

직장, 가족, 문우와 사랑하는 사람을 떠나 만주로 떠나는 연인에 대한 감정적인 서술로 일관되어 있는 이 자료에 대해서는 당연히 정치한 검토가 필요하다. 개인적으로 보았을 때, '영원한 이별'의 상처가 있는 날이고, 집을 이사한 날이기에, 그것도 '섣달 그믐날' 곧 1940년 2월 7일이 이사한 날로 증언하고 있기에 잊을 수 없었을 것이다. 그런데

---

학사연구소 창립 20주년 심포지엄, 『한국문학의 로컬리티와 디아스포라』(2010.7.22)에서 논한 바 있다.
4) 김자야 에세이, 『내 사랑 백석』, 문학동네, 1995. 167~168면.

〈자료 1〉『문장』(1939.12.10 출판)

1939년 12월 10일에 인쇄납본한 1940년 1월호『문장』에 백석의 주소가 '경성부(京城府)'[5](<자료 1>)로 명확히 쓰여 있고, 1940년 3월 22일 『만선일보』와 4월 5일부터 7회에 걸쳐 『만선일보』에 연재된「內鮮滿文學座談會」에서 백석 이름 옆 괄호 안에 '국무부 경제부' 소속 직원으로 소개되어 있기 때문에, 자야 여사의 증언은 객관적으로 가장 타당한 시기로 판단된다. 결국 백석은 1940년 2월 7일에서 가까운, 1940년 1월말이나 2월초가 된다.

만주 끝넓은 벌판에서 왜 백석이 신경을 택했는가는 다각적으로 검토할 수 있겠다. 김자야 여사는 "무언의 반항으로 그 지존하신 어버이에게 감히 등을 돌리고 머나먼 이국땅 북만주 황야로 떠나기로"[6] 했다고 하지만, 백석은 정처 없이 떠난 것이 아니라, 신경을 목적지로 정하고 있었다.

역사적인 배경을 살펴보면 백석이 신경(현재 장춘)을 택한 이유를 이해할 수 있다. 신경은 당시 정치·문화·행정은 물론 지도(<자료 2>)를 보아도 만주의 중심지였다. 안수길의 『북간도』(『사상계』 1959~1967년)는 당시 역사적 배경을 잘 설명하고 있다.

---

5) 文章社編輯部編纂,「朝鮮文藝家總攬」,『文章』, 1940.1. 236면. 이 글을 보면 '조선일보사 출판부를 역임, 현재는 시작에 정진'이라는 문구를 보았을 때, 이미 백석은 1939년 12월 이전에 조선일보사를 퇴사했다.

6) 김자야, 위의 책, 164면.

점령 일본군은 치안을 확보하는 한편 청제국(靑帝國)의 최후의 왕(王) 부의(溥儀)를 집정(執政)으로 삼는 정체(政體)를 마련했다가 그를 황제(皇帝)의 위로 올려 놓고 만주국(滿洲國)의 독립을 선언했다.

1932년 3월의 일이었다.

민족협화(民族協和) 왕도정치(王道政治)를 건국이념으로 내세웠다. 장춘(長春)을 신경(新京)으로 개칭하고 수도(首都)로 정했다.[7]

일제는 만주국(1934~1945)을 세운 후 장춘(長春)을 수도로 삼으면서, '새로운 수도'라는 뜻의 '신경'(新京)으로 호칭한다. 일제는 이 도시를 100만인 규모로 설계하고 마치 런던과 같은 유럽풍 대도시를 건설하기 시작했다. 당시 신경을 다녀온 유진오는 「신경」(1942.10)에서 이렇게 쓰고 있다.

〈자료 2〉 신경(장춘)의 위치

그 기대하던 신경은 과연 철(유진오-인용자)의 예상에 어그러지지 않았다. 남신경(南新京) 근처부터 벌써 벌판 이곳저곳에 맘모스 같은 거대한 건축물이 우뚝우뚝 보이더니 이내 웅대한 근대도시가 벌어지기 시작했다. 아직도 건설도중이라는 느낌은 있었으나 갓 나온 연녹색 버들 사이로 깨끗한 콘크리트의 주택들이 깔리고, 멀리 보이는 큰 건축물들의 동양적인 지붕도 눈에 새로웠다.[8]

---

7) 안수길, 『북간도·2』, 미래의창, 2004. 321면.
8) 유진오, 「신경」, 『春秋』, 1942.10.(민족문학연구소, 『일제말기 문인들의 만주체험』, 역락, 2007, 267면).

〈자료 3〉 이효석이 모방이라고 비평했던 신경의 중심도로인 길이 10킬로의 대동대가(大同大街)

당시 지식인이라면 꼭 가보고 싶은 신경을 찾아간 유진오는 신선한 충격을 느낀다. 옛 장춘이 완전히 사라진 새로운 도시였던 것이다. 맘모스 같은 거대한 건축물을 세우면서도 동양적인 지붕을 올려 놓는 것을 서양에서 벗어나려는 창조로 평가하기도 한다. 유진오와 함께 신경에 갔다가 1942년 5월에 사망한 이효석은 서울의 광화문과 비견되는 "대동대가(大同大街, <자료 3>)의 인상은 서울에도 동경에도 또는 어느 도시에도 쉽사리 맛볼 수 있는 것이다. 어디에서든 있는 이런 종류의 모방을 발견함이란 미를 찾는 사람에겐 무의미하기 짝이 없는 것이다. 대마로는 물론, 대동가에 영향됨이 없이 특색을 지키고 그 독자적인 쪽으로 늘려가야 할 터이다"9)라고 비평하기도 했다. 이 대동대가는 이후 한때 '스탈린대가'로 불리기도 했다.

일본의 관동군 사령부, 만주중앙은행, 골프장 등이 있었던 국제도시

---

9) 李孝石, 「新しいと古さ」『滿洲日日新聞』1940.11.26～27. (김윤식, 『일제말기 한국작가의 일본어 글쓰기론』, 서울대학교 출판부, 2003. 293면 재인용).

신경은 "내 차에도 신경행, 북경행, 남경행을 달고 싶다. 세계일주행이라고 달고 싶다"(산문 「종시(終始)」. 1939)고 말할 정도로 윤동주에게 북경이나 남경과 비견되는 큰 도시였다. 1940년 1월경 백석이 신경으로 떠나고 3달 후 박정희는 1940년 4월 만주 신경육군군관학교에 입학하고, 1942년 3월에는 만주 신경육군군관학교를 졸업하며, 황제 푸이에게 금시계 은사품을 받는다10). 박경리 대하소설 『토지』의 주요인물은 주로 신경에서 활동하고 있었다. 시인 김춘수는 보통학교 4학년 때 수학여행을 갔던 신경을 "글자 그대로 새로운 서울이다. 도로가 훤하게 넓게 뻗었고 신흥고층건물이 시가를 메우고"11) 있었다고 표현하고 있다.

당시 신경은 경성보다도 규모로 봐도 새로웠던 유럽풍의 근대식 모던 도시12)였다. 백석이 1940년 1월경에 신경으로 가서, 가자마자 3개월만에 신경에 있는 『만선일보』의 좌담회에서 '국무원 경제부'로 소개되어 있는 것을 보면 미리 일자리 정보를 알고 신경으로 떠난 것이 아닌가 싶다.

따라서 인구 25만명의 대도시 신경을 택한 백석의 선택은 먹을 것이 없어 간도개척사업을 택한 유민(流民)과는 다른 것이다. 흔히 알려진 만주의 유이민 조선인과 신경의 중심부에 살고 있는 부유한 조선인은 전혀 다른 삶을 살고 있었다. 백석은 나라 잃은 비애를 잊고, 밤낮 실없이 웃고 떠드는 부유한 조선인들의 삶을 비판하기도 했다.13) 그런데 '백석

---

10) 역사비평 편집위원회, 『남과 북을 만든 라이벌』, 역사비평사, 2008, 31면.

11) 김춘수, 『꽃과 여우』, 민음사, 1997, 88면.

12) 유튜브(http://www.youtube.com)에서 '新京'을 검색해 보면, <滿州國國都, 新京>이라는 방송을 볼 수 있다. 이 방송을 보면, 제국 일본이 100만명 규모의 도시로 계획하여 신경을 건설하는 과정을 볼 수 있다. 도쿄와 비슷하게 신경 긴자라고 하는 요시노[吉野] 거리, 니혼바시[日本橋]를 건너 비즈니스 거리, 38인 승차의 도시유람 관광버스, 도쿄제국호텔과 비견되는 대형 호텔 등도 볼 수 있다.

과 만주'에 관해 연구한 논문들이 대부분 백석의 시를 기존의 농촌 개척과 궁핍을 상징하는 '유이민시'의 틀에 두고 분석하고 있다.14) 이후 설명하겠으나 가령 백석의 「흰 바람벽에」는 도시에서 사는 경계인의 고뇌를 영상적 모더니티로 다루고 있다. 일반적으로 만주 개척을 위해 떠나던 궁핍한 유이민의 시와는 날리, 백석의 시는 만주국시기 이른바 '시현실파'에 속했던 리수형, 강욱, 신도철, 함형수, 황민15)과 비교하는 편이 가깝지 않을까 싶다. 신경에서 발표한 백석의 시는 만주라는 큰 틀에서 한 단계 더 들어가, 도시적인 특수한 상황을 궁구(窮究)해야 할 것이다.

번화한 신경에서 발표한 백석 시는 기존의 유이민 시와 같은 계열에서 다루기 힘들다. 이렇게 번화한 신경에서 백석은 작품활동을 계속했다. 만주에 머문 기간에 발표한 작품을 보면 다음과 같다.

「수박씨, 호박씨」, 『인문평론』 93, 1940.6
「북방에서 – 정현웅에게」, 『문장』 18호, 1940.7.
「허준」, 『문장』 21호, 1940.11.
「『호박꽃 초롱』서시」, 『호박꽃초롱』, 1941.1.
「조당에서」, 「두보나 이백 같이」, 『인문평론』 16호, 1941.4.
「국수」, 「촌에서 온 아이」, 「흰 바람벽이 있어」, 『문장』 26, 1941.4.

---

13) 백석, 「조선인의 요설(饒舌)」『만선일보』, 1950.5.25~26.

14) 게다가 '한얼生'이라는 전혀 다른 이를 백석으로 오인하여 분석한 논문들이 많다. '한울生'의 시 「고독」, 「설의」, 「고려묘자」, 「아까시야」 등을 백석 시로 분석한 논문은 놀랍게도 많은데, 기초 자료가 부실한 논문을 발표한 것은 연구자로서 치명적인 실수라 할 수 있겠다. 그 목록을 나열하는 것은 자칫 연구자를 매장하는 격이 될 수 있기에 여기서 나열하지는 않는다. 다만 한울生의 시를 중심으로 백석을 분석하여, 단행본으로 출판된 오양호, 『백석』(한길사, 2008)은 그 파급력이 심각하게 염려되어 명기한다.

15) 연변대학교 조선문학연구소(허경진, 허휘훈, 채미화 주편), 『현대시·중국조선민족문학대계 5』(보고사, 2010)에는 김북원, 강욱, 함형수, 황민의 시가 실려 있다.

「귀농」『조광』 7권 4호, 1941.4.

물론 시 외에도 『조광』이나 『야담』에 러시아 작가의 소설을 번역 발표하고, 1940년에 조광사에서 토마스 하디의 소설 『테스』를 번역하기도 했지만, 우리가 주목하는 신경에 머무는 동안 발표한 시 10편의 1941년에 발표한 시가 8편이나 된다는 사실이다. 그런데 1941년은 과연 백석이 실업자가 된 해였다. 자야 여사는 이렇게 증언한다.

> 그(송지영-인용자)는 만주에서 당신(백석-인용자)과 함께 같은 하숙에서 지냈다고 했다. 당신은 그때 신경에서 무슨 관청인가를 다니고 있었다는데 어느 날 느닷없이 창씨(創氏)를 하라는 일본인 상사의 명령이 있었다고 한다. 그러나 당신은 무엇으로 보나마나 호락호락 순순히 창씨를 받아들일 품성이 아니었다. 그래서 부득불 직장에 사표를 던지고 나오게 되었고, 그 후로도 아마 많은 고생을 겪었을 것이라고 했다.[16]

창씨개명을 거부한 사건으로 백석은 만주국 국무원 경제부의 관료생활을 1940년 3월에 시작하여 9월경에 사직했다. 그때부터 백석은 신경에서 '실업자 디아스포라'가 되었다. 한편, 그 무렵 백석보다 다섯 살 젊은 윤동주는 연희전문을 졸업하고 일본으로 유학을 준비하고 있었다.

그런데 두 사람 모두 1941년에 중요한 시들을 발표한다. 1941년에만 백석은 8편의 시를 발표하고, 1945년이 될 때까지 더 이상 시를 발표하지 않았다. 윤동주는 1941년 「무서운 시간」 「눈 오는 지도」 「새벽이 올 때까지」 「태초의 아침」 「또 태초의 아침」 「십자가」 「눈감고 간다」 「바람이 불어」 「못자는 밤」 「간판없는 거리」 「또 다른 고향」 「길」 「별

---

16) 김자야, 위의 책, 177면.

헤는 밤」, 「서시」, 「간」 등 19편의 시를 발표한다. 역사적으로는 『국민문학』 창간호가 1941년 11월 1일에 나오고 한 달도 채 안된 1941년 12월 8일 진주만 기습사건이 있던 해였다. 이들에게 1941년은 이른바 발터 벤야민이 말한 '메시아적 사건'[17]이라는 '일회적 사건'이 일어났던 시기였을까.

특히 다음 자료를 보면 오른쪽에 '文章 第三卷 第四號 廢刊號'(<자료 4>)라고 써 있다. 이 책의 가장 뒷면을 보면 판권 위에 "本誌『文章』은 今般, 國策에 順應하야 이 책 3卷 第4號로 廢刊합니다. 昭和16年 4月 15日 文章社"라고 써 있다. 이상화의 「빼앗긴 들에도 봄은 오는가」 때문에 잡지 『개벽』이 1927년에 일시 발행금지 된 것과 비교될만치, 백석이 『문장』의 마지막 폐간호에 시를 발표하는 목차란을 보면 전율이 느껴진다. 절실하고 특별한 윤동주의 경우에는 종말론적인 시간이었던 1941년, 만주에 체류했었던 백석은 어떠했을까. 「흰 바람벽에」을 통해 분석해본다.

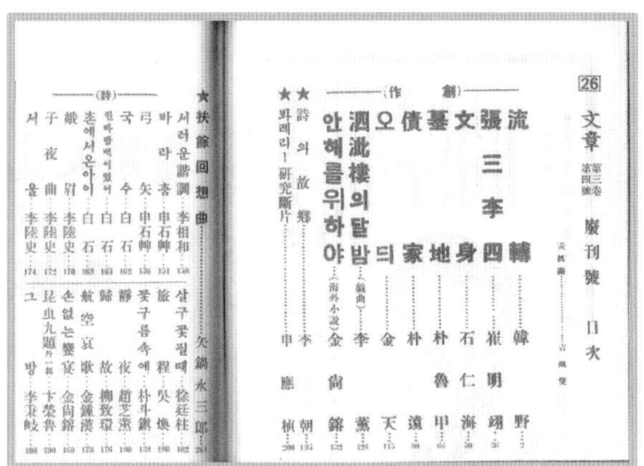

〈자료 4〉『문장』 폐간호(1941.4)와 백석의 시

---

17) 김응교, 「발터 벤야민의 '메시아적 순간'」, 월간 『기독교사상』, 2010.8.

## 2. '흰 바람벽' 스크린의 모더니티와 디아스포라

### 2-1) '흰 바람벽' 스크린의 몽타주

시집 『사슴』에서 표상되는 공동체적 정서는 주로 고향 정취를 시인이 품고 있었기에 가능했다. 일찍이 "모닥불은 어려서 우리 할아버지가 어미아비 없는 서러운 아이로 불상하니도 몽둥발이가 된 슬픈 역사가 있다"(「모닥불」)며 공동체적 이야기를 시로 썼던 백석, 그의 심정이 신경으로 이주한 이후에 어떻게 변했는지, 특히 그가 실직을 하고 난 뒤의 시 「흰 바람벽이 있어」를 통해 백석의 신경 시대를 조망해보고자 한다. 조금 길지만, 발표 당시 원문 표기를 그대로 인용한다. 단, 인용 시 앞에 번호는 설명을 위해 붙인 번호다.

> 1. 오늘 저녁 이 좁다란방의 힌 바람벽에
>    어쩐지 쓸쓸한것만이 오고 간다
>    이 힌 바람벽에
>    히미한 十五燭전등이 지치운 불빛을 내어던지고
>    때글은 다낡은 무명샷쯔가 어두운 그림자를 쉬이고
>    그리고 또 달디단 따끈한 감주나 한잔 먹고싶다고 생각하는 내 가
>    지가지 외로운 생각이 헤매인다.
> 7. 그런데 이것은 또 어인일인가
>    이 힌 바람벽에
>    내 가난한 늙은 어머니가 있다
>    내 가난한 늙은 어머니가
>    이렇게 시퍼러둥둥하니 추운날인데 차디찬 물에 손은 담그고 무이
>    며 배추를 씻고 있다
> 12. 또 내 사랑하는 사람이 있다

내 사랑하는 어여쁜 사람이

어늬 먼 앞대 조용한 개포가의 나즈막한 집에서

그의 지아비와 마조 앉어 대구국을 끓여 놓고 저녁을 먹는다

벌서 어린것도 생겨서 옆에 끼고 저녁을 먹는다

17. 그런데 또 이즈막하야 어늬 사이엔가

이 흰 바람벽엔

내 쓸쓸한 얼골을 쳐다보며

이러한 글자들이 지나간다

― 나는 이 세상에서 가난하고 외롭고 높고 쓸쓸하니 살어가도록

태어났다

그리고 이 세상을 살어가는데

내 가슴은 너무도 많이 뜨거운것으로 호젓한것으로 사랑으로 슬

픔으로 가득 찬다

24 그리고 이번에는 나를 위로하는 듯이 나를 울력하는 듯이

눈질을하며 주먹질을하며 이런 글자들이 지나간다

― 하늘이 이 세상을 내일 적에 그가 가장 귀해하고 사랑하는 것들

은 모두

가난하고 외롭고 높고 쓸쓸하니 그러고 언제나 넘치는 사랑과 슬픔

속에

살도록 만드신 것이다

초생달과 바구지꽃과 짝새와 당나귀가 그러하듯이

그리고 또 「프랑시쓰·잼」과 陶淵明과 「라이넬·마리아·릴케」가

그러하듯이

― 백석, 「흰 바람벽이 있어」, 『문장』26호. 1941.4., 165~167면.

저녁에 시의 화자는 좁다른 방이 시의 도입부(1~6행)에 묘사된다. 현
실에서 실패한 화자는 상상 속의 작은 방과 같은 더욱 비좁은 곳으로
도피한다.

여기서 '바람벽'은 방이나 칸살의 옆을 둘러막은 둘레의 벽을 말한

다. "바람벽에 돌 붙나 보지"라는 말은, 바람벽에 돌을 붙이려 하여도 붙지 아니한다는 뜻으로, 되지도 아니할 일이거나 오래 견디어 나가지 못할 일이면 아예 하지도 말라는 말이다. 그만치 바람벽은 튼튼한 벽이 아니다. 고종석에 의하면 바람벽은 다의어다. "바람벽은 바람을 막는 벽이라는 뜻이 아니다. 바람벽은 그저 벽이라는 뜻이다. 중세한국어로 '바람'은 벽을 뜻했다. 예컨대 『훈몽자회』는 壁(벽)의 새김을 '바람'이라 적고 있다. 그러니까 바람벽은 '벽벽'이자 '바람바람'인 셈이다. 뜻을 또렷이 하기 위한 겹침말이라 할 수 있다. 새김과 소리의 순서를 뒤바꾸긴 했지만, '족발'이라는 말도 이런 식으로 만들어졌다. (…중략…) 중세한국어에서 바람은 風과 壁의 뜻을 함께 지닌 동음이의어였다. 혹시, 바람(風)을 막는 구실을 한다 해서 벽을 바람(壁)이라 부르게 된 건 아닐까?"18) 속담을 보면 바람벽이란 외풍(外風)이 숭숭 드나드는 허술한 벽이다. 그래서 "바람벽에도 귀가 있다"고 했으니, 이 말은 외풍이 숭숭 통하듯이 몰래 한 말도 다 알게 된다는 뜻이다.

그런데 '흰 바람벽에 어쩐지 쓸쓸한것만이 오고간다'에서, 백색[白色, 흰] 이미지는 어떤 의미를 갖는가. 흔히 떠올리는 순결함의 이미지만을 백석 시도 갖고 있는가.

> 달같이 하이얗게 빛난다 / 언젠가 마을에서 수절과부 하나가 목을 매여 죽은 밤도 이러한 밤이었다(「흰 밤」에서)
> 수리취 땅버들의 하이얀 복이 서럽다(「쓸쓸한 길」에서)
> 불을 끈 방안에 횃대의 하이얀 곳이 멀리 추울 것 같이(「머루밤」에서)
> 흰밥도 가재미도 나도 나와 앉어서/쓸쓸한 저녁을 맞는다(「膳友辭」에서)

---

18) 고종석, 「바람벽-허깨비가 노는 스크린」, 『한국일보』, 2008.5.12.

눈은 푹푹 날리고 / 나는 혼자 쓸쓸히 앉어 소주를 마신다(「나와 나타샤와 흰 당나귀」에서)

인용시에서 볼 수 있듯이, 흰색 뒤에는 '목을 매여 죽은 밤', '서럽다', '춥다', '쓸쓸한', '쓸쓸히' 같은 정서와 이어지고 있다. 이처럼 백석은 흰색을 이용하여 서러움과 쓸쓸함의 정서를 표출했고, 이것은 이 시의 마지막 대목인 고결하여 "높고 쓸쓸"한 인생을 표현하기에 적합한 이미지였다.

이렇게 '흰 바람벽'이라는 표현 하나만으로도 독자의 영상(映像)적 상상력은 가동되기 시작한다. 극장의 하얀 스크린을 연상시키는 '흰 바람벽'을 통해 화자는 자신의 삶을 투영(投映)한다. 물론 동양의 시에서 하늘이나 흰 바람벽에 화자의 마음을 담은 작품을 백석이 처음 시도한 것은 아니다. 가령 시마자키 도손[島崎藤村, 1872~1943]의 작품이 그러하다.

누가 알까 꽃이 우거진(たれかしるらん花ちかき)
높은 누각에 나는 올라가(高樓われはのぼりゆき)
어지럽고 뜨거운 이 괴로움을(みだれて熱きくるしみを)
비추리라 흰 바람벽에(うつしいでけり白壁に)

침으로 쓰는 글씨이기에(唾にしるせし文字なれば)
남 모를 새 말라버렸네(ひとしれずこそ乾きけれ)
아아 흰 바람벽에(あゝあゝ白き白壁に)
내 슬픔 있네 눈물 있네(わがうれひありなみだあり)

― 시마자키 도손, 「흰 바람벽[白壁]」, 『若菜集』(陽堂刊 1897) 전문

소설가로도 유명한 시마자키 도손이 이 시를 발표한 때는 1897년이

다. 일본의 전통적인 7·5조이지만, 서구적인 세련미가 느껴지는 이 시가 실린 시집 『若菜集』은 당시는 물론이고 지금도 고전으로 읽히고 있다. '와카나(若菜)'는 봄나물을 뜻하는데, '봄나물 시집'이라고 번역되는 저 시집 한권으로 시마자키 도손은 일본 낭만주의의 도래를 알렸다. 이토록 유명한 시집을 백석이 읽었을 가망성이 있다. 그러나 '흰 바람벽'이라는 공통의 객관적 상관물이 나오고, 시름[愁]이나 슬픔[憂い]이 으로 번역되는 'うれひ'가 있지만, 그것만으로 백석 시가 이 시의 영향을 받았을 것이라는 단서는 충분치 않다. 시마자키 도손의 '흰 바람벽'은 달에게 마음을 투영시켰던 동양적 대상물이며 슬픔과 눈물로 끝나고, 백석의 '흰 바람벽'은 영상적인 스크린이며, "언제나 언제나 넘치는 사랑과 슬픔"으로 마무리 한다.

'흰 바람벽' 스크린을 통해 백석은 추레한 현실을 몽상으로 이겨낸다. 흰 바람벽은 화자의 과거에서 현재까지 삶의 조각들을 잇는 객관적 상관물이며, 성찰을 위한 거울이다. 시를 읽는 독자는 오랜 습관에 따라 시인이 하는 '흰 바람벽' 그림자 놀이에 동석(同席)하게 된다. 가장 중요한 것은 이 '흰 바람벽'을 통해 자기와 함께 하는 이웃이 있다는 것을 자각하고, 이방인에게서 오히려 무한대의 향유[19]를 받는 것이다.

이 시의 배경장소는 농촌이 아닐 것이다. 왕염려에 의하면 "중국 동북지역의 농촌 집은 '만주국' 시기뿐만 아니라 해방 이후에도 오랜 동안에 보통 황토벽에다 신문지나 노란 색 마분지를 붙인 것이 대부분인데 작품의 배경으로 나온 '흰 바람벽'은 찾기 힘들었다"[20]고 한다. 또

---

19) 엠마누엘 레비나스(Emmanuel Levinas, 강영안 옮김, 『시간과 타자』, 문예출판사, 1996)의 타자에 대한 무한책임의 윤리철학, 자크 데리다(Jacques Derrida, 남수인 옮김, 『환대에 대하여』, 동문선, 2004)는 이방인 '절대적 환대'의 가능성을 논하고 있다.
20) 王艶麗, 『백석의 '만주' 시편 연구-만주 체험을 중심으로』, 인하대학교 대학원, 2010.

한 백석이 신경에서 살던 주소지가 "舊市街 東三馬路 市營住宅 35번지
황씨집"(<자료 5>)에서 살다가, 이후에 이사간 곳도 같은 지역에 있는
국도의원(國道醫院) 1층에 살았다는 것을 볼 때, 이 작품의 배경이 되는
장소는 신경 시내일 가능성이 크다.

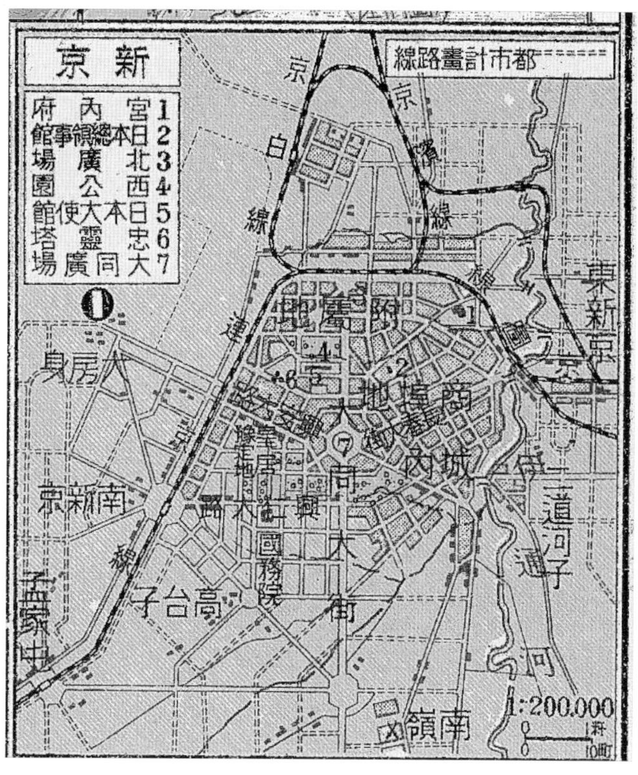


〈자료 5〉 백석은 중앙에서 오른쪽 상단부 2번 부근에서 살았다. 1942년 신경 지도.
〈世界飛び地領土硏究會〉(http://keropero888.hp.infoseek.co.jp/city/choshun03.html)

39면. 이 논문은 잘못된 백석의 연보를 바로 잡고, 시 「귀농」에 나오는 '백구둔'(白狗
屯)의 실제 위치를 현장 답사하여, 사실을 파악하는 등 현장 조사와 새로운 해석으로
이루어진 주목할 만한 논문이다.

> 이 흰 바람벽에
> 히미한 十五燭전등이 지치운 불빛을 내어던지고
> 때글은 다낡은 무명샷쯔가 어두운 그림자를 쉬이고
> 그리고 또 달디단 따끈한 감주나 한잔 먹고싶다고 생각하는 내 가지가
> 지 외로운
> 생각이 헤매인다.

'희미한 십오촉 전등', 15와트 전등[21]은 당시 화려한 도시 신경에 있던 호텔의 샹들리에 비하면 초라한 불빛이다. 그런데 여기서 아주 재미있는 것은 '십오촉'에 불과한 이 전등이 '지치운 불빛'을 던지는 그 대상이 '무명샤츠'라는 점이다. 그 하찮은 불빛 덕에 '때글은'(오래도록 땀과 때에 절은) 다 '낡은 무명샷쯔'가 어두운 그림자를 '쉬이고'(잠시 머물어 쉬게 하고) 있다는 표현은 이 시의 백미(白眉)다. 이 무명 샤쓰는 만주에서 제대로 뿌리 내리지 못하는 디아스포라의 신산(辛酸)함을 상징할 것이다. 그 고통을 위안할 것은 큰 빛이 아니라, 십오촉 전등처럼 보잘 것 없는 존재들인 것이다. 한없이 쓸쓸해진 화자는 십오촉처럼 위로가 되는 감주(식혜)를 먹고 싶은데 "그런데" 하며 흰 벽에 펼쳐지는 세 가지 영상을 보게 된다.

두 번째 영상(7~11행)은 '내 가난한 늙은 어머니'다. '그런데', 시인 앞에 '어머니'가 나타난다. 여기서 '그런데'는 '느닷없이' '갑자기'라는

---

21) 현재 시에서 15촉은 빈궁의 상징이다. "어둠이 눈에 익을 때는 / 희끗희끗 꿈틀거렸습니다. / 처음 밝힐 때는 / 15촉의 전등이었습니다. / 살아가는 모습을 처음 보았습니다. / 침침한 윤곽뿐이었습니다. / 30촉의 전등으로 바꿨습니다. / 비로소 얼굴을 보았습니다./ 어른대는 얼굴을 보았습니다. /(…중략…)/ 100촉의 전등으로 바꿨습니다./ 바닥이 드러나고 /(…중략…)/ 형광등으로 바꿨습니다. / 모두 하얗게 질렸습니다. / 하얗게 질려서 떨고 있습니다."(한광구, 「전등 바꾸기」) 그리고 "15촉 희미한 전등 밑에 가난한 늙은 어머니가 / 맑은 돋보기 너머로 / 아침 쌀의 뉘를 가려내고 있는 단칸방"(이광웅, 「바람의 암층(暗層)」에서)

뜻이다. 여기서 '어머니'는 삶의 기원에 대란 그리움이다. 디아스포라의 무의식에는 언제나 원초적 고향을 향한 그리움이 있다. 그래서 이렇게 '느닷없이' 원초적 대상, 추운 날 무며 배추를 씻는 어머니를 상상하곤 한다.

세 번째 영상(12~16행)은 '내 사랑하는 사람'다. '어머니'가 나오는 장면과 이어지는 '사랑하는 사람'이 나오는 장면은 그 연결이 자연스럽다. 내 사랑은 어느 먼 '앞대'(멀리 해변가) 조용한 '개포가'(강이나 내에 바닷물이 드나드는 곳)의 나즈막한 집에서 그의 지아비와 마조 앉아 대구국을 끓여놓고 저녁을 먹는다. 시적 화자는 추운 날 배추를 씻는 늙은 어머니와 아이를 옆에 끼고 지아비와 대구국을 먹는 여성을 흰 바람벽에 떠오른 상상 속에서 대비시키면서 자신의 운명에 체념하고 자기를 위로한다.

네 번째 영상(17~29행)은 '내 쓸쓸한 얼골'과 자막이다. "그런데 또 이즈막(이제까지에 이르는 가까운 때)하야 어늬 사이엔가"라는 표현은 독자를 몽상의 세계로 이끌어 간다. 영상만 있는 것이 아니라 스크린 위에는 자막(subtitle) 같은 글자도 지나간다. '흰 바람벽' 위로 지나가는 '글자들'은 영화의 마지막 장면에 나타나는 움직이는 글자들을 연상시킨다. 자막처럼 화자의 서럽고 외로운 마음들이 지나간다. "나는 이 세상에서 가난하고 외롭고 높고 쓸쓸하니 살아가도록 태어났다. 내 가슴은 너무도 많이 뜨거운 것으로 '호젓한'(무서운 느낌이 들 만큼 고요하고 쓸쓸하다 것으로) 사랑으로 슬픔으로 가득 찬다. 그리고 이번에는 나를 위로하는 듯이 나를 '울력'(여러 사람이 힘을 합하여 일함. 또는 그런 힘)하는 듯이 눈질을 하며 주먹질을 하며 이런 글자들이 지나간다." 이후 이어지는 이미지들은 쓸쓸하고 흩어진 삶을 사는 디아스포라의 형상들이다.

　여기서 우리는 형태상 연 구분이 안 되어 있는 「흰 바람벽이 있어」
에 내재적인 연 구분이 있으며, 그것은 영화의 시퀀스(sequence)와 비슷하
다는 것을 느끼게 된다. 시퀀스란 서로 연관된 여러 개의 씬(scene)으로
구성된 내용적인 단위로 소설에서는 장이나 시에서는 연과 비교할 수
있을 것이다. 이 시를 읽을 때 영화를 보는 듯한 느낌이 드는 이유는
'흰 바람벽'이라는 스크린이 있고, 시퀀스에 따라 내용이 구분되기 때
문이다. 그러니까 마치 영화를 보는 느낌이 드는, 영상 기법을 많이 이
용한 일종의 시네포엠(ciné-poème)이라 할 수 있겠다. 영화의 많은 기법
중에 특히 장면 전환을 이용한 몽타주 기법이 많이 연상된다. 몽타주는
"시간과 사건의 경과를 나타낼 때 사용하는 영상의 편집된 장면전환"22)
을 말한다. 그러면 독자의 심적 표상(mental representation)이 어떻게 구성
되는지 살펴보자.

| S# | 샷 | 흰바람벽 | 행 | 영상의 서사 | 심적 표상 |
|---|---|---|---|---|---|
| 1 |   | 씬1 | 1~6 | 관객인 화자 | 시인 백석 |
| 2 |   | 씬2 | 7~11 | 어머니 | 어머니 |

---

22) 루이스 자네티, 김진해 옮김, 『영화의 이해』, 현암사, 1999. 518면.

| 3 |  | 씬3 | 12~16 | 사랑하는 사람 | 어머니 |
|---|---|---|---|---|---|
| 4 |  | 자막씬1 | 17~23 | 가난하고 외롭고 높고 쓸쓸하지만, 사랑과 슬픔으로 가득 찬 화자<br>Nar 효과 가능 | 시인 백석 |
| 5 |  | 자막씬2<br>(초생달<br>~<br>릴케) | 24~29 | 초생달, 바구지꽃, 짝새, 당나귀, 프랑시쓰·잼, 陶淵明, 라이넬·마리아·릴케가 그러하듯이<br>Nar 효과 가능 | 겹치며 흘러가는 다양한 이미지 |

이렇게 보면 「흰 바람벽이 있어」가 영화의 문법으로 쉽게 각색(adaption)될 수 있다는 것을 확인할 수 있다. S#(scene number, 장면 번호)로 나누면 5개의 씬으로 나누어진다. 특히 5번 씬에서는 다양한 숏(shot, 2~10초 영상) 이미지를 흐르게 놓거나 시인의 얼굴과 몽타주적으로 병치해 놓아도 좋을 것이다. S#4,5는 자막과 함께 NAR(=narration)로 처리해도 좋을 것이다. 이 자막은 S# '나'의 내성적인 목소리다.

카메라는 객관적인 입장을 취하면서 클로즈업(1번), 미디어 쇼트(2, 3번), 자막입력(4, 5번), 몽타주 기법(5번)이 연상될 정도로 다양하게 움직이고 있다.

그런데 이 시가 복합적인 감정을 유발시키는 이유는 몽타주 기법23)

---

23) 몽타주[montage]는 원래 '조립(組立)하는 것'을 의미하는 프랑스어다. 프랑스의 무성영화(無聲映畵) 이론과 미국의 그리피스 등의 실험작품들을 세밀히 연구해서 이론을 체계화시킨 것은 러시아의 S.M.에이젠슈테인, 푸도프킨 등이다. 1920년 그들은 많은 논문과 저서를 발표해서 보급에 힘쓰는 동시에 자작 ≪전함 포템킨≫(1925, 에이젠슈타인) ≪어머니≫(1926, 푸도프킨) 등을 통하여 훌륭한 실천을 보여 주었다. '흡인

으로 보여주기도 하기 때문이다. 이 시는 단순히 병렬적으로만 읽히지 않는다. 영화는 촬영(撮影)되는 것이 아니라 '조립'되는 것, 다시 말해서 원래 따로따로 촬영된 필름의 단편(斷片)을 창조적으로 접합(接合)해서 현실과는 다른 영화적 시간과 영화적 공간을 만들어 거기에 새로운 현실을 구축하여 시각적 리듬과 심리적 감동을 자아내게 하는 데서 영화의 예술성이 성립된다고 보고 그 방법을 명확하게 하려는 이론이 몽타주 이론이다.

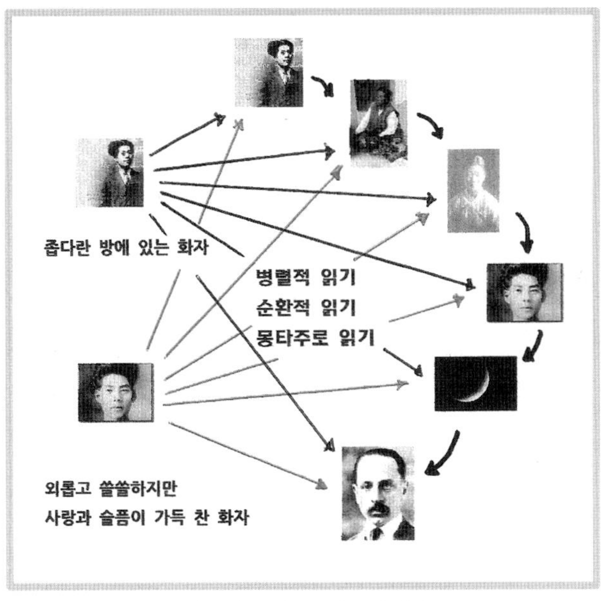


〈자료 6〉 몽타주 효과로 시 읽기

(吸引)의 몽타주' '상극(相剋)의 몽타주' 등 특히 에이젠슈테인의 개성적인 제창이 중요시되었고, 무성영화시대에는 이 이론이 전(全)영화이론의 골격을 이루었다. 유성영화로 넘어오는 변혁과정에서도 지도적 구실을 하게 된 것은 음(音)과 화면과의 고차적인 '조립'을 명시한 에이젠슈타인의 몽타주 이론(유성영화에 관한 선언)이었다. 수잔 헤이워드, 이영기 번역, 『영화 사전』, 한나래, 1997. 58~103면.

「흰 바람벽이 있어」를 읽을 때, 독자는 처음부터 끝까지 순서대로 병렬적으로 읽을 것이다. 씬(scene)1의 시인이 씬2, 씬3, 자막씬1, 자막씬2를 볼 수도 있다. 그런데 다시 읽게 되면 중간에 자막씬1에 등장하는 시인이 다시 씬1, 씬2, 씬3, 자막씬2를 볼 수 있는 복합 구조(<자료 6>)가 가능한 것이다.

몽타주를 연결 몽타주와 충돌 몽타주로 나누어 설명한다면, 연결 몽타주는 이미지들의 부가적인 덧붙임($A+B=AB$)인 반면에, 충돌 몽타주는 숏과 숏의 충돌에 의해 숏의 경계를 넘어선 새로운 차원의 이미지 생성($AXB=C$)[24]이라고 할 수 있다. 백석의 「흰 바람벽이 있어」가 어떤 효과를 일으킬지는 수용하는 독자에 따라 다를 것이지만, 연결 몽타주적인 효과가 일어나지 않을까 싶다.

이처럼 「흰 바람벽이 있어」는 '동일한 배우(시인)의 표정'이 바라보는 배열된 이미지에 따라, 본래 화자의 표정은 각기 다르게 느껴진다. 이렇게 보면, 이 시는 5개의 중심이 되는 이미지 씬(scene)를 중심으로, 이루어진 영상 이미지로 다가온다. 이 시는 인간이 갖고 있는 언어능력(language competence)과 영상능력(visual literacy competence)의 혼합을 통해 미적 만족감을 얻도록 장치되어 있는 것이다.


## 2-2) 백석 시의 모더니티와 영상미학

일본 유학을 끝내고 돌아온 백석이 1934년 8월 9~12일 「죠이쓰와 愛蘭文學」(『조선일보』)을 번역 소개했는데, 필자는 백석의 번역글을 분석

---

24) 허정아, 『트랜스 컬처를 향하여』, 연세대 출판부, 2006. 181면.

하면서, 백석이 아일랜드 작가의 모더니즘적 기법을 소개한 것이 아니라, 아일랜드 작가들이 가난한 지방과 그 지방의 사투리에 주목했던 시각을 소개했다는 것을 살펴보았다.[25) 아닌 게 아니라, 백석의 시집『사슴』은 그의 풍모와 달리 토속적 풍물을 재현하여 모더니스트 김기림을 놀라게 했다.

> 녹두빛 '더블부레스트'를 젖히고 寒帶의 바다의 물결을 연상시키는 검은 머리의 '웨이브'를 휘날리면서 광화문통 네거리를 건너가는 한 청년의 풍채는 나로 하여금 때때로 그 주위를 '몽·파르나스'로 환각시킨다. 그렇건마는 며칠 전 어느 날 오후에 그의 시집『사슴』을 받아들고는 외모와는 너무나 딴판인 그의 육체의 또 다른 비밀에 부딪쳤을 때 나의 놀램은 오히려 당황에 가까운 것이었다.[26)

김기림은 모던한 백석과 향토적인 시집 사이에서 당황한다. 모던 보이 백석이 지나치면 그 주변 공기마저 바꾸었던 모양이다. 백석이 있으면 그 주변은, 파리 남부, 센 강 왼쪽의 큰길가에 있는 번화가이며, 1920년대 에콜 드 파리의 중심이 된 곳으로 레스토랑, 카페, 극장 따위가 많은 몽파르나스(Montparnasse) 거리로 환각될 정도였다고 한다. 백석의 이러한 모습은 모던 도시 신경과 어울렸을 법 하다.

그런데 시집『사슴』에는 33편의 시를 읽어보면, 전혀 도시적인 특성이 보이지 않는다. 그래서 김기림은 외모와 시집이 "너무나 딴판"이라고 말한다. 그러나 그것이 과연 '딴판'이었을까. 백석의 반도시적 특성에 오히려 모더니즘적 요소가 있음을 간파한 이는 임화였다. 평안도 풍

---

25) 김응교, 「백석·일본·아일랜드 – 백석 연구(3)」, 위의 책.
26) 김기림, 「『사슴』을 안고」, 『조선일보』, 1936.1.29.

물을 집중해서 시로 형상화하는 백석의 태도에도 마찬가지로 의문을
걸 수 있다. 먼저 "월전(月前)에 간행된 백석씨의 시집 『사슴』 가운데 나
타는 향토적 서정시는 우리들에게 좋은 교훈을 준다"며 백석을 분석한
임화의 생각을 조금 길지만 인용한다.

> 『사슴』 가운데는 농촌 고유의 여러 가지 습속, 낡은 산림, 촌의 분위
> 기, 산길, 그윽(한) 골짝 등의 아름다운 정경이 시인의 고운 감수력을 가
> 지고 객관적으로 노래되고 있다. 백석 씨는 분명히 아름다운 감각과 정
> 서를 가진 시인이다. 더욱이 이 시인의 방언에 대한 고려와 그 시적 구
> 사는 전인미답(前人未踏)의 것이라 해도 과언은 아니리라.
>   그러나 우리들이 냉정하게 이지(理智)로 돌아갈 때 시집 『사슴』을 일
> 관한 시인의 정서는 그리 객관적인 태도에 불구하고 어디인지 공연히 표
> 시되지 않은 애상(哀傷)이 되어 흐르는 것을 느끼지 아니치는 못하리라.
>   그곳에는 생생한 생활의 노래는 없다. 오직 이제 막 소멸하려고 하는
> 과거적인 모든 것에 대한 끝없는 애수(哀愁) 그것에 대한 비가(悲歌)이다.
> 요컨대 현대화된 향토적 목가(牧歌)가 아닐까? 『사슴』의 작자가 시어상
> 에서 일반화되지 않은 특수한 방언을 선택한 것은 결코 작자 개인의 고
> 의(固意)나 단순한 취미도 아니다.
>   나는 이 야릇한 방언을 『사슴』 표현된 작자의 강렬한 민족적 과거에
> 의 애착이라 생각하고 있다. 이 난삽한 방언은 시집 『사슴』의 예술적 가
> 치를 의심할 것도 없이 저하시킨 것이라 믿으며, 내용으로서도 이 시들
> 은 보편성을 가진 전조선적인 문학과 원거리(遠距離)인 것이다.[27]

앞부분에서 임화는 시집 『사슴』을 '전인미답의 것'이라 평가하지만,
그저 '새로운 시도'라는 평일 뿐이지 "생생한 생활의 노래가 없"는 에
그조티즘(exoticism, 異國主義)에 지나지 않는다는 차가운 비평이다. 이러한

---

27) 임화, 「문학상의 지방주의 문제」, 『조광』, 1936.10. (『임화문학예술전집 평론1』, 신두
    원 책임편집, 소명출판, 2009. 719~720면 재인용)

지적은 그때나 지금의 백석에 대한 절대적 호평을 생각하면, 충격적이기까지 하다. 백석의 야릇한 방언은 '난삽한 방언'에 불과하며, 그것은 "예술적 가치를 저하시킨 것"이라고 지적하고, 조선적 보편성과도 떨어진다고 지적한다.

여기서 좀 더 입체적인 비평을 위해 백석이 태어나고 13년 뒤에 태어난 프란츠 파농의 시각과 비교해보자. 공교롭게도 아프리카의 신비적 샤머니즘을 작품에 나열하는 프랑스 유학을 다녀온 아프리카 작가들의 작품에 대해 파농은 "신화적이고 주술적인 분위기는 내게 두려움을 안겨주며, 그것은 명확한 현실의 형태를 취한다. 나를 두렵게 함으로써 그것은 나를 내 지역 내 부족의 전통과 역사 속에 통합시킨다. 또한 그것은 나를 안심시키고 마치 신분증명서처럼 내게 특정한 지위를 부여한다. 저개발국에서 그런 초자연적 분야는 전반적으로 주술이 지배하는 공동체에서 많이 볼 수 있다"[28]라고 쓴다. 이러한 언급은 네그리튀드(Negritude) 운동[29]을 주창하면서 아프리카의 주술적 종교를 절대화하는 프랑스 유학파 원주민 지식인들을 비판하는 것이다. 그들은 단순히 주술적인 내용을 작품에 담기 좋아한다는 것이다. 그것을 통해 공동체의 일원으로 안심한다는 것이다. 나아가 '이주자 지식인'의 시각에서 에그조티즘적 태도를 취하는 작가들의 작풍을 이렇게 비평한다.

그저 눈에 보이는 문화 유물 몇 가지를 아무렇게나 나열한다고 해서

---

28) Franz Omar Fanon, 남경태 번역, 『대지의 저주받은 사람들』, 그린비, 2004. 76~77면
29) '흑인성' 또는 '흑인다움'으로 번역되는 네그리튀드 운동은 1930~50년대에 파리에 살던 프랑스어권 아프리카와 카리브해 출신의 작가들인 애미 세자르(Aime Cesaire)와 레오폴드 세뇨르(Senghor)에 의해서 주창되었다. 이들은 프랑스의 식민통치와 동화정책에 저항하여 일으킨 문학운동이었다. ; Frantz Omar Fanon, 『검은 피부, 하얀 가면』(1952), 인간사랑, 1998. 157면.

> 식민주의가 부끄러워 안색을 붉히리라고 기대해서는 안 된다. 원주민 지
> 식인은 문화 유물을 만들어 내려고 애쓰지만, 실상 그 순간에 그는 자기
> 나라가 아닌 외부에서 차용한 낯선 기술과 언어를 이용하고 있다는 것을
> 알지 못한다. 그는 단지 그 도구들에 민족적이기를 바라는 검인을 찍는
> 데 만족한다. 그러나 그것으로 낯선 이국적 분위기를 제거할 수는 없다.
> 문화적 업적 덕분에 자기 민족에게 돌아온 원주민 지식인은 사실상 외국
> 인처럼 처신한다. 이따금 그는 서슴없이 사투리를 쓰면서 최대한 민중에
> 게 가까이 접근하려는 의지를 보이기도 한다. 그러나 그가 표현하는 생
> 각과 품고 있는 선입견은 조국의 사람들이 익히 아는 실제 상황과는 아
> 무런 공통의 요소가 없다.[30]

문화 유물을 나열하는 행위에 대한 경고다. 그리고 외부에서 차용한
낯선 기술과 언어를 이용하고 있다는 것을 알지 못한다는 지적은 임화
의 비평과 유사하다. 인용문에서 '그'나 '원주민 지식인'이란 단어에
'백석'을 넣어 읽으면 백석 시에 대한 생각이 전혀 달라진다. 토속성의
재발견에는 오리엔탈리즘이 개입될 수 있는 것이다. 식민지 이주민의
눈으로 식민지의 원주민 문화를 바로 보는 것이 아닌가 하는 혐의를 일
으키는 것이다. 토속적 풍물의 나열이나 "서슴없는 사투리"까지도 실제
상황과는 아무런 공통의 요소가 없다고 비판하는 파농의 자세는, 백석
의 『사슴』이 에그조티적이라고 비판한 임화의 자세와 비슷하다.

토속적인 단어만을 나열한다고 해서 민족적인 것이 아니라는 파농의
지적은 예리하다. 또한 토속적인 단어를 나열하는 것이 모더니즘과 반
대라고만은 할 수 없는 것이다. 특히 시에서 용언은 표준어로 쓰면서,
체언은 낯선 평안도 단어를 골라 나열하는 '내적 발상법'은 '낯설게 하
기'(defamiliarization)[31]를 추구하는 모더니즘적 연상법과 닮아 있다고도

---

30) Franz Omar Fanon, 남경태 번역, 『대지의 저주받은 사람들』, 253면.

할만 하다. "모더니스트 형식의 특징은 희극적인 것과 비극적인 것, 고상한 것과 조속한 것, 평범한 것과 이국적인 것, 익숙한 것과 낯선 것을 이상할 정도로 병치한 것"32)이기 때문이다. 가령, 백석이 평안도 방언을 쓸 때 용언은 표준어로 썼다는 사실은 그가 '죽어가는[死語化]' 방언의 운명을 알았다는 것이고, 그 반대로 체언은 평안도 사투리로 병치해서 쓴 자세에서 우리는 식민지적 모더니스트의 혐의를 느낄 수 있다. 혹자는 자유의식의 흐름대로 글을 썼던 제임스 조이스의 창작 방법론이 백석에게서도 보인다고 이들도 있다. 가령, 「모닥불」의 나열법을 "곳간에 마구 단어를 던져 놓는다"이라고 오장환은 비판했지만, 「모닥불」의 나열법은 비교적 계산되어 있다.33) 서북의 풍물을 시에 담아낸 백석의 시는 민족의식과 완전히 일치가 된 작품인가, 아니면 그저 지방문화를 관조적으로 유학 다녀온 눈으로 본 '에그조티즘의 문학'인가, 하는 질문의 답은 읽는이의 판단에 따라 나누어질 수도 있겠다. 임화의 시각에서 보았을 때 백석 시에 숨어 있는 '모더니즘적 혹은 에그조티즘적 요소'가 분명히 있다고 볼 수 있겠다.

그런데 시 「흰 바람벽이 있어」는 '에그조티즘적(=오리엔탈리즘적)인 모더니티'를 넘어, 이제 백석은 초기시의 이미지즘을 포함하여, 시에 영상 기법을 이용하여 '낯설게 하기'와 영상이라는 모더니즘적 기법이 표현된 시네포엠(ciné-poème)을 완성시킨 것이다.

---

31) 러시아 형식주의자인 빅토르 쉬클로프스키의 개념으로, 여러 기법을 이용하여 '지각의 자동화'로부터 대상을 일탈시키는 방식을 말한다. Victor Erlich, Russian formalism : history, Doctrine. New Haven, CT: Yale University Press, 1981.(박거용 번역, 『러시아 형식주의』, 문학과지성사, 1993. 제2부 참조)
32) Edward Said, 김성곤·정정호 번역, 『문화와 제국주의』, 창, 1995, 336면.
33) 김응교, 「백석 시 「모닥불」의 열거법 연구」, 한국문학연구학회, 『현대문학의 연구』, 2004.12.

백석이 시에 영상 기법을 이용할 수 있었던 몇 가지 배경을 살펴보자.

첫째, 백석의 아버지 백시박(白時璞)이 사진사였다는 사실이다. 1933년에 조선일보사를 사들인 계초 방응모 사장 덕에 백시박은 조선일보에 취직한다. 방응모 사장은 1883년 1월 3일 평안북도 정주군에서 태어났고, 백석의 아버지 백시박과는 같은 정주 출신 동향(同鄕)이었던 것[34]이다. 이후 백석은 『조선일보』를 통해 문단 데뷔를 하고, 1929년 『조선일보』 유학생이 되고, 귀국해서 『조선일보』 출판부 직원이 된다. 이 시기에 아버지가 『조선일보』의 사진 반장을 지냈다[35]는 기록을 볼 때, 백석이 아버지를 통해 사진이나 영상물을 접할 기회가 적지 않았을 것이다. 이야기 시를 쓸 때 대상과 철저하게 거리를 두는 백석의 '객관주의적 정신'도 이와 비견될 것이다. 백석의 시를 읽으면, 마치 스크린을 보는 듯이 이미지화된 대상을 거리를 두고 '보게'(읽고 있지만) 되는 것이다.

둘째, 백석이 일본 유학을 갔을 때, 모더니스트 중에 다케나카 이쿠[竹中郁]를 중심으로 한 영화시(시네포엠) 운동이 있었다는 사실을 참조할 수 있겠다. 일본 제1차 세계대전 후 유럽에서 새로운 문학 형태와 정신을 모색하는 총체적인 문예운동인 모더니즘 운동이 확산되었으며, 일본에서 그 주역을 담당한 것이 1928년에 창간된 계간지 『시와 시론(誌と詩論)』이다. 이 잡지가 제시한 모더니즘 시의 주된 내용을 정리하면, 니시와키 준자부로[西脇順三郎]와 우에다 도시오[上田敏雄]를 중심으로 한 초현실주의(쉬르레알리즘), 하루야마 유키오[春山行夫]와 기타조노 가쓰에[北園克衛江]의 일행시(一行詩)로 대표되는 단시(短詩)와 신산문시(新散文詩)운

---

34) 정효구 편저, 『백석』, 문학세계사, 1996, 172면.
35) 박혜숙, 『백석』, 건국대학교 출판부, 1995, 16면.

동과 다케나카 이쿠의 영화시와 미요시 다쓰지[三好達治]의 이미지즘 계열 등이었다. 다케나카 이쿠와 기타가와 후유히코의 시는 마치 영화를 보는 것과 같은 느낌을 주는 시네포엠의 형식을 취하고 있다. 이에 대한 비교 연구는 이후 과제로 남긴다.

### 2-3) '쓸쓸한' 디아스포라, 백석과 윤동주

1949년 9월, 백석은 창씨개명에 대한 거부감 등으로 직장을 나와 실업자가 되고 만다. 만주국 경제국의 하급공무원[36]이었던 백석은 직장에서 만족할 수 없었다. 만주국의 오족협화(五族協和)는 겉으로는 다문화주의(muticulturalism) 담론인 것처럼 보였으나, 사실은 주류민족(일본)과 비주류민족(조선인, 만주족)으로 서열화 되어 있었다. 주류는 비주류에 대해 우월감에 도취되어 있고, 비주류는 주류에 일방적으로 압도당해야 했다. 그런데 만주족이 볼 때 조선인은 일본인과 비슷한 주류로 보였건만, 일본인에게 조선인은 완전한 비주류였다. 양쪽에서 모두 차별받는 위치에서 백석은 어느 쪽에도 동화(同化)될 수 없었다. 그래서 "나는 이 세상에서 가난하고 외롭고 높고 쓸쓸하니 살아가도록 태어났다"고 규정한다. "살아왔었다"라는 과거형이 아닌 "살아가도록 태어났다"라며 자신의 삶을 주변인적 운명론으로 규정한다. 그러면서도,

---

36) 왕염려는 백석이 근무했던 만주국 총무청 인사에서 편찬된 『만주국 관리록』(1940~1941)에서 경제국에서 일한 3000여명 속에 백석의 이름이 없다는 것을 확인한다. "백석의 이름이 여기에 수록되지 않은 사실과 문관시험을 통한 것이 아니고, '친구의 소개'로 취직한 것을 보면 백석은 시보(試補) 중에도 가장 낮은 지위에 있었을 것으로 판단된다"고 쓰고 있다. 王艶麗, 위의 논문, 30면.

　　－하늘이 이 세상을 내일 적에 그가 가장 귀해하고 사랑하는 것들은
모두
　　가난하고 외롭고 높고 쓸쓸하니37) 그리고 언제나 넘치는 사랑과 슬픔
속에
　　살도록 만드신 것이다
　　초생달과 바구지꽃과 짝새와 당나귀가 그러하듯이
　　그리고 또 「프랑시쓰·쟴」과 陶淵明과 「라이넬·마리아·릴케」가 그
러하듯이

"언제나 사랑과 슬픔 속에" 산다는 표현은 자기위안에 가깝다. 나의
삶이 이렇게 슬프고 힘들고 가난하고 외로운 것은 바로 '하늘이 나를
귀하게 여기기 때문'이라며 자조하고 있는 것이다. 그리고 서른 살 나
이에 세상과 타협하지 못하고, 패배를 맛본 백석은 주변적인 대상들과
벗하는 호명(呼名)으로 시를 마무리 한다. 그리고 "'프랑시쓰 쟴'과 도연
명과 '라이넬 마리아 릴케'가 그러하듯이"라며, 스스로 위안이 될만한
인물을 나열한다. 이 대목은 우연의 일치로만 볼 수 없는 영향관계가
있다. 윤동주의 「별 헤는 밤」은 추억, 사랑, 쓸쓸함, 동경, 시, 어머니를
차례로 호명한 후 "벌서 애기 어머니 된 게집애들의 일홈과, 가난한 이
웃 사람들의 일홈과, 비둘기, 강아지, 토끼, 노새, 노루, '프랑시쓰 쟴'
'라이넬 마리아 릴케' 이런 시인들의 일홈을 불러봅니다"라고 썼다.
　　백석의 「흰 바람벽이 있어」과 윤동주의 「별 헤는 밤」은 너무 유사한
면이 많다.
　　첫째, 백석은 '흰 바람벽'을 스크린 삼아 인생을 논하는데, 윤동주는

---

37) 시인 안도현은 이 구절에 시집 제목을 붙여 시집 『외롭고 높고 쓸쓸한』(문학동네,
　　1994)을 낸다. 안도현 시에 미친 백석 시의 영향에 대해서는 미발표 졸고 「백석과
　　안도현, 영향론의 시학」이 있다.

‘계절을 지나가는’ ‘밤하늘’을 스크린으로 삼아 삶을 노래한다. 둘째, 백석은 어머니, 사랑하는 사람을 ‘흰 바람벽’을 통해 연상하는데, 윤동주는 어머니와 그리운 사람을 밤하늘의 ‘별’을 통해 호명한다.

> 별 하나에 추억과
> 별 하나에 사랑과
> 별 하나에 쓸쓸함과
> 별 하나에 동경과
> 별 하나에 시와
> 별 하나에 어머니, 어머니

셋째, 백석이 “‘프랑시쓰 쨈’과 ‘라이넬 마리아 릴케’”를 호명하면서 시를 마무리 하는 것과 같이 윤동주도 같은 대상을 호명한다.

> 어머님, 나는 별 하나에 아름다운 말 한마디씩 불러봅니다. 소학교 때 책상을 같이 했던 아이들의 이름과 佩, 鏡, 玉, 이런 異國少女들의 이름과 벌써 애기 어머니가 된 계집애들의 이름과 가난한 이웃사람들의 이름과 비둘기, 강아지, 토끼, 노새, 노루, 프랑시스 쟘, 라이넬 마리아 릴케 이런 시인들의 이름을 불러봅니다.

설명이 필요 없을 정도로 분명한 영향관계를 보여주고 있다. 백석이 『문장』 1941년 4월호에 발표한 「흰 바람벽이 있어」의 한 구절이, 1941년 11월에 쓴 것으로 기록되어 있는 윤동주의 「별 헤는 밤」의 한 구절과 비슷하다. 백석이 “가난하고 외롭고 높고 쓸쓸”한 마음과 윤동주의 “별 하나의 추억과 사랑과 쓸쓸함”을 논하는 정조는 매우 닮아 있다. 아닌게 아니라, 윤동주가 1935년 봄 평양 숭실중학교로 옮길 때, “이즈음 白石詩集 『사슴』이 出刊되었으나, 百部 限定版인 이 책을 求할 길이 없어 圖書室에서 진종일을 걸려 正字로 베껴내고야 말았습니다"[38]라는 증언을 보아도 알 수 있다. 윤동주는 백석의 시집 『사슴』을 보고 놀라운 반응을 보였다. 윤동주는 백석 시집 『사슴』을 필사하면서 시 여백에 "생각할 작품이다", "그림 같다", "좋은 구절이다"라는 메모를 남기기도 했다.[39]

그런데 윤동주와 달리 백석은 중국 시인 도연명을 언급하고 있다. 중국 한시에 대한 백석의 교양은 비단 신경으로 가서 갑자기 생긴 것은 아니다. 일본 아오야마가쿠인[靑山學院]에서 영어사범과를 다니던 시절에도 백석은 부지런히 한시를 공부했다[40]고 알려져 있다. 백석이 들었던 수강과목을 분석해보면 "1학년 과정에서는 한문과목을 모두 60시간 이상 수강해야" 했고 "이 과정에서 백석은 중국의 이백(李白)과 두보(杜甫)의 시 정신을 경험할 수 있었고 노장사상에 대한 남다른 관심을 가졌을 것"이라고 추정되고 있다. 시 「杜甫나 李白같이」에서는 "넷날 杜甫나 李白 같은 이나라의 詩人"도 라는 말이 4번 등장한다. 특히 '도연명'(陶淵明, 365~427)에 대한 인용이 여러 편에서 나타난다. 백석의 시 「호박꽃초롱—서시」, 「흰 바람벽이 있어」, 「수박씨, 호박씨」, 「조당에서」, 「귀농」 등에서 도연명의 흔적이 나타난다.

어진 사람이 많은 나라에서는

---


38) 윤일주, 「先伯의 生涯」, 『하늘과 바람과 별과 詩』, 정음사, 1955. 209~210면.

39) 왕신영·심원섭·오오무라 마스오·윤인석 엮음, 『윤동주 자필 시고전집』, 민음사, 1999, 166쪽. 이 책 194~196면.

40) 특기사항에 '미식축구'라고 적혀 있는 것도 이채롭다. 「한시를 배운 시인 백석의 日 유학생활」, 『연합뉴스』, 2010.03.18.

五斗米를 벌이고 버드나무아래로 돌아온 사람도
그 넓차개에 수박씨 닦은 것은 호박씨 닦은 것은 있었을것이다

– 「수박씨, 호박씨」, 『인문평론』 9호. 1940.6.


　도연명이란 이름은 나오지 않으나, 여기서 '어진 사람'은 도연명을 말한다. 얼마 안 되는 봉급인 다섯 말의 쌀 '오두미(五斗米)' 때문에 허리를 굽힐 수 없다며 도연명은 집으로 돌아와 다섯 그루의 '버드나무'를 심었다고 한다. 그래서 『고문진보』11장의 「오류선생전(五柳先生傳)」에서는, 도연명에 대해 "집 주변에 버드나무 다섯 그루가 있었으니, 그것으로 호(號)를 삼았다. 한가롭고 조용하여 말이 적었으며, 명예나 실리를 바라지 않았다. (…중략…) 방은 좁아 쓸쓸하고 조용하였으며, 바람과 햇빛을 가리지도 못했고, (…중략…) 가난하고 천함을 근심하지 않으셨고, 부하고 귀한 것을 애쓰지 않으셨다"[41]는 서술되어 있다. 그리 풍족치 못한 가정에서 자란 도연명은 29세 때 처음 관직으로 미관말직인 주(州)의 좨주(祭酒)가 되었지만 곧 사임하고, 세파에 시달리며 한직에 머물다 41세에 늘 그리던 전원생활로 돌아갔다. 이때 사임사로 발표한 도연명의 「귀거래사(歸去來辭)」의 전원정신이 백석의 시 「귀농」(『조광』7권 4호. 1941.4)에서도 발견된다. 명예를 멀리하고 좁은 방에서 쓸쓸하게 지냈던 도연명의 삶은, '좁다란 방'에서 가난하고 외로웠지만 '높은 것'을 지향했던 백석의 삶과 너무도 유사한 것이다.


　서로 나라가 다른 사람인데

---

41) 원문 "先生, 不知何許人, 亦不詳其姓字, 宅邊有五柳樹, 因以爲號焉, 閑靖少言, 不慕榮利, (…중략…) 環堵蕭然, 不蔽風日 (…중략…) 不戚戚於貧賤, 不汲汲於富貴" 「오류선생전 (五柳先生傳)」, 『古文珍寶』(Ⅲ), 명지대학교 출판부, 1979. 704면.

다들 쪽 발가벗고 같이 물에 몸을 녹히고 있는 것은

대대로 조상도 서로 모르고 말도 제가끔 틀리고 먹고 입는 것도 모도
다른데

이렇게 발가들 벗고 한물에 몸을 씻는 것은

생각하면 쓸쓸한 일이다

이 딴 나라 사람들이 모두 이마들이 번번하니 넓고 눈은 컴컴하니 흐
리고

그리고 길즛한 다리에 모두 민숭민숭하니 다리털이 없는 것이

이것이 나는 왜 자꼬 슬퍼지는 것일까

그런데 저기 나무판장에 반쯤 나가 누워서

<u>나주볕을 한없이 바라보며 혼자 무엇을 즐기는 듯한 목이 긴 사람은</u>

<u>도연명은 저러한 사람이었을 것이고</u>

(…중략…)

내가 좋아하는 사람들을 만나는 것만 같다

이리하야 어쩐지 내 마음은 갑자기 반가워지나

그러나 나는 조금 무서웁고 외로워진다

그런데 참으로 그 은이며 상이며 월이며 위며…… 이 후손들은

얼마나 마음이 한가하고 게으른가

(…중략…)

<u>그러나 나라가 서로 다른 사람들이</u>

<u>글쎄 어린 아이들도 아닌데 쪽발가벗고 있는 것은</u>

<u>어쩐지 조금 우수웁기도 하다.</u>

— 백석, 「조당(藻塘)에서」

국제도시 신경에서 백석에서 다인종 사회의 '쓸쓸한 타자'들이 함께
목욕하는 허름한 옛날 공중목욕탕(藻塘, 짜오탕)을 묘사한다. 만주국에서
오족협화 이념을 선전하고 있던 상황에, 벌거벗은 상태에 서로 완전히
하나가 될 수 없는 마음을 그린 이 시는 각기 다른 디아스포라의 쓸쓸

함을 표현하고 있다.

'나주볕'(저녁 햇살)을 한없이 바라보는, 목이 긴 중국인을 마주하고는 도연명(陶淵明)을 떠올린다. 도연명의 「귀거래사(歸去來辭)」를 보면 "때로는 고개 들어 먼 곳을 바라본다 / 무심한 구름은 산골짝을 돌아 나오고 / 날다 지친 저 새는 둥지로 돌아온다 / 해는 뉘엿뉘엿 넘어가려 하는데 / 외로운 소나무 쓰다듬으며 홀로 서성거린다"[42]라는 구절이 나온다. 뉘엿뉘엿 넘어가는 나주볕을 보는 중국인을 보며, 도연명

1934년, 한자, 로마자, 키릴 문자가 써 있는 신경역 간판, 신경은 국제도시였다.

을 떠올리는 백석은 "내가 좋아하는 사람들을 만나는 것만" 같아 호감을 느끼고 반가운 마음을 가지다가도 "조금 무섭고 외로워진다". 그네들과 함께 목욕하는 것이 "쓸쓸한 일"이 되는 것은 그 자신이 그들과 함께 할 수 없는 이방인으로서의 거리가 존재하기 때문이다.

그런데 이 시에는 디아스포라의 쓸쓸함만 있는 것이 아니다. 그가 보는 타자(중국인)에게는 쓸쓸함이 없다. 오히려 그네들의 방약무인함, 자아도취의 모습만이 보일 뿐이다. "어쩐지 조금 우수웁기도 하다"는 구절은, 서로 이질적인 것들이 난립, 혼재하고 있음에도 이른바 오족협화를 들먹이는 만주국의 허구성을 비판하는 구절로 읽을 여지도 남기고 있다.

---

42) "時矯首而遐觀 / 雲無心以出岫 / 鳥倦飛而知還 / 景翳翳以將入 / 撫孤松而盤桓" – 陶淵明, 「歸去來辭」, 『古文珍寶』(Ⅰ), 명지대학교 출판부, 1979. 40~41면.

도연명과 백석은 중심에 적응할 수 없었던 쓸쓸한 주변인(周邊人, the marginal)이었다. 에서 "어쩐지 쓸쓸한것만이 오고간다"(「흰 바람벽이 있어」)는 도연명과 백석에게 모두 통하는 표현이다. 그런데 도연명에게서 느끼는 백석의 감정은 단순히 쓸쓸함만은 아니다. 그것은 "그 드물다는 굳고 정한 갈매나무라는 나무"(「남신의주 유동 박시봉방」)를 도연명에게서 발견한 것이 아닐까.

윤동주는 백석의 시에서 디아스포라적 정체성을 발견했다. 물론 백석과 윤동주의 디아스포라적 정체성은 시각이 다르다. 백석의 시에 영향을 받은 윤동주는 "어머님/그리고 당신은 멀리 북간도에 계십니다"라는 표현을 써놓는다. 그 자신이 이제 일본으로 유학을 떠날 즈음에, 그는 멀리 북간도에 계신 어머니와 더욱 멀리 헤어지는 것을 안타까워 했던 것이다. 백석이 갈매나무와 같은 도연명을 연상하며 궁핍과 함께 했다면, 윤동주는 "그러나 겨울이 지나고 나의 별에도 봄이 오면 / 무덤 위에 파란 잔디가 피어나듯이 / 내 이름자 묻힌 언덕 위에도 / 자랑처럼 풀이 무성할" 내일을 꿈꾸며 절망의 시대를 넘으려 했다.

## 3. '경계'의 시 : 결론

첫째, 이 글을 통해서 우리는 신경이 백석의 삶에 차지하는 위치를 살펴 보았다. 그리고 백석을 단순히 간도 유이민 시 계통과 동일시 할 수 없다는 것을 확인했다.

둘째, 「흰 바람벽이 있어」는 이야기시이지만 '말하기'(telling)보다는 영화식 '보여주기'(showing)로 이미지를 조합한 시네포임의 성격을 갖고 있다는 것, 시의 구성적 원리가 영화의 구성적 원리와 관련을 맺고 있다는 것을 확인했다.

셋째, 백석의 초기시에는 '오리엔탈리즘적 모더니티'의 혐의가 짙으나, 「흰 바람벽이 있어」는 영상적 모더니티가 제대로 드러나고 있음을 확인했다.

넷째, 백석과 윤동주 시의 유사성을 비교했고, 특히 도연명에 대한 백석의 인식을 통해 디아스포라에 대한 그들의 상황을 살펴 보았다.

결론적으로 「흰 바람벽이 있어」는 신경에서 경계인(境界人)으로 존재했기에 쓸쓸한 디아스포라의 복합적인 문제를 영상미학으로 담아낸 데 역작이다. 이 시에서 백석은 경계인으로서 '사이'의 미학을 여실히 보여주고 있다. 모더니티와 리얼리티의 '사이', 쓸쓸함과 비판성의 '사이', 응축미와 확산미의 '사이'를 보여준다.

'사이'의 미학을 통해 이 시는 기존의 상투적인 유이민시와는 전혀 다른 미적 실험을 보여주고 있다. 이 시를 썼던 서른 살의 백석은 패배적인 나날을 지냈을 것이다. 그러나 그의 쓸쓸함은 이후 독자에게 위로로 전해졌고, 백석은 한국문학사에서 결코 패배하지 않았다.

# 제 3 부

# 한민족 디아스포라와 현대성

# 마종기 시에 나타난
# 경계인 의식과 죽음 의식

구명숙 숙명여자대학교 한국어문학부 교수

## 1. 머리말

마종기는 1939년 1월 17일 일본 도쿄에서 아동문학가 마해송과 이화여대 무용과 교수였던 박외선의 장남으로 태어났다. 그 후 1944년 가족이 모두 귀국해 개성에서 살게 되었으며 개성의 만월국민학교에 입학하여 다니다가 1947년 다시 서울 종로구 명륜동으로 이사하는 바람에 혜화국민학교 3학년에 편입한다. 1950년 한국전쟁이 발발하자 피난을 간 마산의 월영국민학교에 편입하여 거기서 초등학교를 졸업하게 된다. 그리고 서울중학교 2학년 때 평생 피붙이처럼 깊은 우정을 쌓아가는 시인 황동규를 만난다. 그는 안정된 가정에서 서울중·고등학교를 졸업하고 연세대 의대를 졸업한 후 서울대 의대 대학원을 거쳐 1966년 미국으로 건너간다. 외국에서 태어나 고국에서 성장한 마종기는 본래 정치학이나 사회학을 공부하고 싶어 했는데 그것은 정치를 하기 위해서가 아니라 신문기자가 되고 싶었기 때문이라고 한다. 그런데 우연한 기회에 지인의 권고를 받고 특차로 연세대 의대에 지원하여 합격하였고, 그를 계기로 훌륭한 의사가 되겠다는 결심을 하며, 그는 오기를 갖고 의학공부를 열심히 하는 한편 문학에 대한 열정도 한결같았다.

시인 마종기

마종기는 1959년 『현대문학』에 「해부학교실」이 추천되면서 문단에 나온 이래 꾸준히 쉬지 않고 12권[1]의 시집을 펴냈다. 그는 미국 땅에서 실력 있는 의사로 일하면서 부지런히 한국어로 시를 쓰는 디아스포라 시인으로 널리 알려져 있다. 의사라는 직업에 밀착한 병원 소재의 시들에서 이미 일가를 이루었을 뿐 아니라 아버지 마해송의 감성을 물려받

---

1) 마종기는 지금까지 『조용한 凱旋』(1960), 『두 번째 겨울』(1965), 『변경의 꽃』(1976), 『안 보이는 사랑의 나라』(1980), 『모여서 사는 것이 어디 갈대뿐이랴』(1986), 『그 나라 하늘 빛』(1991), 『이슬의 눈』(1997), 『새들의 꿈에서는 나무 냄새가 난다』(2002), 『우리는 서로 부르고 있는 것일까』(2006), 『하늘의 맨살』(2010) 등 열권의 개인 시집과 황동규·김영태와 함께 낸 공동 시집 『평균율』 1, 2집을 펴냈다. 1991년에는 『이슬의 눈』까지의 시들을 정리한 시 전집이 간행되었다.

은 순수 서정으로 아름다운 한국어 시의 전범을 보여주었다는 정평이 있다. 이국적인 풍광과 이민 부르주아의 문화를 향수하면서도 고국의 하늘과 돌과 같은 자연을 그리워하며 머나먼 이국생활에서 줄곧 모국어로 시를 써온 독특한 시인이다.

누구든지 두 개의 일상을 잘 견디면서 모국어로 시를 쓴다는 것이 결코 쉬운 일은 아니었을 것이다. 그럼에도 불구하고 마종기는 고국의 역사적 질곡, 낙후된 정치·경제 현실을 외면하지 않고 지식인의 양심과 시인의 감성을 넘나들면서 50년 성상을 꾸준히 시적 열정으로 채워 왔다.[2] 마종기가 자신의 존재의미를 시에서 찾고 진심을 다하여 시를 쓰면서 살아왔지만 고국에 대한 끝없는 그리움과 외로움, 미국과 한국 두 나라 사이에 걸쳐있는 경계인 의식 속에서 방황하는 아픔과 고뇌가 작품들 속에 겹겹이 서려 있음을 알 수 있다. 중심을 벗어나 변경에 놓여 있는 흔들리는 상황과 그 경계를 뛰어넘어버리거나 헐어버리지 못하는 두 개의 일상 속에서 마주하는 고통을 견디어내는 일 역시 쉽지 않았던 것으로 보인다.

마종기의 시세계는 지금까지 주로 그의 '생애사'를 중심으로 연구되어 왔으며, 시 해설 및 평론이 다각도로 펼쳐져 있고 본격적인 연구는 미흡한 편이다. 석사학위논문으로는 어조를 중심으로 고찰한 이승은[3]의 '마종기 시 연구'가 있다. 최종환[4]의 기독교 죄의식의 심리학적 연구로서 윤동주, 김종삼, 마종기의 시를 대상으로 연구한 박사학위논문

---

2) 장이지, 「변경의 고독과 구원에 대해-마종기 시의 지형과 지향」, 『열린 시학』, 고요아침, 2008, 65-66쪽 참조.
3) 이승은, 「마종기시 연구-어조를 중심으로」, 연세대학교 대학원 석사논문, 1999.
4) 최종환, 「현대시에 나타난 기독교 죄의식의 심리학적 연구-윤동주, 김종삼, 마종기의 시를 중심으로-」, 경희대학교 대학원 박사학위논문, 2003.

이 나와 있다. 이 논문에서 마종기에 관한 부분은 주로 과거의 모국을 응시하면서 미국에서 현재를 살아가는 실존사이에서 드러내는 시인의 갈등과 죄의식을 기독교적 세계관과 '변경의식'이라는 관점에서 심도 있게 다루었다.[5]

그리고 마종기 시의 '초월성'에 대해 논의 하고 있다.[6] 그는 이 논문에서 마종기 시에 발현된 초월성을 미국의 현실적 생활에서 발생하는 어두운 내면으로부터의 초월이라고 보고, 그 초월의 에네르기가 시작되는 시점에서 '경계인 의식'을 보인 시집『안보이는 사랑의 나라』를 분석해보이고 있다.[7] 또한 정효구는 마종기 시에 나타난 이민자 의식을 체계적으로 분석하여 정리하였다.[8] 그는 마종기의 시에 나타난 외국인 의식, 민족의식, 망명자 의식, 도망자 의식, 소수민 의식 등 다양한 양상을 파악해보이며 이민자들이 가질 수 있는 보편적인 의식을 드러내는데, 이는 그가 지식인으로서 고국에 대해 가지는 부채감 내지 책임감 때문에 생긴 것이라고 밝히고 있다.[9]

한편 평론의 차원에서는 마종기 시의 '경계인 의식'이나 '유랑민 의식'에 관한 논의가 비교적 활발히 전개되어 왔다고 볼 수 있다. 여기서 주로 논의되어 온 것은 미국생활의 문제, 부유함, 친족론, 따뜻함, 부드러움과 다정다감, 시의 수필성, 종교성과 죄의식, 다른 문화예술과의 관련성 등이다.

---

5) 최종환, 위의 글, 173-237쪽 참조.
6) 최종환, 「馬鍾基 詩에 발현된 초월성의 비평적 고찰-'안보이는 사랑의 나라'와 '이슬의 눈'을 중심으로-」, 경희대학교 대학원『고황논집』제30집, 2001. 33-49쪽.
7) 최종환, 위의 글, 35쪽. 참조
8) 정효구, 「마종기 시에 나타난 移民者 의식」,『人文學志』제19호, 충북대학교 인문학연구소, 2000, 35-68쪽. 참조
9) 정효구, 위의 글, 67쪽.

정과리는 마종기의 종교성과 관련하여 천주교 입문과정과 초월성의 문제, 죄의식의 근원과 극복할 과제에 대하여 문제를 제기하고 있다.[10] 또한 그는 『마종기 깊이 읽기』에서 '마종기 시인이 미국으로 건너가서 이민자로서 고통을 받고 죄의식을 극복하기 위하여 초월성에 기대어 극복하고자 했으며, 그 죄의식은 소외된 사람들의 삶에 다가가지 못하는 자신의 사치스러운 삶을 반성하는 과정에서 일어나는 것'이라고 보았다. 특히 이러한 마종기 시의 내면세계를 김현은 "유랑민의 꿈"[11], 성민엽은 "중산층의 휴머니즘"[12] 등으로 평하였다.

마종기는 '의사와 시인이라는 힘든 두 가지 일을 성공적으로 해낸 유일한 한국인'이라고 평가하기도 하지만,[13] 1960년대 황동규 등과 함께 했던 <평균율> 동인 활동 이외에는 두드러진 시사적 족적을 남긴 바 없다는 평가도 있다.[14] 그러나 미국이라는 이국땅에서 의사로서 한국어로 많은 시를 남긴 것은 한국문단에 큰 공헌을 하였다고 볼 수 있다.

본고에서는 마종기의 시에 나타난 경계인 의식과 죽음 의식을 중심으로 그의 초월적 시세계의 양상을 살펴보고자 한다.


## 2. 두 개의 일상과 경계인 의식

마종기는 자의반 타의반 미국으로 건너가서 40여 년을 살게 되었다.

---

10) 마종기 외, 『마종기 깊이 읽기』, 문학과 지성사, 1999, 21-37쪽, 81-94쪽.
11) 마종기 외, 위의 책, 131-141쪽.
12) 마종기 외, 위의 책, 142-148쪽.
13) 마종기 외, 위의 책, 304-307쪽.
14) 최종환, 앞의 글, 10쪽.

1965년 공군사관학교 의무대 진료부장으로 근무 중, "재경 문인 한일 회담 반대서명"에 참여한 것이 군 인사법 94조에 위반되어 공군 방첩대에 체포되었고, 심문 및 고문을 받은 후, 여의도 공군 유치감에서 10일간 구류에 처해졌다. 지인의 도움으로 공소유예로 풀려났지만 그때의 상처와 두려움은 그를 곧바로 타지로 내몰게 한 것이나 다름없다. 그는 세월이 흐른 뒤에도 잊지 않고 그 당시의 일을 「섬」이라는 시에서 생생하게 노래하고 있는 것이다. "그해 여름에는 여의도에 홍수가 터졌다./.../나는 지하 3호실에서 문초를 받았다./군 인사법 94조가 아직도 있는지 모르지만/조서를 쓰던 분은 말이 거세고 손이 컸다.//.../곰팡이 냄새 심하던 철창의 감방은 좁고 무더웠다./보리밥 한 덩어리 받아먹고 배 아파하며/집총한 군인의 시끄러운 취침 점호를 받으면서도/깊은 밤이 되면 감방을 탈출하는 꿈을 꾸었다./시끄러운 물새도 없고 꽃도 피지 않는 섬." 그에게 고국은 그렇게 두렵고 무서운 상처의 못으로 박혀 있기도 한 것이다. 그 다음 해인 1966년, 공군 군의관 만기 명예 제대를 하고 곧바로 미국으로 건너간 것도 구속에서의 탈출을 꿈꾸었던 것과 무관하지 않다고 본다. 도미 후 얼마 안 되어 부친이 사망했으나 그는 부친의 사망 소식을 접하고도 귀국하지 못한다. 초기에 그만큼 그곳 미국에서의 정착이 어려웠음을 뜻하며 동시에 정착하기 위한 굳은 의지의 면모를 읽을 수 있는 대목이기도 하다.

사실 미국에서의 첫 몇 해는 내가 약소국에서 온 가난한 나라 백성이라는 것을 매일 실감하며 한숨을 쉬며 이를 갈며 살던 시절이었다.[15]

---

15) 마종기, 『당신을 부르며 살았다』, 2010, 48쪽.

자유를 찾아 미국으로 건너갔지만 자유를 누리기 전에 먼저 가난한 소수민족에 대한 차별의 서러움이 느껴졌음을 짐작하게 한다. '약소국에서 온 가난한 나라 백성'임을 실감하게 하는 이민국가에서 그 극복을 위해 이를 갈며 살았다는 고백이 바로 그 의미가 아니겠는가.

고향을 떠난 타향살이는 누구에게나 외롭고 쓸쓸하고 고향에 대한 그리움으로 방황하는 경우가 많다. 향수병으로 제대로 정착되기까지는 많은 어려움을 겪게 될 수밖에 없다. 더구나 이곳은 "내 조국이 아니다"라는 마음의 경계를 그어놓고 새롭게 발붙인 땅에서 고국의 익숙한 관습과 문화를 지키며 살아간다면 현지 적응은 물론 그 나라 문화에 동화되어가기가 매우 어려울 것이다. 마종기는 고국의 살림을 완전히 정리하여 미국으로 이민을 떠난 것이 아니라 첫째, 무서운 조국을 벗어나 자유를 찾아 떠난 것이고, 둘째는 더 나은 자신의 미래를 위해 가능성이 더 많은 곳을 선택해간 것일 뿐, 아예 미국 땅에서 영구 정착할 의도가 없었다. 그렇기 때문에 처음부터 고국을 잊지 않으려고 애쓰는 모습이 그의 시 편들 속에서도 자주 드러난다.

그가 처음부터 그 나라를 타향으로 생각하지 않고 자신의 삶의 새로운 땅, 또는 "정들면 내 고향"이라는 열린 의식으로 살아갔다면 그의 일상과 경계인 의식은 또 다른 형태로 나타났을 것이다. 그리고 그의 시 역시 다른 모습으로 태어났을 것으로 추측할 수 있다.

마종기는 그의 일상을 통해 보더라도 의사로서의 생활과 시인으로서의 삶, 그 두 가지 일을 병행하며, 또한 영어와 한국어 두 가지 언어생활을 전개해 나간다. 즉 두 개의 나라에서 몸과 정신이 각각 따로 활보하고 있는 것이다.

나는 많은 이민자들이 그렇듯 수십 년 동안 두 개의 다른 나라에서 내 삶을 살았다. 비록 몸은 외국에 있어도 집에서는 모국어를 사용했고 잠꼬대도 모국어로 했고 꿈도 대부분 모국이 배경이었다. 글도 모국어를 더 많이 사용했고 도대체 의식의 체계 자체가 모두 모국식이었다. 내 생활은 이렇게 두 나라의 살림이었고 두 개의 일상은 오랫동안 계속되었다. 그러면서 나는 두 나라가 모두 편안하지 않았다. 내가 자꾸 외계인 같다는 생각이 들었고 어디에 세워놓아도 풍각쟁이나 희극배우 혹은 패배자 같이만 생각되었다. 나는 점점 더 혼자가 되어갔고, 그건 꽤나 참담한 느낌이었다. 그때 나는 20대 청년이었지만 50대는 된 듯 생각이 많았고 늘 머리가 무거운 느낌을 가지고 살았다.16)

가족도, 이웃도, 그 아무도 관심을 보이지 않는 외국의 하루, 혼자 목소리를 낮추어 새로 만들어 본 시 한 줄을 가만히 읽어보고, 내가 좋아하는 한국 시인의 시도 정성껏 읽어본다. 그리고 그 시에서 우러나오는 빛나고 뿌리 깊은 기쁨을 혼자 은밀히 즐긴다. 그런 기쁨 역시 아무의 것도 아니 바로 나 혼자의 것, 그래서 나 혼자의 승리라는 것을 느끼며 나는 오늘도 그 뿌듯한 마음을 즐긴다.17)

위에서 길게 인용해 보여준 마종기의 산문을 통해서도 잘 알 수 있듯이, 마종기 시인은 철저히 이중생활을 하면서 한국인과 미국인의 경계인적 성격을 스스로 형성해 가고 있었음을 알 수 있다. 집밖에서는 미국말로 미국인들의 생활양식을 따르며 지내고, 집안에서는 온전히 한국어를 구사하며 한국식으로 생활하며 좋은 한국시를 읽고 흐뭇해하고, 한국어로 아름다운 서정을 길어 올려 밤새 시를 쓰고 지우고 고뇌하는 한국인 그 자체로 행복하게 머물러 있는 것이다. 거기에는 여러 가지

---

16) 마종기, 위의 책, 48-49쪽.
17) 마종기, 위의 책, 8쪽.

까닭이 있지만 여기서는 논의를 줄이고, 그의 두 개의 일상과 경계인 의식을 자세히 살펴보기로 한다.

마종기는 두 나라 살림에 두 개의 일상을 지탱하는 일이 편안하지 않다고 고백한다. 그러나 두 개의 일상은 그가 한국어로 생각하고 시를 쓰는 한 피할 수 없는 일이기도 하다. 두 개의 생활양식과 언어생활, 게다가 시를 창작하는 일은 그가 존재하는 가장 큰 이유와 의미가 되고 있기 때문에 경계인으로 서 있으면서 그 심정을 호소하는 것이 당연하다고 하겠다. 그것은 '경계인적 실존'과 '상실 의식', '그리움'의 정서 등일 것이다. 그의 의식은 거의 모국식에 젖어 있는 편이지만, 두 개의 일상을 영위해 가자니 두 나라가 모두 편안하지 않고 자신이 외계인, 풍각쟁이, 희극배우, 패배자 같다고 고백하고 있다. 어디에도 속하지 못하는 그 자신이 누구인가를 성찰하며 자기 정체성을 의심한다. 이는 어디이든 똑바로 서기를 갈망하는 내면의 소리라고 이해 할 수 있다. 이쪽도 저쪽도 아닌 그러한 경계에 서고 보니 점점 소외되어 혼자가 되어가고 외로움 속에 참담한 느낌을 갖게 되기에 이른다.

그는 자신에게 아무도 관심을 보이지 않는다고 느끼지만 다른 디아스포라들과는 다르게 그에게는 시가 있었다. 낯선 땅에서 그의 유일한 즐거움과 기쁨은 혼자서 조용히 시를 짓고 시를 읽는 것이다. 그러면 마종기에게 시는 무엇인가? 그것은 그의 사랑하는 고국이 될 수 있다고 해도 지나치지 않을 것이다. 시는 그에게 고국의 정서를 흠뻑 안겨주고 마음껏 투정하고 어리광을 피우는 따뜻한 세계가 되어주는 특별한 시공간인 것이다. 그는 적어도 한국어로 시를 쓰고 읽는 동안 창조의 기쁨과 그리움을 잠재워 주는 안정감을 되찾을 수 있었던 것으로 여겨진다.

마종기가 '안 보이는 사랑의 나라'를 욕망하는 것은 그가 처한 현실이 비극적 의식이 발현되는 공간으로서의 '변경'이기 때문이다. 시인은 그 변경에 거하는 자신을 '외지의 새'(『변경의 꽃』)로 묘사한다.[18] 미국과 한국의 변경에 몸을 둔 채 모국의 기억을 놓지 않으려는 불안한 경계의식, 그리고 이미 존재하지 않는 과거의 따스한 '명륜동'의 자리로 회귀하려는 '불가능한 욕망'속에서 그의 고통은 발생한다. 그 비현실적 욕망은 시집 『안 보이는 사랑의 나라』에 "자라지 않는 사랑의 풀을 위해 어둡고 긴 내면의 길을 핥"(「그림그리기」)는 행위로 나타난다. 시인의 회원 공간인 '안 보이는 사랑의 나라'는 물론 과거의 모국, 고향의 은유이다. 그에게 적어도 고향은 따뜻한 땅, 아버지와 어머니, 육친들과 고향의 벗들로 이어지는 시인 마종기의 전존재를 '그'이게 하는 요인들이기 때문이다.[19]

실제로 그가 외국에서 모국을 향해 시를 써왔으며 그의 정신이 끝없이 '변경'을 헤매고 '바람'이나 '새', '물'의 형상으로 표랑을 계속해 왔다는 것은 이미 널리 알려져 있다. 그는 "외국어와 모국어를 섞어 떠들며"(「이상한 고별사」) 온전히 한국인이 될 수도 없고 온전히 미국인이 될 수도 없는 정신의 점이지대를 떠돌 수밖에 없었다. 그 점이지대의, 변경의 시작이 고국과 타국의 어두운 면을 더 객관적으로 포착하게 하는 날카로운 지성으로 단련되었다는 데 마종기 시의 한 특성이 있다.[20] "우리는 지금도,/ 끝없는 移住民이었구나."(「나도 꽃으로 서서」)라고 허탈하게

---

18) 이 같은 경향은 그의 시적 역정 전반에 걸쳐 혼재되어 나타나지만, 굳이 분명히 짚어 보자면 전자의 경우는 『모여서 사는 것이 어디 갈대들뿐이랴』(1986)에 후자는 『이슬의 눈』(1997)에 농후하게 담겨 있다.
19) 마종기 외, 앞의 책, 229쪽.
20) 장이지, 앞의 글, 72쪽.

탄식하는 구절에서 고향을 떠난 이주민이었음을 깨닫고 있는 것이다. 그러나 그 고향마저도, 살얼음 속에 떨고 있다. 그것은 고향, 즉 존재, 실재에 대한 동경과 귀의의 노래 그것이 아닐까?

"나도 한 가지 꽃으로 서서/ 기꺼이 흔들려 보노라면"에서 보듯이 시인이 고향을 향하여 불안한 「흔들림」을 선택한 것, 그것은 정착의 안주보다는 그것을 위해 오히려 헤매는 존재이기를 원했던 때문으로 보인다.21)


마종기의 사회적 관심은 『변경의 꽃』(1976)과 그 이전부터의 경계인 의식이 고국의 사회적 모순 상황, 이를테면 분단 모순에 대한 비판 의식으로 심화된 결과라고 할 수 있다.


변경의 내막은
아직도 아픔이다.
만날 수 없는 망설임이
모두 깃발이 되어
높은 성루에서 계속
꺾이고 있었다.

우리들 몸 안에서 끝나는
열성 인자의 사랑.
아프지 않고는 아무도
불탈 수 없다.

-「변경의 꽃」 부분

---

21) 손문수, 「馬鍾基詩研究－콤프렉스와 이미지 分析에 의한 存在意志의 탐색을 中心으로－」, 『한성어문학』, 한성대학교 한성어문학회, 1982, 166쪽.

이 시에서 마종기는 떠돌이의 삶을, 중심에 가 닿지 못하고 변경을 헤매는 넋을 자학적으로 '열성 인자의 사랑'이라고 표현하고 있다. 그러나 그 자학은 단순히 자학으로만 끝나지는 않는다. 마종기는 그 표랑의 아픔, 고통이 아니고는 사랑의 진정성도 있을 수 없음을, 사랑으로 불탈 수 없음을 강조한다. 변경에서 벗어나기를 바라지만 아직도 변경은 아픔으로 지속되고 변경을 넘어서려는 의지의 깃발은 도달할 수 없는 높은 벽인 것이다. 깃발이 성루에서 계속 꺾이고 있음은 그 좌절을 의미한다. "우리들 몸 안에서 끝나는/열성 인자의 사랑,/ 아프지 않고는 아무도 /불탈 수 없다." 몸 밖으로 표출할 수 없는 고독감은 아픔이 없이는 치유될 수 없다고 노래한다. 이는 시인이 경계인으로서의 촉수를 뻗으며 경계인적 삶의 체험에서 얻은 귀결로 파악된다.

장이지가 지적한 것처럼 「무너지는 새」(『그 나라 하늘빛』)의 "혼자 있구나"라고 탄식하는 그 고독감이야말로 마종기 시의 경계인 의식에 새로운 모티프를 제시해 주는 것 같다. 그의 '변경', 그의 유랑, 그의 이민이 정복자 유목민의 越境보다는 유배와 유형을 연상시키는 것도 그 떨칠 수 없는 고독감 때문이다.[22]

① 친구도 나라도 아무것도 없다

-「편지2 - 동규에게」 부분

② (외국은 잠시 여행에 빛나고
　이삼년 공부하기 알맞지
　십 년이 넘으면 외국은
　참으로 우습고 황량하구나.)　　　　　　-「나비의 꿈」 부분

---

22) 장이지, 앞의 글, 74쪽 참조.

③ 외국에서 오래 손님처럼 살다 보면
　　다음날 고국에서 들리는 소식까지 부드럽다.
　　한 이십 년 물 위에 기름처럼 살다 보면
　　어지러워진다. 기름처럼 가벼워진다.

－「밤 노래1」 부분

마종기는 외국인 의식을 품고 살아가는 것이다. 인용 시 ①에서처럼 그는 미국의 밤거리에서 나라도 잃고 민족도 잃어 홀로 남은 자처럼 탄식한다. 친구도 나라도 잊어버렸나? 혹은 중간지대에 걸쳐 있기에 없는 것이나 다를 바가 없는 것인가 생각하게 한다. ②에서는 외국이란 곳은 오래 살 곳이 못 된다는 확신을 말하고 있다. 뿌리를 그대로 둔 채 잠시 여행으로 스쳐 다니는 것이 좋은 것이고, 이삼년 공부할 목적으로 머무는 것이 바람직하다는 시인이 살면서 체험하고 느낀 외국에서의 생활을 솔직하게 털어놓는다. 외국생활을 오래하는 것은 우습고 황량하다는 부정적 표현은 뿌리 뽑히고 절대 오래 살 곳이 아니라는 강한 메시지로 들린다. ③에서는 외국에서 그 나라 사람이 되지 못 하고 오래 손님처럼 머물러 지내는 삶은 어지럽고 가벼운 삶이 된다고 표출한다. 그곳에서 잘 어울리지 못하여 물 위에 떠있는 기름 같이 융화되지도 못 하고 따로 따로 떠도는 방랑자의 삶에 불과하다고 쓸쓸해한다.[23] 그가 여러 시편들에서 경계인의 고독감이나 허망함을 보여주는 바와 같이, 그의 산문 「의사로도, 시인으로도」와 「시의 진실과 진실한 시」(『마종기 깊이 읽기』)에서 보면 어물어물 경계인으로 머물고 있는 사정을 다음과 같이 밝히고 있다.

---

23) 정효구, 「마종기 시에 나타난 移民者 의식」, 『人文學志』, 충북대학교 인문학연구소, 2000, 38-39쪽 참조.

① 무서운 고국에서는 내가 별로 필요한 존재가 안 되는 것 같았다. 물론 오래 전의 감방 생활의 기억도 나를 위축시켰다.[24]

② 경제적으로도 학문적으로도 미국에서는 더 이상의 것을 찾을 수 없을 정도의 만족으로 하루하루의 일과를 이어갔다. [25]

③ 대학 때까지는 생각도 하지 않던 외국 생활을 30년씩 하고 앉아 있는 몰골도 다 성격 탓일 것이다.[26]

④ 그러나 내가 긴 시간을 고국에서 살기 위해서는 은퇴라는 방법밖에 없다는 것을 알게 되었습니다.[27]

그가 밝힌 이유는 무서운 고국에서는 자신을 필요로 하지 않고 인정도 해주지 않는다는 인식과 잠시 수감되었던 상처가 아직도 기억에 남아 있기 때문이다. 즉 조국에 대한 부정적 인식이 시인의 마음 밑바닥에 깔려 있는 것이 하나의 이유이다. 반면에 미국에서의 생활은 학문적, 경제적으로 크게 만족하고 있다는 것이다. 미국생활이 만족스럽다는 시인은 디아스포라로서 무엇이 문제가 될까? ②에서 보면 그가 원하는 것은 다 이루어진 것 같다. 그런데 왜 경계인 의식을 버리지 못하고 혼란스러운 생활을 계속하고 있는지 의문을 갖게 된다. 그의 시에서는 그의 나라, 고향에 대한 그리움과 외지에서 홀로 외로워하는 고독을 호소하여 그가 그토록 그리는 고국으로 다시 돌아오지 못하는 형편을 두루 밝히며 한편 우유부단한 자신의 성격 탓도 있다고 한다. 그가 밝힌 이유는 자신의 우유부단한 성격 탓도 있지만 미국으로 이민 온 동생들을 돌보아야 하고, 직장에서 은퇴한 후 미국 아들 곁으로 이민 온 어머니를

24) 마종기 외, 앞의 책, 60쪽.
25) 마종기 외, 위의 책, 63쪽.
26) 마종기 외, 위의 책, 65쪽.
27) 마종기 외, 위의 책, 36쪽.

봉양해야 되기 때문이라는 것이다.

그리고 미국에서의 의사생활이 경제적으로나 명예로나 꽤 만족스러 웠다는 것이다. 경제적인 여유, 직업으로서의 긍지, 이러한 충분한 이유 가 있기에 그의 오매불망하는 마음과는 달리 영구귀국을 쉽게 성취할 수가 없었다고 한다. 다시 고국에 돌아가서 오래 사는 방법은 미국에서 직장을 그만 두고 은퇴를 하는 방법이 있다는 것을 깨닫는다. 가진 것 을 다 포기하고 놓으면 가능해 진다는 비움의 충만함을 말하고 있는 것 이다. 어찌 보면 타국에서 누릴 수 있는 모든 것을 다 버려도 고국에서 살아가는 것만큼 귀하지 않다는 것, 고국의 품에서 모국어로 촉촉한 감 성을 시로 꽃 피우는 것이 그의 영혼의 자유함을 얻는 것이라는 데에 도달한 것이다.

아빠, 무섭지 않아?
아냐, 어두워.
인제 어디 갈 거야?
가봐야지.
아주 못 보는 건 아니지?
아
니. 가끔 만날 거야.
이렇게 어두운 데서만?
아니. 밝은 데서도 볼 거다.
아빠는 아빠 나라로 갈 거야?
아무래도 그쪽이 내게는 정답지.
여기서는 재미없었어?
재미도 있었지.

근데 왜 가려고?

아무래도 쓸쓸할 것 같애.
죽어두 쓸쓸한 게 있어?
마찬가지야. 어두워.
내 집도 자동차도 없는 나라가 좋아?
아빠 나라니까.
나라야 많은데 나라가 뭐가 중요해?

(……)

그것뿐이야?
친구도 있으니까.
지금도 아빠를 기억하는 친구 있을까?
없어도 친구가 있으니까.
기억도 못 해주는 친구는 뭐 해?
내가 사랑하니까.

-「3.대화」 부분

자네는 내 말을 잘못 알아들었군.
나는 고국의 비싼 땅에 묻히려는 게 아니고
그 나라 푸른 하늘 속에 묻히고 싶다는 말일세.
고국에 비가 오면 나도 같이 젖어서 놀고
비 그치고 무지개 피면 나도 무지개를 타겠지
그 나라 하늘빛에 묻히고 싶다는 말일세.
또 언젠가 깨어나서 그 하늘 한쪽이 된다면
고국의 산천은 언제나 눈앞에 서 있지 않겠는가.
더 이상 사무치지 않아도 되지 않겠는가.
그런데 참, 선생은 그 나라 하늘빛을 아시는가.

-「그 나라 하늘빛」 부분

마종기는 고국이 어떠한 상황에 처한다 해도 함께 있고 싶고 끝내는 고국 땅에 영원히 잠들거나 쉬고 싶은 소망을 놓지 않는다. 살아갈 자신이 없는 무서운 나라, 그러나 죽도록 그리운 나라, 죽어서 묻히고 싶은 사무치는 나라에 항상 머리를 두고 있었다. 마종기 시인은 몸은 자유와 풍요의 나라에 정신은 가난하지만 그립고 사랑하는 고국에 둔 채 평생을 두 개의 일상 속에서 경계인으로 서 있었다. 그러나 반쯤 발을 담근 미국의 일상에 대해서는 시 작품으로 거의 말하지 않고 있는 부분이 아쉬운 대목이다. 한국과 미국, 두 개의 일상을 유지하면서 경계인으로서 무조건적인 고국사랑과 그리움을 노래하지만 미국에서의 중산층 생활에 대해서는 의미를 두지 않는 듯 물 위에 기름처럼 간혹 떠돌고 있을 뿐이다. 시인의 의식 속에 그 땅에서의 삶은 안정되고 편안하지만 육체적 정착뿐이고 정신은 두고 온 고국에 그대로 떠돌고 있었던 것으로 이해된다.

## 3. 자유, 그리고 초월적 죽음 의식

마종기가 고국을 떠나 미국행을 선택한 이유는 자유를 향한 풍요로운 세계, 자유로운 삶을 지향하였기 때문이며 거기에는 그의 인생 새 출발의 의미가 크다고 하겠다. 자유를 찾아 고국을 멀리 떠나게 된 데에는 정치적, 사회적 이유도 들어 있었지만, 직접적인 원인은 20대 젊은 나이의 마종기에게는 무엇보다도 수감으로 인한 마음의 상처와 구속감이 직접적인 원인이 되었던 것 같다. 그의 도미행에는 그러한 상처를 벗어나려는 의지와 자유의 세계를 지향하는 미래의 꿈이 함께 내재돼 있었던 것이다. 정효구에 의하면 마종기의 도미행이 충분한 이유가 있었음에도 불구하고 마종기는 고국에 대한 엄청난 부채의식을 갖고 있었다고 한다. 그의 마음 한 곁에는 가난한 조국을 버리고 한 개인의 이기적 욕망을 위하여 떠난 것이 아닌가 하는 자괴감이 항상 남아있다는 것이다. 결국 그를 사로잡고 있는 의식 가운데 하나는 그가 조국인 한국의 궁핍상을 모른 척하고 부강한 나라, 미국으로 도피해 온 것처럼 느껴진다는 것이다.[28]

마종기는 "나는 미국에 온 후 15년 만에 처음으로 내가 미국에 살고 있다는 것이 부끄럽고 미안하다는 생각이 들었다. 고통에 동참하지 못하는 내가 비겁하다는 생각도 들었다."[29]라고 털어놓는다. 그것은 어려운 조국을 떠나 자신만이 미국에서 편안하게 호의호식하는 게 아닌가 하는 자책감이 들었기 때문이라 볼 수 있다. 이는 그가 어려운 시대의 지식인이자 의사임에도 불구하고 조국에 직접적으로 도움이 되는 삶을 살지 않았다는 데서 기인한다. 그리고 조국의 여러 어려운 상황과 고통에 동참하지 않고 멀리 떨어져 마음으로만 함께할 뿐 실제로는 구경만 하는 처지가 되었기 때문이라 하겠다. 자유를 찾아 간 땅에서 정작 자유를 향유하지 못하는 자책감과 경계인으로서의 자기반성을 작품 속에 솔직하게 드러내고 있다.

앞서 언급한 바와 같이, 마종기의 시에 초월성을 유도하는 근원적 자리가 안온한 유년이 살아 숨쉬는 '명륜동'의 공간임은 누구라도 부인하

---

28) 정효구, 앞의 글, 55쪽 참조.
29) 마종기 외, 앞의 책, 62쪽.

기 어렵다. 다시 말해 그가 누렸던 과거 모국에서의 기쁨과 행복이 시인의 현재를 반추하고 초월할 수 있게 하는 근원적 에네르기가 되는 것이다.[30)]

> 아빠가 사랑하는 나라가 보여?/ 등불이 있으니까./ 그래도 멀어서 안 보이는데? 등불이 있으니까……(略)…. 밤새 내리던 눈이 드디어 그쳤다. 나는 다시 길을 떠난다. 오래 전 고국을 떠난 이후 쌓이고 쌓인 눈으로 내 발자국 하나도 식별할 수 없는 천지지만 맹물이 되어 쓰러지기 전에 길을 떠난다.
>
> ─「안 보이는 사랑의 나라─옥저의 삼베」 부분

이 같은 고국에 대한 절망은 생의 황혼기로 넘어가면서 그에게 미국-한국의 중간이라는 경계조차도 상실하게 만든다. 미국 생활에서의 자기 환멸과 슬픔은 후기 시 「차고 뜨겁고 어두운 것」(『이슬의 눈』)에서 형체도 없는 '파도소리'로 변해버린다. 불타던 모국 갈망 또한 그 '파도소리' 속으로 섞어 버린다. 바로 이러한 면이 마종기 시의 초월의식의 변모를 보여주는 '전환점'으로 특별한 주목이 요구된다.

> 신경쓰지 않아도 되는 자유로움 때문에 미국을 선택한 나는, 자유를 얻은 대가로 내 언어의 생명과 마음의 빛과 안정의 땅을 다 잃어버렸다.-내게도 안정의 땅과 마음의 빛이 있었을까.
>
> 인구 7만의 수도 레이커빅에도 한국 식당이 있었다. 화산과 빙산에 싸인 섬에서 김선생님 댁은 김치찌개를 끓이면서 말했다. 우리만일까요 뭐.

---

30) 최종환, 「마종기 시에 발현된 초월성의 비평적 성찰」, 『고황논집』, 경희대학교 대학원, 2002, 36쪽 참조.

모두가 다 그렇게 사는 것이겠지요. 무엇이건 오래 그리워하면 그게 다
사방 바다로 밀려나가 한정 없이 저런 파도 소리를 만들어낸대요.

-「차고 뜨겁고 어두운 것」부분

마종기의 말대로 "생명과 마음의 빛과 안정의 땅을 다 잃어버렸다"
는 것은 인생 전체를 다 잃은 것일 것이다. 고국에서 그냥 살 수도 있
었던 것인데, 자유를 선택했기 때문에 역설적으로 참 자유를 잃어버린
결론에 도달하게 된다.

그리고 그에 응하는 '새로운 초월'의 자리를 욕망시킨다. 더 이상 그
리워해야 할 장소가 남아있지 않다는 상실감, 『변경의 꽃』이후에 '부성'
과 '모성'이 얼굴로 다가왔던 기억은 후기 시로 접어들며 종교적 힘으
로 '전이(轉移)'되기 시작한다. 그 '변경 지역'을 '지상'이라는 한 지평으
로 아우르며 고통 받은 모든 인간 존재들의 슬픔을 씻어주는 '사제(司
祭)'로 화하기 시작한다.31) 고국에 대한 사랑은 「일시 귀국」이나 「전화」
(『변경의 꽃』)같은 시에서 사랑하는 대상인 '너'의 부재로 더 애틋해지고
이루어질 수 없는 사랑에 대한 고통으로 심화되어 나타난다. 그 해소되
지 않는 고통으로 헤매는 공간이 바로 '변경'이다. 그곳에서 '꽃'은 씨
를 맺기도 전에 바람에 날린다.32) 그에게 가치 있는 삶의 이법을 제시
해 줄 수 있는 '유토피아'가 아니라는 깨달음이 그의 모국어 시 작업에
새로운 전기를 마련케 해준 것으로 판단된다. 후기시의 그것은 그를 한
평생 따라다녔던 고국 욕망을 비워내는 과정과 연결되어 있다.

마종기의 마지막 항해는 지상에 거하는 무수한 타자들과 천상적 평

---

31) 최종환, 앞의 글, 45쪽. 참조.
32) 장이지, 앞의 글, 73쪽.

화를 나눌 수 있는 물길로 접어들었다. 특히 『이슬의 눈』에 와서는 친혈육인 동생 종훈의 죽음에 대한 애절한 응시가 두드러지며, 그와 관련된 '미국인들의 죽음'(「게이의 남편」)에 대한 깊은 관심과 동정이 깔려 있다. 그 같은 용서는 지상의 존재자들에 대한 박애(博愛), 기독교적 휴머니즘으로 나타난다.33) 그 같은 타자에 대한 사랑은 초기 「해부학교실」(『조용한 凱旋』)에서부터 보여 왔던 생명사상이 개화되는 지점이기도 하다.

> 사람이 죽는 순간 21그램의 몸무게가 줄어든단다. (……) 그러면 그 21그램은
> 생명의 무게도 될까. 죽는 순간에 몸을 떠나는 생명, 몸을 떠나는 무게.
>
> (……)
> 사랑이든 생명이든 영혼이든
> 죽은 사람의 몸에서 풀려나
> 공간을 자유롭게 떠다니는 무게여.
> (……)
> 사랑이든 생명이든 영혼이든
> 한번쯤 혼자가 된 너를 만나고 싶다.
> 혼자 있는 시간도 만나고 싶다.
> 눈썹 긴 야생의 노란 들꽃들,
> 나이 들어 마디마디 아픈 두 손을 가리고
> 이제 알겠다, 왜 저 꽃이 흐느끼고 있는지
> 바람 같은 형상으로 스쳐가는 것 보며
> 아쉬운 한기로 왜 고개 숙이는지.
>
> ─「잡담 길들이기 8」 부분

---

33) 최종환, 앞의 글, 46쪽 참조.

장이지의 지적처럼 마종기에게 '죽음'은 시신의 물질성을 외면하지 않고 의학적인 죽음 확인의 순간으로 응축되었다. 「그 나라 하늘빛」에서 고국은 이미 유형의 땅덩어리나 특정의 국적이 아니라 고국의 하늘빛과 같은 그리움임이 새삼 내세워진 것이다.[34]

마종기의 시는 죽음의 절망에 함몰되지 않고, 감상에 젖어들지 않는다. 죽음은 신성하고, 죽음 후에 남겨진 사람들 역시 그 살아 있음으로 해서 신성하다. 죽음과 삶이 하나로 인식되면서 초월성을 보인다. 외롭게 변경을 떠돌던 마종기의 시는 죽음을 초월하면서 비로소 그의 시세계의 경계인 의식을 뛰어넘게 되고, 따듯한 공감과 깊은 사유의 공간을 사유의 공간을 제공하고 있는 것이다.

> 나는 오랜 불면 끝에 가위눌린 잠이 들면 꿈에는 죽은 친구를 만나서 반갑고, 골목길 술집에서 같이 찬 술을 들이켜다 잠이 깨면 아직 남아 있는 뼈아픈 숙취, 막막한 높이의 폭설. 내가 몇 해 만에 인천에 갔을 때도 바닷물이 내게 와서 말해주었지, 친구여 소리 없는 시간에 도착하여 잔잔히 녹아주어라.
>
> -「비망록 3」 부분

> 사람이여, 그리웁고 사랑스러운 사람이여. 망자의 사지에 힘주던 핏물로써 네 눈을 이제 기억할 수는 없다. 어느 날 우리의 복강에서도 이름 모를 산꽃이 피고 변형된 생애가 다시 푸릇푸릇 자라면, 그때서야 현세의 散難한 바람을 다스려 우리는 보리라. 산골짜기 냇물 속에서 만나리라, 사람이여.
>
> -「證例 2」 부분

> 그러니 수장시켜다오.

---

34) 장이지, 앞의 글, 75쪽.

외국에서는 말고 이번만은 한국의 바다에서,
동해나 황해나 남해나 아무데나
그러나 너무 멀리는 말고 해안선 가까이에,
내 한 세상의 여행도 결국은 그랬지만
방향 잃은 늙은 목선의 어스름 저녁,
황혼이 잔잔한 바다에 머리 부딪히며 다시 울 때
부끄러움도 무지함도 감추지 않은 용사의 죽음처럼.

-「水 葬—「風葬」의 동규에게, 외국에서」 부분

마종기의 시집 『모여서 사는 것이 어디 갈대들뿐이랴』(1986)의 「한강」,
「수장」 등에 나타난 고국 욕망의 물과는 성향을 달리하고 있다. 신성한
"물과의 접촉은 그동안 분별해 왔고, 그로 인해 고통 받았던 지상의 경
계들을 뛰어넘어 무화시킨다. 그 '하나 됨'의 인식은 그동안 욕망해 왔
던 모국이 결국은 지금 발붙이고 있는 땅임을 깨닫는 시적 아이러니를
부른다. 그의 후기의 시편들은 한국과 미국, 그리고 변경이라는 이질적
지역들을 포용하고 죽음을 초월하며 무한히 확장되는 새 세계로 나아가
고 있다. 초기 시부터 『그 나라 하늘빛』까지를 움직였던 디아스포라로
서의 '변경 의식'에서 빚어진 고통이 주류를 이루었다면, 『이슬의 눈』에
와서 그것은 삶과 죽음을 하나로 보며 초월하는 경지에 이르게 된다.


2. 고잉 홈

고잉 홈
(너 몰랐지? 여기서는 관에다가
고잉 홈이라는 말을 많이 새겨넣는구나.)
네가 누울 관을 고르면서

줄줄이 늘어선 관을 공연히 어루만지면서
자꾸 읽게 된다. 고잉 홈.
그래, 너도 결국 집에 가는 거구나.

(……)
잘 있어, 형.
나는 집에 돌아가는 거래.
너무 보고 싶어하지 마, 형.
네 쓸쓸하게 빈 목소리,
여기저기서 기막히게 들린다.

―「동생을 위한 弔詩―외국에서 변을 당한 壎에게」 부분

6. 있는 것이 안 보이는

네가 잠들고 싶은 곳은 너무 멀어서
외국 땅에 너를 묻고 이를 물지만
땅이야 뭐 다를 리가 없겠지
질소와 탄소와 뭐 그런 것들―
그러나 어째서 너가 땅만이겠느냐.
너는 죽고 나는 아직 살아 있다지만
너는 웃고 있겠지, 나를 놀리면서
형, 사실은 네가 죽고 내가 산거야.
그렇지, 그렇게 유리창같이 환하게
너는 그쪽에서, 나는 이쪽에서
산 것과 죽은 것이 서로 보이는구나.
없는 것이 보이는 무지개같이
있는 것이 안 보이는 네 혼백같이―

―「동생을 위한 弔詩―외국에서 변을 당한 壎에게」 부분

디아스포라의 허망한 죽음을 놓고 고잉 홈, 집에 돌아가는 길이라고 위로한다. "너무 보고 싶어하지 마, 형." 이 구절은 동생의 형에 대한 안타까운 배려이며, 죽은 동생이 참을 수 없이 그립고 보고 싶다는 절규로 들린다. 보고 싶어 할 때 만나주지 못해 쓸쓸하고 허전한 동생의 마음은 "땅이야 뭐 다를 리가 없겠지" 이국땅에 동생을 묻기 싫지만 나라는 달라도 땅속은 다름이 없을 것이라고 땅에 대한 안심을 해보는 형의 마음과 닿아있다. 그것이 과연 위안이 될 것인가. 죽은 동생을 더 세심하게 살피는 슬픔, 산자가 죽은 자보다 더 큰 고통임을 느끼게 한다. "없는 것이 보이는 무지개같이/ 있는 것이 안 보이는 네 혼백같이—" 드디어 존재와 무無, 있고 없고, 저승과 이승이 다 동일하며 하나라는 생각에 이르게 된다.

마종기는 "문학은 희망적이고 평화를 지향해야 합니다."35)라고 말한다. '희망'과 '평화'는 마종기가 일상의 삶에서 실천하고 확대해 나아가고자 하는 덕목이다. 죽음도 용서를 통해 평화롭게 받아들이고 새 생명의 희망을 바라보는 무경계의 초월성을 통해 그는 마침내 참자유를 찾은 것이다.


## 4. 맺음말

시력 50여 년의 마종기의 시세계는 '경계인(境界人)'적 운명에 처한 슬픔이 그의 시의 핵심을 이루며 그의 문학의 창조적 힘임을 알 수 있다.

---

35) 마종기 외, 앞의 책, 35쪽.

그의 시 작품들은 독자들의 많은 관심 속에서 주목을 받고 있지만 그에 대한 연구는 아직 본격적으로 이루어지지 않고 있다. 본고에서는 마종기 시의 근간을 이루는 경계인 의식과 죽음 의식을 통해 그의 시세계를 살펴보았다.

마종기의 시들은 경계인 의식과 죽음 의식이 따로 떨어져 있는 시들이 아니라 그것이 함께 길항하고 공존하고 있다고 하겠다. 그의 경계인 의식은 변경의 고독으로 그의 실존을 괴롭혀 왔지만 그 고통과 아픔을 마종기는 문학을 통해 승화시켜 왔다. 그의 '죽음 의식'은 고국의 자연 속으로 잦아들어 자연과 함께 영속하는 '초월적 죽음'이었고, 초기시부터 '경계인 의식'에서 빚어진 고통이 그의 시집 『이슬의 눈』에 와서 그것은 삶과 죽음을 하나로 보고 초월하는 경지에 이르게 되며 디아스포라로서 경계를 초월하고 마침내 참자유를 찾는다.

그의 후기시들은 그를 한평생 따라다녔던 고국 지향성 및 고국욕망을 비워내는 과정과 연결되어 있다. 특히 그의 시집 『이슬의 눈』에 와서는 친혈육인 동생 종훈의 죽음에 대한 애절한 응시가 두드러지며, '미국인들의 죽음'(「게이의 남편」)에 깊은 동정이 깔려 있다. 그러므로 그의 후기시에는 머무는 곳이 조국이든 타지 어느 외국이든 희망과 평화와 사랑이 깃든 따뜻한 인간적인 공간에서는 죽은 자가 살아 있고 산 자가 죽어 있을 수 있다는 담담한 평안을 제시하고 있다. 지극히 사랑했던 육친의 죽음을 순리로 받아들이며 삶과 죽음이 하나라는 깨달음에 이르고 이국과 고국의 떠도는 경계 역시 초월에 도달하고 그에게 굵게 그어져 있던 경계인 의식도 죽음 의식 속에 녹아 흐르게 된 것이다.

마종기의 시는 죽음의 공포에 함몰되지 않고, 감상에 젖어들지 않는

다. 죽음은 신성하고, 죽음 후에 남겨진 사람들 역시 그 살아 있음으로
해서 신성하다. 죽음과 삶이 하나로 인식되면서 죽음의 슬픔을 경계하
고 있다. 외롭게 변경을 떠돌던 마종기의 시는 죽음을 초월하면서 비로
소 그의 시세계의 경계인 의식을 뛰어넘게 되고, 공감과 깊은 사유의
공간을 제공하고 있다.

# 고뇌와 지성:
# 서경식의 최근 글쓰기와 사유에 대해

권성우 숙명여자대학교 한국어문학부 교수

## 1. 들어가는 말: 우리 시대 최고의 에세이스트?

최근 재일 디아스포라 문필가인 서경식은 한 출판사에 의해 "우리시대 최고의 에세이스트"(서경식·타와다 요오꼬, 서은혜 역, 『경계에서 춤추다』, 창비, 2010. 띠 소개 글 참조)라고 일컬어지고 있다. 물론 이러한 언급을 해당 출판자본의 판매 전략의 일환으로 볼 수도 있으리라. 그러나 민족문학의 소중한 텃밭 역할을 오랫동안 수행해왔으며, 40년이 넘는 세월 동안 무수한 양서를 출판해온 이 출판사의 판단을 단지 그렇게 쉽게 치부하고 그치는 것도 온당한 관점은 아닐 것이다.

그렇다면 과연 서경식은 우리시대 최고의 에세이스트라고 할 수 있는 것인가? 개인적으로 예술이나 문학에 서열을 매기는 발상법에 늘 거부감을 느끼고 있지만, 적어도 서경식에게 붙여진 이 상투적인 최상의 호칭을 그의 글과 삶은 충분히 감당하고 있다고 생각한다. 지금으로부터 4년 전에 서경식의 글쓰기에 대한 문단과 지성계의 관심을 환기시키기 위해 「망명, 디아스포라, 그리고 서경식」(『실천문학』 2008년 가을호 및 비평집 『낭만적 망명』 수록)이라는 글을 썼던 나로서는 서경식을 일러 "최고의 에세이스트" 운운하는 창비의 표현이 일종이 격세지감으로 다가오기도 한다.

이제 분명한 사실은 서경식은 박노자, 고종석, 김영민, 박경철, 진중권 등의 이 시대의 유수한 에세이스트 이상으로 이 땅의 지식사회에서 문사로서의 특별한 위치를 지니고 있으며, 한국에 번역된 10여 권에 달하는 여러 인상적인 저작을 통해 그만의 글쓰기 품격과 매력을 발산하고 있다는 점이다. 『나의 서양미술 순례』(1992)에서 시작되어 『청춘의 사신』(2002), 『소년의 눈물』(2004), 『디아스포라 기행』(2006), 『난민과 국민 사이』(2006), 『시대의 증언자 쁘리모 레비를 찾아서』(2006), 『시대를 건너는 법』(2007), 『고통과 기억의 연대는 가능한가?』(2009), 『고뇌의 원근법』(2009) 등으로 이어지는 서경식의 번역산문집들은 늘 내개 책읽기의 열망과 설렘, 고통이라는 드문 체험을 선사해 왔다.

처연한 슬픔과 학살, 망명, 죽음, 깊은 고뇌, 진지한 지성의 향연으로 채워진 그의 산문집을 읽는 과정은 늘 고통스럽다. 그러나 그 고통스러운 책읽기는 다른 어떤 책보다도 나에게 진진한 감동과 먹먹한 여운, 근본적인 생각거리를 남기곤 했다. 서경식의 글쓰기가 보여준 문제의식은 이 시대 한국문학의 장에서 쉽게 찾아볼 수 없는 인식의 깊이와 근본적인 감각을 담보하고 있다. 이 점은 그가 재일 디아스포라라는 문제적인 상황에 있다는 점과 연관되는 것으로 보인다. 그러므로 우리는 서경식의 글쓰기 및 사유와의 대화를 통해 지금 우리 문학장과 사회, 지성계의 문제와 현황을 되돌아볼 수 있는 것이다. 이런 의미에서 재일 디아스포라 에세이스트 서경식의 산문은 일종의 동일자인 동시대 한국문학의 현황과 어떤 편향을 역으로 투사하는 유의미한 타자의 역할을 수행하고 있다.

그러나 서경식의 글쓰기가 지닌 문제적 성격과 깊은 의미에도 불구하고, 서경식의 글쓰기에 대한 본격적인 탐구와 면밀한 의미부여, 충실한 해석은, 그가 "우리시대 최고의 에세이스트"로 불리는 최근까지도 거의 진척되지 않았다. 그 원인으로는 아직도 한국어로만 발표된 글쓰기에만 의미를 부여하는 문학장의 강고한 속문주의(屬文主義) 전통과 소설과 시 등의 중심 장르에만 관심을 기울이면서 에세이, 자서전, 일기 등의 다양한 변두리 장르를 배제하는 문학장의 완고한 관행을 들 수 있을 것이다.

그래서 일본어로 발표되어 한국어로 번역된 서경식의 일련의 저작들은 아래와 같은 한국문학의 범주를 둘러싼 보수적 견해를 더욱 근원적으로 되돌아보게 만든다.

> 이와 같은 재외동포 문학을 한국문학사 논의에 적극적으로 포용해야 한다는 견해도 만만치 않다. 그러나 재외동포 문학은 표현 도구인 언어와 그 문학세계의 두 측면에서 그 가능성을 고민해야 한다. 우선적으로 언어의 측면에서는 한글로 쓰여야 하며, 그 문학 세계도 한국인 또는 재외동포들의 삶과 생각을 표현해야 한다.
>
> – (윤여탁, 「세계화시대의 한국문학: 세계문학과 지역문학의 좌표」, 『세계화시대의 국어국문학』, 2010.5.28., 제 53회 국어국문학회 학술대회 자료집, 42쪽)

나는 한국문학 연구가 해외동포 디아스포라의 모어 글쓰기에 대해서 지금보다 한층 커다란 관심을 기울여야한다고 생각하고 있다. 한국어로 번역된 서경식의 산문은 이 시대 어떤 한국문학 작품 이상으로 한국사회의 어떤 편향에 대해, 한국 지성의 풍토에 대해, 한국의 미의식에 대해, 한국의 민족주의와 국가주의에 대해 통렬한 성찰과 반성의 계기를 제공해주고 있는 것이 아닌가.

이런 문제의식에 따라 이 글은 서경식의 최근 저서(번역서)인 『고통과 기억의 연대는 가능한가?』와 『고뇌의 원근법』을 대상으로 서경식이 보여준 고뇌와 지성의 풍경에 대해 탐구하기 위한 에세이 형식으로 전개될 것이다. 제도적인 차원에서 씌어지는 학술 논문 형식보다는 에세이 형식이 서경식의 의도와 더 곡진하게 만날 수 있는 것 아닐까. 아직 나에게는 서경식의 글과 저작을 엄밀한 논문 형식으로 탐구할 거리감과 학술적 역량이 존재하지 않는다.

서경식을 이해하기 위한 이 글의 도정은 특정한 국가주의와 민족주의에 귀속될 수 없었던, 어쩌면 다문화주의의 열린 관점을 생래적으로 체득했던 한 비판적 지성의 내면풍경과 고뇌를 이해하는 과정에 연결될 것이다.


## 2. 국가주의 비판과 지성의 균형감각

『고통과 기억의 연대는 가능한가?』는 서경식이 2006년 봄부터 2008년 봄까지 서울에서 2년여에 걸친 방문학자 생활기간 동안 진행한 강연과 세미나, 대담을 한국어로 풀어쓴 일종의 강연록 모임집이다. 경어체의 강연 형식으로 이루어진 이 책은 다른 책에서는 충분히 드러나지 않았던 서경식의 고뇌와 자의식의 표정이 한층 선연하게 부각되어 있다. 이 책에서 서경식은 재일 조선인이라는 자신의 정체성과 그 역사적 기원을 투철하게 응시하면서 국가주의의 폐해에 대해 근본적으로 비판하고 있다. 예컨대 다음 대목을 주목할 필요가 있겠다.

> 어린이날이 되면 한강 공원에 가족끼리 놀러 가는 여러분과 야스쿠니 신사에 와 있는 일본 시민은 다르지 않습니다. 일본에는 아주 호전적인 군국주의자가 있고 한국에는 평화를 지향하는 자각된 시민이 있다는 그런 구도가 아니란 말이지요. 바꿔 말하면 이 나라(한국)도 그렇게 될 수 있다. 그렇게 되어 가고 있는 것 아니냐 하는 것이 이번에 와서 느낀 것입니다.
>
> (고통, 65: 앞으로 인용문 뒤의 괄호 내용에서 '고통'은 『고통과 기억의 연대는 가능한가?』(철수와영희, 2009)를 의미하며, '고뇌'는 『고뇌의 원근법』(돌베개, 2009)을 의미한다. 숫자는 쪽수를 뜻한다).

이런 서경식의 언급은 국가주의가 자연스럽게 시민의 무의식에 스며드는 과정을 보여주고 있는데, 이제 한국도 거의 유사한 현상이 벌어지고 있는 것 아닐까. 그래서 "제가 여기에 와서 화교가 대학교수나 지식인이 된 사람이 있으면 꼭 만나고 싶다는 얘기를 했는데 거의 없다고 해요. 대한민국 사회가 어떤 억압을 행한 결과지요?"(고통, 37)라는 진단이 내려졌을 것이다. 이 대목은 어떤 사회보다도 타자에 대한 배제와 억압의 논리가 교묘하게 작동하는 한국사회를 서늘하게 되돌아보게 만든다. 월드컵 한국과 그리스전이 열릴 오늘 밤에 광화문과 서울광장, 봉은사 사거리를 점령할 거대한 붉은 물결을 단지 축제의 현장에 함께 하려는 젊음의 열정으로 볼 수도 있을 것이다. 그러나 동시에 그런 과정에 은밀하게, 혹은 노골적으로 새겨지는 국가주의의 내면화를 확인하게도 될 것이다.

이즈음 탈국가주의적에 근거한 담론은 우리 지식사회에서 일종의 지적 유행이지만, 그 상당 부분은 '민족은 상상의 공동체이다'라는 베네딕트 앤더슨 식의 주장에 대한 관념적 추종에 가깝다. 그런 의미에서 구체적인 실존과 뼈아픈 역사적 체험의 무게가 드리워진 서경식의 국가주의 비판은 다른 어떤 논리보다도 그 절박함과 탄탄한 논리를 동반하고 있다. 가령 다음과 같은 서경식의 주장을 눈여겨볼 필요가 있다.

> 90년대 초에 베네딕트 앤더슨의 『상상의 공동체』라는 책이 번역되면서 "선생님 아십니까? 국가라는 것은 상상의 산물이에요. 선생님도 이제 국민국가 시대가 끝나니까, 더 이상 조선 사람, 조선 이렇게 고집하지 말고 벗어나셔야지요."하는 얘기를 했습니다. (청중 웃음) 양심적인 동료들이 호의로 그런 얘기를 많이 했어요. 그 후 15년 이상 지나서 일본 사회가 어떻게 되었는지 아세요? 일본이라는 나라가 국가주의를 벗어났는가 하면 절대 그렇지 않습니다. 정반대 방향으로 왔습니다. 그리고 양심적인 동료나 일본의 지식인들은 이런 흐름에 제대로 저항조차 못했습니다.
>
> (고통: 57)

이런 대목은 서경식의 주장하는 국가주의 비판이 관념의 산물이 아니라, 철저한 균형감각과 역사적 인식의 산물이라는 사실을 환기시키고 있다. 위의 주장에서도 일부 드러나지만, 국가주의를 비판하는 서경식의 입장은 여전히 국가 간의 원초적이며 이기적인 욕망이 작동하는 냉정한 국제사회의 현실을 몰각한 이상주의적인 차원에서 피력되지 않는다. 이런 국가주의의 명암에 대한 균형 잡힌 인식이 다음과 같은 진술을 낳았으리라.

> 어느 정도 정당성이 있는 주장과, 쉽게 국가주의나 배타주의가 될 수 있는 요소가 불분명하게 섞여 있습니다. 우리는 이것을 아주 냉철하게, 분명히 나누어서 이해해야 합니다. 이슬람 원리주의자들의 저항 운동을 저항적 내셔널리즘이라고 할 수 있는데요. 이것을 민족주의라고 비판만 하면 저항을 없애는, 저항을 무력화하는 그런 의미밖에 없게 됩니다.
>
> (고통, 73)

위의 예문은 섣부른 탈국가주의, 탈민족주의의 논리가 경우에 따라 제3세계의 저항운동을 어떤 방식으로 무력화시키고 있는지를 여실히 보여준다.

국가주의와 민족주의에 대한 서경식의 입장에서 볼 수 있듯이, 그는 비판적이며 진보적인 논객 중에서도 특유의 유연한 균형 감각을 보여 주고 있다. 특정한 진영논리에 기대서 관점을 도출하는 것이 아니라, 구체적인 역사적 체험과 상처에 근거해 진실의 복합성을 위해 헌신하는 그의 성실성과 균형 감각은 많은 독자들로 하여금 그의 글을 신뢰하게 만드는 소중한 덕목이라고 생각된다. 그렇다면 그의 이러한 철저한 균형적 지성은 어떤 지적 태도에서 연유하는 것일까. 가령 다음 대목을 보자.

> 인간과 사회의 복잡함을 들여다보려 하지 않고, 흑백론으로 재빨리 단정 짓고 마는 것처럼 안이하고 위험한 태도는 없다. 오히려, 당연하다고 굳게 믿고 있는 전제를 다시 한 번 의심하고, 보다 근원적인 곳까지 내려가서 다시 생각해 보는 것, 간단히 답을 얻을 수 없는 답답함을 견디며 끊임없이 묻는 것, 자신을 기존 관념의 지배에서 해방시켜 기어이 정

신적 독립을 얻어 내는 것, 이것이야말로 참된 지적 태도라고 나는 믿는
다.

(고통: 8)

그는 어떠한 기존 관념에서도 자유로운 입장에서 근본적인 성찰을
전개하고 있는 것이다. 그러한 과정은 당연히 철저한 회의주의와 독립
적인 태도를 필요로 할 것이며, 때로는 고독과 허무를 동반하게도 될
것이다. 그 길은 솔직한 비관주의자의 고독한 여정일 것이다. 서경식에
따르면 기존 관념에서 해방된 이러한 자유로운 지적 태도만이 진실의
복합성을 제대로 꿰뚫어볼 수 있게 만드는 것이 아닐까.


## 3. 희망과 생명에 대한 상투적인 예찬을 넘어서

개인적으로 『고통과 기억의 연대는 가능한가?』의 2부 「당연한 것을
다시 묻는다」에 수록된 「생명이 선이고 죽음이 악이다?」, 「희망이라는
이데올로기를 넘어서」라는 두 편의 에세이를 참으로 흥미롭고 감동적
으로 읽었다. 이 두 편의 글은 그야말로 '당연한 것을 다시 묻는' 일,
즉 기존 관념에서 해방된 자유로운 지적 태도의 결실일 것이다.
서경식은 이렇게 말한다.

당연하다 싶은 것도 다시 한 번 의심하고 또 의심해 봐야 합니다. 제
가 얘기하고 싶은 것은 이거예요. 가족이 있기 때문에 죽을 수 없다? 그
런데 그 가족을 누가 만들었습니까? 가족 없이 살 수도 있고 그렇게 살
고 있는 사람들도 있지 않나요? 자신이 원인을 만들면서 이 원인 때문에

죽을 수 없다 하는 것이 말이 될까요?

(고통, 139)

인간은 당연히 살아야 하고 당연히 결혼도 해야 하고 아이도 낳아야 하는 것이 전제되어 있는 사람하고, 그 전제부터 다시 생각해야 하는, 그 전제부터 의심스럽게 보고 있는, 의심스럽게 느낄 수밖에 없는 사람의 차이.

(고통, 141)

그런데 "삶은 아름답다. 삶에는 진실이 있다. 죽으면 안 된다. 자살은 무책임한 짓이다. 가문의 연속성은 누가 지키냐? 친구나 가족한테 면목 없는 거 아닌가? 가문에서 자살하는 놈이 나오면 가문의 명예는 어떻게 되는 거냐?" 이런 식으로만 설득하면 어떻게 되죠? 오히려 이것을 벗어 나지 못하고 이 구도를 강화할 뿐이지요.

(고통, 153)

내가 여기 있는 어떤 사람에게 애정이나 책임감, 연대감, 이 사람하고 함께 있고 싶다는 감정을 느끼고 이 때문에 살아야 한다고 느낄 때, 진짜 이것이 자기 것인지, 자기 내면에서 나오는 것인지, 어떤 이데올로기의 영향을 받은 것인지, 누구를 모방한 것인지, 학교에서 가르치는 대로 생각하고 있는 것을 자신의 것으로 오해하고 있는 것인지를 물어야 한다는 거지요. 그런 과정을 겪으면서 정신적으로 우리가 독립되어 가는 겁니다.

(고통, 157)

위의 예문들에서 서경식이 한결같이 강조하고 있는 사실은 죽음, 결혼, 자살, 가족 등에 대한 근본적인 성찰이다. 말하자면 우리가 무의식적으로 내면화하고 있는 가족과 결혼, 생명에 대한 고정관념이 일종의 주입된 이데올로기의 영향에서 비롯된 것이 아닌지 따져보자는 것이다. 서경식의 이런 태도는 상투적인 생명 예찬이나 의례적인 가족 사랑보다 월등 근본적인 문제의식을 함축하고 있다. 누구나 당연시하고 있는 삶과 죽음, 결혼과 가족에 대한 고정관념에 대한 발본적인 성찰을 통해 우리는 비로소 주체적이며 독립적인 개인이 될 수 있다는 것이 서경식의 생각이다.

물론 이러한 서경식의 자살에 대한 견해가 자살 예찬론과 거리가 멀다는 사실은 분명하다. 또한 서경식의 자살과 죽음에 대한 생각은 20년 전에 저 세상으로 떠난 한 걸출한 비평가의 다음과 같은 언급, 즉 "어떤 경우에건 자살이 정당화될 수는 없다. 그것은 싸움을 포기하는 것이니까. 살아서 별별 추한 꼴을 다 봐야 한다. 그것이 삶이니까."(김현의 1986년 4월 30일의 일기, 『행복한 책읽기: 김현문학전집 15권』, 문학과지성사, 1991) 라는 대목과는 판이한 관점을 지니고 있다는 점에서 흥미롭다. 그러나 김현과 서경식이 자살을 생각하는 자리는 그 층위가 다르다. 김현은 상식적인 생명예찬론의 입장에서 글을 전개하고 있지만, 서경식의 시선은 그 상식 저 편에 있는 서늘한 진실을 응시하고 있다.

처절한 약육강식의 경쟁사회인 한국사회에서 희망은 약자와 소수자들이 기댈 수 있는 '마음의 거처'인지도 모른다. 아니 딱히 소수자가 아니라 하더라도, 희망은 거의 모든 사람들에게 때로는 이 비루하고 지루하기까지 한 생을 견디게 만드는 마지막 수단일 수도 있으리라.

그러나 서경식은 막연한 희망과 근거 없는 낙관주의를 단호하게 거부한다. 아래와 같이.

형들이 감옥에 있을 때 본인들은 모르지만 솔직히 저는 별 내용도 근거도 없는 격려, "아, 내일은 좋은 날이 올 거예요."하는 그런 말이 제일 듣기 싫었어요. 처참하고 참혹하고 희망이 거의 없는 상태를 바로 보지 않고 안이하게 위로만 구하려고 하는 나 자신의 나약함도 싫었고, 또 남을 그런 식으로 위로해서 자기만족을 느끼는 사람들도 싫었습니다. 그런데 싫다는 말은 안 했어요. 상대방의 성의를 봐서 싫다는 말을 할 수는 없었어요. 대신 저는 자폐증처럼 지냈지요.

(고통, 163)

나는 왜 내용이 없는 격려보다 아주 어두운 루쉰을 좋아하고 있을까라는 것을 다시금 생각해 보았습니다.

(고통, 163)

위의 예문에서 볼 수 있듯이, 서경식은 아무리 고통스러운 현실이라도 그것을 냉철하게 직시하는 태도가 막연한 희망이나 내용 없는 격려보다 월등 소중하다고 얘기하고 있다. 아마도 이러한 그의 태도로 인해 그는 '솔직한 비관주의자'로 불리는 것 같다. 그래서 서경식은 "오히려 가짜배기 헛된 희망을 강조하면서 모순을 직시하지 않고 유화적인 해결로 나아가려는 사람들과 끝까지 싸우려던 사람이 루쉰 아닌가?"(고통, 188)라면서 루쉰의 철저한 비관주의와 투철한 저항정신에 공감하는 자신을 발견한다. 나는 오히려 이러한 서경식의 깊은 비관주의로 인해 그를 한층 더 신뢰하게 되었다. 막연한 희망에 기댄 당위적 원론은 옳지만 지루하고, 현실에 대한 낙관은 시원하지만 불편하다. 그의 깊은 비관주의에서 더 진정성을 느낄 수밖에 없는 이유다.

## 4. 정의가 사라진 시대와 마주하다

한 사람의 비평가로서, 서경식의 『고통과 기억의 연대는 가능한가?』를 읽으면서 가장 인상적이었던 대목을 소개해보고 싶다. 그것은 진지하게 정의를 추구하는 것이 냉소의 대상으로 전락해버린 일본사회의 지적 풍토와 그 일본을 닮아가는 한국 지식인 사회에 대한 냉철한 진단을 피력하는 대목이었다.

이를테면 서경식은 안식년을 마치면서 한국을 떠나기 직전에 『경향신문』 손제민 기자와 함께 한 대담에서 "정의를 정의로서 얘기할 수 없는, 정의를 정의로 얘기하면 웃음거리가 되는 사회입니다. (중략) 그러니까 정의에 대해 호소하는 사람들은 다 주변화된 힘이 없는 사람들밖에 안 남게 되죠."(고통, 249), "어떤 자리에 정의로운 사람이 끼어 있으면 불편하니까 정의에 대해 얘기하는 사람을 고립시키려고 해요."(고통, 250)라고 말하고 있다. 바로 이 대목이 나에게는 참으로 서늘하게 다가왔다. 몇몇 문학논쟁에 참여해본 체험으로 이야기하건대, 지금 이 땅의 문학판을 지배하는 가장 유력한 정서는 바로 냉소주의이다. 비평과 문단의 정의를 언급하는 순간, 그 비평가는 주류 비평 서클에서 소외될 수밖에 없다. 서경식이 말한 일본 지식사회의 냉소주의는 바로 지금 한국 지식사회와 문단의 풍경과 정확하게 겹쳐진다.

한국에 오기 전 서경식은 보수화된 일본사회, 즉 진보와 정의가 냉소의 대상이 된 일본 지식인사회와 한국사회는 분명히 다를 것이라고 생각했던 것 같다. 그래서 서경식은 "정의를 정의로 직설적으로 얘기하는 사회, 정의를 들어 싸우는 사회가 한국이었기 때문에 한국에 희망을 걸었지요."(고통, 249)라고 말할 수 있었던 것이리라.

그러나 서경식이 이년 여 동안 접한 한국 지식사회의 모습은 점차 일본을 닮아가는 형국이었다. 서경식이 일본에서 발견한 탈정치주의, 젊은 세대의 역사의식의 결여, 주류 이데올로기와 다른 목소리를 내기가 부담스러운 사회분위기는 바로 이 시대 한국사회의 모습이다.

그런 한국 지식인사회를 접하면서 서경식은 "정의라고 하면 자리가 좀 어색해지고, 그리고 대학에서도 자신이 지식인이라고 하는 사람들은 좀 줄어들고, 그래도 '지식인이다.' 하는 사람은 좀 웃음거리가 되고, 그렇게 될 것입니다."(고통, 251)라고 한국사회의 미래에 대해 전망하고 있는데, 이미 한국 지식인사회는 서경식이 전망한 그런 사회로 상당 부분 전개된 것이 아닐까 싶다.

현재 도쿄게이자이(東京經濟) 대학 현대 법학부 교수로 있는 서경식은 재일 조선인인 자신이 일본에서 대학교수가 될 수 있었던 사실과 연관하여 다음과 같이 얘기하고 있다.

> 저는 학위도 없고, 영어로 강의도 못 하지만, 그래도 대학교 교수가 된 것이 재일 조선인 입장에서 글을 쓰고, 발언도 했고 해 온 것이, 아주 소수이지만 '아 이런 것도 재미있다. 이런 것도 대학에 있어야 한다.'고 판단한 사람들, 그나마 조금 균형 있게 생각하는 사람들이 일본에 있었기 때문입니다.
>
> (고통, 256)

위의 서경식의 고백을 접하면서 나는 이런 질문을 한국 대학사회에 던지고 싶은 욕망을 거둘 수 없다. 만약 서경식과 유사한 길을 밟아온, 한국어를 능숙하게 구사하고 한국의 K대에서 학사를 받은 외국인 디아스포라가 한국에 있었더라면 한국의 대학에 과연 교수로 취직할 수 있었을까. 대답은 물론 부정적이다. 러시아에서 한국학 전공으로 박사학위를 받은 박노자도 쉽지 않을 것이다. 이미 서경식이 말하지 않았던가. "제가 여기에 와서 화교가 대학교수나 지식인이 된 사람이 있으면 꼭 만나고 싶다는 얘기를 했는데 거의 없다고 해요. 대한민국 사회가 어떤 억압을 행한 결과지요?"라고. 나는 이러한 예들을 통해, 오히려 한국 지식사회와 대비되는 일본 지식사회의 톨레랑스와 저력을 확인할 수 있었다. 정의에 대한 추구가 냉소의 대상이라는 사실은 한국과 일본이 유사하지만, 그 사회의 이방인과 비판적 디아스포라를 포용하고 이해하는 방식은 아직도 차이가 크다고 할 수 있다.

## 5. 예쁘기만 한 미술을 넘어서기

『고뇌의 원근법』은 기왕에 출간되었던 저자의 미술기행집인 『나의 서양미술 순례』와 『청춘의 사신』의 구체화이자 심화라고 할 수 있다. 서경식은 이 책에서 그의 이전 저작에서 상대적으로 간단하게 다루어졌던 나치를 전후한 시대의 미술가인 오토 딕스와 펠릭스 누스바움의 미술세계와 파란만장한 인생역정(歷程)에 대해 구체적인 현장답사를 통해 면밀하게 탐문하고 있다.

나치에 의해 퇴폐예술로 낙인찍혔지만 한 시대의 파탄과 상처를 창조적인 방법으로 보여준 오토 딕스의 작품과 아우슈비츠에서 학살당한 유대계화가 펠릭스 누스바움의 작품, 특히 제 1차 세계대전의 잔혹한 비극이 압도적으로 형상화된 딕스의 <전쟁제단화>와 같은 문제작을 통해 서경식은 시대의 어둠을 응시하는 준열한 예술가의 초상을 발견한다. 또한 그들과는 다른 방식으로 통념적인 예술 및 점차 상품화되어 가는 당시의 화단과 대결하는 고통의 깊이를 보여준 반 고흐에 대한 밀도 깊은 인문학적 대담, 나치시대와 불화한 전위미술가들인 에밀 놀데, 막스 베크만, 조지 그로스 등을 다룬 독일미술기행 등이 『고뇌의 원근법』을 풍성하게 채우고 있다.

『고뇌의 원근법』을 통해 서경식이 근본적으로 제기하고 있는 문제의식은 "왜 내가 본 모든 작품이 그렇게 예쁘게 마감되어 있는 것일까?"라는 한국근대미술에 던지고 있는 통렬한 질문에 내장되어 있다.

그렇다면 서경식에게 진정한 예술(미술)은 어떤 경지를 의미하는 것일까? 그는 "예술적 역량이란 원래 무엇인가. 그것은 기교를 말하는 것이 아니다. 진실을 직시하고 그것을 독창적인 수법으로 그려내는 인간적인 역량이다."(고뇌, 8)라고 말하고 있다. 그렇다. 서경식에게 진정한 예술은 현실의 어둠과 고통을 직시하는 힘이며, 그것을 창조적인 방식으로 형상화하는 재능이다. 이러한 예술관이 서경식에게 아래와 같은 진술들을 낳게 했을 터이다.

> 나는 이들의 예술을 보고 '잘 그렸다'거나 '예쁘다'고 생각한 적은 없다. 오히려 '얼마나 절실한 그림인가' 혹은 '얼마나 치열한 그림인가'라고 늘 감탄하지 않을 수 없었다. 한 마디로 나는 그들의 작품에서 정신의 독립을 쟁취하고자 하는 인간들의 격렬한 고투를 봤던 것이다.
>
> (고뇌, 4)

여기에서 '예쁘다'는 것은 찬사가 아니다. '예쁘다'는 것은 보는 이가 그다지 저항감을 느끼지 않는 것으로, 엄밀하게 말하자면 지루하다는 것도 된다. 미술도 인간의 영위인 이상, 인간들의 삶이 고뇌로 가득할 때에는 그 고뇌가 미술에 투영되어야 마땅하다. 추한 현실 속에서 발버둥치는 인간이 창작하는 미술은 추한 것이 당연하다. 조선 민족이 살아온 근대는 결코 '예쁜' 것이 아니었을 뿐더러, 현재도 우리의 삶은 '예쁘지' 않다.

(고뇌, 6)

그가 오토 딕스의 <전쟁제단화>처럼 시대의 야만에 상처받으면서 진실을 직시하는 예술가들의 '추한' 작품들에 대해서 그토록 관심을 기울였던 것도 바로 이러한 고통의 예술관에 근거한 필연적 과정이었으리라. 『고뇌의 원근법』은 우리에게 예술은 아름다운 것이라는 지극히 상투적인 통념을 비틀어, 어떤 예술이 진정으로 가치 있는 예술인지에 대해, 아울러 어떤 예술가의 삶과 자세가 의미 있는 예술적 여정인지에 대해 아프게 질문한다.

서경식이 『고뇌의 원근법』과 『고통과 기억의 연대는 가능한가?』에서 공통적으로 집중적인 관심을 기울이고 있는 화가는 반 고흐이다. "정말로 뛰어난 미술가들은 목숨을 건 투쟁을 거쳐 미의 세계의 개혁자가 되었던 것이다."(고뇌, 10)라는 서경식의 예술관에 비추어보면, 고흐야말로 진정한 예술가인 것이다. 서경식은 또한 고흐에 대해 "'반 고흐라는 사람이 바로 그런 투사, 혁명가다.'라는 것이 제가 이야기하고 싶은 것입니다."(고통, 198), "고흐에 대해서 자유분방하게 하고 싶은 대로 살던 사람이라는 얘기가 있는데, 그건 오해예요. 아주 부지런하게 그림을 그린 사람입니다."(고통, 202)라고 언급하면서 고흐의 예술가로서의 치열성, 성실성, 그리고 혁명가에 버금가는 예술에 대한 열정을 높이 평가하고 있다. 이 점은 한국에서 고흐가 다소 광인적인 이미지나 정신이상자, 권총 자살, 스스로 귀를 자른 예술가 등의 선정적인 풍모로 수용되고 있는 점과는 분명히 구별되는 해석이라는 점에서 주목된다.

지금까지 서술한 논리에서 보자면, 서경식의 고흐에 대한 견해는 "진짜 고통하는 사람은 자신이 거기에서 벗어나야 한다는 것을 알고 있다. 그러나 가짜로 고통하는 사람은 그것을 오히려 즐긴다. 그것은 아프지 않기 때문이다."(김현, 「고흐」, 『김현예술기행: 김현문학전집』, 문학과지성사, 1993, 58쪽)라고 말했던 세상을 떠난 한 비평가의 견해와 겹쳐지는 셈이다. 고흐의 절망과 슬픔, 고통에 대해서 언급하거나 그 흉내를 내는 것은 어려운 일이 아닐지 모른다. 진정으로 어려운 것은 자살로 마감되는 고흐의 고난에 찬 삶이 말해주듯이 그 고통을 온몸으로 받아들이는 과정이리라. 그러므로 "고흐의 그림은 그러나 예술이 제스처가 아니라 바로 고통 그 자체임을 보여준다"는 김현의 발언이 가능해 지는 것이다. 고통을 즐기는 것은 일종의 허위의식이라는 것, 그러므로 진정한 고통은 자신을 근원적으로 성찰하게 만드는 통렬한 아픔이 동반된 고통이라는 것을 김현은 분명히 강조하고 있다. 이러한 발언이 고흐를 조망하는 서경식의 예술관에 연결되어 있음은 물론이겠다.

고흐가 작품이 그토록 강렬한 아름다움을 지니고 있는 연유에 대해 서경식은 다음과 같이 말하고 있다.

고흐는 자신의 감각을 끝까지 관철하는 사람입니다. 대부분의 인간이 그렇게까지 철저하진 못해도, 끝까지 해봐야 한다는 명제를 부정하는 사람은 아무도 없을 겁니다. 이건 머리가 시키는 것이 아닙니다. '삶의 방식'이라고 말하면 마치 자신의 머리로 선택한 것처럼 들릴 수 있지만, 고흐의 원근감과 색채에는 신체화된 '삶의 방식'이 투영되어 있습니다. (중략) 보통사람이라면 이 정도에서 그만두고 돌아갈 것을, 보통 이런 느낌

의 풍경일 거라고 하고 그만둘 것을, 고흐는 아슬아슬하게도 끝까지 가
버리고 맙니다.

(고뇌, 303)

고흐를 해석하는 서경식의 관점은 역시 예술적 테크닉보다는 예술가
의 결기와 열정, 실존의 상처, 고통의 진정성에 초점을 맞추고 있다. 이
는 물론 서경식의 예술관으로 그 자체로 존중받을 가치가 있다. 그럼에
도 불구하고 『고뇌의 원근법』을 관통하는 예술관과 미의식에 대해 몇
가지 비판적인 문제제기를 수행할 수 있을 것이다.

이를테면 『고뇌의 원근법』의 저자에게 이른바 80년대의 민중미술이
도래하기 전까지 오랜 세월동안 한국근대미술이 공허한 유미주의 예술
관념에 매몰되어 있었다는 사실조차도 폭력적인 역사의 산물이 아닌가
라는 질문을 던지며, 그리고 그렇게 획일적으로 예쁠 수밖에 없었던 한
국근대미술의 상처와 굴절, 이데올로기, 그 서글픈 역사를 더 열린 마
음으로 이해해달라는 주문을 할 수 있을 것이다. 그러나 개인적으로 그
러한 주문 이전에, 고통과 슬픔, 시대의 아픔에 대한 담대한 응시가 점
차 사라져가는 한편, 상품미학에 전면적으로 휘둘리는 이 시대의 한국
예술이 이 책의 문제의식과 곡진하게 만나기를 기대하는 마음이 더 절
실하게 다가온다.

아울러 서경식이 『고뇌의 원근법』을 비롯한 미술기행에서 강조해마
지 않은 예술관이 지나치게 내용 중심적이라는 사실, 그리고 예술가의
주관적인 의지와 열정을 강조하는데 비해, 미술작품의 색채나 구도, 형
식, 테크닉에는 깊이 있는 시선을 던지고 있지 못한 점에 대해서도 비
판적으로 접근할 수 있을 것이다.

또한 서경식의 책을 지속적으로 읽어온 어떤 사람들에게 이 책에서 언급하고 있는 고통과 추함을 정면으로 응시하는 예술이 그다지 새롭지 않을 수도 있겠다. 그러나 나로서는 모든 글쓰기와 예술이 그러하듯이, 문제에 접근하는 방법의 치열성과 문체의 밀도, 그 진정성이야말로 새로운 감동의 원천이라는 사실을 『고뇌의 원근법』을 통해 새삼 인식할 수 있었다.

## 6. 글을 맺으며: 어바인에서 읽은 서경식

나는 2009년 1월부터 2010년 2월까지 안식년을 맞아, 캘리포니아 주립대학 어바인 캠퍼스(UCI) 동아시아어문학과에서 방문학자로 지내다가 올해 2월에 귀국했다. 안식년의 연구테마는 재미 한인 디아스포라 문학이었다.

인터넷 신문기사를 통해 서경식의 『고뇌의 원근법』(2009)과 『고통과 기억의 연대는 가능한가?』(2009)가 출간되었다는 소식을 듣고, 그 즉시 인터넷 서점에서 국제우편을 통해 주문했다. 일주일 뒤에 그 책들을 읽을 수 있었는데, 역시 서경식의 책은 나를 실망시키지 않았다. 『고뇌의 원근법』과 『고통과 기억의 연대는 가능한가?』에 대한 독서는 내 미국 생활에 이루어진 독서체험 중에서도 정말 뇌리에 남는 소중한 시간이었다. 한 달에 한번 씩 서경식이 『한겨레』에 연재하고 있는 <디아스포라의 창> 역시 결코 빼놓을 수 없는, 미국 생활의 지적인 청량제였다.

서경식의 글은 늘 내 마음을 '서늘한 긴장'과 '독서의 즐거움'으로 인도한다. 특히나 나로서는 태어나서 처음으로 먼 이국에서 생활하면서 디아스포라, 국가주의 비판 등이 주제인 서경식의 책을 읽으니 참 묘한 느낌이 들었다. 아마도 내가 그즈음 커다란 관심사를 가지고 연구하고 있던 디아스포라 문학과 서경식의 글(책)이 의미심장한 관계를 맺고 있기 때문이었으리라. 다인종사회인 미국에는 한인들을 포함한 수많은 디아스포라들이 존재한다. 생각해 보면 조국에서 쫓겨난 디아스포라들이 만든 나라가 바로 미국 아닌가.

한인들이 많이 거주하는 어바인에서 보낸 안식년 생활은, UCI에 재미 한인 작가에 대한 연구가 활성화되어 있다는 사실과 함께 재미 한인 디아스포라문학 연구의 어떤 구체적 감각과 학문적 영감을 얻는데 커다란 도움을 주었다. 그래서 재미 한인 문인들의 자의식과 고뇌, 상처, 내면을 이해하고 그들과 대화하는 과정은 때로 여행을 무척이나 좋아하는 내게 미국의 장대하고 아름다운 자연을 둘러보는 것보다 월등 절실하게 다가오기도 했다.

2009 봄에 UCI에서 열렸던 소설가 김영하씨의 강연회가 계기가 되어, 그곳에서 만난 아동문학가 이미경씨가 다리를 놓아주셔서, 재미수필가협회, 재미시인협회, 오렌지 글사랑, 글마루 등의 재미 한인 문인단체에서 여덟 차례의 강연을 하게 되었다. 그 강연들이 계기가 되어, 나는 다양한 입장과 문학관을 지닌 수많은 한인 문인들을 만날 수 있었다. <상처받은 자의 아름다움>이라는 제목으로 진행된 첫 강연에서 나는 디아스포라 문학에 대해 얘기하면서, 재미 한인 문인들에게 서경식의 존재와 책을 각별한 마음으로 소개한 바 있다.

또한 어바인Irvine 인근에 거주하는 몇몇 문인 및 문화에 관심 있는 한인들과 '어바인 문화포럼'이라는 모임을 만들어 한 달에 한 번씩 독서토론을 하기도 했는데, 바로 처음에 함께 읽은 책이 서경식의 『디아스포라 기행』(2006)이었다. 그리고 『고뇌의 원근법』과 서승, 서준식, 서경식 형제들의 삶과 문제적 역정에 대한 대화를 나누기도 했다. 이러한 과정들은 재미 한인들의 내면풍경과 삶의 감각을 이해하는데 커다란 도움을 주었다.

개인적으로 미국에 사는 한인들이, 특히 미국에서도 손꼽히는 세련된 중산층이 모여 사는 도시인 어바인의 한인들이 과연 자신들의 삶을 '디아스포라'라는 관점에서 바라보고 있는지 궁금했다. 아울러 재미 한인들이 디아스포라의 곡진한 상처와 비극적인 인생여정을 다룬 서경식의 책에 대해서 얼마나 마음 깊은 곳에서 공감대를 느끼게 될 것인지 확인하고 싶다는 생각도 내 마음 한 구석에 존재했으리라.

생각해보면, 내가 그들에게 서경식의 인생과 책들을 소개해주고, 『디아스포라 기행』을 함께 읽은 것은 재미 한인들의 자의식과 욕망의 풍경을 엿보고 싶다는 비평가 특유의 호기심도 부분적으로 작용했을 것이다.

서경식의 책에 자주 등장하는, 그야말로 '상처받은 자의 좌절과 아름다움'을 온몸으로 보여주는 재일 조선인들과는 달리 재미 한인의 상당수는 자발적 이민에 가깝다고 볼 수 있다. 내가 어바인과 LA 인근에서 만난 상당수의 한인들은 미국사회에 안정적으로 정착하여 미국사회의 일원으로 성공적인 삶을 살아가고 있었고, 경제적으로도 대체로 풍족한 삶을 영위하고 있는 형편이었다.

그럼에도 불구하고, 그들은 서경식의 책에 예상보다 훨씬 예민하고 적극적으로 반응했다. 특히 그들은 『디아스포라 기행』, 『고뇌의 원근법』,

『소년의 눈물』 등의 서경식의 책에 나타난 디아스포라 정서에 깊은 공감을 표하면서, 미국사회에서 살아가는 그들의 애환과 상처, 어려움을 얘기하기도 하고 조국에 대한 뜨거운 그리움을 털어놓기도 했다. 그렇다. 경제적인 안정과 이국사회에서의 성공적인 정착에도 불구하고, 그들 역시 각각 한 명의 고독한 디아스포라였던 것이다. 이러한 과정을 통해 나는 디아스포라의 정서가 경제적인 안정이나 성공적인 정착 여부와 완전히 분리될 수는 없겠지만, 동시에 그와는 다른 차원에서 존재하는 마음의 깊은 상처일 수 있다는 생각을 하게 되었다. 서경식의 책을 매개로 한 재미 한인과의 만남을 통해, 나는 재미 한인 디아스포라들의 욕망과 상처, 그리움을 좀 더 투명하게 이해할 수 있었다.

어바인에서 재미 한인들과 서경식을 함께 읽고 얘기한 체험은 앞으로 내 글쓰기와 학문적 여정의 소중한 이정표가 되지 않을까 싶다. 생각건대 서경식의 글과 삶에 대한 탐구는 앞으로 전개될 내 공부의 필생의 테마 중의 하나가 될 것이다.

『낭만적 망명』에 수록된 「망명, 디아스포라, 그리고 서경식」이라는 글이 계기가 되어, 2008년 늦가을 마포의 한 음식점에서 이루어진 서경식과의 만남을 소중하게 기억하고 있다. 아니 그 이전에 2007년 여름 숙명여대에서 강연하던 서경식과의 만남과 대화도 아련하게 기억하고 있다. 나중에 기회가 되면, 서경식이 거주하는 일본에서 재일 조선인 디아스포라에 대해 공부해보고 싶다. 아울러 서경식의 형 서준식이 한국의 감옥에서 일본어책을 읽지 않기 위해 지녔던 그 마음의 결기를 내 마음에 고스란히 담아 일본 지식사회와 일본문학, 일본어를 공부하고 싶다. 아래와 같이.

여기서 중요한 것은 '좋으니까 사랑한다는 것이 아니다. 혐오감이 있으면서도 그것을 사랑해야만 하고, 사랑해야지 일본이라는 틀 바깥으로 해방될 수 있다. 그렇지 않으면 자신은 항상 평생 식민지 지배를 내면적으로 받아야만 한다.'는 겁니다. 재일 조선인에게 식민지 지배로부터 독립된다는 것은 그냥 국가가 선다는 것뿐만 아니라 자기 자신에게 내면화되어 있는 일본으로부터 어떻게 자기 자신을 해방시키느냐 하는 문제예요. 어려운 문제지요. 그런데 서준식이라는 사람은 아주 지독하게 노력했습니다. 저는 아직도 이렇게 말이 서투른데, 형은 십 몇 년 감옥 생활을 하면서 의도적으로 일본 책을 안 보려고 했어요. 얼마나 책이 보고 싶었겠어요? 그래도 일본 책 안 보고 우리말로 된 소설책을 많이 보고, 이런 어휘들을 많이 배웠습니다.

(고통, 123)

마지막으로 이 자리에 계신 모든 분들에게 서경식의 글과 사유와 만나라고 권유 드리고 싶다. 그 만남은 어떤 독서보다도 진정한 아름다움에 대해서, 국가에 대해서, 삶과 죽음에 대해서, 예술과 자유에 대해서, 디아스포라의 상처에 대해서, 지성의 고뇌에 대해서 새롭게 사유하는 계기를 만들어줄 것이다.

# 코리안 디아스포라 문학에 나타난
# 예술·사랑·국가
— 구효서의 『랩소디 인 베를린』론

이미림 강릉원주대학교 교수

## 1. 21세기 탈국경 시대와 문학

지구촌 사회가 형성됨으로써 국경의 넘나듦이 빈번하고 수월해졌다. 이동하는 국적과 국경, 월경(越境)하는 타자들이 출현한 것이다. 고향/고국을 떠나 타향/타국에 정착한다는 것은 단일정체성이 아니라 다원성의 이중자아 혹은 이산자아를 획득하는 것이며, 국민/비국민(난민)으로서의 차별과 배제를 인식하는 것이다. 디아스포라[1]는 국민의 지위를 획득하

1) 디아스포라의 어원은 그리스어 'diaspeirein'으로 'diaspora'는 '씨를 뿌린다(to scatter)'라는 의미의 'spora'와 '여러 방향으로, 경유(through)'의 의미를 지닌 'dia'가 합친 그리스어이다. 이산을 의미하는 Diaspora는 팔레스타인 땅을 떠나 세계 각지에 거주하는 이산 유대인과 그 공동체를 의미하지만 최근에는 diaspora라는 소문자로 다양한 이산의 백성을 지칭하는 의미로 확장되었다. 디아스포라는 그 의미와 속성에서 다양하게 정의되는데, 사프란(William Safran)은 ①특정지역에서 외국의 주변적 장소로의 이동 ②조국에 대한 집합적 기억이나 신화의 공유 ③거주국 사회로의 온전한 진입에 대한 희망의 포기와 그로 인한 소외와 고립 ④후손들이 결국 귀환해야 할 장소로서 조국의

느냐 하지 못하느냐에 따라 법적·인간적 우열이 갈라지게 된다. 이항 대립 질서가 공고하며 백인/남성/서구 주체에 의해 타자를 표상했던 20세기는 아우슈비츠 참상과 충격을 계기로 '인간이란 무엇인가'란 근본적인 질문에 성찰하게 했다. 한국사회도 식민지, 전쟁, 분단, 독재, 광주항쟁을 겪으면서 고문, 폭력과 같은 비인간적 행위가 자행되었다. 이 시대야말로 내면화된 폭력의 시대였다. 식민지 대부분이 독립되었다고 할지라도 경제의 전 지구화 그리고 가속화되는 세계화와 신자유주의는 지구촌 사회를 억압과 압제 속에 놓이게 하였다.

21세기는 타자를 배척하고 축출하고자 했던 근대성을 비판하고자 하는 철학적·사회적·문화적 관심에서 출발하였다. 신식민주의, 파시즘, 독재, 비인간화에 대한 반성적 고찰과 사유를 지향하는 탈근대는 서구 중심의 오리엔탈리즘과 자신의 정체성에 고민했던 에드워드 사이드, 인종적 증오, 노예제, 착취 등 잔인한 대학살을 저지른 유럽에 대한 비판과 흑인의 정체성을 사유한 프란츠 파농, 아우슈비츠의 산증인 프리모 레비, 한국의 망명지식인이자 경계인인 윤이상, 서경식, 송두율 등의 디아스포라적 체험에 주목하였다. 제국주의, 식민지배, 세계대전, 전 지구적 시장경제는 무수한 사람들을 본래 귀속되어 있던 공동체로부터 떼어 놓음으로써 모어, 모문화, 역사로부터 추방된 디아스포라가 지구상

이상화 ⑤조국의 회복과 유지, 번영을 위한 정치경제적 헌신 ⑥조국과의 지속적인 관계유지와 공속의식을, 윤인진은 ①한 기원지에서 많은 사람들이 두 개 이상의 외국으로 분산한 것 ②정치적·경제적 기타 압박 요인에 의하여 비자발적이고 강제적으로 모국을 떠난 것 ③고유한 민족문화와 정체성을 유지하고자 노력하는 것 ④다른 나라에 살고 있는 동족에 대해 애착과 연대감을 갖고 노력하는 것 ⑤모국과의 유대를 지키려고 노력하는 것을, 서경식은 근대의 노예무역, 식민지배, 지역분쟁, 세계전쟁, 시장경제 글로벌리즘 등 몇 가지 외적인 이유에 의해 대부분 폭력적으로 자기가 속해 있던 공동체로부터 이산을 강요당한 사람들 및 그들의 후손을 가리키는 용어로 사용한다고 설명하고 있다.

을 유랑2)하였다. 이들은 항상 소수자의 위치에 있기 때문에 모어와는 다른 언어를 구사하며 경제적 곤궁과 법적 지위의 불안정한 상황에서 국가나 민족, 국민으로서의 법적 보호를 받지 못하는 난민들이다. 민족 외부의 민족이자 비국민으로 근대의 대표적 타자인 유대인과 자이니치 문제는 식민지와 제국간의 사회경제적 상황과 정신분석학적 복합성을 바탕으로 하는 우리 시대의 화두이다. 디아스포라는 '나는 누구인가'라는 정체성에 의문을 품으며, 무국적 이방인, 경계인, 소수자, 난민, 실향민과 같이 조국과 거주국 사이에서 아슬아슬한 균형을 이룬 채 방황하고 고뇌하며 자신의 뿌리와 경로(루트)를 확인하는 삶을 영위한다.

구효서는 최근 조국에 닿지 못하고 떠돌다간 두 조선인 음악가의 일생을 다룬 코리안 디아스포라 소설3)을 발표하였다. 작가는 <후기>에서 작품의 모티프가 된 서경식과 그의 두 형 서승, 서준식 그리고 재독 음악가 윤이상, 요한 세바스찬 바흐, 아우슈비츠의 희생자 프리모 레비에게 감사4)한다고 말하고 있다. 이 장편은 국가와 이념이라는 경계를 초월한 음악가를 주인공으로 일본, 베를린, 서울, 평양과 18세기와 20세기의 시공간을 가로지르며 자이니치 예술가의 일생을 통해 근대를 비판하는 디아스포라소설이자 예술가소설이다. 『랩소디 인 베를린』의 주인공인 이산자아이자 디아스포라 예술가로서 이산의 삶이 가져다주는 운명과 음악, 사랑, 국가(민족) 그리고 그가 닿고자 했던 삶의 지향점

---

2) 서경식, 임성모 외역, 『난민과 국민 사이』, 돌베개, 2006, 315~316면.
3) 본고의 대상작품인 『랩소디 인 베를린』(뿔, 2010)은 2009년~2010년 6개월간 <문학웹진 뿔>에 연재되어 매회 폭발적인 조회수를 기록하였다고 한다.
4) 주인공인 김상호는 재독음악가로서 방북을 이유로 고문과 옥고를 경험했으며 타국에서 죽었다는 점에서 윤이상의 삶과 포개지며, 자이니치 출신으로서 출생, 성장과정에서의 차별과 배척을 통한 디아스포라적 고뇌와 상처를 짊어지고 유랑했다는 점에서 국가, 민족, 조국에 대한 서경식의 성찰과 사유에 힘입고 있다.

을 통해 디아스포라의 다문화적 상황과 복합적 정체성을 살펴볼 수 있을 것이다.


## 2. 디아스포라 양식으로서의 다중서사구조

다문화성, 다양성, 유동성, 타자성에 주목하는 최근의 문학적 경향이 디아스포라 문학이다. 『랩소디 인 베를린』은 67세의 일본여성 하나코가 자신의 첫사랑이자 자이니치[5])인 김상호의 삶을 통역자인 이근호의 시각으로 추적하는 표면적 서사와 18세기 독일의 한 음악가의 조상이 조선인일지도 모른다는 가설 하에 그의 생애를 적어놓은 TNF(TOCCATA UND FUGA)문서를 이근호가 읽어나가는 이면적 서사의 액자형식을 취하고 있다. 시공을 초월한 두 음악가의 예술과 사랑 그리고 민족과 조국이라는 진지한 주제의식이 이중서사로 펼쳐지며 소설 속의 「랩소디 인 베를린」 문서와 김상호가 고백한 내용을 정리한 원고 등이 별도로 전개되는 중첩적 액자형식의 다중적 서사구조로 구성되어 있다. 이 소설은 독일과 일본이 반복적으로 교체되면서 서울, 평양으로 확대되는 공간성과, 18세기와 20세기까지 200년 동안의 시간성을 바탕으로 힌터마이어의 삶과 김상호의 삶을 추적·유추하는 복합구조로 이루어져 있

---

5) '자이니치, 재일(在日)'은 '재일조선인', '재일한국인', '재일코리안' 등 다양하게 불려진다. 이들은 일본에 거주하는 한반도 출신자와 그 자손의 명칭으로 식민지 시대엔 황국신민, 일본국민이었다가 일본패전 후엔 외국인으로 취급됨으로써 혹독한 차별과 배제를 체험하는 재일동포이자 소수민족으로서의 디아스포라이다. 이들은 '재일교포', '재일동포'로 불리며, 민단과 조총련으로 구분하여 재일한국인과 재인조선인으로 지칭하기도 한다. 재일학자이자 교수인 서경식, 윤건차는 역사적으로 볼 때 재일조선인이라는 명칭이 타당하다고 주장하는바 본고에서도 '자이니치' 혹은 '재일조선인'으로 사용하고자 한다.

다. 이는 디아스포라의 삶과 정체성 자체가 간단하지 않기 때문에 문학적 형식에까지 반영된 것으로 이해된다.

18세부터 20대 중반까지 열정적으로 사랑했던 김상호의 잠적을 오랜 세월동안 이해할 수 없었던 하나코는 그의 동생으로부터 부고소식을 듣는다. 그가 독일에서 자살로 생을 마쳤으며, "내가 늘 찾던, 내가 평생 가닿고자 했던 곳이 하나코였다는 사실을 못내 고백하는 것"이라는 내용의 유서를 남겼다는 것이다. 이 유문은 소외된 예술가인 김상호가 갈망했던 삶의 정착지이자 그가 지향하는 세계에 대한 단서이기도 하다. 일생을 독신으로 살면서 자원봉사를 했던 하나코는 이 글의 함의를 풀기 위해 여행사의 주선으로 통역을 맡게 된 이근호와 함께 김상호의 지인을 추적한다. 한 계절을 하나코와 함께 하면서 이근호는 재일조선인 2세가 독일유학 중 바로크시대의 음악가 요한 힌터마이어를 연구하기 위해 동베를린과 평양을 다녀왔으며 한국으로 소환되어 간첩죄로 17년간을 복역한 후 1989년 독일로 되돌아왔고 황혼자살했다는 사실을 알게 된다.

'독일-일본'이 반복되는 이 소설은 프롤로그와 에필로그를 제외하고 14장으로 구성되는데 독일에서는 김상호의 삶의 궤적을 재구하며 지인을 찾아가는 여정을, 일본에서는 김상호와의 애틋하고 아련했던 만남이 과거회상으로 교차되고 있다. 각 단원마다 TNF문서가 삽입되며, 독일 나치 수용소에서의 만행과 한국 안기부에서의 고문과 폭력 등이 각각 설정되고 있는 혼종적인 디아스포라적 양식을 지닌다. 핵심서사는 일본을 떠난 김상호가 한국에서 투옥생활을 한 후 독일로 망명했으며 하나코와 이별할 수밖에 없었던 이유를 하나코가 알게 된다는 내용이다. 18

세기와 20세기까지 200년간의 세월을 두고 활동한 두 음악가의 조상이 조선인이며, 음악적 특징, 한 여성과의 좌절된 사랑, 디아스포라로서의 타자적 삶이 일치하는 이 소설이 중첩된 액자구조의 복잡한 형식을 취하고 있음에도 불구하고 가독력이 떨어지지 않는 이유는 첫사랑의 기억을 독자와 함께 추적하는 추리형식의 동반적 시점을 지니며, 애정묘사에서는 애잔하고 유려한 문체로, 현실비판에서는 냉정하게 서술되기 때문이다. 바로크 시대의 한 독일음악가가 요한 세바스찬 바흐이며 그가 조선인의 후예라는 문학적 상상력으로 현재와 연결하여 두 예술가의 사랑과 방황, 음악적 정열 그리고 그들의 인간적 고뇌가 정교하고 감동적으로 그려진다. 산만할 수 있는 중첩의 소설구조는 한국인임에도 불구하고 독일과 일본을 떠돌어야 했던 디아스포라 주인공의 복합적 정체성과 혼종적인 삶의 형태를 반영한 디아스포라적 체제로 볼 수 있다.

이 소설은 김상호의 행적을 추적하는 부분을 중심서사로, TNF문서가 교차되며, 자유기고가 마르틴 슈타인도르프가 빌헬름이 진술한 내용을 문서화하여 전문잡지에 기고한 「랩소디 인 베를린」 그리고 김상호가 한국에서 당한 폭력과 고문에 대해 서술한 원고가 독립적으로 제시되어 있다. 이 소설은 첫사랑의 추억을 쫓는다는 점에선 애정소설이지만, 두 음악가의 예술적 삶을 그렸다는 점에서 예술가소설이며, 독일나치만행사건이나 한국에서의 고문사건을 다룬다는 점에선 정치소설이고 일본, 독일, 한국을 횡단하는 자이니치가 주인공이라는 점에서 디아스포라소설이다. 음악, 사랑, 정치, 디아스포라적 삶, 근대비판 등 폭넓고 다양한 주제의식을 담은 이 소설은 유기적이지 못한 채 파편적이고 단선적인데 이러한 실험적인 소설형식은 디아스포라적 양식으로 한 편의 소설로 소화하기에는 다소 벅차게 느껴진다. 또한 직접적인 고발은 정치적인 글로 읽혀지며, 역사문제나 구체적 사건에 있어 작가의 편집자적 논평이나 주관적인 해석이 그대로 드러나고 있다는 점은 문학적 형상화의 미흡함으로 지적될 수 있다.

## 3. 경계인·이방인·망명예술가의 복합적 정체성

주인공은 근대 제국주의 산물인 디아스포라(diaspora)이거나 상처받은 소수자(minority)이자 경계인(the marginal man)이다. 김상호는 일본이라는 국민국가의 다수자로부터 부당한 억압과 고통을 당한 채 자신의 정체성에 소외당하며 성장한다. 디아스포라는 언어를 몰수당하며 인식력의 샘인 역사적인 차원은 매장당한 채 뿌리 뽑힘을 특별한 표지로 달고 다니며 비현실적이고 허깨비 같은 생존을 영위[6]한다. 식민지-분단-이산-냉전의 한국근대사와 중첩된 김상호의 생애는 식민지시대에 강제로 도일한 한국인 부모의 외국정착과 한국에서의 감금, 마지막 생애의 20여 년을 독일에서 살다가 쓸쓸하게 자살한 망명예술가의 삶이었다. 일생을 뿌리내리지 못하고 상처받은 영혼으로 산 그의 피폐하고 신산한 삶은 이름에서도 나타난다. 그의 일본명은 '야마가와 겐타로'이고, 독일명은 '토마스 김', 한국이름은 '김상호'이며 하나코의 발음으로는 '긴사노', '기므 상 호'로 불린다. 단일정체성을 갖지 못한 디아스포라는 성명에 내재된 균열만큼이나 정체성의 균열을 지닌 채 살아간다. 이름은 정체

---

6) 테오도르 아도르노, 김유동 역, 『미니마 모랄리아』, 길, 2005, 52면.

성을 드러내는 가장 기본적인 요소인데, 디아스포라는 하나의 이름을 갖지 못하는 것이다. 이 소설은 하나코의 관점이나 일본에서는 '겐타로'로, 독일에서는 '토마스'로, 통역자의 시선이나 한국에서는 '김상호'로 표현된다. 거주지에 따라 달라지는 이름의 정체성은 디아스포라가 짊어질 이산자아로서의 분열과 혼란을 중첩적으로 감당할 수밖에 없는 상황을 말해주고 있다. 자신의 의지와 상관없이 일본에서 살아왔지만 이름엔 한국 혹은 조선이라는 흔적이 남아있다. 일본성인 '야마가와'는 '산천(山川)'으로 '고국산천'을 뜻하며, 독일명에도 일본성을 따지 않고 토마스 '김'을 그대로 갖고 있다는 점에서 김상호의 조국에 대한 애착을 알 수 있다. 디아스포라는 여러 개의 이름을 갖게 됨[7]으로서 정체성의 혼란과 분열을 겪는다. 고국에서도 타국에서도 인정받거나 정착하지 못하고 떠도는 디아스포라는 '나는 누구인가'라는 물음을 피할 수 없다.[8]

일본에서의 김상호의 출생과 성장과정은 자이니치가 일반적으로 겪는 고통과 차별 속에서 그려진다. 어린 시절 죠센가오쿠(조선가옥)를 도깨비집으로 불리는 것을 경험[9]했으며, 일본여성 하나코와의 연애에서

---

7) 디아스포라 이름에 새겨진 다양성과 다국적성은 다문화문학의 주인공 이름에 특징적으로 나타난다. 정도상의 『찔레꽃』에서는 '충심'에서 '미나', '소소', '은미'로 이름이 바뀌며, 황석영의 『바리데기』에서도 '바리'의 딸을 '홀리야 순이'로, 강상중의 『어머니』에서는 '나가노 데쓰오'가 '강상중'으로, 해외입양인 문학인 조미희의 『나는 55퍼센트 한국인』의 이름은 '조미희', '미희 나탈리 르므안느', '김별'이며, 케이티 로빈슨의 『커밍홈』의 저자는 '김지윤'에서 '케서린 진 로빈슨'으로 재탄생한다. 탈북여성, 입양아, 자이니치, 난민 등 디아스포라의 다양하고 혼종적인 이름을 통해 이들의 정체성이 얼마나 복합적이며 정착하지 못한 채 계속 변형되고 있는가를 알 수 있다.

8) 서경식, 김혜신 역, 『디아스포라 기행』, 돌베개, 2006, 103면.

9) 조선인이 살고 있는지 확인하지도 않은 채 언덕 위의 허름한 움막을 '그냥', '당연히' 죠센가오쿠 혹은 도깨비집이라고 부름으로써 소문과 만들어진 속설로서의 담론이 형성되는 오리엔탈리즘적 시각이 다수자인 일본인에 의해 자이니치에게 투사되고 있다. 이는 타고난 범죄자, 영원한 아이들로 훈육과 계몽의 대상으로 보는 서구가 만든 검

도 자신이 조센일착(朝鮮一着)이라는 고백을 함에 있어 위축되는 오스테리테10) 상황에 놓인다. 그는 도쿄시향, 방송관현악단, 오페라, 뮤지컬악단에서 모두 낙방함으로써 일본사회에서의 따돌림과 배척을 경험하게 되어 출국을 준비한다. 그가 평생 가닿고자 했고 의지하고자 했던 하나코와의 사랑도 그녀 아버지의 반대로 상흔만 남긴 채 헤어질 수밖에 없었다. 그녀의 아버지는 일제시대에 간도에 있는 조선해방군을 무자비하게 살육하고 토벌한 사람으로 그런 자신의 과거 때문에 재일조선인과는 가족이 될 수 없으며 아내 없이 키운 하나코와의 근친상간을 고백함으로서 김상호를 떠나게 한다. 국가나 민족에 대한 개념이 모호하고 불확실한 자이니치로서 자신을 사랑하고 이해해준 하나코와의 관계가 허망하게 끝나고 만 것이다. 그후 김상호는 독일에서 우연히 알게된 요한 힌터마이어를 조사하기 위해 동독과 평양을 방문하여 그의 후손을 만나고 자료를 얻어왔지만 반공법에 위배되어 한국에서 17년간의 젊음을 소진하고 만다.

김상호는 일본, 한국, 북한 사이에서 끊임없이 정체성을 확인해야 하는 분열적인 난민으로서의 감수성을 가질 수밖에 없으며 고국에 머물지 못하고 망명했거나 떠도는 떠돌이이자 이방인이다. 그는 분단과 냉전 상황 속에서 고문과 투옥되는 상처를 받으며 이념과 체제의 선택에 놓인다. 일본의 조선 식민지 지배의 소산이며 일본의 가혹한 이민족 지배를 가장 예리한 형태로 체현하는 역사의 증인11)인 재일조선인은 세

---

등이 신화와 다르지 않다.

10) austérité는 극도의 삼감, 내핍, 간소함, 절제(에너지 관리나 생활, 언어에서 모두)를 의미하며, 아도르노는 망명생활의 가장 신뢰한 구명정으로 여기고 있다. - 테오도르 아도르노, 앞의 책, 53면.

11) 윤건차, 박진우 외역, 『교착된 사상의 현대사』, 창비, 2009, 164면.

국가의 틈새에서 신음할 수밖에 없다. 김상호는 일본에서의 불이익과 수모를 감수하며 성장한 후 독일 유학을 하는 인물이다. 낯선 타국어와 타국, 타민족과 대면하는 가운데 정체성의 혼란을 겪으며 예술과 학문을 실현하는 디아스포라이자 영혼이 자유로운 예술가에게 조국인 한국은 고문과 고통을 안겨주었으며 감옥 방 한 칸에 머물게 하였다. 일본에서의 비국민으로서의 차별과 배제, 한국에서의 고문과 옥살이 그리고 망명예술가로서 쓸쓸하고 고독한 이방인의 삶을 살았던 김상호의 생애는 이름의 다양함만큼이나 뿌리를 찾지 못하고 길을 잃은 지난하고 모욕당한 삶이었다.

김상호가 쫓던 18세기 음악가 힌터마이어도 디아스포라이다. 노예상인에게 팔려 독일에 정착한 조선인 악공의 후예인 힌터마이어는 아이블링거의 눈에 띄어 바이마르로 입성한 후 이름과 지위, 경제적 보살핌을 획득하지만 그 대가로 자작곡을 도용당하는 타자적 삶을 영위한다. 교회의 풀무꾼에 지나지 않던 힌터마이어의 원래 이름은 키르케이다. 회랑에조차 들어갈 수도 없으며 오르간을 만질 수도 없는 풀무꾼이기에 오르간 소리를 벽 뒤에서 10년 동안 들을 수밖에 없었지만 그는 천재 음악가였다. "아침에 늦게 일어난 새가 다른 새에게 먹이를 빼앗겨 탄식하는 소리"처럼 들린다며 아이블링거에게 조롱당하는 '키르케'[12]라는 이름은 전근대적·여성적·자연적·신화적인 타자성을 지닌다. 키르케의 신비로운 이야기는 자아를 해체하는 주술적인 단계를 보여주

---

12) 키르케는 『오디세이』에 나오는 아이아이섬에 사는 마녀이다. 시민적 개인이자 근대성과 자아의 원형인 오디세우스는 전근대적 주술로서의 야만적 마력을 지닌 키르케에게 유혹받지 않아야만 자율성을 획득한다. -노성숙, 『사이렌의 침묵과 노래』, 여이연, 2008, 148~156면- 이들의 관계에서처럼 『랩소디 인 베를린』의 키르케는 전근대적이고 마녀적·창녀적 타자인데 반해, 아이블링거는 근대적 인물이자 주체임을 대비하는데 이 이름은 용이하다.

며 신화 속의 이 여성은 태양신의 딸이자 대양신의 손녀로 물과 불의 요소가 혼합된 미분리성13)을 의미한다. 키르케는 아이블링거에 의해 '뒷골짜기'라는 의미의 힌터마이어라는 이름으로 호명됨으로써 비로소 자아를 획득한다.

소설의 화자이자 의뢰인의 통역자이자 안내인인 이근호(하나코의 발음으로는 이구노) 역시 3개 국어를 하는 디아스포라이다. 그의 아버지는 한국인이고, 어머니는 일본인이며 거주국은 독일이다. 그는 자신이 있고 싶은 곳이 아버지의 나라도, 어머니의 나라도, 6년째 머물고 있는 독일도 아닌 "국가가 아닌 어떤 곳"이라고 말함으로써 디아스포라의 정체성과 장소성에서 자유롭지 못하다. 이근호와 김상호는 단일시각으로 정체성을 설명할 수 없는 디아스포라적 고뇌를 짊어지고 살 수밖에 없다.

디아스포라의 정체성은 모호하고 복합적이다. 타국에서 겪는 식민주의의 거만함, 인종차별, 외국인 혐오에 대한 편견이 여전하며 출신성분, 지역출신, 종교, 학교, 정치적 성향, 신분, 출신이 다른 사람은 동서고금을 막론하고 살인적인 결과14)를 가져온다. 이 소설에서는 국가적 신념과 인종 차이로 인한 홀로코스트(나치에 의한 유대인 대학살)와 반공시절 한국에서의 친북성향으로 낙인찍힌 음악가의 감금을 그리고 있다. 복잡한 소속으로 이루어진 정체성을 가졌다고 인정하는 사람은 그 사회의 변두리 계층으로 고아, 이방인, 불청객, 소외된 사람15)으로 느끼기 마련이다. 정체성을 고립주의적으로 이해하는 것은 테러리즘을 극복하거나 이데올로기적으로 조직된 대규모 폭력을 사라지게 하는데 심각한 장애물

---

13) M.호르크하이머·Th.W.아도르노, 김유동 역, 『계몽의 변증법』, 문예출판사, 1995, 109~110면.
14) 아민 말루프, 박창호 역, 『사람잡는 정체성』, 이론과실천, 2006, 183면.
15) 위의 책, 7면, 95면.

이 되므로 다중적 정체성을 인정하고 종교적 소속 관계를 넘어서는 세계를 수용해야 혼란스럽고 불안한 세계에 얼마간의 변화를 만들어 낼 수 있다.[16] 조국과 고국, 모국의 삼자가 분열[17]된 김상호에게 가한 폭력과 벌거벗은 생명으로서의 디아스포라적 삶은 고난의 여정이었다.

그러나 경계인이자 이방인은 혈연적·지연적·직업적으로 얽매이지 않기에 객관성이라는 특징을 지님으로써 어떠한 고정관념에도 얽매이지 않는 자유자일 수 있으며, 두 문화 사이를 끊임없이 횡단하는 하이브리드의 복합적 정체성을 소유한 트랜스이주자[18]로서의 이동성과 혼종성을 갖게 된다. 다수자에게 이방인으로 여겨지는 이들은 '다른 시각을 가지고 묻는 자이자 공동체의 관습적인 질서를 당연시하지 않는 자'[19]로 위치 지운다. 약자성, 피차별의식의 정체성은 오히려 강한 것이 되어 차별을 중층적으로 구조화시킨 다수자 사회의 변혁에 대응하는 의지와 에너지를 획득할[20] 수 있게 된다. 힌터마이어와 김상호 음악에서 기존의 형식이나 질서를 뛰어넘어 새로운 형식과 시도를 보여주고 있는 점은 경계횡단이라는 디아스포라 위치인 두 음악가의 경계적 정체성이기에 가능했을 것이다.

---

16) 아마르티아 센, 이상환 외역, 『정체성과 폭력』, 바이북스, 2009, 141면.
17) 서경식은 디아스포라의 특징으로 조국은 선조의 출신국이며, 고국은 자기가 태어난 곳, 모국은 현재 국민으로 속해있는 나라의 삼자가 분열된 것이라고 설명한다. -서경식, 앞의 책, 114면.
18) 이용일, 「다문화시대 고전으로서 짐멜의 이방인 새로 읽기」, 『독일연구』 18호, 한국독일사학회, 2009, 191~199면.
19) 자끄 데리다, 남수인 역, 『환대를 위하여』, 동문선, 2004, 57면.
20) 윤건차, 앞의 책, 422면.

## 4. 대지/여성/음악의 타자성과 '평생 가닿고 싶은 곳'

『랩소디 인 베를린』은 한 여성이 첫사랑의 흔적을 찾아 떠나는 여정으로 시작한다. 여행의 동기는 김상호가 자살한 후 남긴 짧은 유서 때문이다.

> 평생 가닿고자 했던 **것**, 이 아니었다. 평생 가닿고자 했던 **사람**, 이 아니었다. 평생 가닿고자 했던 **곳**, 이었다. 사물도 아니었고 인간도 아니었다. 장소였다. 하나코는 공간이었고, 지점이었고, 땅이었다. 겐타로가 닿고자 했던 곳으로서의 자신은 무엇이었을까. 하나코는 언제까지고 그렇게 앉아 있었다.[21]

7년간의 연애를 뒤로 하고 잠적한 김상호의 유문은 왜 그가 그녀를 떠날 수밖에 없었는가를 되새기게 하는 모티프이다. "내가 평생 가닿고자 했던 **곳**은 하나코"라고 했듯이 김상호의 삶의 지향점은 사물이나 인간이 아닌 공간이자 지점이자 땅이었다. 일생을 외국·감금·망명생활을 했던 디아스포라는 한순간도 자신의 몸을 편히 누일 혹은 딛을 대지가 없었다. 평양을 방문했다는 이유만으로 자신의 경력, 방북동기, 지위, 정체성을 무시당한 채 가혹한 고문과 투옥을 당했던 김상호가 평생 닿고자 했던 곳은 '근대국민국가를 넘어선 저편에서 진정한 조국을 찾고자 했던'[22] 곳이다. 국가, 민족, 국민이라는 편 가르기 속에서 소수자로서 고통 받던 김상호가 유일하게 의지했던 곳(사람이나 여성이 아닌)은 아름답고 순수했으며 운명적인 사랑을 했던 일본여성 하나코였다. 멸시

---

21) 구효서, 『랩소디 인 베를린』, 뿔, 2010, 37면.
22) 서경식, 앞의 책, 7면.

와 박해 속에 성장한 김상호와 짐승을 도축하는 부라쿠민(부락민)23)이자 히닌(非人) 집안 출신인 하나코는 상처받은 영혼들로 타자적 동질감을 느끼며 서로를 치유한다. 이들의 사랑은 보랏빛 해국(海菊)이 휘날리는 환상적이고 낭만적인 기억으로 회상되며, 김상호의 비명(碑銘)에 새긴 '5P 3/10'(먼셀 표색계의 보랏빛을 지칭하는 용어)처럼 연인만이 알 수 있는 은밀하고도 비밀스러운 사랑으로 묘사된다. 한국인이라는 사실과 부락민집안이라는 서로의 신분을 고백하고 이해할 정도로 깊어지고 공유하게 된 한국남성과 일본여성의 사랑은 그녀의 아버지의 반대로 비극적인 결말을 맺는다. 사랑의 문제에 있어 김상호는 우유부단하고 주저하며 "하나코는……내 것이야, 私の物, Das ist mein"이라고 말하는 그녀의 아버지 말 한마디에 충격을 받고 하나코의 아픔과 절망을 지켜주기는커녕 일생동안 의혹만 남긴 채 독일로 떠나고 만다. 사랑에 대한 환상적 묘사와 그녀를 평생 가닿고자 했던 젠더공간으로 표현한 방식에서 남성작가의 가부장적·남성중심적 시각이 엿보인다. 여성은 자연이자 천상, 비현실, 구원의 모성(모국)으로 그려지며 허여성, 감상성, 수동성의 특질로만 인식되기 때문이다. 주체적이고 타자의 윤리를 지녔으며 자신의 운명을 씩씩하게 개척하여 평생 봉사한 하나코이지만 그녀는 주변적인 인물일 뿐이다. 따라서 김상호가 지향하고자 한 곳은 하나코 개인이 아니라 음악, 국가, 사랑조차도 닿지 못했던 추상적인 공간이자 "근현대사로부터 자유로운 어떤 지점"이었다.

---

23) 천민 혹은 백정으로 불리는 부락민의 역사는 1600년 시대로 유래하는데 이 시대는 소수무사가 평민인 백성과 '에다' 또는 '히닌'이라는 천민을 지배하는 사회였다. 에도인구의 3%에 해당하는 천민이 후일 '부락민'이 되었으며 이들은 제일 나쁜 곳에서 살며 복장, 종교에서도 차별을 받았다. 메이지 신정부는 해방령을 발표했으나 결혼이나 취직에서 여전히 차별을 받곤 한다. -윤건차, 앞의 책, 421면.

TNF문서에 등장하는 레아도 하나코처럼 친오빠와의 근친상간으로 불행하고 비극적인 삶을 살고 있다. 그녀는 피학적이고 의존적이며 순종적 인물이다. 친오빠인 아이블링거에게 저항하지 못하고 그의 욕망을 받아들이는 레아는 "목둘레가 깊게 팬 것, 뒷꼭지와 목덜미와 흰 어깨가 드러난 옷을 입고 챙이 넓고 조화와 리본이 달린 모자를 썼으며 흰 장갑을 꼈고 토시가 팔꿈치에 닿은" 장식적이고 선정적이며 육감적인 여성으로 묘사되고 있다. 과장된 골반과 엉덩이, 초점 없는 눈빛과 표백된 낯빛, 무연히 열린 동공, 표정도 감정도 없는 레아는 성화되고 젠더화된 여성이었다. 목소리를 상실한 채 달아나지도 거역하지도 못하는 레아야말로 남성의 시선에 놓인 물화된 대상이자 타자화된 존재이며 젠더화된 이원적 구분[24]의 전형적인 여성이다. 그녀는 아이블링거를 질투하게 함으로써 힌터마이어를 떠나게 만든 유혹자이자 "가혹한 징벌의 발 끝에 짓눌린 신화 속 여인"으로서의 성녀라는 이중성을 지닌 남성판타지의 산물이다. 현실 속의 인물이 아닌 신화 속 여신처럼 숭배되거나 대지모 같은 포용성, 자기희생을 부여하고 강요하고 이미지화하는 방식은 남성작가의 오랜 관행이다. 레아 역시 힌터마이어의 "비겁한 도피"로 버려진 채 격리되어 아이블링거에게 종속된 삶을 견뎌낸다. 하나코를 공간으로 서술하듯이, 레아 역시 "무엇으로도 복구될 수 없는 대지"인 것이다. 자연과 대지는 여성적인 것을 상징하는 것으로 재현되어 왔으며, 문화와 동일시되는 남성들이 자연을 통제하거나 초월한 것이라면 여성 또는 자연과의 밀접한 연관으로 인해 통제되고 강제[25]될 수밖

---

24) 이젠 상식이 된 이분법적 구분 목록은 다음과 같다.
　　남성적: 공적, 바깥, 직장, 일, 생산, 독립, 권력 / 여성적: 사적, 안, 가정, 여가·즐거움, 소비, 의존, 권력의 부재. ─린다 맥도웰, 여성과공간연구회 역, 『젠더 정체성 장소』, 한울, 2010, 40면.

에 없다. 하나코와 레아는 계몽적인 인간인 남성에게 극복해야할 낯설고 위험천만한 신화적 장애물이자 자연과 동일시되는 어떤 것[26]이라는 남성중심적이고 여성소외적 시선에서 자유롭지 못하다. 이 소설에서 그녀들은 근대적 주체인 남성예술가의 보조적·주변적 인물로 전락하며, 이를 통해 여성에 대해서는 보수적·가부장적 시선을 견지하고 있음을 알 수 있다.

국가, 인종, 종교, 이념, 체제를 초월하는 예술가는 자유로운 영혼의 소유자이자 개방적·탈경계적 성향을 지닌다. 그러나 근대적 조건이 작동하는 20세기에 김상호가 조국에서 당한 고문과 감금은 한국 실정이나 한국어를 모르는 자이니치 음악가에겐 끔찍하고 고통스러운 사건이었다. 일본, 북한, 한국 등 세 나라와의 아슬아슬한 관계 속에 놓인 자이니치 디아스포라 음악가에게 하나의 체제, 단일문화, 일관된 정체성을 강요하는 것은 부조리하다. 그에게 인종과 민족을 가르고 배타적으로 지키려는 국가권력인 군대, 경찰, 정보기관, 사법기관은 망령의 사신일 뿐이다. 그는 일본, 북한, 한국, 독일 어디에도 속한 적이 없었으며 그가 서 있던 곳은 어디서나 게토[27]였다. 언어소통도 되지 않고 국가적 이념도 모른 채 음악만을 지향했던 예술가에게 디아스포라적 삶과 사유는 비극 그 자체였다. 이러한 디아스포라적 위치를 하나코는 다음과 같이 설명하고 있다.

---

25) 위의 책, 92~94면.
26) 노성숙, 앞의 책, 77면.
27) 유대인 강제 거주 지역으로 14세기 초부터 19세기까지 유럽 곳곳에 존재했다. 독일군은 1940년부터 동유럽의 주요도시에 게토를 재건했는데 그곳은 곧 기아와 질병 수용소의 강제연행 등으로 비극적인 죽음의 무대가 되었다. -프리모 레비, 이현경 역, 『이것이 인간인가』, 돌베개, 2007, 36면.

"국적은 한국이지만, 토마스는 한국말 몰라요. 일본에서 살았고 독일에서 살았죠. 세상엔 그런 사람들이 있어요. 살고 싶은 곳에서 살지 못하는 거죠. 떠도는 것도 아니면서 떠돌지 않는 것도 아니죠. 영원히 그럴 수밖에 없을 것은, 음울한 운명을 불치의 통증처럼 안고 사는 사람들. 물론 그들 잘못은 아니죠……."[28]

한국에서 죽다 살아난 김상호는 독일에 머문 동안 "예술가로서 자신에게 남은 조국은 이제 음악 그것뿐 조국도 민족도 결국 말일뿐"이라며 미친 듯이 곡을 만들지만 음악마저도 음악일 뿐이라 여기며 자살한다. 자신의 광팬인 키르호프와 빌헬름의 관계를 알게 된 김상호는 음악조차 32막사의 연장에 지나지 않았다는 허공의 수군거림을 들으며 여성, 국가, 음악 모두에게 도달하지 못하고 배신감을 느낀다. 『랩소디 인 베를린』은 자신의 뿌리, 루트를 찾거나 나라, 땅을 딛지 못하고 죽음을 선택한 자이니치 디아스포라 예술가의 삶을 감동적으로 그린다. 일본과 북한과 한국과 독일 어디에도 살고 있지 않으며 어디에도 속한 적이 없었기에 김상호가 서 있던 곳은 어디서나 게토였으며 이는 디아스포라의 태생적 운명이었다. 소속감과 정체성이 절실했던 김상호는 결국 그 어느 곳에도 닿지 못하고 자살하는 비극적 결말로 끝이 난다.

## 5. 예술가소설로서의 디아스포라적 음악관

이 소설은 예술가소설[29]로서 음악에 대한 치열한 논쟁이 벌어진다.

---

28) 구효서, 『랩소디 인 베를린』, 뿔, 2010, 206~207면.
29) 예술가소설이란 예술가를 주인공으로 설정하여 삶과 예술 사이의 관계, 예술가의 자

예술가가 자이니치라는 점에서 예술과 정치의 관계가 팽팽하게 길항하며 예술관과 정체성이 드러난다는 점에서 디아스포라 예술가의 고뇌가 나타나고 있다. 개방적이고 자유로우며 탈정치적인 예술가 앞에 놓인 민족, 국가, 정치권력과의 갈등은 곧 디아스포라적 삶과 연결되며 자신의 음악관을 형성하는 핵심적 요소이기도 하다. 김상호는 하나코에게서 차원이 다른 음악을 만들라고 권유받는다. 그의 <삶이여 헐벗으라>곡은 멜로디가 없으며 불연속적 악기의 배치, 우연한 힘과 마찰이 무작위로 가해지는 기이한 음악으로 음표가 없거나 사각형과 마름모꼴 무질서가 특징적이다. 그는 자신의 음악을 18세기 음악가의 악보에서 발견하고 경악한다. 그리고 화성과 대위법에서 벗어나는 자신의 음악이 힌터마이어의 음악에서 유래되었으며 "鮮"의 기록을 통해 그가 조선인의 후예일지도 모른다는 추측을 한다. TNF문서에서 힌터마이어는 마이스터 자리에 오르는 것이 꿈인 권력의 화신 아이블링거와 음악에 대한 설전을 통해 자신의 음악관을 피력한다. 아이블링거는 풀무꾼이었던 자신에게 성과 이름, 신분, 음악을 부여하고 제도권 안에 소속시킨 사람이지만 음악적 영감의 무급제공자가 되어 음악과 사랑을 도용당하는 주체와 타자, 주인과 노예의 관계로 만들었다. 힌터마이어는 음악이 어느 한 형식과 차원에 머물 수도 없고 머물 필요도 없다고 생각하며, 아이블링거처럼 주어진 형식 안에서 음악적 자율성을 극대화하는 것은 예술의지이지만 그 자율마저 압박하는 형식을 강요하는 것은 권력의지에 지나지 않

---

의식 등을 탐구하는 소설장르의 하위유형, 소설가 혹은 예술가가 등장하여 예술가로서의 숙명을 인식하고 예술 창작 본질에 관한 문제에서부터 예술혼을 완성해나가는 과정을 그린 소설로 정의된다. ―서재길, 「1920~30년대 한국예술가소설연구」, 서울대 석사논문, 1995, 1면, 김현애, 「이문열의 예술가소설연구」, 동국대 석사논문, 2005, 10면.

는다고 비판한다. 그리고 김상호의 음악적 기조 역시 힌터마이어와 궤를 함께 한다. 악기를 만질 수 없었던 힌터마이어에게 음악이란 "속 깊이 억압되었던 것들, 사무쳤던 것들, 응어리지고 퇴적되었던 것들, 건반을 두드릴 때 겨우 소리 없는 외침으로 튀어 오르며 환호했던 것들"을 토해내는 음악적 갈망과 열정 자체로서 조국에 배신당한, 그리고 자이니치로서 음악에만 매달려온 김상호의 음악관과도 다르지 않다. 음악과 레아에 대한 열등감으로 힌터마이어를 독신(瀆神)의 죄로 고발한 아이블링거 자신도 결국 훔친 곡임을 고백하면서 파멸하고 만다.

디아스포라 문화는 본국과 깊은 연관을 맺고 있으면서도 동시에 거주국의 문화, 거주국 안에 사는 다른 소수민족의 문화와도 끊임없이 영향을 주고받게 되는[30] 경계적 문화이다. 국가, 민족, 종교, 음악, 이데올로기 사이의 충돌은 편 가르고 구획 짓던 근대가 낳은 소산이었다. 그러나 자신의 음악에 열광했던 키르호프가 유대인 악사들을 고문하며 만든 음악과 다르지 않음을 확인한 김상호는 음악과 우정이 음악과 우정이 아니었다는 사실을 알게 되고 여성과 국가에게 버림받고 마지막까지 부여잡던 음악에게마저도 배신당한다. 자신의 음악이 유대인수용소 32막사의 뱀에게는 잔인하고도 잔혹한 도구에 지나지 않았으며 그곳에서 광기로 만들어진 이디시어랩소디[31]와 다르지 않음을 알게 됨으로써 김상호는 이승에서 정착하지 못하며 평생 가닿고자 했던 곳에 닿지 못하는 디아스포라 운명과 형벌에서 벗어나지 못한다.

---

30) 유영민, 「디아스포라 음악과 정체성」, 『낭만음악』 84호, 2009. 가을호, 61면.
31) 이디시어는 헤브라이어, 아람어와 함께 유대 역사상 가장 중요한 3대 문어로 수세기에 걸쳐 억압과 동화로 인해 실제 사용자는 많지 않다고 한다. 이디시어랩소디는 체념적이고 깊은 우울이 담긴 4행시로 수용소생활이 세세하게 모두 담겨있다고 한다. —프리모 레비, 앞의 책, 86면.

## 6. 20세기 근대가 남긴 상처치유와 극복의 문제

16개의 소목차로 구성된 『랩소디 인 베를린』의 목차에서 '벌거벗은 생명1, 2'는 자유기고가 마르틴 슈타인도르프가 작성한 문서와 원고로서 독립적 내용이다. '벌거벗은 생명1'은 김상호의 지인인 키르호프와 빌헬름과의 악연으로 죽음까지 몰고 가게 된 1944년 5월부터 9월까지 작센하우젠 수용소에서 벌어진 사건[32]이, '벌거벗은 생명2'에서는 서울에서 김상호 자신이 방북 혹은 친북 성향이라는 이유로 고문, 투옥을 당하는 사건이 전개된다. 이 소설은 냉전시대 독일과 한국에서의 벌거벗은 생명[33]의 동질적 사건을 통해 근대비판과 상처치유의 문제를 제기한다.

당시 열 살인 진술자가 구술한 내용을 슈타인도르프가 써서 전문잡지에 실은 유대인수용소[34] 사건은 밀라노의 악사로 수용되어 수용소악대 예비대원으로 발탁된 아버지가 '뱀'이라 불린 SS[35]하급장교에게 인

---

32) 1942년 1월과 1944년 11월 사이는 가스실이 최고로 가동되어 움직이던 시기로 유대인수용소는 홀로코스트의 가장 거대한 학살장소이자 절멸장소였다. -볼프강 벤츠, 최용찬 역, 『홀로코스트』, 지식의풍경, 2002, 147면.

33) 아감벤은 서양정치의 근본적인 대당 범주를 동지-적의 대립관계가 아니라 주권/벌거벗은 생명으로 구별하면서 벌거벗은 생명-정치적 존재, 조에-비오스, 배제-포함이라는 범주쌍이라고 설명하였다. -조르조 아감벤, 박진우 역, 『호모 사케르』, 새물결, 2008, 23면.

34) 수용소 안으로 들어서는 사람은 내부와 외부, 예외와 규칙, 합법과 불법이 구별되지 않는 지역으로 들어서는 것이며, 거기서 개인의 권리나 법적 보호라는 개념들은 더 이상 아무런 의미도 갖지 않는다. 특히 유대인은 뉘른베르크 법에 의해 모든 시민권을 박탈당하였으며, 모든 정치적 지위를 박탈당하고 완전히 벌거벗은 생명으로 축소됨으로써 수용소는 가장 절대적인 생명정치적 공간이 된다. 정치가 생명정치가 되고 호모 사케르와 시민이 거의 구분되지 않게 되는 것이다. -위의 책, 322~323면.

35) Schulz-staffel의 약자. 나치스 친위대. 1929년 히틀러의 경호대로 창설되었다. 그후 독일군 내에서도 나치스 이데올로기를 광신적으로 체현한 특수군으로서의 성격을 지니게 되었다. SS의 임무는 유대인을 포함한 나치스의 적들을 탐색하고 체포하는 것, 강제수용소의 관리와 방어 등이었다. -프리모 레비, 앞의 책, 13면.

간으로서 용납될 수 없는 고통과 상처를 받는 이야기이다. 음악가들은 구타와 폭력, 몽둥이질로 혹독한 모멸감과 수치심을 느끼며 악기를 연주한다. 튜바주자는 아랫도리가 벗겨진 채 허공에 매달려 성기를 지휘봉에 찔려 신음하는가 하면 코넷주자는 등을 밟히는 등 비인간적인 대접을 받으며 비정상적인 선율을 연주한다. 가학과 피학, 질서와 무질서, 인간과 동물, 우연과 계획이 어우러진 기괴한 형태의 음악을 탄생시키는 것이다. 인류가 저지른 가장 큰 만행으로 근대성에 대한 반성을 하게 된 계기가 된 독일나치사건은 아도르노의 말처럼 '아우슈비츠 이후 여전히 시를 쓸 수 있는가'에 대한 의문을 품게 했다. 이디오진크라지36)가 작동하는 수용소의 포로들은 사물이나 짐승으로 다루어지며, 이곳에서는 고문이나 살인이 아무런 쾌락 없이 이루어졌다. 출구가 없을 경우 분별력을 상실한 파괴충동이 남에게 향하는지 자신에게 향하는지 무감각한 심리37) 속에서 뱀의 폭력이 유대인 악사들에게 자행된 것이다. 이런 일들이 벌어진 유대인수용소는 고안되며 실현된 가장 거대한 살인기계이자 인간의 상상력 너머38)에 놓여 있었다. 최소한의 수치심과 자존감조차도 무감각한 수감자야말로 무젤만39)이었으며, 그 어떠한 극

---

36) Idiosynkrasie는 고도로 문명화된 현대인에게 남아있는 원시적이고 동물적인 반응형식으로서 외부의 위협에 대해 본능적으로 움츠리는 말미잘의 촉수와 같은 무조건반사이다. -테오토르 아도르노, 앞의 책, 367면.

37) 위의 책, 142~143면.

38) 볼프강 벤츠, 앞의 책, 138면.

39) 무젤만 Muselmann은 절대적 무감각 상태에서 땅바닥에 몸을 웅크린 채 가부좌를 틀고 앉아있는 이슬람교도를 연상시킨다 해서 사전적 의미로 무슬림을 뜻하는 호칭에서 연유하는데 이들은 유대인의 입장에서도 완벽한 타자로 비춰진다. 이들은 기본적인 생존의욕마저 상실했고 수용소 규칙에 의해 죽음이 예고된 사실상 죽음의 문턱에 들어선 상태로서의 '걸어다니는 시신', '미이라 인간', '살아서 죽은 자', '비인간'이라고 할 수 있다. -임홍배, 「아우슈비츠의 기억과 재현의 문제」, 『뷔히너와 현대문학』 31호, 한국뷔히너학회, 2008, 206면.

단적 야만과 폭력도 악으로 인지되지 않을 만큼 극악한 사태가 일상의 타성처럼 행동한 가해자 뱀의 광기는 수용소라는 가혹한 생존조건에서 빚어진 극단적 예외상태[40]였다. 뱀이었던 키르호프와 그에게서 고통받고 죽은 악사의 아들인 빌헬름과의 악연으로 키르호프는 살해당하고 김상호도 두 달 후 자살하는 비극을 초래한다. 김상호 음악에 대한 키르호프의 열광은 사실상 자신의 광기어린 음악 때문이며, 빌헬름과의 우정도 복수를 위한 의도적인 접근의 결과였던 것이다.

수용소는 생물학적 그리고 우생학적 의미로 규정된 벌거벗은 생명을 가치와 무가치를 끊임없이 결정하는 장소로 만들며 그 결과 현저하게 정치적인 공간으로 변모[41]하였다. 수용소, 감옥, 고문실에서의 예외상태란 독재가 아니라 법의 공백공간이며 모든 법적 규정이 작동하지 않는 아노미 지대[42]로 "세상의 모든 이치와 규범이 정지한 곳"으로 묘사되고 있다. 동물로 격하되거나 비인간만이 존재하는 수용소에서는 "인간에게는 이성이 존재한다"는 생각이나 "인간이라면 이렇게까지는 할 리가 없다"고 생각되는 모든 것이 실제로 행해졌다.[43] 물질적 풍요로움과 자본주의와 제국주의가 지배했던 20세기 근대는 고등민족(독일 아리아인) 대 열등 혹은 예속민족(유대인)으로 이분법화하여 끊임없이 타자를 표상하고 닦달하거나 편 가르고 경계 그으며 배제하고 차별했던 시대였다.

'벌거벗은 생명2'에서는 1972년[44] 여름 한국의 수도 서울에 있는 정

---

40) 위의 논문, 216면.
41) 조르조 아감벤, 박진우 역, 앞의 책, 293~294면.
42) 조르조 아감벤, 김항 역, 『예외상태』, 새물결, 2009, 99면.
43) 프리모 레비, 앞의 책, 336면.
44) 재일조선인은 '민족', '반공', '개발주의'라는 세 가지 필터가 작동되어 '반쪽발이', '빨갱이', '부자(졸부)'라는 이미지로 확대재생산되었다. 특히 1971년부터 1990년까지

체불명의 기관, 위치불명의 건물 안에서 한 청년이 고문을 당하는 장면이 묘사된다. 일본에서 태어나 자랐기에 한국어를 몰랐던 한국 국적의 김상호가 고문실, 유치장, 구치소, 재판정을 오가며 날조되고 이미 작성된 범죄사실로 옥살이를 하게 됨으로써 "체제유지에 요긴한 존재인가 아닌가로 구별되는, 벌거벗은 생명"이 된 것이다. 예술가로서 단지 음악을 위해 동독과 평양을 다녀왔지만 분단국가는 그것을 용납하지 못하였다. 수사관과 피의자, 때리는 자와 맞는 자만이 있는 곳, 욕설, 협박, 조소, 멸시, 일방적이고도 무자비한 구타, 수치심만이 있는, 묻고 듣고 윽박지르는 길고 지루한 고문이 자행되는 곳에서 소통불통의 자이니치 김상호의 공포감과 좌절감은 이루 말할 수 없을 것이다. 이곳에서는 하노버시향의 객원지휘자도, 베를린라디오방송국 콘서트홀 책임자 등 어떤 경력도 인정받지 못한 채 오로지 북한을 다녀온 사람에 불과하다. 김상호는 타자의 언어로 자기변호를 하도록 소환된 피고로서 법정의 소크라테스처럼 자신을 이방인처럼 취급해 달라고, 이방인에 대한 배려를 원했지만[45] 철저하게 무시당한 채 예외상태의 국가권력이 작동됨으로써 감금되고 배제된다. 이 시대는 국민과 비국민, 애국과 비애국의 이분법으로 사고하는 시대로서 그 누구도 '빨갱이', '친북', '좌파' 공방에서 자유로울 수 없다. 재일조선인에 대한 민족이라는 필터도 어디까지나 한국으로의 귀속(충성)을 전제로 한 것이었을 뿐 민족 그 자체는 아니었던 것[46]이다.

---

한국에서 정치범으로서 투옥된 재일조선인은 109명이라고 통계에 나타났지만 반공주의국가 만들기에 혈안이 되었던 반공군사독재정권의 필요에 따라 재일조선인 '간첩'이 당국에 의해 다수 만들어졌다. ─권혁태, 「재일조선인과 한국사회」, 『역사비평』 78호, 역사문제연구소, 2007, 245면, 253면.

45) 자끄 데리다, 앞의 책, 65면.

46) 권혁태, 앞의 논문, 255면.

제국인 일본과 독일 범죄의 희생양인 유대인 악사와 식민지 조선인인 자이니치 음악가는 벌거벗은 생명으로서의 호모 사케르였다. 수용소나 고문실에서의 인간은 불법구금 하에 가혹행위를 받는 동물이자 사물 취급을 받는다. 거꾸로 매달아 놓는 '바비큐' 고문이나 성적 수치심을 느끼게 하는 성기노출과 조롱과 멸시 등 도덕적·윤리적·법적 보호에서 벗어난 예외상태가 일상화된 현실이 20세기를 작동한 원칙이었다. 아감벤이 주장한 대로 예외상태가 정상상태가 되는 근대성의 노모스인 수용소 사건이야말로 근대의 이분법적 사유와 수직적 시선을 단적으로 보여준다. 이 두 개의 사건은 독일인에게는 유대인이, 일본인에게는 조선인이, 한국인에게는 북한이라는 타자가 필요했던 결과였으며, 특히 아우슈비츠의 비극은 비동일자의 죽음을 의미할 뿐만 아니라 총체성과 주객 동일성의 논리가 가져온 끔찍한 결론47)이었다.

예술가란 사회적 금기나 국가, 민족, 이념, 세대 등을 초월하는 자유로운 영혼의 소유자이다. 사회체제나 국가주의, 가족 틀보다 소중한 것은 개인과 일상의 소소함과 사적인 것인 음악가에게 이데올로기, 냉전, 이분법적 논리는 고통과 절망을 안겨주었으며 20세기 근대가 바로 그러한 시대였다. 1944년 독일의 작센하우젠에 수용된 포로가 겪은 일과 1972년 한국의 안기부에서 가해진 자이니치 예술가에게 일어난 사건을 통해 "슬프고도 어리석은 근대의 축소판이 작센하우젠"이었다고 작가는 말하고 있다. '벌거벗은 생명1'의 유대인 악사와 '벌거벗은 생명2'의 자이니치 음악가는 정당한 법적·정치적 지위를 획득하지 못한 무국적 상태의 인간48) 즉 비존재의 처지에 놓여있다. 20세기 근대가 자행한 소

---

47) 최종욱, 「동일성의 해체주의자 아도르노」, 『이론』, 진보평론, 1996, 260면.
48) 무국적인간이란 어떤 사람이 특정한 법이나 정치적 관습에 의해 보호받지 않는다는

수자에 대한 차별과 소외의 수직적 시선에 대한 반성과 극복을 통해 상처를 치유하고 다문화주의와 타자의 윤리학, 생명중시, 탈근대적 사유 지향 등을 제시하고 있다. 일본여성 하나코와 한국인 김상호의 이루지 못한 사랑이나 키르호프와 빌헬름의 보복을 통해 과거는 현재진행 중이며, 국가, 민족, 이념담론에서 벗어나 타자의 측면에서 성찰하고 사유하고자 한다.

## 7. 나가며

최근 디아스포라문학에 대한 관심이 많아지는 가운데 구효서는 예술가소설인 『랩소디 인 베를린』을 발표하였다. 자이니치 디아스포라 음악가인 김상호의 삶을 추적하는 이 소설은 예술, 사랑, 국가에 대한 타자로서의 사유와 성찰을 담고 있다. 탈국경의 시대에 경계인, 망명객, 이방인으로 불리는 디아스포라는 자유롭고 객관적인 시각을 갖는 동시에 법적으로 차별받고 배제된 벌거벗은 생명이자 소수자 위치에 놓인다. 김상호는 평생 가닿고자 했던 곳에 도달할 수 없었던 디아스포라였기에 신산하고 비극적인 삶을 보내야 했다. 일생을 외국생활, 감금생활, 망명생활을 한 김상호는 사랑, 국가에 이어 마지막 삶의 이유였던 음악에게조차도 배신을 당하게 되자 자살로 생을 마감하는 디아스포라적 운명과 형벌에 놓인다.

---

것을 의미한다. 이것은 아렌트가 잠재적으로 아주 위험하고 불길하다고 생각했던 상황이며 나치의 전체주의로 말미암아 양도할 수 없는 인권을 말하는 것이 얼마나 공허한지 알게 한다. -리처드 J 번스타인, 김선욱 역, 『한나 아렌트와 유대인 문제』, 아모르문디, 2009, 131면.

『랩소디 인 베를린』은 독일, 일본, 한국, 북한을 오가는 공간성과, 18세기 조선인 후예 음악가인 힌터마이어와 20세기 자이니치 음악가 김상호의 삶을 대비하는 시간성의 방대하고 복잡한 시공간을 배경으로 하는 디아스포라 양식으로서의 다중서사구조로 구성되었다. 이산자아이자 이중자아인 주인공의 고통스러운 삶은 끊임없이 배척당하고 배제되었지만 디아스포라 음악과 같은 경계적 문화를 창출하였다. 실존인물인 윤이상, 서경식, 요한 세바스찬 바흐, 프레모 레비에게 감사하는 작가는 적지 않은 디아스포라에게 영감을 받아 소설을 창작했으며, 근대, 계몽, 보편성에 내재된 야만성과 잔혹함을 두 예술가의 삶을 추적하며 고발하고 있다. 편 가르고 경계 짓고 구획했던 근대의 실상이 유대인 수용소 만행과 한국의 안기부 사건으로 구체화되었다. 이러한 근대에 일어난 사건들은 과거, 현재, 미래와 연결되어 비극과 불행을 초래하며 '나는 누구인가'에 대해 일생 동안 물어야 했던 디아스포라의 신산한 삶에 그대로 투영된다. 디아스포라의 고통과 다중적인 정체성은 탈국경 시대에 그들뿐만 아니라 우리 모두의 화두임을 작가는 제시하고 있다.

# 디아스포라 여성의 타자적 정체성 연구

― 『리나』와 『찔레꽃』을 중심으로 ―

김윤정 이화여자대학교 강사

## 1. 다문화주의의 자의성

현대사회를 개념화하는 주요 용어는 '전지구화'와 '다문화'이다. '전지구화'라는 말이 총체성과 동일성을 의미한다면 '다문화'라는 말은 개체성과 다양성을 지향한다. 그런데 상반되는 의미를 가진 이 두 용어는 현대사회에서 동시에 사용되고 있다. 지금 우리는 전자의 사회를 경험하면서 후자의 사회를 지향하는 경계의 시대에 살고 있기 때문이다. 전지구적 자본주의 시대에 자본의 흐름에 따라 인구가 이동하게 되면서 각기 다른 문화들은 통합되거나 갈등하게 되었고, 이로써 문화의 분열과 중첩이 더욱 미분화(微分化)되고 동시에 확장되었다. 그러한 혼성문화에 속한 사람들이 다양성의 인정을 요구함으로써 현대사회는 다문화주의를 지향하는 사회로 이동하게 된 것이다.

그러나 다문화주의는 다음의 두 가지 이유에서 왜곡될 위험이 크다. 먼저 타자와의 차이를 인정하고 수용하는 것에서 비롯되는 다문화주의는 인정과 수용이라는 조건에 충족되지 못하는 차이의 경우에는 배제하고 축출하여 '예외상태'의 타자를 양산해낸다. 차이가 오히려 차별의 이유가 되는 것이다. 특히 단일혈통과 단일문화에 대한 믿음이 강한 우리나라에는 이질적 문화와 역사를 내재한 다수의 타자가 다문화사회의 예외적 타자로 묵인된 채 소외되고 있다. 우리 사회에 부유(浮游)하면서 존재하는 '예외상태'로서의 다문화적 존재는 배제되는 타자, 소외되는 타자로 수용되고 있는데, 특히 경제적 약소국으로부터 자본의 흐름을 따라 이주해 온 이방인은 다문화 사회의 주체로 인정받는 경우가 전무하다고 할 수 있다.

다문화주의의 또 다른 위험성은 다문화 담론에서 찾아볼 수 있다. 표면적으로 다문화사회를 지향하는 현 시점에서 우리 문학에서도 이방인을 재현하는 작품들이 지속적으로 발표되고 있고[1], 이들 작품에 대한 많은 논의들도 활발하게 진행되고 있다.[2] 그런데 이렇게 재현되는 타

---

1) 외국인 노동자들의 열악한 생활환경과 비인간적인 노동 여건에 대해 사실적인 서사로 재현하고, 그 문학적 성과를 인정받은 작품들로는 박범신의 『나마스테』(2005), 김재영의 「코끼리」(2005), 「아홉 개의 푸른 쏘냐」(2005), 이명랑의 『나의 이복형제들』(2004), 천운영의 『잘 가라, 서커스』(2005), 공선옥 『유랑가족』(2005), 손홍규 「이무기 사냥꾼」(2005), 김중미 『거대한 뿌리』(2006), 한수영 「그녀의 나무 펑궈리」(2007), 오수연 『황금지붕』(2007), 서성란 「파프리카」(2009), 한지수 「열대야에서 온 무지개」(2010), 백가흠 「쁘이거나 쯔이거나」(2010), 김사원 「오호츠크해의 파도」(2011) 등이 있다.

2) 2006년 봄 『문학 판』 : 탈영토의 흐름들
  2006년 가을 『실천문학』 : 지구적 자본주의와 약소자들
  2006년 하반기 『작가와 비평』 : 타자, 마이너리티, 디아스포라
  2006년 겨울 『문학동네』 : 길 위의 인생-이동, 탈출, 유목
  2006년 겨울 『(내일을 여는)작가』 : 이주노동자와 한국문학
  2007년 여름 『문학수첩』 : 한국소설과 탈국경
  2007년 가을 『(내일을 여는)작가』 : 사라지는 민족국가, 탄생하는 다문화국가
  2008년 가을 『세계의 문학』 : '외국인'이란 무엇인가?

자의 담론이 오히려 타자의 소외를 강화하는 역할을 할 수 있다. 문학에서 재현되는 타자들은 대부분 경제적 이유로 우리나라에 이주해 온 외국인 노동자들이거나 비슷한 이유로 한국남성과 결혼하여 유입되는 외국인 여성들이다. 문제는 이들의 타자적 위치를 고발하고 타자와의 공존을 모색하는 문학적 실천들이 계몽성의 차원에 머무르고 있다는 것이다. 이들 작품들은 타자에 대한 배려와 관용을 도모하고자 한다. 그러나 대개의 경우, '그들도 우리와 같은…'이라는 식의, 이해의 폭을 확대하고 인식의 전환을 요구하는 차원에서 벗어나지 못하고 있다. 이것은 결국 '우리와 같지 않은 그들'이라는 전제를 내포하고 있다는 점에서 진정한 타자의 출현을 방해한다. 혹은 바디우의 지적처럼 '나처럼 되어라, 그러면 너의 차이를 존중 하겠다'[3]는 모순적이고 추상적인 윤리를 부지불식간에 반복하고 있다.

전지구화가 세계적 상호연계성의 확대와 심화 속에 국가 간의 상호의존을 넘어 초국가적 역량을 드러내고 있는 현대사회에서 탈국가, 탈국경, 탈경계의 상상력은 보다 더 급진적인 힘을 발휘하고 있다. 이제 우리가 주목해야 할 것은 진정한 타자성에 기초한 상대주의적 관점이다. 타자에 대해 무조건적 환대를 종용하거나 차별적 차이를 내세우면서 타자를 적대하는 협의의 다문화사회가 아니라 '예외상태'를 남겨두지 않는 다문화사회를 추구해야 하는 것이다. 이는 정체성의 이동과 변형을 정확하게 인지하는 것에서 시작될 것이다.

그러므로 타자의 위치와 그 정체성이 끊임없이 이동하면서 변형되어

이와 같이 문학 계간지에서 다룬 특집, 기획 논의들은 우리 문학의 현장을 찾아보는 데 다양한 시각을 확보하게 해 준다.
3) 알랭 바디우, 이종영 역, 『윤리학』, 동문선, 2001, 34면.

재배치되고 재구성된다[4]는 전제 아래, 타자적 정체성에 대한 본격적인 논의가 필요하다. 이에 본고에서는 타자가 어떤 방식으로 존재하며 우리에게, 혹은 타자 스스로에게 어떤 종류의 윤리를 요구하는가를 묻기 위해 타자적 정체성을 존재론적 관점과 윤리론적 관점으로 고찰하고, 이를 통해 진정한 타자의 출현을 도모할 수 있는 시각을 제시하고자 한다.

본고에서 주목하고자 하는 장편소설 『리나』[5](강영숙, 2006)와 연작소설 『찔레꽃』(정도상, 2008)은 디아스포라[6] 여성, 특히 탈북여성을 소재로 하고 있다는 점에서 다문화사회 안에 존재하는 '예외상태'의 타자를 가장 적실하게 보여주는 작품이다. 이를테면, 이들 작품의 여성인물은 경제적 이유로 본국 탈출을 감행하게 되는데, 이는 국가의 근간을 위협하는 국민의 이동이라는 점에서 초국가적시대의 경제적, 정치적 성격을 내재하고 있다. 또한 이들 작품은 이러한 탈국가, 탈국경의 경험을 가장 효과적으로 제시하고 있는 다문화시대의 텍스트이기도 하다. 더군다나 여성이면서 디아스포라 난민이라는 이중적 타자의 위치는 다문화사회에서 '예외상태'로 소외, 배제되는 타자성의 극한을 보여주고 있다.

타자로서 존재하는 디아스포라 여성은, 다수자 남성에 대한 소수자이며 주권자에 대한 비주권자라는 복수적 타자의 위치를 강제 당한다. 이

---

4) 정체성은 생물학적으로 구성되는 것이 아니라 역사적으로 정의되는 것이기 때문에 끊임없이 변형된다. (스튜어트 홀 외, 전효관 외 역, 『모더니티의 미래』, 현실문화연구, 2000)

5) 『리나』는 비록 작품 안에서 구체적인 지명을 표시하지 않았지만, 탈북여성의 이야기임을 가늠하기는 충분하다.

6) 디아스포라의 공통적인 속성은 1. 한 기원지에서 많은 사람들이 두 개 이상의 외국으로 분산한 것 2. 정치적, 경제적, 기타 압박 요인에 의하여 비자발적이고 강제적으로 모국을 떠난 것 3. 고유한 민족 문화와 정체성을 유지하고자 노력하는 것 4. 다른 나라에 살고 있는 동족에 대해 애착과 연대감을 갖고 노력하는 것 5. 모국과의 유대를 지키려고 노력하는 것 등이다. 윤인진, 『코리안 디아스포라』, 고대출판부, 2003, 4~7면.

러한 이중적인 배제의 디아스포라 여성은 아감벤이 '호모 사케르'로 통칭하는 '벌거벗은 생명'과 다르지 않다.[7] 이들은 정치적 가치를 결여한 난민이면서 사회적으로 소외된 타자이며, 문화적으로 억압받는 소수자이다. 현실적으로 이들은 자발적인 탈영토화와 재영토화가 불가능한 인물들이다. 때문에 이와 유사하게 타자를 재현하는 다수의 문학작품들은 부조리한 현실에서 고통 받는 타자의 상황을 고발하는 데에 치중하고 있다. 그러나 본고는 앞서 제시한 두 작품을 통해서 국경을 이동해 감에 따라 자신의 정체성을 재영토화하고 재코드화하는 디아스포라 여성 인물들의 양상을 살펴보고, 진정한 타자의 출현을 예고하는 이들 작품들의 문학적 성과와 의의를 재고하고자 한다.

## 2. 탈국경의 경험과 서사적 정체성

### 2.1. 탈위치의 여성과 '환상' 서사

디아스포라(diaspora)[8]는 이동과 이주를 강조하는 개념으로 근거지로부터 이탈하여 다른 곳으로 옮겨가는 것을 의미한다. 원래는 식민지 건설과 유대인의 유랑, 망명 등의 부정적 의미로 한정되었지만 오늘날에는 전 세계적 범위의 이주를 가리키는 개념, 다시 말해서 국제 이주나 이주노동자 등의 인간의 이동뿐만 아니라 문화적 차이와 정체성 등을 아

---

7) 조르조 아감벤, 박진우 역, 『호모 사케르-주권권력과 벌거벗은 생명』, 새물결, 2008

8) 어원인 그리스어 'diaspeiran'에서 'dia'는 경유 또는 관통을, 'speiren'은 씨를 뿌리다 혹은 흩뿌리다를 뜻한다.(제임스 프록터, 손유경 역, 『지금 스튜어트 홀』, 앨피, 2006, 243면.) 이러한 어원에 기대어 우리말로 이산(離散)으로 번역되기도 한다.

우르는 포괄적인 개념으로 사용되면서 경로, 횡단, 경계들의 여행 개념으로 변화해왔다. 이러한 개념의 확대와 변화에도 불구하고 고정적으로 변하지 않는 것은 본래적 위치, 고정된 위치로부터 벗어나는 것, 즉 운동성이 강조된다는 것이다.

2006년에 발표된 강영숙의 장편소설 『리나』는 표면적으로는 'P국'으로 가기 위해 근거지를 이탈하는 여성인물의 이동경로를 보여주는 것으로, 구체적인 지명을 표시하고 있지는 않지만 작품의 전반적인 상황을 통해 볼 때, 탈북자의 이야기로 유추할 수 있다. 『리나』는 가족단위로 집합한 22명이 국경을 넘어 새로운 정착지로 탈출을 시도하는 것에서 시작된다. 하지만 국경을 넘자마자 몇 명의 낙오자가 발생하게 되고, 여성인물 '리나'는 탈출의 무리는 물론 자신의 가족과도 떨어져 고난의 디아스포라 여정을 겪게 된다. 내쫓기듯 유랑하게 되는 탈국경의 과정에서 리나는 여성이라는 타자적 존재로서 남성들로부터 성적 유린을 당하게 되고, 경제적 약자라는 타자적 존재로서 신식민주의적 자본의 논리에 휘둘리게 된다.

주목할 것은 리나가 '어린' '여자' '디아스포라 난민'이라는 복수적 타자성을 갖고 있으면서도 어느 상황에서나 분명하게 자신의 의사를 표현하고 자신에게 당면한 상황에 대해 적극적으로 대응하고 있다는 점이다. 목숨을 담보로 한 국경 넘기의 과정에서나 반복되는 인신매매와 비주권자로서 쫓겨나야 하는 상황에서도 리나는 대부분 강인한 모습으로 맞서고 있다. 오히려 리나는 국경을 넘어서는 과정에서 자신의 삶을 확인해 간다. 때문에 몇몇 평자는 리나의 국경 넘기가 자발적으로 이루어지고 있다고 보고, 이러한 모습에서 여타의 탈국경 인물들과 달리 리나의 주체적인 면모를 확인할 수 있다고 판단한다. 예컨대 박성창은 탈국경 서사를 논하는 글에서 "리나는 자본의 재영토화에 종속되기를 거부하고 부단히 탈영토화의 움직임을 실천하며, 정주를 포기하고 끊임없이 한 나라에서 다른 나라로 탈주하는 노마드적 인물이다."라고 평가한 바 있다.9)

다른 한편으로, 죽음의 고비를 넘어서면서 계속되는 리나의 국경 넘기는 생명의 연장, 삶의 지속을 가능하게 하는 유일한 방편이 되고 있다. 리나에게 '국경 넘기'는 자신의 삶을 만들어가는 과정이며, 동시에 자신의 생의 의지를 확인하는 계기가 된다. 더욱이 여러 번의 국경을 넘어가는 과정에서 리나는 자신을 둘러 싼 세계가 얼마나 허구적이고 모순에 둘러 싸여 있는가를 확인한다. 그리고 그러한 세계에서 자신과 같은 탈출자의 신분, 하위 여성 노동자의 신분, 남성 중심의 사회에서의 여성의 신분으로 살아간다는 것은 더 단단하고 굵은 다리를, 살이 터지고 부르트는 발을 요구한다는 것을 깨닫는다.

그러나 자발적이고 적극적인 리나의 행동과 표현은 지극히 표면적으로만 드러나 있을 뿐이다. 오히려 디아스포라 난민으로서의 현실에 대한 강한 부정의 태도가 작품을 뒷받침하고 있다. 매춘과 추방으로 지속되는 현실에 대한 거부와 부정의 태도는 리나가 끊임없이 잠을 청하거나 꿈속에서 벗어나지 못하는 상황에서 드러난다. 목숨을 걸고 가족들과 국경을 넘었을 때, 낙오되어 공단에 끌려가 비인간적 처우를 받을 때, 쫓겨나기를 반복하며 죽음의 공포에 맞닥뜨렸을 때, 할머니와 '삐'를 잃고 절망감에 빠졌을 때 "여전히 리나는 아무 곳에서나 어깨만 닿

---

9) 박성창, 「문학, 국경, 세계화」, 『세계의 문학』, 2008 봄호, 337~338면.

으면 잠이 들었고 흔들어 깨워도 모르고 잤다.”(83면)

> (가) 다들 미쳐가고 있는 중이었다. 리나는 여기까지가 모두 다 꿈이
> 었으면 좋겠다고 생각해서 그리고 바닥에서 일어나 앉아 넋 나간 사람
> 처럼 쿡쿡 웃었다. (69면)
> (나) 리나는 이 꿈이 자신의 앞날을 예견하고 있는 것인지도 모른다고
> 생각했지만. 어떤 뜻이 담겨 있는지 몰라 금세 다시 잠이 들어버렸다.
> (189면)
> (다) 탈출 이후 리나는 언제나 지금 눈앞에서 일어나는 일들이 사실이
> 아니길 바랐다. (253면)
> (라) 그날 밤 리나는 꽃나무로 변신하는 꿈을 꾸었다. 피부가 툭툭 터
> 지면서 꽃망울이 터지고 나뭇잎이 돋아나는 꿈이었다. (308면)
> (마) 구슬이 달린 예쁜 슬리퍼를 가질 수 없다는 것과 삐를 다시 볼 수
> 없다는 사실을 받아들여야 한다고 되뇌이는 순간, 리나는 조용히 눈을
> 감았다. (316면)  (강조-인용자)

직면한 상황에 대한 절망과 두려움이 덮쳐올 때, ‘어린’ ‘디아스포라’
‘여성’이 할 수 있는 일은 ‘눈을 감아버리는 일’이다. 현실로부터 벗어
날 수도 없고, 현실에 맞설 수도 없는 절박한 상황은 리나의 타자적 위
치를 보다 공고하게 확인해 준다. 때문에 리나의 내면의 이야기는 꿈
속에서 펼쳐지는 내용이거나 혼자만의 상상, 혹은 환상적 체험으로 제
한되어 서술된다.

“국경은 어느 순간 활짝 열릴 거라고”, “하늘이 열리듯 저절로 열릴
거라고”, “그리고 보이지 않는 손이 나타나 마술처럼 국경 너머로 데리
고 갈 거라고 믿었”(11면)던 소녀의 상상은 현실과 달랐고, 결코 현실이
될 수 없었다. 이후에도 ‘잿빛 나방들의 영토’를 보고, 자신의 몸에 새

겨진 '나비'를 손에 얹어 옮겨 놓거나, '오물 투성이'인 할머니의 몸에서 희고 작은 나방이 부화하는 모습을 보고, '홀쭉하던 배가 동그랗게 부풀어' 오르는 등의 환상적 체험은 반복되는 탈출의 경험으로 인해 겪게 되는 타자적 존재성에 대한 자기형상화이다.

이러한 환상성은 라틴 아메리카의 문학에서 발생한 마술적 리얼리즘에서 그 맥락을 찾을 수 있다. 현실 속의 사건이 환상보다 더 환상 같을 때, 현실의 사건을 현실로 받아들이기를 거부할 때 마술적 리얼리즘은 소수자들의 서사 전략으로 등장했다. 자신들의 현실을 환상적으로 처리함으로써 그것은 공포스러운 현실로부터의 도피이면서 동시에 부정적 현실에 대한 강력한 저항의 메시지로 기능할 수 있었다.

이와 마찬가지로 『리나』의 환상 서사는 디아스포라 난민으로서의 현실을 공포로 느끼면서 그것을 부정하고자 하는 소수자의 심리를 대변해 주고 있다. 마술적 리얼리즘이 디아스포라 서사 주체의 이야기하고자 하는 욕망에 가장 적합한 서사전략으로 드러나고 있는 것이다. 따라서 이 작품에서 마술적 리얼리즘은 '마술'과 같은 환상 요소들로 디아스포라의 인식과 언어를 통해 완벽히 담아내지 못하는, 어떤 식으로든 놓칠 수밖에 없었던 현실을 보완해 주리라는 기대를 갖게 한다.

모든 것이 꿈이었으면, 사실이 아니었으면 좋겠다고 말하는 타자로서의 위치는 자신의 정체성에 대해서도 사실과 허구를 구분할 수 없는 이야기들로 재구성하게 만든다. 이러한 꿈(잠)과 상상, 환상으로 재현되는 디아스포라 여성의 타자성은 자신의 이야기를 풀어내는 것으로써 재구성되는 정체성의 기반이 된다.

인간 주체의 자기 이해와 자기 인식은 자신의 삶에 대해 스스로 말할 수 있게 되는 것으로 가능해진다. 다시 말해서 '나는 누구인가'에 대한 질문의 답을 스스로 말할 수 있게 되는 것으로 자기 정체성, 자기 동일성을 획득하게 되는 것이다. 그것을 가능하게 하는 매개가 바로 이야기이다. 마찬가지로 소수자(타자)는 그 자신의 경험을 말할 수 있게 될 때 비로소 자신의 정체성을 획득하게 된다.

> 리나는 눈을 감은 채 얼굴에 잔뜩 힘을 주고 떠들어대기 시작했다. 오늘의 이야기. 열여덟 살에 국경을 넘어 당신들의 나라에 들어와 스물네 살이 된 여자 이야기. 커다란 지구의 아래쪽엔 가난한 여자들 천지. 가난한 여자들은 어디에나 있다구요? 말하고 싶어도 조금만 참으세요. 지금은 내가 먼저 말할 시간. …도대체 어디서 왔는데 말투가 그 모양이냐구요? 그럼 난 수줍게 말하지. 국경이오. (93~94면)

'천막의 여가수'로서 리나는 매일 밤 이야기를 노래로 엮어 부르게 된다. "어차피 아무도 못 알아 듣"(92면)기 때문에 리나는 말 그대로 "지껄이고 싶은 대로 지껄였다." 이는 타인과의 소통이 불가능한 상황에서 혼자만의 '지껄임'으로 존재하는 소수자의 말하기를 의미한다. 또한 이러한 소수자의 말하기 방식은 디아스포라 여성이라는 리나의 타자적 정체성을 보여 준다. 남성 중심적 사회에서, 팔루스적 기호를 사용하는 문화 속에서 여성은 자기만의 언어를 갖지 못했다. 심지어 제3세계의 하층 여성의 경우, 그들이 자신을 말할 수 있는 방법은 없다. 그들은 자신의 인종과 젠더, 국가적 이유로 인해 스스로를 표현하는 것이 불가능할 수밖에 없다. 이러한 양상은 리나의 이야기가 거짓말을 기본으로 하고 있다는 점에서도 확인해 볼 수 있다. 어린 시절 리나는 "인생을 좀더 재미있게, 신나게 살기 위해서는 거짓말이 필요하다는 걸 알았다.”(335면) 하지만 디아스포라의 현실에서 거짓말은 '유희'가 아닌 '생존'의 문제와 조우하게 된다.

여기서 스피박의 '하위계층(Subaltern)은 말할 수 있는가'라는 질문의 답이 확인된다. “언젠가 한번은 자기 얘기를 하고 싶었”던 리나는 마지막 공연에서 “열여섯 살에 국경을 넘어 지금은 열여덟 살이 된 여자애 이야기”(112면)를 한다. 그러나 타자로 존재하는 디아스포라 여성으로서 리나는 거짓말이 아닌 형태로는 자기 이야기를 풀어낼 수가 없다. 디아스포라 여성의 말하기(이야기하기)는 지배언어의 방식으로는 해석이 불가능하고, 리나 역시 생존을 연장하기 위해서는 청자가 듣고 싶어 하는 이야기를 해야 하기 때문이다. 결과적으로 리나는 남성 중심의 청자를 상대로 이야기-노래를 해야 하는 타자적 위치에서 자신의 서사 정체성은 구성할 수 없게 된다. 이야기를 통해 서사 정체성이 구성된다 할지라도 그것은 강제적 상황에서 이루어지는 '거짓말'일 뿐이며 자아 정체성이라 할 수 없다.

> “몸은 왜 흔들어요? 몸은 흔들지 말고 어서 말해 봐요.” 군인이 다시 물었다. 예전처럼 반말을 한다거나 무릎을 꿇게 한다거나 노래를 시키지 않았다. '난 이 국경의 동쪽 아래에 있는 작은 나라에서 태어났어요. 내가 태어난 나라와 같은 말을 쓰지만 때깔이 전혀 다르고 풍요로운 곳이라고 알려진 P국으로 가려고 했죠. 국경을 넘어서 이 나라에 들어왔어요. 처음엔 이 나라의 서쪽으로, 다시 동남쪽으로 그리고 다시 출발한 동북쪽으로 갔어요. 도대체 난 얼마나 걸었을까요? 내가 몇 살처럼 보여요? 공단이 무너졌어요. 무너졌는데도 사람들은 거기에 집을 짓고 벽을 올리고 줄 끊어진 전화기를 갖다 놓았어요. 그곳에서 죽을 때까지 살려고 했죠. 이 국경 너머에 있다는 북쪽 나라로 가보고 싶어요.' 하지만 리나는 입술만 달싹거릴 뿐 생각한 말들을 채 쏟아놓지 못했다. (334~335면)

작품의 마지막 부분에서 리나는 다시 자기의 이야기를 듣고 싶어 하는 청자를 만나게 된다. 하지만 리나는 자신의 진짜 이야기를 하지 못한다. 말을 할 수 있는 기회가 생겼을 때조차도 자신이 "생각한 말들을 쏟아놓지 못했다." 자신의 정체성을 확인할 수 있는 기회를 사실상 포기해 버리는 것이다. 다른 사람의 이야기, 혹은 가상의 이야기가 아닌 자기 자신이 직접 체험한 이야기를 한다는 것, 스스로 자기 이야기를 할 수 있는 기회가 있다는 것을 리나는 경험해 본 적이 없었기 때문이다. 따라서 이 작품에서는 디아스포라 여성의 서사적 정체성이 오히려 확고하게 변하지 않는 그녀의 타자적 위치를 반복하여 재현하고 있다는 사실을 확인해 주고 있다.

## 2.2. 재배치의 여성과 '회상' 서사

정도상의 『찔레꽃』은 모두 일곱 편의 단편소설로 구성된 연작소설이다. 북한의 '남양' 출신의 소녀 '충심'이 인신매매의 꾐에 빠져 납치되듯 국경(두만강)을 건너게 되고, 중국에서 탈북자로, 비주권자로 쫓기다가 천신만고 끝에 한국으로 들어오게 되는 이야기가 일곱 편의 단편으로 나뉘어 서술되고 있다. 이 작품은 전작에서와 같이 소설은 "삶을 있는 그대로 그려내야 한다."[10]는 작가의 신념을 옮겨놓은 듯 사실적인 묘사와 설명으로 탈북 여성들의 죽음의 여정을 보여주고 있다. 끊임없이 이어지는 여성 인물의 탈출 과정은 디아스포라 여성의 성적, 계급적 정체성을 자각하는 과정으로 재현된다.

---

10) 정도상, 「특집:1980년대 진보적 문인들의 최근 성취에 관한 좌담과 발언-리얼리즘과 민족주의를 버리며」, 『실천문학』, 실천문학사, 통권74호, 2004, 213면.

그러므로 이 작품은 『리나』와 마찬가지로 국제사회의 변화양상을 가장 빠르게 반영하고 가장 사실적으로 그려낸 작품이며, 탈북자들의 생존 문제와 더불어 해결되어야 할 과제로서 인간의 정치적 사회적 존엄성 문제를 표명하고 있다고 할 수 있다. 또한 연작소설의 첫 번째 수록 작품인 「겨울, 압록강」에서는 이방인, 타자로서의 자신의 위치를 확인하는 '나'를 통해 이방인, 타자의 위치라는 것이 고정된 것이 아니라는 명제를 제시한다. 확고부동한 자아와 타자의 경계는 없다는 전제를 밝힘으로써 이후 전개되는 디아스포라 여성의 위치가 고정불변한 타자의 위치에 있는 것은 아니며, 그렇게 해석되는 것을 경계하는 것이다.

연작소설로서 『찔레꽃』의 단편들이 갖는 가장 두드러진 특징은 각 작품에서 화자로 등장하는 인물들이 자신의 과거 경험을 회상하며 말하는 구성이 포함되어 있다는 점이다. 즉 여성인물의 현재는 과거의 기억으로 재현되고 있으며 이러한 방식을 통해 이 작품은 과거가 여성인물의 현재의 삶과 의식에 미치는 영향을 극화하고 있다. 따라서 이 작품의 '회상' 서사는 각 단편들을 유기적으로 연결하는 기능을 하며 탈북여성의 디아스포라 여정을 구체적으로 재현, 서술한다.

그러나 동시에 이러한 회상의 방식은 타자적 존재로서의 여성이 스스로 자신의 현재를 확인할 수 있는 계기를 마련하게 한다. 이 작품에서도 이야기는 스스로를 이야기하는 행위자에게 정체성을 부여해주는 힘을 갖고 있다. 이는 앞서 밝힌 바대로, 자신의 이야기를 하는 것으로 자기 이해와 자기 인식을 할 수 있게 된다는 리쾨르의 이야기 정체성과 함께, 기억이란 과거에 대한 해석이며 이는 미래에 대한 기대와 맞물려 있다는 그의 '기억의 해석학'과도 맞닿아 있다.

리쾨르에 따르면 인간의 이야기 능력은 기억에서 나온다. 기억은 시간의 지속으로 가능한 것이며, 시간의 문제는 존재 이해의 문제에 맞닿아 있다. 그래서 시간 속에서 일어나는 그 모든 것들은 경험이고 사건이며 그래서 이야기될 수 있는 것이다. 리쾨르가 『시간과 이야기』에서 이야기하는 행위의 가장 중요한 큰 특성을 다른 무엇보다도 '뮈토스 muthos'-'줄거리 구성'으로 간주하는 것도 그 때문이다. 줄거리 구성으로 이야기는 "이질적인 것의 종합"[11]이라는 정의가 제시된다.[12]

요컨대, 『찔레꽃』의 회상의 구성방식은 타자로서 존재하는 이야기 주체의 서사적 정체성이 시간의 문제와 연결되면서 역동적인 자아 정체성을 형성하도록 만들어 주고 있다. 따라서 표면적으로는 결코 주체적 존재가 될 수 없는 디아스포라 여성이 현재의 시간에 공존하는 과거를 통해서 주체로서의 자아 정체성을 자각하는 과정은 다른 디아스포라 서사나 다문화주의 소설과는 다른 측면에서 『찔레꽃』에 주목해야 하는 이유가 된다.

시간은 과거와 현재, 미래라는 분열된 지점으로 수직선상에 존재하는 것이 아니라 과거와 현재와 미래가 동시에 종합적으로 존재한다. 그러므로 인간의 삶이 시간 속에서 시간과 더불어 흘러간다고 하는 것도 바로 시간의 수직적 흐름이 아니라 종합적 연속에서 이해해야 한다. 앙리 베르그송(Henri Bergson)[13]의 시간철학은 바로 이러한 시간의 지속성과 유동성을 기반으로 하는 것이다. 베르그송은, 과거는 지나가 버리는 것이 아니라 현재라는 시간 안에 공존하면서 시간의 지속을 가능하게 한

---

11) 폴 리쾨르, 김한식 외 옮김, 『시간과 이야기 1』, 문학과 지성사, 1999, 8면.
12) 김한식, 「폴 리쾨르의 이야기 해석학」, 『국어국문학』제146호, 국어국문학회, 2007, pp.211-243
13) 앙리 베르그송, 박종원 역, 『물질과 기억』, 아카넷, 2005.

다고 강조했다. 따라서 인간의 진정한 의식이란 모두 과거의 기억과 연관된 지속선상에서 이해되는 것이며, 과거 시간의 응축으로 구성되는 현재는 미래에 대한 기대로 연결되어 지속된다. 다시 말해서 지나간 일들을 기억하고 다가올 일들을 기대하면서 현재는 구성되는 것이며, 이러한 시간의식은 인간의 자기 인식, 존재성을 부여하는데 바탕이 되는 것이다.

연작소설 『찔레꽃』에서 '충심'의 반복되는 탈출 여정과 그것을 회상하면서 진술하는 방식은 충심의 서사 정체성 구성에 가장 중요한 계기로 작용하게 된다. 존재하는 것은 변화이고 변화는 성숙이며 성숙은 끊임없이 자신을 창조해 나가는 것이기 때문이다. 특히 자신의 디아스포라 경험을, 또는 타자로서의 존재를 회상(기억)에 의존하여 말하는 충심의 진술이 의도적으로 사실을 밝히지 않고 있다는 것은 시간의 종합으로 가능해지는 이야기의 생성과 정체성의 재구성을 가능하게 하는 서사의 창조성을 강조하는 것이라 할 수 있다.

> (가) 충심의 한마디 한마디에 그의 표정은 시시각각 변했다. 무척 놀란 눈치였다. 중국에서 떠돌게 된 이야기를 있는 그대로 말하진 않았다. 미향에 관한 얘기는 철저하게 피했다.
>
> （「소소, 눈사람 되다」, 『찔레꽃』, 161면）

> (나) 두만강을 건널 때만 하더라도 이렇게 늪에 빠져 허우적거리고 덫에 걸려 피를 흘리게 될 줄은 상상조차 하지 못했다. 강물에 떠내려가던 재춘 오빠, 그리고 첩첩하던 안개가 가슴에 차곡차곡 쌓였다. 아니다. 아니다. 언제까지 과거의 추억에 사로잡혀 이렇게 허망하게 바보처럼 살아갈 수는 없는 노릇이었다.
>
> （「풍풍우우」, 『찔레꽃』, 111면）

리쾨르는 이야기를 사실(fact)로 이해해서는 안 된다고 한다. 또한 스피박 역시 여성 소수자나 하위계층(subaltern)의 이야기는 중심의 언어체계와 해석방식으로는 이해될 수 없다고 주장한 바 있다. 따라서 이들 하위계층은 지배 중심문화와는 상이한 경험을 스스로 기억해내고 진술하기 위해서 이야기의 내용뿐만 아니라 그것을 설명할 수 있는 이야기 방식을 전략적으로 고안하게 된다. 이와 같은 구술 방식과 이야기의 창조는 디아스포라 여성의 자기 재현을 넘어서 소수자가 스스로 자기 목소리를 냄으로써 전복적이고 저항적인 소수자라는 서사 정체성의 구성을 예고하는 것이다.

위의 예문에서 볼 수 있듯이, 이 작품에서 여성인물은 과거에 얽매이지도 않고 현재에 안주하거나 미래를 포기하지 않는다. 그녀는 자신의 과거를 이야기함으로써 현재를 반성하고 미래를 기대하고 있다. 하지만 동시에 자신의 과거를 있는 그대로 말하지 않음으로써 타자로서의 정체성을 재구성하는데 전략적인 모습을 보여주고 있다.

이야기하기는 언제나 일종의 해석학적 행위이다. 특히 기억을 되살려 과거의 이야기를 하는 것은 이야기 주체의 해석학적 행위를 유발하게 한다. 인간의 자발적 기억은 일정한 한계를 넘어서지 못한다. 우리가 과거의 시간을 그 자체로 모두 기억한다는 것은 불가능하기 때문이다. 우리가 기억하려고 애쓰는 것, 그래서 상기되는 기억은 현재의 관점에서 재구성된 기억일 뿐이다. 다시 말해서 기억의 진위는 가려낼 수 없다. 그것은 기억을 불러오는 현재의 시간에 의해서 만들어지는 과거이기 때문이다. "상기(remembering)란 내적 성찰이나 회고처럼 평온한 행위가 결코 아니다. 오히려 그것은 현재라는 시대에 아로새겨진 정신적 외상에 의미를 부여하기 위해서 조각난 과거를 다시 일깨워(re-membering) 구축한다고 하는 고통을 수반하는 작업"14)이라는 호미 바바의 말은 이와 같은 기억 또는 상기의 의미를 재확인하게 한다.

이와 같이 자신의 기억 전체가 허구일 수 있다는, 즉 주관적 해석에 따라 재구성될 수 있다는 사실은 기억에 의한 지도그리기(cartpgraphie)15)라 할 수 있다. 지도그리기란, 원인 찾기를 위해 떠나는 기억의 이미지들이고 계속해서 반복되는 의미 생산의 흐름이다. 이런 점에서 지도는 자유롭다. 현실을 따라 지도를 그리지만, 그려지는 지도에 따라 현실은 변형되고, 잠재적 지도를 그림으로써 고정된 것으로부터 벗어나는 창조적이고 생산적인 탈주선을 그리게 되는 것이다.16)

그러므로 회상적 말하기 방식으로 구체화되는 충심의 이야기는 이야기하는 주체의 자발적 해석을 유발하고 아울러 능동적이고 적극적으로 자신의 삶의 지도를 그리도록 요구한다. 여기서 윤리가 발생한다. 충심은 타자적 위치에 존재하지만, 자신의 타자적 위치를 탈주 가능의 위치로 전환하고 스스로 저항적 주체로서의 면모를 갖추고자 하기 때문이다.

---

14) 호미 바바, 나병철 역, 『문화의 위치』, 소명출판, 2002, 63면.

15) 지도는 자기 폐쇄적인 무의식을 복제하지 않는다. 지도는 무의식을 구성해 낸다. 지도는 장(場)들의 연결접속에 공헌하고, 기관 없는 몸체들의 봉쇄-해제에 공헌하며, 그것들을 고른 판 위로 최대한 열어놓는 데 공헌한다. 지도는 그 자체로 리좀에 속한다. 지도는 열려있다. 지도는 모든 차원들 안에서 연결접속 될 수 있다. 지도는 분해될 수 있고, 뒤집을 수 있으며, 끝없이 변형될 수 있다. 지도는 찢을 수 있고, 뒤집을 수 있고, 온갖 몽타주를 허용하며, 개인이나 집단이나 사회 구성체에 의해 작성될 수 있다. (질 들뢰즈, 김재인 옮김, 『천 개의 고원』, 새물결, 2003, 30면.)

16) 지도그리기는 리좀적 원리로서 모상과 모방, 재현과 재생산이라는 관념과는 반대의 개념이다. 또 단순히 길의 형상을 그린 것만이 지도라고 할 수 없고, 사유의 경로를 표시한 다이어그램이나 힘의 분표 상태를 표시한 그림, 기가 흐르는 경로와 경혈 등을 표시한 인체의 그림 등이 모두 지도이다. (이진경, 『노마디즘』1, 휴머니스트, 2002, 105~108면.)

잠시 침대에 기대어 앉아 눈을 감고 몰려오는 허탈감을 이기려 애썼다. 밥을 굶지 말라는 엄마의 말이 귓가에 맴돌았다. *끄응*, 몸에 힘을 주었다. … 엄마의 말대로 절대로 밥을 굶지 않겠다고 다짐했다. 밥을 먹다 말고 진숙언니한테 전화를 걸어 내일 당장 만나자고 약속을 수정했다. 수저 가득 비빔밥을 떠서 입 안으로 밀어 넣으며 찔레꽃을 보았다. 찔레 잎사귀가 바람에 살랑거리고 있었다.

(「찔레꽃」, 『찔레꽃』, 221면)

연작소설의 표제작인 「찔레꽃」은 과거의 기억을 통해 현재를 반성하고, 미래를 기대하는 충심의 면모를 가장 압축적으로 보여준다. 북한에서의 추억과 중국에서 내쫓기며 살던 기억을 이야기함으로써 충심은 한국에서의 비루한 현실을 반성하고, 새로운 삶의 시작을 기약하고자 한다. 이와 같이 이야기는 문화와 사회 그리고 역사를 변화시키는 창조하는 힘을 가지고 있다. 그리고 이야기의 창조성은 과거의 사건을 새롭게 구성하고 변형하도록 새로운 형식을 부여한다. 이러한 이야기를 통해 자기표현의 의지를 구축한 충심은 윤리적이고 실천적이며 저항적인 주체로 재구성될 수 있었다.


## 3. 타자성의 변형과 유동적 정체성

### 3.1. 타자화된 주체의 구심적 정체성

디아스포라 서사에서 가장 근본적인 문제는 그 인물들이 어느 곳에도 속하지 못한다는 위치성의 부재이다. 이때의 위치성은 지리적 물리적 위치(location)만을 의미하지 않는다. 인간 주체로서 갖게 되는 상징적, 정치적, 존재론적 위치성(positionality)의 부재 역시 디아스포라 서사에서 핵심적인 문제로 부각된다. 마찬가지로 디아스포라 여성들에게 타자적 위치는 국경을 넘어 이주하는 유랑민으로서의 위치뿐만 아니라 인간 존재로서의 정체성을 재구성하는데 능동적 주체가 되지 못하는 상징적 위치에 처해있다. 때문에 끊임없이 추방과 탈출을 반복하며 유랑을 계속할 수밖에 없게 되며, 이러한 디아스포라의 여정은 타자적 정체성만을 보다 확고하게 하는 결과를 초래하게 하는 것이다.

이러한 양상을 가장 적절하게 보여주는 예가 바로 『리나』이다. 리나는 쉼 없이 국경을 넘는다. 그러나 '더 좋은 곳'으로 가기 위해 처음 국경을 넘었을 때와는 달리 이후 그녀의 이동은 다만 살아남기 위해 끊임없이 새로운 국경을 넘는다. 그럼에도 불구하고 소설의 끝부분에서는 아주 먼 길을 돌아 다시 맨 처음 길을 시작했던 제 자리로 돌아오게 된다. 이러한 순환적 반복은 리나의 국경 넘기가 계속 될 것이라는 암시한다. 즉 오늘날 이산의 경험이 결코 일회성을 띠고 있지 않다는 것을 보여주는 것이다.

> 대륙을 한 바퀴 돌아 떠나온 지점에 다시 와 있다는 황당한 사실을 안 리나는 울지도 않았다. (191면)

먼 길을 돌아 다시 원점으로 회귀한 것은 리나의 지리적 위치성만이 아니다. 회귀의 과정동안 리나의 상징적 위치성 역시 원점으로 되돌아온 것이다. 이 작품에서 '경계 넘기'는 소설의 중심을 이루고 있다. 특히 여성 인물의 경계 넘기를 다룬다는 점에서 '경계 넘기'가 복수성(複

數性)을 띤다. 리나는 여성이고, 하층민이며, 제3국의 국민이다. 그녀의 위치는 공간의 이동과 상관없이 피식민적 위치를 벗어날 수 없었다. 탈출로부터 시작된 그녀의 여정은 신식민지 시대의 현실을 경험하는 과정이다.

그러므로 그녀가 넘어서야 할 경계는 국경뿐이 아니다. 남성 중심적 세계에서의 여성으로서의 한계를 넘어야 했고, 하층민의 신분으로 계급의 한계를 벗어나야 했으며, 전 지구적 자본체제 하에서의 식민성에 저항해야 했다. 리나는 자신의 몸을 통해 세계와 대면하고, 그 몸으로 전 지구적 자본화, 제국의 식민성을 고발한다. 그러나 결국 리나의 몸은 완벽한 타자성의 재현을 완성했을 뿐이다. 『리나』는 유랑하는 여성의 몸을 통해 가부장적 폭력성과 제국적 산업화, 근대 국가체제에 대한 전방위적 비판과 저항을 보여주고자 했으나 여전히 경계를 넘어서지는 못하고 맴돌고 있는 것이다.

> "또 허벅지만 굵어지겠군. 내가 가진 건 튼튼한 다리뿐이지." 리나는 중얼거렸고 드디어 저 멀리 어둠을 지나 파도처럼 몰려오고 있는 듯한 드넓은 국경이 보였다. 다시 국경에 서자 오히려 모든 것이 분명해졌다. (347면)

근대적 국가체제와 국제법은 리나에게 끊임없이 출신지로의 회귀를 요구하고 있다. 그러나 리나에게 출신지는 가능성의 공간이 아니고, 어떤 곳에서 속하지 못하는 상황에 있으며 앞으로 얼마나 더 탈출을 반복해야 하는지를 알 수 없다. 리나는 디아스포라 여성에게 강제되는 억압과 폭력적 체계를 몸(발-신발)으로 경험[17]하고 그것을 비판하고는 있지만, 결과적으로 『리나』의 모든 탈주는 원점으로 돌아오는 상황으로 끝나버린다. 즉 리나는 끊임없이 탈출을 시도하며 국경으로 나서고 있지만, 문제는 이 작품이 그 이상을, 탈출의 종료 너머를 상상하는 데에는 미치지 못하고 있다는 점이다. 리나에게 '분명해지는' 현실이란 여전히 반복되는 탈출과 추방의 대상자가 된다는 것이며, 리나는 영원한 타자적 주체로서만 존재하게 될 것이라는 사실이다.

> "늘 나는 걱정했어. 이렇게 알몸인 채로 국경에서 죽으면 어쩌나? 이름도 없고 국적도 없는 채로 국경에서 죽으면 이 몸뚱이를 누가 처리하나?" (345면)

위의 예문에서 암시하듯 『리나』는 디아스포라 여성이 탈국경을 완성하지 못하고 "국경에서" 죽을 수도 있다는 결말을 제시한다. 타자는 결국 타자로서만 존재할 수 있는 것이다. 이러한 탈국경의 한계는 이 작

---

17) 이 작품에서 계속되는 추방과 탈출의 과정을 경험하는 리나가 반복적으로 마음을 빼앗기는 것은 신발이다. 국경을 넘어 이동하는 리나에게 가장 절실한 필수품은 바로 신발이다. 하지만 어느 한 곳에 고정된 몸이 아니라 언제나 움직이고 이동 중인 몸은 리나의 자아를 확장시켜 준다. 리나는 이제 더 이상 '작고 앙증맞은 구슬과 보드라운 털이 달린 신발' 따위는 바라지 않는다. 자신의 삶의 여정이 그렇게 '약하고 조잡한 장식'으로 만들어진 신발로는 어림도 없다는 사실을 알아버렸기 때문이다. 길고 고단한 여정에서 신발은 중요한 요소가 아닐 수 없다. 따라서 자신이 가야 할 길에 따라 신발은 그 종류와 모양이 달라지게 되고, 리나에게 필요한 신발의 특징도 매번 다른 것으로 구체화된다.
  신발은 발의 연장이며, 발은 인간의 몸의 연장이다. 따라서 발은 몸으로 경험하게 되는 세상의 이치를 가장 먼저 체험한다. 발은 인간의 삶의 모습을 대변하고, 그의 정체성까지도 확인하게 하는, 인간의 몸을 담는 그릇이라고 할 수 있다. 인간의 이동 수단이 되는 발을 보호하고 감쌈으로써 신발은 인간 신체의 연장이 되고 발의 확장이며 몸의 이동과 움직임, 변화를 가능하게 하는 것이다. 특히 디아스포라의 발은 추방과 탈주를 가능하게 하고 비롯되게 한다. 리나가 자신의 고통스러운 탈출의 순간마다 신발의 아쉬움을 내비치는 것은 바로 그것이 디아스포라의 삶을 축소해 보여주는 것이기 때문이다. 그리고 이것이 바로 작품 『리나』에서 신발이 중요한 소재로 등장하는 이유이기도 하다.

품의 한계로도 지적될 수 있다. 타자는 자신의 타자적 정체성을 탈구성, 재구성을 하지 못한 채 '예외상태'인 비주권자로서만 존재하게 된다. 이러한 타자는 동일자에 의해서 완전히 배제되고 소외되는 타자로서만 존재하게 되고, 결국 공고한 타자적 위치로부터는 탈주하지 못한 채 동일자의 타자로 수렴되는 타자성을 유지하게 된다. 탈국경의 완성은 지배체제와 억압기제에 대한 비판이나 저항에 머무르는 것이 아니라 소수자, 타자로서의 정체성 구현을 완성하는 것이어야 하기 때문이다.

그리고 타자 스스로 자신의 타자성을 변형할 수 있어야 한다. 이때 타자는 주체적 성격을 가질 수 있다. 이는 폴 리쾨르의 말대로 '타자로서의 자기 자신'을 재구성하는 것이며, 이러한 정체성의 획득이야말로 진정한 의미에서의 탈국경 서사의 중심이 되어야 할 것이다. 예컨대, 리나의 경우 타자로서의 자기 인식은 가능했지만, 타자가 스스로 자신의 타자적 정체성을 구성하는 데에는 실패함으로써 동일자에 의해서만 존재하는 타자라는 존재성만을 갖게 되는 것이다. 이렇게 볼 때 이 작품에서는 진정한 의미에서의 타자, 주체로서의 타자가 아직 출현하지 않은 것이라 하겠다.


## 3.2. 주체화된 타자의 원심적 정체성

현실에서 디아스포라 여성은 국경을 넘나들며 유랑의 형태로서만 존재하기 때문에 영원한 비주권자이며 비법월경자, 예외상태의 '호모 사케르'이다. 그러나 다른 한편으로 이러한 디아스포라 여성은 국제 사회에서 근대 국가의 경계를 흐릿하게 하는 가장 정치적인 인물이 되기도 한다. 예를 들어,『찔레꽃』에서 여성인물은 오히려 디아스포라 여성이기 때문에 그 어떤 나라의 국민이라도 될 수 있는 존재성을 갖는다. 이 작품에서, "호구만 가지게 된다면", "다행히 중국 백성으로 받아들여지게 된다면, 충심은 열심히 살아갈 작정"(128면)이라고 다짐을 하거나, "영국으로 가서 한국에서 왔다는 것을 숨기고 조사를 받으면 난민으로 인정되어 영국정부로부터 다시 정착금을 받는다."(218면)는 주변의 권유를 받기도 한다.

이들은 신분증만 받는다는 어느 나라의 국민이 되어도 상관없다는 인식을 갖고 있다는 점에서 근대 국가의 경계를 근본적으로 회의하게 하고 해체할 수 있는 인물들로 나타난다. 때문에 이들이야 말로 가장 탈영토적이고 가장 정치적인 인물이라고 할 수 있다. 소속과 위치가 불안정한 디아스포라 여성이라는 기표의 고정 불가능성(불안정성)은 잠정적으로 봉합된 이데올로기들의 틈새를 역설적으로 드러내주는 역할을 하고 있는 것이다.

그러나『찔레꽃』의 타자성은 여기서 머무르지 않는다. 앞서 살펴보았듯이 이 작품에서 디아스포라 여성은 자신의 타자성을 유동적으로 변형시키는 것으로 재영토화, 재코드화에 진입한다. 탈영토성이라는 것은 해체와 탈주 그 이상을 의미하지 않는다. 인간의 삶은 지속성을 갖고 연장되어야 하기에 탈영토성보다 중요한 것은 재영토화와 재코드화이다.[18] 이는 들뢰즈의 '되기', 즉 생성이론과 같은 맥락으로 이해할 수 있는데, "재-"라는 개념은 "탈-"을 전제하고 있다는 점에서 내재적으로 차이와 변형, 생성을 포함하고 있다.『찔레꽃』에서의 디아스포라 여성

---

18) 재영토화와 재코드화는 질 들뢰즈, 펠릭스 가타리(2003)의『천개의 고원』(김재인 옮김, 새물결) 13장의 내용을 참조.

에게서 바로 이러한 생성적 타자성을 만날 수 있다. 특히 이때의 타자성은 주체적이고 능동적으로 자신의 정체성을 탈(脫)구성, 재구성 하고자 한다는 점에서 기존의 디아스포라 여성의 정체성과는 분명한 차이를 드러내고 있다.

> (가) 사람답게, 나이에 어울리게 살고 싶었다. 좋은 남자를 만나 사랑을 하고, 가족들과 함께 즐겁게 저녁을 먹고, 예쁜 옷을 입고, 곱게 화장을 하고, 동무들과 밤 마실을 다니며 수다 떨고 남의 흉도 보면서, 어린 시절부터 꿈꾸던 것들을 위해 열심히 살며, 무엇보다도 신분증 없이 떠돌지 않으며, 아무리 늦어도 돌아갈 집이 있는 삶을 간절히 소망했다.
>
> (「소소, 눈사람 되다」, 『찔레꽃』, 157면)

> (나) 눈 내리는 밤, 충심은 어디로든 떠나고 싶었다. 문득 다시는 그 남자와 만나지 않아도 좋다는 생각이 들었다. 운이 좋아 전화가 오거나 만나게 되면 약속에 대해 먼저 말하지 않으리라 다짐했다. 다른 사람의 도움 없이 스스로 길을 찾고 싶었다.
>
> (「소소, 눈사람 되다」, 『찔레꽃』, 168면)

『찔레꽃』의 여성인물이 이와 같은 주체적 타자성을 갖게 하는 또 다른 이유는 디아스포라 여성의 이름이 자신의 위치성, 타자성의 변화에 따라 바뀌고 있다는 점이다. '북조선'에서 가족과 함께 소박한 생활에 만족하며, 강제되었지만 분명한 자신의 미래를 그리며 생활할 때 여성의 이름은 '충심'이다. 하지만 탈출을 반복하면서 비법월경자라는 신분을 감추고 중국에서의 새로운 위치성에 적응해야 할 때 여성의 이름은 '미나'였으며, 의지하고 싶었던 남자와의 관계에서는 '소소', 그리고 한국으로 입국한 후 스스로 재구성한 자신의 정체성은 '은미'로서의 삶이었다. 이러한 이름의 변경은 정체성의 변형을 야기한다.

이 작품에서의 디아스포라 여성은 국경을 이동해감에 따라 타자라는 자신의 위치로부터 끊임없는 탈주를 시도한다. 물론 디아스포라라는, 소수자라는, 타자라는 표면적인 위치는 반복되지만, 스스로 자신의 타자적 정체성을 변형하고 재구성함으로써 타자의 타자성을 구체화한다. 이러한 타자성은 동일자와는 상관없이 자신의 주체적 타자성을 생성해내는 것이기 때문에 본고는 이를 원심적 타자성으로 변별하고자 한다.

이러한 원심적 타자성은 고정되지 않은 기표를 가짐으로써 정체성의 고정성을 부정하는 것이며, 이것이 곧 미끄러지는 기표를 통해 완결되지 않는 주체, 차이를 내포하면서 의미화를 지연하는 차연적 주체를 가능하게 하는 것이다.『찔레꽃』의 여성인물은 개방적이고 역동적인 주체적 타자성을 가지며, 끝나지 않은 유랑의 과정에 있다하더라도 하나의 정체성, 즉 강제된 타자적 위치성만으로 고정되지 않는 발산적 정체성을 갖는다는 점에서 의의를 갖는다.

또한 이러한 인물의 타자적 정체성의 양상은, 인간의 주체성은 물론 타자성 역시 완성될 수 없는 과정적 성격이며, 경계를 횡단하는 유동성, 시간의 지속성을 통해서 이해되어야 하는 특성을 갖는다는 것을 분명하게 보여준다. 따라서 이 작품에서의 타자는 차연적 주체로서, 미규정적 주체로 존재하지만 규정할 수 없음이 아니라 규정되기를 거부하는 주체, 분명히 타자로서 존재하지만 동일자에 의한 타자가 아니라 '타자로서의 자기 자신'을 구성하는 타자라고 하겠다.

## 4. 다문화주의의 윤리성

정체성이란 고정된 것이 아니라 사회와 문화의 체계에 따라 변형되는 것이기 때문에 각각의 인물들이 경험하게 된 디아스포라의 여정에서 이들의 정체성은 변하기 마련이다. 하지만 이들이 타자적 위치에 있다는 사실은 결코 변하지 않고 오히려 강화된다. "당신들한테 안전한 데가 어딘데?"(『리나』, 20면) 라는 질문에 어떤 디아스포라 난민도 쉽게 대답을 할 수 없었던 것처럼, 계속되는 디아스포라의 여정 속에서 리나(『리나』)와 미나(『찔레꽃』)는 여성 디아스포라라는 이중적 타자의 신분으로 국제적 법 체계와 국가의 지리적 경계, 전 지구적 자본주의와 남성 중심적 이데올로기 등의 다층적 모순을 몸으로 경험해야 했고, 몸으로써 비판해야 했다.

국가의 내부와 외부의 경계를 이동하는 디아스포라는 국가에 의해 추방당했다는 사실 때문에 국가의 보호를 받지 못하고, 국민으로서의 신분을 보장받지 못하는 자들이다. 그러나 한편으로는 국가에 의해 배제된 자들이라는 점에서 역시 국가로부터도 자유로울 수 없는 존재들이다. 이들은 체제 내부의 외부로서, 체제 내에 기입되지 않은 상태로 남아 있다. 이렇게 모순적인 상황에 처한 삶을 아감벤은 주권 권력을 상실한, 즉 '벌거벗은 생명(nuda vita)'이라 칭한 바 있다.

그의 논의를 따르자면, 『리나』에서 리나가 원하는 삶은 '조에(zoē)'의 삶이다. 조에는 인간의 생물학적 삶을 뜻한다. 반면에 『찔레꽃』의 미나(충심)는 '비오스(bios)'의 삶을 추구하며 이동한다. 비오스는 인간적 삶, 사회적 존재로서의 삶이다.[19] 리나에게는 생존을 위한 국경 넘기가 삶의 주된 방식이 된다. 소설의 서두에서 처음으로 리나가 국경 앞에 섰을 때와 소설의 마지막 부분, 다시 새로운 국경 앞에 선 리나에게 가장 절실한 것은 생존의 보장이다.

반면에 미나는 리나와는 다른 방식으로 타자로서의 삶을 구성해 나간다. 미나의 탈국경의 시작이 가난에서, 즉 생존의 목적에서 비롯된 것은 동일하다고 볼 수 있지만, 탈출이 거듭될수록 미나는 신분증(호구, 국적)을 가진 존재가 되기 위해 이동하게 된다. 미나는 '벌거벗은 생명'으로 존재하는 자신의 현실을 깨닫고, 자기 삶의 목적은 주권 권력의 획득이라는 것을 분명하게 인식하게 되는 것이다.

탈국경의 목표에서 드러나는 이들의 차이는 타자적 정체성에서도 극명하게 나타난다. 우리는 이들의 타자적 정체성을 이들이 자신들에 대해서 이야기하는 방식을 통해 확인할 수 있었다. 리나는 자신의 이야기를 스스로 이야기할 수 없는 인물로, 자신의 정체성을 구성하는데 실패한다. 이는 타자로서 존재하는 자신의 타자성을 재구성하는 데에도 실패하게 되는 원인이 된다. 따라서 리나는 자신의 타자적 위치를 보다 더 공고하게 만들고, 타자를 타자화하는 인식의 굴레에서 벗어나지 못하는 디아스포라 타자의 가장 일반적인 사례로 남게 된다.

이와 달리 『찔레꽃』의 디아스포라 여성인물은 시간의 종합에 따라 주체화되었다고 할 수 있다. 이때 주체화란 타자가 자신의 타자성을 능동적으로 변형시키고자 하는 데서 나타난다. 미나는 탈출의 과정에서 타자로서의 자신의 정체성을 확인하고, 현재의 시간에 과거를 끌어오고, 이를 미래로 연결하면서 시간의 종합을 통해 자신을 이야기한다. 이러한 서사 정체성의 구성은 타자성의 능동적 변형으로 발전되어 나

---

19) 조르조 아감벤, 박진우 역, 『호모 사케르-주권권력과 벌거벗은 생명』, 새물결, 2008.

타난다. 이러한 분석을 통해 본고에서는 전자를 구심적(수렴적) 타자성으로, 후자를 원심적(발산적) 타자성으로 구분하였다.

오창은에 따르면, 이들 '새로운 정체성'(타자적 정체성)은 억압당하고 있다는 이유 때문에 저절로 윤리적 주체로 구성되지는 않으며, 스스로 저항적 주체가 되는 것도 아니다. 하지만 자신의 몸에 새겨진 자본주의 체계의 억압적 흔적들이 '자기표현의 의지'와 결합하는 순간, 윤리적이면서도 실천적인 주체로 재생산될 수 있다[20]고 하였다. 그러므로 자기에 대해서 스스로 이야기함으로써 자아 정체성을 형성하고, 자신의 이야기를 변형, 창조할 수 있는 이야기의 서사전략을 구축할 수 있었던 『찔레꽃』의 미나(충심)는 리나(『리나』)와는 달리 새로운 사회 체계와 문화의 형식에 자신의 정체성을 능동적으로 변형하고 재영토화될 수 있었다.

재영토화란 여전히 사회제도와 국가체제에 포획된다는 것을 의미하지만, 그것은 이미 탈영토화를 전제로 한다는 점에서 저항적이고 실천적인 삶의 형식으로 구성될 수 있다. 인간의 삶이 사회와 체제를 벗어나서 개체적으로만 존재할 수는 없기 때문에 탈영토성보다 중요하고 반드시 필요한 것이 바로 재영토화, 재배치이다. 이러한 의미에서 『찔레꽃』은 타자적 위치에서 가장 적극적인 주체로서의 정체성을 재구성할 수 있는 진정한 의미의 타자가 어떻게 가능한지를 보여주는 작품이라고 할 수 있다.

앞서 논하였듯이 정체성이란 고정불변한 것이 아니다. 사회와 문화에 따라 끊임없이 재구성되고 변형된다. 이러한 전제를 상기한다면 타자적 정체성 역시 유동적이며 변화되어야 한다는 결과를 얻을 수 있을 것이

---

20) 오창은, 「전 지구적 자본주의와 약소자들」, 『실천문학』, 가을, 2006 326~327면.

다. 이제 디아스포라 서사는 '이주, 월경, 탈주'라는 이동성 중심의 논의에서 벗어나 재영토화의 수준에서 재고되어야 한다. 재영토화는 변화와 생성, 차이를 내재하고 있는 것이다. 접속하는 역사와 문화에 따라 인간의 정체성이 재구성된다고 할 때, 재영토화된 사회 안에서 우리 모두는 자아이며 동시에 타자가 된다. 탈영토성 이후에 오는 재영토화는 바로 다문화주의의 실천적 모습이 될 것이다.

# 필자 소개(원고 게재순)

**임헌영** ‖ 중앙대학교 국어국문학과와 동 대학원을 졸업했다. 1966년 ≪현대문학≫을 통해 문학평론가로 등단했다. 중앙대학교 국어국문학과 겸임교수를 지냈으며, 민족문제연구소장과 문학평론가로 활동 중이다. 평론집『민족의 상황과 문학사상』,『한국현대문학사상사』,『문학과 이데올로기』,『분단시대의 문학』,『우리 시대의 소설 읽기』,『불확실시대의 문학』등이 있다.

**김종회** ‖ 경희대학교 국어국문학과를 졸업하고 동 대학원에서『한국소설의 낙원의식에 대한 연구』로 박사 학위를 받았다. 현재 경희대학교 국어국문학과 교수로 재직 중이다. 1988년 ≪문학사상≫을 통해 문학평론가로 문단에 나온 이래 활발한 비평 활동을 해 왔으며, 한국소설 및 북한문학과 해외동포문학에 대한 관심이 많다. 평론집으로『문화 통합의 시대와 문학』,『문학과 예술혼』등과 다수의 저서가 있으며,『북한문학의 이해』(전 4권) 및『북한문학 연구자료 총서』(전 4권)와『한민족 문화권의 문학』(전 2권) 및『해외동포문학 전집』(전 24권) 등을 엮은 바 있다.

**서정자** ‖ 숙명여대 국어국문학과를 졸업하고 동 대학원에서『일제강점기 한국여류소설 연구』로 박사학위를 받았다. 초당대학교 교양과 교수로 재직 2009년 정년퇴임 하였고 현재 명예교수로 활동 중이다. 저서로『한국근대여성소설연구』,『한국여성소설과 비평』,『우리 문학 속 타자의 복원과 젠더』(2012) 등의 저서가 있으며 근 현대 여성작가와 소설을 집중 연구하고 있다.『한국여성소설선1』,『원본 정월 라혜석전집』,『박화성문학전집』(전20권),『지하련전집』,『강경애선집』,『김명순문학전집』등을 편저로 발행했다.

**황영미** ‖ 숙명여자대학교 국어국문학과를 졸업하고 동 대학교에서『한국근대소설의 내면 서술연구』로 박사학위를 받았다. 현재 숙명여자대학교 교양교육원 의사소통센터 교수이며, 영화평론가로 활동하고 있다. 관심분야는 '다문화 영화', '문학의 영화화', '영화와 의사소통교육' 등이며, 주요저서로『다원화 시대의 영화읽기』,『영화와 글쓰기』등이 있다.

권성우 ‖ 서울대학교 국어국문학과를 졸업하고, 동 대학원에서『1920~30년대 비평에 나
타난 '타자성' 연구』로 박사학위를 받았다. 현재 숙명여자대학교 한국어문학부
교수로 일하고 있다. 1987년『서울신문』신춘문예에 이인성론이 당선되어 비평
가로도 활동하고 있다. 관심분야는 디아스포라 문학과 최인훈, 김현, 서경식, 벤
야민 등이다. 비평집으로『비평의 매혹』,『비평의 희망』,『낭만적 망명』등이 있
으며, 학술서로는『모더니티와 타자의 현상학』,『횡단과 경계』, 편서로『문학이
란 무엇인가?』,『침묵과 사랑』등이 있다.

김응교 ‖ 시인, 문학평론가. 연세대학교 신학과를 졸업하고, 같은 학교 대학원에서 국문학
박사학위를 받았다. 도쿄외국어대학을 거쳐, 도쿄대학 대학원에서 비교문학 비
교문화를 공부하고, 와세다대학에서 객원교수로 십 년간 한국학을 강의했고, 현
재 숙명여자대학교 교양교육원 교수로 있다. 지은 책으로 시집『씨앗/통조림』,
평론집『한일쿨투라』,『한국시와 사회적 상상력』,『박두진의 상상력 연구』,『시
인 신동엽』,『이찬과 한국근대문학』,『韓國 現代詩の魅惑』등이, 옮긴 책으로『이
십 억 광년의 고독』,『오스기 사카의 자서전』,『어둠의 아이들』등이 있고, 일본
어로 옮긴 고은 시선집『いま、君に詩が?たのか』이 있다.

이덕화 ‖ 연세대학교를 졸업하고 동 대학원에서 문학박사학위를 받았다. 여성문학학회, 한
국문학연구학회 회장을 역임했다.『김남천 연구』로 박사학위를 받았다. 저서로
『박경리, 최명희 두 여성적 글쓰기』,『여성문학에 나타난 근대체험과 타자의식』,
『한말숙 작품에 나타난 타자윤리학』, 공저로『페미니즘과 소설비평』근대편, 현
대편,『페미니즘은 휴머니즘이다』이 있다.

구명숙 ‖ 숙명여자대학교 국어국문학과를 졸업하고, 독일 빌레펠트대학교에서『한국문학
의 하인리히 하이네 수용(1920-1960) 연구』로 문학박사 학위를 받았다. 현재 숙
명여자대학교 한국어문학부 교수로 재직하고 있으며 1999년 ≪시문학≫, 2009
년 ≪시와시학≫에 시인으로 등단하여 활발한 활동을 하고 있다. 관심분야는 한
국 현대시, 비교문학, 여성문학, 디아스포라, 양성평등 등이다. 저서로는『한국
여성문학의 이해』(공저), 한무숙 문학의 지평』(공저), 여성문학 자료집으로『해
방 이후부터 전쟁까지 한국 여성 시』,『해방기 여성 단편소설 1, 2』,『한국여성
수필선집(1945~1953)』,『한국전쟁기 여성문학 자료집』등을 펴낸 바 있다. 시
집으로는『그 여자 몇 가마의 쌀 씻어 밥을 지어 왔을까』,『걷다』등이 있다.

이미림 ‖ 숙명여자대학교 국문과를 졸업하고 숙명여대에서 이기영 월북작가에 대한 논문으로 박사학위를 받았다. 현재 강릉원주대학교 교수로 재직하고 있으며, 관심분야는 여행, 여성, 소수자, 디아스포라, 다문화주의, 타자성 등이다. 저서로는 『월북작가소설연구』, 『월북작가에 대한 재인식』(공저), 『책 읽어주는 여자』, 『우리 시대의 여행소설』, 『한국현대소설의 떠남과 머묾』과 여행산문집 『내 마음의 산책』, 『내 안의 타자를 찾아서』 등이 있다.

김윤정 ‖ 성신여자대학교 국어국문학과를 졸업하고 이화여자대학교에서 『박완서 소설의 젠더의식 연구』로 문학박사 학위를 받았다. 현재 이화여자대학교에서 강사로 재직하고 있으며, 주요 논문으로는 『남정현 소설의 탈식민주의적 담론 연구』와 「최인훈 소설의 환상성 연구-『서유기』를 중심으로」가 있다.

비평숲길 1

# 디아스포라와 한국문학

초판 1쇄 인쇄 2012년 10월 10일 | 초판 1쇄 발행 2012년 10월 22일

지은이 임헌영 김종회 서정자 황영미 권성우 김응교 이덕화 구명숙 이미림 김윤정
펴낸이 이대현

책임편집 이태곤 | 편집 권분옥 이소희 박선주 임애정
디자인 안혜진 이홍주 | 마케팅 박태훈 안현진 김종훈 | 관리 이덕성
펴낸곳 도서출판 역락 | 등록 1999년 4월 19일 제303-2002-000014호
주소 서울시 서초구 반포4동 577-25 문창빌딩 2층
전화 02-3409-2055(편집부), 2058(영업부) | 팩스 02-3409-2059
이메일 youkrack@hanmail.net

ISBN 978-89-5556-012-1 94810
       978-89-5556-011-4(세트)

정 가 25,000원

* 잘못된 책은 교환해 드립니다.